KB232826

사르비아총서 · 504

삼국지(하)

― 천하통일 편 ―

나관중 / 최 현 옮김

범우사

차   례

이 책의 원제목은 '삼국지연의(三國志演義)'로, 나관중〔羅貫中, 본명 본(本)〕이 중국 명나라 때 지은 장편 역사 소설이다. 그러므로 진나라 때 진수(陳壽, 232~297)가 지은 정사(正史)《삼국지》와 구별해야 한다. 정사《삼국지》는 총 65권으로 된 역사책으로 위나라를 정통으로 삼았다.

그러나 역사 소설《삼국지》는 정사《삼국지》를 바탕으로 했기 때문에 이야기 줄거리는 거의 같으나, 세 나라 중 촉한을 정통으로 삼았고 민간 설화가 많이 들어갔다. 그러므로 실제 사실과 다른 부분도 일부 있다(예로, 적벽 대전은 제갈량과 관계가 없으나 작품에서는 그의 공으로 돌려 그를 신격화했다). 또한 인물들의 모습과 성격, 행동 등이 구체적으로 묘사되었고, 지모와 변화 무쌍한 싸움 장면들이 흥미 진진하게 전개된다. 그래서 중국의 4대 기서(奇書)인 삼국지·수호지·서유기·금병매 중에서도 으뜸으로 꼽히며 동양 최고의 역사 소설로 이제까지 수많은 사람들에게 애독되었다.

또한 이 책의 뛰어남은 그 내용에 있어서 중국의 전통적인 유교 사상인 충성·효도·지조·의리 등이 높이 찬양되었기 때문이다. 유비 · 관우 · 장비의 의리와 지조, 유비에 대한 두 형제와 제갈량의 충성은 이 작품의 근본이 되었다. 그리고 손책과 손권 · 서서 · 태사자 · 강유 등은 효성이 뛰어나다. 그러므로 충 · 효 · 절 · 의에 어긋난 행위를 한 인물은 철저히 비난받거나 벌을 받는다. 이는 곧 권선징악(勸善懲惡)의 윤리가 바탕이 된 것으로, 명나라 때에 유교 사상이 확립된 것과 일치한다.

이 작품은 후한 말(169년)에서 진나라 통일(280년)까지 약 백여 년 간의 중국 역사를 다룬 것으로, 대단히 방대한 규모와 수많은 인물이 등장하는 작품이면서도 사실(史實)을 바탕으로 하여 종횡으로 긴밀한 구성을 함으로써 읽는 사람으로 하여금 끝까지 손에서 책을 놓지 못하게 하는 마력을 가지고 있다.

그리하여 중국의 문학가 후스[胡適]는, "《삼국지연의》야말로 가장 많은 사람들에게 읽히고 환영받아온 역사 소설로서, 교육사상적인 면에서 이바지한 바가 이 책보다 더한 것이 없다"라고 극찬하였다.

이 책은 원작품의 줄거리와 내용을 그대로 살리면서 읽기 좋도록 분량을 줄인 것이다. 전 3권으로, 1권을 '영웅들 편', 2권을 '삼국의 싸움 편', 3권을 '천하통일 편'으로 하였다.

시대와 장소가 다르지만, 이 《삼국지》를 읽으면 인물들의 다양한 성격과 충 · 효 · 절 · 의의 근본 사상 및 역사적 교훈 등에서 많은 감동과 교훈을 받을 것이다.

옮긴이

□ 주요 인물

촉(蜀)

유 비(劉備)　자는 현덕(玄德). 한(漢) 왕실의 혈통을 이어받아 유 황숙(劉皇叔)이라고 일컫는다. 의형제인 관우(關羽) · 장비(張飛)와 명참모 제갈량(諸葛亮)의 도움을 받아 군웅들 사이에서 세력을 확장하여, 장강의 중류와 상류 지역을 통치하였다. 한중왕(漢中王)이 되었다가 촉의 황제가 되었으나, 천하 통일과 한 왕실 부흥의 뜻을 이루지 못하고 죽는다.

관 우(關羽)　자는 운장(雲長). 현덕에게 가장 충실한 의동생. 천하 무적의 호걸로 의리가 강하나 인정에 약하다. 죽은 뒤에도 혼이 되어 유비를 돕는다.

장 비(張飛)　자는 익덕(翼德). 현덕 · 운장과 의형제로 호탕한 인물. 언제나 긴 쌍날칼을 갖고 있다. 성급하고 화를 잘 낸다. 결국 부하에 의해 죽는다.

조 운(趙雲)　자는 자룡(子龍). 공손찬(公孫瓚)을 섬겼으나 주인이 죽은 후 현덕의 참모가 된다. 현덕을 위기에서 여러 번 구한다.

손 건(孫乾)　현덕의 보좌역이며 연락관으로 활약한다.

제갈량(諸葛亮)　자는 공명(孔明). 촉의 군사(軍師). 와룡

강(臥龍岡)에 은거해 있었으나 현덕의 삼고(三顧)의 예(禮)에 감격하여 천하 삼분의 책략을 세운다. 천문·지리·작전에 정통하고, 지모(智謀)는 초인적이다. 전투가 벌어질 때마다 기발한 계략과 스스로 발명한 무기를 사용한다. 현덕이 제위(帝位)에 오르자 재상이 된다. 현덕이 죽은 후에 다음 임금 유선(劉禪)을 섬겨 남만(南蠻)을 평정하고, 또 북으로 쳐올라가 위와 싸운다. 모두 여섯 번 출정하나 결국 오장원의 진중에서 죽는다.

유 선(劉禪) 현덕의 아들. 아명(兒名)은 아두(阿斗). 현덕이 죽은 후에 제위에 오르지만 내시 황호(黃皓)에게 미혹되어 정사를 소홀히 하고 위에 항복한다.

방 통(龐統) 자는 사원(士元). 호는 봉추(鳳雛). 처음에는 강동(江東)에서 살았으며, 적벽(赤壁)의 싸움 때, 연환(連環)의 작전으로 조조를 대패케 했다. 나중에 손권(孫權)에게 버림을 받자, 현덕한테 와서 부군사가 된다. 낙성을 치다 36세로 죽는다.

황 충(黃忠) 오호 대장의 하나로 활쏘기의 명수. 장사(長沙)의 한현(韓玄)에게 충성하다가 현덕에게 귀순하여 여러 차례 전투에서 분전한다. 75세에 동오와 싸우다 죽는다.

위 연(魏延) 한현에게 충성하다가 현덕에게 귀순하여 참모가 된다. 그러나 야심이 많은 사람으로 제갈량이 죽자 반역한다.

마 초(馬超) 서량(西涼) 태수 마등(馬騰)의 아들. 부친이 조조에게 죽임을 당하자 원수를 갚으려고 조조를 추격하지만 뜻을 이루지 못하고 후에 현덕에게 항복한다. 오호 대장의 하나로 활약한다.

　강　유(姜維)　본래 위의 무장(武將). 제갈공명에게 항복하
고 공명의 뒤를 이어 위와 싸운다.

위(魏)

　조　조(曹操)　자는 맹덕(孟德). 난세의 교활한 영웅. 멀리
산동(山東) 일대까지 평정, 허창(許昌)에 도읍을 정하고 천
자(天子)를 받들어 재상이 되어 조정의 실권을 장악한다. 후
에 하북의 원소(袁紹)를 멸망시켜 황하 유역을 완전히 장악
하고 장강 유역까지 세력을 확장하여 촉(蜀) · 오(吳)와 싸
운다. 위나라 왕이 된다.

　조　비(曹조)　조조의 장남. 부친 사후에 위나라 왕위에 오
르고, 이어서 헌제(獻帝)로부터 황제의 자리를 이어받는다.
시호 문제(文帝).

　조　식(曹植)　조조의 3남. 시인. 형과 사이가 좋지 않다.

　하후돈(夏侯惇)　무장. 조조의 일족. 전투에서 화살에 맞은
자기의 눈알을 먹는다. 조조를 위해 활약한다.

　하후연(夏侯淵)　무장. 하후돈의 사촌 동생이다.

　조　인(曹仁)　무장. 조조의 사촌 동생. 여러 번 공을 세운다.

　조　홍(曹洪)　무장. 조인의 동생. 조조의 위기를 여러 번
구한다.

　이　전(李典)　무장. 공부를 많이 했고, 파로 장군에 이른다.

　악　진(樂進)　무장. 오와 싸워 공을 세운다.

우 금(于禁) 무장. 처음부터 조조를 따라 전투에 참가한다.

순 욱(荀彧) 참모. 조조의 노여움을 사자 자살한다.

곽 가(郭嘉) 참모. 오환(烏丸) 정벌에서 젊은 나이에 전사한다.

허 저(許楮) 조조를 위기에서 구하고 신변을 보호한다.

서 황(徐晃) 무장. 본래 양봉(楊奉)의 참모였는데, 설득되어 조조의 부하가 된다.

정 욱(程昱) 참모. 원소 토벌에 공을 세운다.

가 후(賈珝) 참모. 처음에 장수(張繡)의 참모로 조조와 싸웠으나 뒤에 조조에게 항복한다.

장 요(張遼) 무장. 여포(呂布)의 부하였으나 여포와 함께 붙잡혔을 때 충성심이 인정되어 조조의 부하가 된다.

장 합(張郃) 무장. 원소의 부하였으나 조조에게 항복한다.

사마의(司馬懿) 자는 중달(仲達). 위의 장군 중에서 가장 지모가 뛰어난 인물. 제갈량과 대결하며, 후에 위의 정권을 잡는다. 시호 선제(宣帝).

사마사(司馬師) 사마의의 장남. 부친이 죽은 후 동생 소(昭)와 함께 정권을 잡는다. 시호 경제(景帝).

사마소(司馬昭) 사마의의 차남. 형이 죽자 정권을 인수한다. 촉을 멸한 후 진의 왕위에 오른다. 시호 문제(文帝).

사마염(司馬炎) 사마소의 장남. 부친 사후에 진의 왕위를 잇는다. 위의 왕 조환(曹奐)에게서 왕위를 빼앗아 국호를 대진(大晉)이라고 칭한다. 오를 멸하여 천하를 통일한다.

등 애(鄧艾) 무장. 아들 등충(鄧忠)과 함께 마천령(魔天嶺)을 넘어 촉의 성도를 습격한다.

종 회(鍾會) 무장. 촉을 공략할 때 등애와 공을 다툰다.

오(吳)

손 견(孫堅) 자는 문대(文臺). 강동의 호랑이라고 불린다. 동탁(董卓) 타도의 선봉에 서서 활약한다.

손 책(孫策) 손견의 장남. 부친 사후에 강동 지방을 평정. 선인(仙人)을 죽인 뒤 환영에 시달리다 26세에 죽는다.

손 권(孫權) 자는 중모(仲謀). 손책의 동생. 부친과 형의 유업(遺業)을 이어받아 강동 일대를 차지하고 위·촉과 대항한다. 후에 위와 화의를 맺고 오의 왕이 되며 다시 황제의 자리에 오른다. 시호 대제(大帝).

손부인(孫夫人) 손권의 여동생. 오빠의 책략으로 촉의 유비와 결혼했으나 나중에 강동으로 돌아와서 자살한다.

정 보(程普) 무장. 손견 때부터 충성을 바친다.

황 개(黃蓋) 무장. 적벽 싸움에서 고육지계를 사용하여 승리한다.

한 당(韓當) 무장. 옛 신하.

태사자(太史慈) 무장. 처음에 유요(劉繇)의 부하였으나 손책에게 항복한다.

장 소(張昭) 참모. 손권을 도와 공을 세운다.

주 유(周瑜) 자는 공근(公瑾). 젊은 장군 손책의 친구로 재지(才智)가 뛰어나다. 적벽 싸움에서 조조의 해군을 대파한다. 언제나 제갈공명의 존재를 의식한다. 조조 군에 패해

36세에 죽는다.

노　숙(魯肅)　주유를 도왔으며 주유의 사후에는 오군(吳軍)을 지휘한다.

제갈근(諸葛瑾)　외교관. 제갈량의 형이지만 동생과 달리 오에 충성을 바친다.

감　녕(甘寧)　참모. 본래 장강의 해적. 황조(黃祖)의 부하를 거쳐 손권에게 항복한다.

여　몽(呂蒙)　참모. 형주를 공격하여 관우를 죽이지만 그의 망령에 시달리다가 미쳐서 죽는다.

육　손(陸遜)　젊은 장군. 오의 군사를 이끌고 촉의 군사와 싸운다.

기 타

영　제(靈帝)　후한의 천자(天子). 재위 168~189.

헌　제(獻帝)　협 황자(協皇子), 진류왕(陳留王). 잠시 재위한 소제(少帝 : 변 황자, 홍농왕)의 뒤를 이어 9세에 천자가 된다. 재위 189~220.

동　탁(董卓)　황건적의 반란과 궁정 안팎의 세력 분쟁에 편승하여 조정의 권력을 잡았으나, 왕윤의 계략으로 심복 부하인 여포에게 배신을 당하여 죽는다.

원　소(袁紹)　명문 출신으로 동탁을 타도하는 연합군의 맹주(盟主)가 된다. 동탁의 사후에 하북에 세력을 펴고 조조와 대립한다.

원 술(袁術) 원소의 사촌 동생. 회남(淮南) 일대에 세력을 확장했으나 백성의 지지를 받지 못한다.

여 포(呂布) 검술이 뛰어난 호걸. 처음에는 정원(丁原)의 양자였다가 그 뒤 동탁의 양자가 되었으나, 잇따라 양부를 살해한다. 후에 서주(徐州)를 점령했지만 조조·현덕의 연합군에 의해 죽는다.

유 표(劉表) 형주 자사로 한 왕실의 후손. 자기를 의지하려는 현덕의 인품에 감동하여 형주를 넘겨주려고 하나 받아들여지지 않는다.

복 완(伏完) 복 황후(伏皇后)의 부친.

동 승(董承) 충신. 천자로부터 비밀 특명을 받고 조조의 암살을 기도했으나 실패한다.

유 장(劉璋) 촉의 국주(國主)로 한 왕실의 후손이다.

맹 획(孟獲) 남만왕(南蠻王). 촉의 제갈공명에게 일곱 번째 잡혀서야 복종한다.

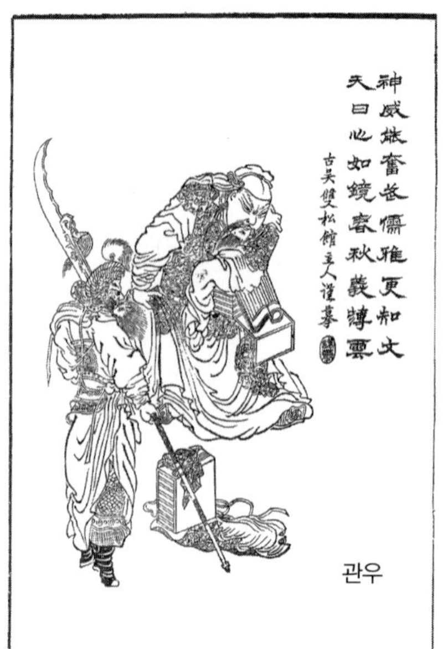

관우

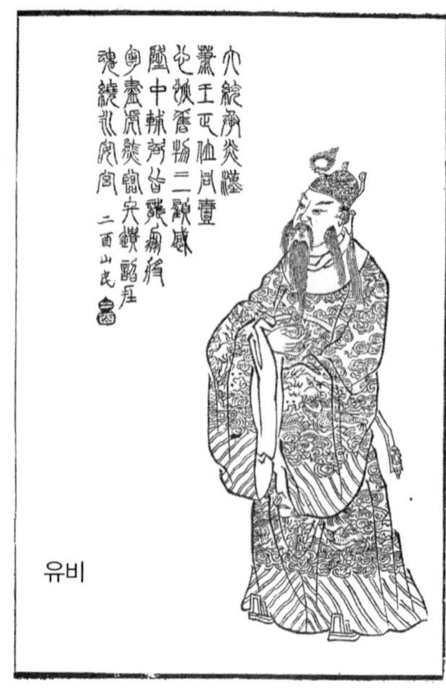

유비

조운

장비

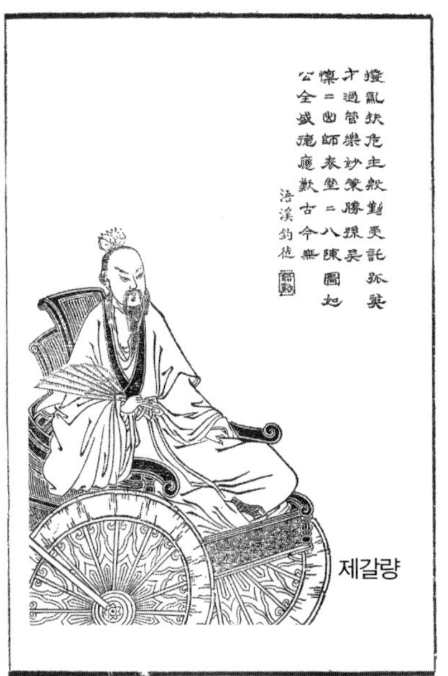

제갈량

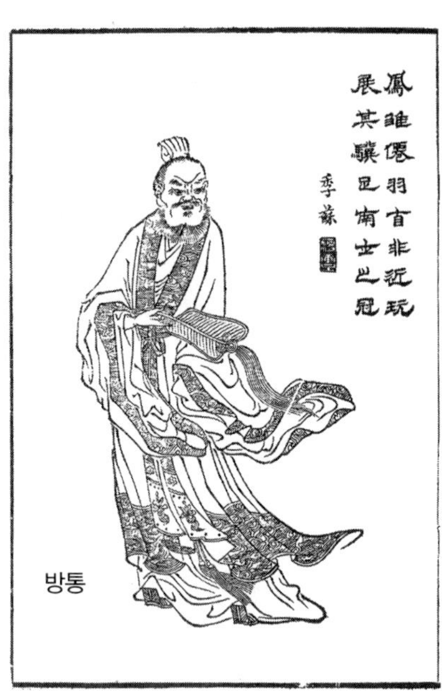

방통

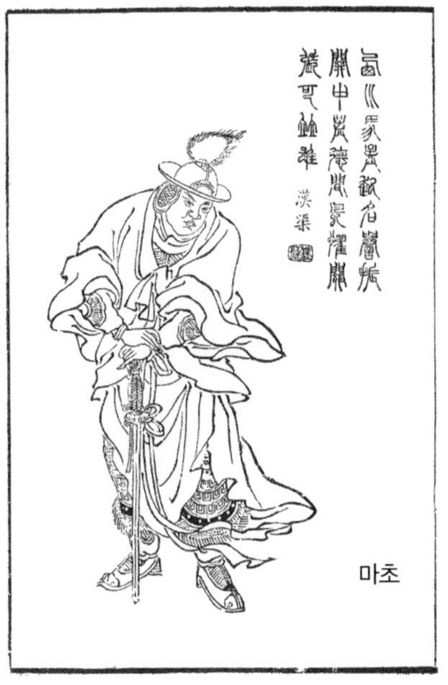

마초

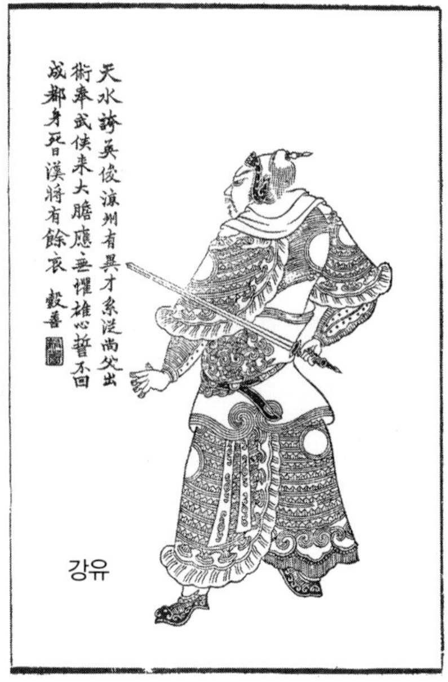

강유

開言崇聖典 用武若通神 三國英雄士 四朝經濟臣 屯兵驅貔豹 養子得麒麟 諸葛常稱寇 能廻天地春
藝蘭堂主

사마의

固一世之雄也而
今安在哉
讀朱見書齋主

조조

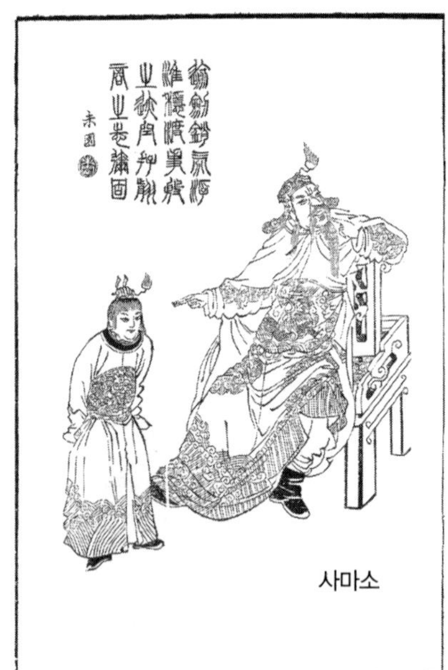

朱國

사마소

鍾裏陰山雪鋒 銷劍閣雲功成呼 負負顯戳報殊勳
苍霞

등애

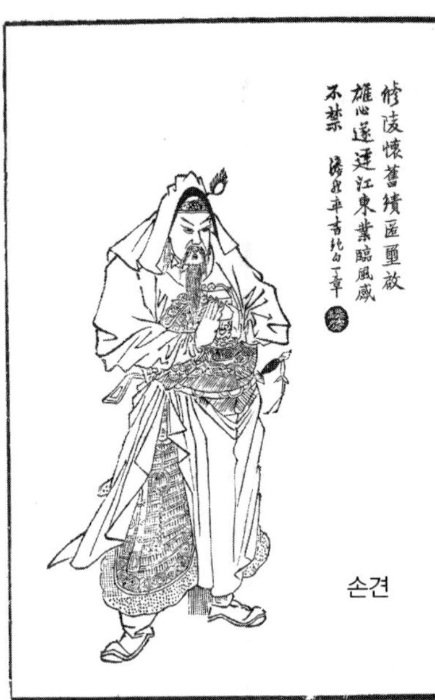

손견

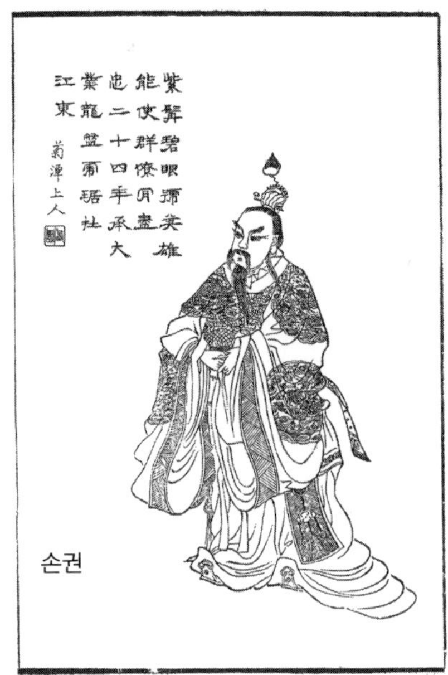

손권

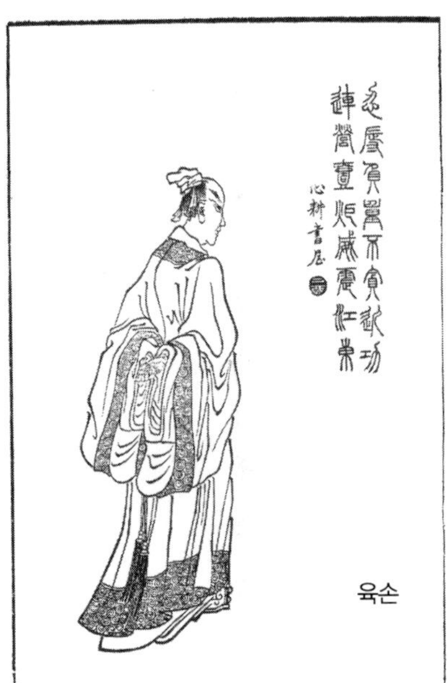

육손

동탁

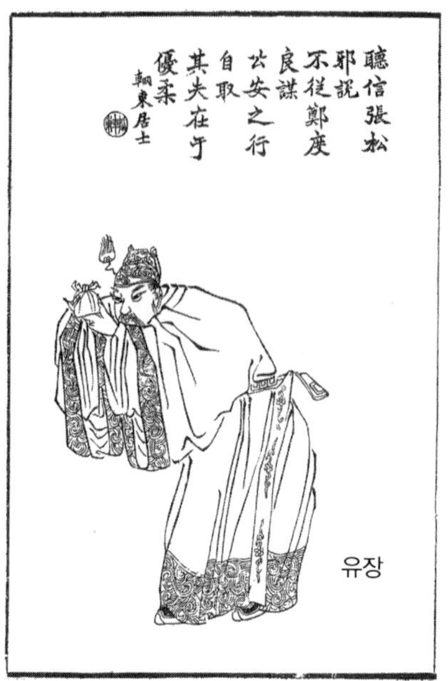

聽信張松邪說
不從鄭度良謀
公安之行自取
其失在于優柔
朔東居士

유장

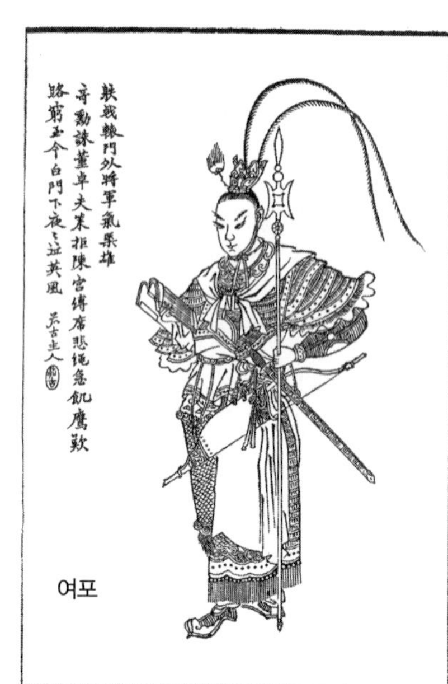

轅戟轅門外射軍氣果雄
奇勳誅董卓夫朱排陳宮縛席悲繩急飢鷹歇
賂窮玉今白門下夜三延英風
吳吉止人

여포

鼎峙三分定功成一炬
中君臣同骨月兒女自
英雄
青城仙侶

주유

長揖橫戈出幽隊
軍盖代雄頭顱走千
里共計殺田豐
問渠

원소

삼국지(하)

39. 부상당한 관우

조조의 형주 공략

조조는 업군에서 현덕이 한중왕이 되었다는 소식을 전해 듣고 몹시 화가 나서,

"멍석이나 짜던 촌놈이 건방지기 짝이 없구나! 놈을 당장 없애버려야겠다."

하고 즉시 군사를 이끌고 양천(兩川)에 진격하여 한중왕과 승부를 겨루려고 하자 한 신하가 앞에 나와 말했다.

"대왕께서는 한때의 분노로 말미암아 백만의 인명을 개죽음으로 몰아넣어서는 안 됩니다. 제게 활 한번 쏘지 않고 유비를 꼼짝 못하게 할 계략이 하나 있습니다. 촉의 군사들이 힘이 약해질 때까지 기다렸다가 한 사람의 장수를 보내기만 하면 일은 성취될 것입니다."

깜짝 놀라 바라보니 그는 사마의(司馬懿)로 자를 중달(仲達)이라 하는 자였다.

"중달, 어떤 계략인가?"

"강동의 손권은 여동생을 유비와 결혼시켰지만 유비가 형

주를 반환하지 않았기 때문에 다시 여동생을 강동으로 불러 들였습니다. 그래서 그들은 사이가 몹시 나쁩니다. 지금 언변이 뛰어난 사자를 손권에게 보내어 그를 설득시켜 형주를 공략하게 합시다. 그렇게 되면 유비는 반드시 양천의 군사를 이끌고 형주로 떠날 것입니다. 그때 대왕은 한중왕을 공략하시는 것입니다. 그렇게 하면 유비는 앞뒤로 공격을 받아 곤경에 빠지게 될 것입니다."

조조는 기꺼이 이에 동의하여 곧 편지를 써서 강동의 손권에게 사자를 보냈다.

사자로부터 조조의 뜻이 적힌 편지를 받은 손권은 참모들과 의논했다.

고옹이 말했다.

"일단 유비를 협공하기로 약속해놓고 따로 형주에 첩자를 보내 관우의 동태를 살피게 하는 것이 좋을 줄 압니다."

제갈근이,

"관우에게는 아들과 딸이 있습니다. 제가 그에게 가서 혼담을 꺼내 유군(幼君)과 그의 딸을 혼인시키자고 하겠습니다. 그가 허락하면 의논하여 함께 조조를 격파하고, 그가 허락하지 않으면 조조와 손을 잡고 형주를 공략하기로 하는 것이 좋겠습니다."

라고 말하자 손권은 제갈근을 형주로 보냈다.

제갈근은 관우를 만나 이렇게 말했다.

"이번에 제가 장군을 찾아온 것은 혼인 때문입니다. 저희 군주 오후(吳侯)께는 유군이 한 분 계신데 대단히 총명합니다. 장군께는 따님이 한 분 계신 것으로 알고 있습니다. 양가

제갈근은 관운장을 만나다. ≪新鋟全像通俗演義≫ 三國志傳卷之十三

가 사돈을 맺고 힘을 합쳐 조조를 무찌른다면 더 이상 바랄 게 없을 겁니다. 깊이 생각해보시기 바랍니다.”

관우는 이 말을 듣고 화가 치밀어,

“호랑이의 딸을 개의 아들에게 줄 수는 없다. 네놈의 동생만 아니면 이 자리에서 당장 목을 벴을 것이다. 더 이상 허튼 소리하지 마라.”

하고 부하를 시켜 제갈근을 쫓아버렸다.

제갈근은 간신히 도망쳐 나와 그 사연을 손권에게 보고했다. 손권은,

“건방진 놈 같으니…….”

하고 격노하여, 참모들을 불러 형주를 공략하기 위해 의논을 했다. 보즐(步騭)이 말했다.

“조조가 두려워하는 것은 유비입니다. 지금 우리 오로 하여금 형주를 공략하게 하려는 것도 실은 재앙을 우리에게 떠넘기려는 계략입니다. 조조의 사촌인 조인이 양양·번성을

지키고 있는데, 그곳은 육로로 해서 얼마든지 형주를 공략할 수 있습니다. 그럼에도 불구하고 우리 오의 군사로 치게 하려는 것은 말도 안 됩니다. 이것만 보더라도 속이 빤히 들여다보입니다. 군주께서는 허창의 조조에게 사신을 보내 조인을 형주로 출정시키도록 제의하는 것이 좋다고 생각합니다. 그렇게 되면 관우는 형주의 군사를 이끌고 번성으로 쳐들어갈 것입니다. 관우가 출동했을 때 재빨리 군사를 이끌고 형주를 공격하면 쉽사리 함락시킬 수 있을 것입니다."

손권은 이 계략에 따라 곧 사신을 허창으로 보냈다. 조조는 조인에게 출정 지시를 내리는 한편, 오에게는 수로에서 힘을 합쳐 형주를 공략할 것을 제의했다.

관우의 출정

이것을 첩자가 탐지하여 촉에게 급히 알렸다. 한중왕 유비는 공명을 불러 의논한 후, 관우에게 사신을 보내 오호대장(五虎大將)의 사령장을 전하고 앞질러 번성을 공격하라고 명령했다.

관우는 곧 부사인(傅士仁)과 미방(糜芳) 두 장수를 선봉에 내세워 군사를 이끌고 형주성 밖에 진을 치도록 명령했다.

이튿날 대군을 출동시킬 예정이었으나, 그날 밤 성 밖의 진중에서 불이 나서 무기와 군량이 모두 타버렸다. 관우는 화가 나서 부사인과 미방을 불러 호되게 책망하고 곤장 40

관운장은 돼지에게 왼쪽 다리를 물리는 꿈을 꾸다. ≪新鋟全像通俗演義≫
三國志傳卷之十三

대를 친 다음, 그 벌로 미방에게는 강릉, 부사인에게는 공안
(公安)의 수비를 맡겼다. 두 사람은 창피하여 얼굴을 들지
못하고 물러났다.

관우는 요화를 선봉에, 관평을 부장으로 세우고 스스로는
중군(中軍)을 이끌고, 마량·이적을 참모로 하여 출전하기
로 하고 다른 장수들은 형주를 지키게 했다.

그날 관우가 '수(帥)'자를 쓴 큰 깃발을 세워놓고 장막 속
에서 꾸벅꾸벅 졸고 있을 때 갑자기 황소만큼 커다란 검은
돼지가 뛰어들어 관우의 발을 꽉 물었다. 몹시 화가 난 관우
가 칼을 뽑아 그 돼지를 내려치니 고막이 찢어지는 듯한 소
리가 났다. 깜짝 놀라 정신을 차리니 꿈이었다. 그러나 왼쪽
발이 아려서 관평을 불러 꿈 이야기를 하자 관평은,

"돼지에게도 용(龍)의 상(象)이 있습니다. 용이 발을 문
것은 하늘에 오르는 길한 징조입니다."

하고 대답했다. 그러나 부하들에게 물어보니 길조(吉兆)라고 말하는 사람도 있고, 흉조(凶兆)라고 말하는 사람도 있었다.

"나도 어느새 60이 가까웠다. 이제 죽어도 한이 없다."

관우가 이렇게 말하고 있을 때 촉에서 온 사자가 관우를 오호대장 겸 형주 9군의 자사로 임명한다는 내용의 왕명을 전했다. 부하들은 한결같이,

"역시 길조였습니다."

하고 기뻐했다. 관우는 의문이 풀려 군사를 이끌고 양양 가도로 진격했다.

양양의 조인은 관우가 쳐들어온다는 보고를 듣고 깜짝 놀라 맞서 싸우다 계략에 말려들어 병력의 태반을 잃고 번성까지 후퇴했다.

관우가 양양을 공략하자 수군사마(隨軍司馬)인 왕보(王甫)가 말했다.

"동오의 여몽은 지금도 육구에 진을 치고 형주로 쳐들어오려고 노리고 있습니다. 만일 그놈이 군사를 이끌고 쳐들어오면 어떻게 하시겠습니까?"

관우가 말했다.

"나도 그것이 마음에 걸린다. 그대는 양자강 연안에 20리 혹은 30리마다 높은 언덕에 봉화대를 만든 다음, 각각의 봉화대마다 50명의 병력을 배치하여 지키게 하라. 만일 오의 군사가 양자강을 건너면 밤에는 불, 낮에는 연기를 올려 신호해라. 내가 그때마다 출동하여 무찌르겠다."

왕보는 다시 강릉과 공안에 있는 미방·부사인이 필사적

으로 그곳을 지킬 것 같지 않다고 충고했으나 관우는 걱정할 필요가 없다고 받아들이지 않았다. 왕보가 봉화대를 만들러 떠나자, 관우는 관평에게 명하여 배를 모으게 하고 양자강을 건너 번성을 공략했다.

조인의 부하 장수가 2천의 군사를 이끌고 맞섰으나 관우의 위풍에 눌려 번성으로 도망쳤다. 조인은 위왕 조조에게 급히 사자를 보내 구원을 요청했다.

방덕의 충성심

조조는 나란히 앉아 있는 장수 중에서 한 사람을 가르키며,

"그대가 가서 번성의 포위망을 뚫고 적을 쳐라."

하고 말했다. 지명을 받고 앞에 나선 장수는 우금이었다. 그는,

"앞장설 장수 한 사람만 있으면 함께 가서 무찌르고 오겠습니다."

하고 말했다. 조조가 부하들에게,

"누가 선봉에 나서겠느냐?"

하고 말하자,

"제가 관우를 생포하여 돌아오겠습니다."

하고 앞에 나서는 자가 있었다. 그는 방덕이었다.

조조는 방덕이야말로 관우의 좋은 상대라고 기뻐하며 우금을 정남장군(征南將軍)으로 방덕을 정남도선봉(征南都先

鋒)으로 임명하고, 북방 출신의 사나운 7군(七軍)의 병사를 출전시켰다.

그런데 7군을 지휘하는 장수가 우금에게 인사를 와서 방덕을 선봉으로 내세우는 것은 잘못이 아니냐고 말했다. 이유를 물으니,

"방덕은 본래 마초의 부하로 위에 항복한 자며 마초는 지금 촉의 오호대장으로 있고 방덕의 형 방유(龐柔)도 서천에 관원으로 있습니다. 그를 선봉으로 내세우는 것은 위험합니다."

하는 것이었다. 우금은 이 말을 듣고 그날 밤으로 조조에게 보고했다. 조조는 곧 방덕을 불러 선봉의 사령장을 도로 회수했다. 방덕이 그 이유를 묻자 조조가 말했다.

"나는 그대를 조금도 의심하지 않소. 다만 지금 마초가 서천에 있고 형인 방유도 서천에서 유비를 돕고 있으니 나는 의심하지 않지만 남들의 입은 막을 수 없소."

이 말을 듣고 방덕은 관모를 벗고 엎드려,

"저는 한중에서 대왕께 항복한 후로 언제나 베풀어주신 두터운 은혜에 감격하여 백 번 죽어도 그 은혜를 갚을 길이 없다고 생각하고 있는데, 대왕께서는 저를 의심하고 계십니까?"

방덕은 전에 고약한 형수를 죽였기 때문에 형과는 형제의 우애가 끊기고 그때 섬긴 마초와의 인연도 오래 전부터 끊겼다고 말하고,

"저는 대왕의 분에 넘치는 큰 은혜를 받고 있는데 어찌 배신할 수 있겠습니까?"

하고 말하자 조조는 그의 손을 잡아 일으키며 말했다.

방덕은 연을 베풀어 친인들과 회합을 갖다. ≪新錄全像通俗演義≫ 三國志傳 卷之十三

"그대의 충성심은 알고 있소. 다만 다른 사람들의 불안을 덜어주려고 했을 뿐이니 힘껏 싸우시오. 그대는 나를 절대로 배반하지 않으리라 믿소. 그대를 절대로 의심치 않겠소."

방덕은 집에 돌아와 목수에게 관(棺)을 짜게 했다. 그는 그 관을 메고 출전했다. 이상하게 생각하는 사람들에게 그는 이렇게 말했다.

"이번엔 관우와 결사적으로 싸우겠다. 내 목이 달아나면 너희들은 내 시체를 이 관 속에 넣어가지고 와라. 만일 내가 관우의 목을 벴을 경우에는 그의 목을 이 관 속에 넣어서 위왕께 바치겠다."

이 말을 듣고 500명의 장병들은 크게 외쳤다.

"장군의 충성심에 감탄했습니다. 저희들도 목숨을 걸고 싸우겠습니다."

이리하여 방덕은 용기 백배하여 징과 북을 울리면서 번성을 향해 진격했다.

방덕은 자신의 관을 들고 나가도록 명하고 결사적으로 싸우다. ≪繡像全圖三國演義≫에서

관우와 방덕의 싸움

한편 관우는 본진에서 척후병으로부터 조조가 우금을 총대장으로 내세워 거친 무사들을 이끌고 쳐들어오며, 선봉에는 방덕이 관을 앞세우고 장군과 결전을 벌이겠다는 무례한 말을 지껄이고 있다는 보고를 받았다. 관우는 수염을 부르르 떨면서 소리쳤다.

"천하의 영웅도 내 말을 들으면 도망치는데 방덕 따위 애송이가 나를 얕본단 말이냐?"

하고 곧 출전 명령을 내렸다. 그러자 관평이,

"제가 아버님을 대신하여 방덕과 싸우겠습니다."

하고 군사를 거느리고 나섰다. 두 사람이 말을 달려 여러 차례 싸웠으나 좀처럼 승부가 나지 않았다.

그러자 결국 관우가 칼을 휘두르면서 말을 달렸다. 방덕과 관우는 서로 욕설을 퍼부으면서 칼을 휘둘러 100여 차례 싸웠으나 그럴수록 더욱 기백이 넘쳐 쌍방의 장병들은 그저 놀랄 뿐이었다. 이윽고 두 사람의 신상을 염려하여 쌍방에서 각각 징을 울렸으므로 두 사람은 자기의 진지로 돌아갔다.

방덕은 진지로 돌아와 여러 장병들에게,

"사람들이 말하는 관우의 무용을 오늘에야 실감했다."

하고 말했다. 우금이 일단 물러서는 것이 좋겠다고 권했으나 방덕은,

"나는 결판을 낼 거요. 절대로 물러서지 않겠소."

하고 말했다.

관우는 진지에 돌아와 관평에게 말했다.

"방덕의 무술은 대단하다. 내 상대로서 부족할 게 없다."

관평은 유비가 맡긴 대임(大任)을 생각하여 자중하도록 간청했으나 관우는 큰소리로 외쳤다.

"그놈을 죽이지 않으면 한이 풀리지 않는다. 내 마음은 이미 정해졌으니 두말 하지 마라."

이튿날 양군이 대진하자 두 사람은 동시에 말을 몰아 겨루었다. 50여 차례 싸운 끝에 방덕은 말 머리를 돌려 칼을 질질 끌다시피하고 도망쳤다. 그것을 관우가 뒤쫓았다. 관평도 부친의 신상을 염려해서 바로 뒤를 따랐다.

그런데 방덕은 칼을 끌고 도망치는 체하면서 사실은, 칼은 안정에 걸어놓고 몰래 활을 꺼내 힘껏 쏘았다. 관평은 방덕이 활을 당기는 것을 보고 크게 외쳤다.

"역적놈아, 활을 거두어라!"

관우가 고개를 들고 노려보는 순간 화살이 날아와 왼쪽 팔꿈치에 맞았다. 뛰어온 관평이 부친을 부축하여 진지로 돌아오는데 방덕이 말 머리를 돌려 칼을 휘두르면서 쫓아왔다.

그때 갑자기 위의 본진에서 징소리가 울려 퍼졌다. 방덕은 혹시 후방에 무슨 일이 일어났나 하고 급히 고삐를 잡아당겨 되돌아왔다. 사실은 방덕이 관우를 쏘아 맞힌 것을 본 우금이 그가 큰 공을 세우면 자기의 위신이 서지 않는다고 생각하여 일부러 징을 울렸던 것이다. 방덕은 관우의 목을 막 베려던 참이라서 분하기 짝이 없었으나, 우금은 일을 서두르면 실패하기 쉽다고 말하였다.

관우는 본진에 돌아와 화살을 뽑았다. 다행히 깊이 박히지 않아 상처에 고약을 바르고 나서,

"이 화살의 원수는 반드시 갚고야 말 테다."

하고 장수들에게 말했다.

이튿날 방덕이 다시 도전해 왔다. 관우가 나서려고 하자 장수들이 말렸다. 방덕은 10여 차례나 도전해 왔으나 관우 쪽에서는 전혀 반응이 없었다. 그래서 우금에게 차라리 7군을 이끌고 한꺼번에 쳐들어가면 번성을 함락시킬 수 있지 않겠느냐고 했다. 우금은 방덕이 공을 세우는 것이 싫어 출동에 동의하지 않았다.

이윽고 우금은 산기슭을 돌아 번성에서 북쪽으로 10리 떨

관 공은 높은 곳에 올라 번성을 바라보다. ≪新鐫全像通俗演義≫ 三國志傳卷
之十三

어진 곳으로 7군을 이동시켜 산을 등지고 진을 쳐 가도를 굳
게 지키고, 방덕은 골짜기에 깊숙이 진을 치게 하여 그가 공
을 세울 기회를 주지 않았다.

우금과 증구천

관우의 상처는 겨우 아물었다. 그는 우금이 진지를 옮겼다
는 보고를 관평으로부터 듣고 말을 몰아 높은 언덕에 올라가
지세를 살펴보고 안내자에게 물었다.

"번성에서 북쪽으로 10리 떨어진 골짜기를 뭐라고 하오?"

"증구천(罾口川)이라고 부릅니다."

"그렇다면 우금은 반드시 사로잡을 수 있다."

하고 관우는 기뻐했다. 이유를 물었더니,

"물고기가 증구에 들어가면 도망칠 곳이 없다."

하고 말하는 것이었다. '증(罾)'이란 그물이고, 우금의 '우(于)'는 물고기와 발음이 같아서 하는 말이었다.

가을비가 며칠 동안 계속 내렸다. 관우는 배와 뗏목을 준비하고 수전(水戰)의 용구를 갖추게 했다.

"육지에서 싸우는데 어째서 수전할 준비를 하십니까?"

하고 관평이 물으니 관우는 이렇게 대답했다.

"지금 우금의 7군은 평지를 택하지 않고 험하고 좁은 골짜기에 진을 치고 있다. 며칠 계속된 비로 양강의 물이 많이 불어났으니 사람을 시켜 각처의 수문을 막아놓고 물이 불어난 후에 일제히 수문을 열어 물을 아래로 흘려 보내면 번성과 증구천의 병사는 모두 물귀신이 될 것이다."

한편 위의 진지에서도 적의 동태를 살펴보고, 만일 양강의 물이 넘치면 위험하다고 걱정하는 장수가 있었으나 우금은 도리어 책망하면서 그 의견을 받아들이지 않았다. 방덕도 그 장수의 의견에 동의하여 군사를 다른 데로 옮기자고 건의했다.

그런데 그날 밤 비바람이 몹시 불었다. 방덕이 장막 안에 앉아 있을 때 갑자기 말발굽 소리가 요란하고 북소리가 대지를 진동했다. 깜짝 놀란 방덕은 급히 장막에서 나와 말에 올라탔다. 그러자 금세 사방에서 한꺼번에 물이 밀어닥쳐 7군의 병사들은 허겁지겁 도망쳤으나, 물에 빠져 죽은 자가 헤아릴 수 없이 많았다. 물의 깊이는 한길 남짓 되었다.

우금과 방덕은 장수들과 함께 작은 산에 올라가 간신히 피했으나, 새벽녘이 되자 깃발이 나부끼고 북소리가 울려 퍼지는 가운데 관우가 큰 배를 타고 쳐들어왔다. 우금은 좌우에 군사가 불과 5, 60명밖에 남지 않았고 도망칠 길도 없어 항복하고 말았다.

방덕의 죽음

관우는 우금을 묶어 배 안에 가둬놓고 이번에는 방덕의 군사를 포위하고 일제히 활을 쏘아댔다. 위의 군사 태반이 화살에 맞아 죽자 7군의 장수들은 방덕에게 항복을 권했으나 방덕은 화를 버럭 내면서,

"나는 위왕으로부터 분에 넘치는 은혜를 받았다. 그런데 절개를 버리다니 말도 안 된다."
하고 그 자리에서 항복을 권한 장수들의 목을 베어버렸다.

그리고 새벽녘부터 정오까지 필사적으로 적의 공격을 막으면서 버티었다. 관우 쪽에서는 숨 돌릴 새도 없이 사방에서 화살을 비오듯 퍼부었다.

"오늘은 나의 최후의 날이다. 너희들도 힘껏 싸워라!"
하고 방덕은 부하들에게 외쳤으나 대부분의 군사가 관우의 화살에 맞아 물 속에 떨어졌고, 나머지 군사들도 모두 항복해버려서 방덕 혼자서 싸워야 했다.

그때 형주의 병사 수십 명이 배를 둑에 댔다. 방덕은 칼을 손에 들고 훌쩍 그 배에 뛰어오르더니 그 자리에서 10여 명을 쓰러뜨렸다. 나머지 병사들은 물 속에 뛰어들어 헤엄쳐서 도망쳤다.

주창은 물 속에서 방덕을 생포하다. 《新鐫全像通俗演義》 三國志傳卷之十三

방덕이 한 손에는 칼을 들고 한 손으로 노를 저어 번성으로 향해 가려고 할 때, 상류에서 커다란 뗏목을 타고 온 한 장수가 배를 서로 부딪쳐 뒤집고 물 속에 빠진 방덕을 사로잡았다. 그는 관우의 부하인 장수 주창(周倉)으로 본래 수전에 능했으며, 형주에 머물러 있는 몇 해 동안 수영으로 몸을 더욱 단련시켰다.

우금은 관우 앞에 끌려나오자 목숨을 구걸했다. 관우는 수염을 쓰다듬으면서 그를 형주의 감옥에 가둬놓으라고 명령했다.

이어서 방덕이 관우 앞에 끌려왔다. 그는 눈을 부라리면서 버티고 선 채 무릎을 꿇으려고 하지 않았다. 관우가 항복을 권하자 방덕은 버럭 화를 내면서 외쳤다.

"네놈 따위에게 항복하느니 차라리 목숨을 내놓겠다."

관우는 발끈 화가 나서 회자수(劊子手)에게 목을 베라고 명령했다. 방덕은 목을 길게 뺀 채 죽었다.

관우는 그의 충성심을 갸륵하게 여겨 장례를 후히 치르게 했다.

관우는 물이 빠지기 전에 번성으로 쳐들어갔다. 번성 주위에는 물이 가득 차 성벽이 점점 무너져 내리고 있었다. 조인은 배를 준비하여 도망치려고 했으나 부하 장수가,

"산골짜기에 한꺼번에 불어난 물은 오래 가지 않습니다. 열흘도 못 되어 물은 자연히 빠질 것입니다."

하고 성을 지킬 것을 주장했다. 조인도 이에 동의하여 곧 장수들을 모아놓고,

"나는 위왕의 명령을 받고 이 성을 지키고 있다. 성을 버리고 도망치는 자는 목을 벨 테다."

하고 자기가 타고 온 백마를 죽여 물 속에 던졌다. 그러자 여러 장수들도 성을 사수(死守)할 것을 맹세했다. 병사들은 밤낮을 가리지 않고 방비에 힘쓰고, 주민은 남녀 노소를 막론하고 흙과 돌을 운반하여 성벽을 쌓았다.

물은 열흘쯤 지나자 줄기 시작했다.

명의 화타

한편 관우는 병력을 나누어 거느리고 번성을 공격했다. 그는 북문으로 말을 몰아 채찍을 치켜들고,

"빨리 항복하지 않을 테냐?"

하고 외쳤다. 조인은 500명의 사수(射手)에게 일제히 활을 쏘라고 명령했다. 관우는 급히 말 머리를 돌리려고 했으나

조인은 관운장을 쏘아 맞추다. ≪新鍥全像通俗演義≫ 三國志傳卷之十三

오른쪽 팔꿈치에 화살을 맞고 말에서 떨어졌다.

관평이 부친을 부축하여 진지에 돌아와 팔꿈치의 화살을 빼냈으나 화살에 바른 독이 이미 뼛속까지 스며들어 오른쪽 팔꿈치가 시퍼렇게 부어올라 움직일 수 없게 되었다.

관평과 장수들은 상처가 악화될까 염려하여 형주에 가서 치료하도록 권유했으나, 관우는 번성의 공략을 눈앞에 둔 채 물러설 수 없다고 한마디로 거절했다. 관평은 할 수 없이 사방에 사람을 보내어 명의(名醫)를 물색했다.

어느 날 강동에서 화타(華陀)라는 의사가 배를 타고 왔다. 그는 네모난 두건을 쓰고 헐렁한 옷 매무새에 푸른 보자기를 팔에 걸치고 있었다. 관평은 매우 기뻐하여 화타를 본진으로 불러들였다.

관우는 팔꿈치가 몹시 쑤셨으나 병사들의 사기가 저하될까 두려워 꾹 참고 심심풀이로 마량과 함께 바둑을 두고 있었다.

관운장은 뼈를 긁어내며 독을 치료하다. ≪繡像全圖三國演義≫에서

인사를 마치고 차를 마신 화타는 관우에게 팔꿈치를 보자고 했다. 관우는 옷소매를 걷어 올리고 팔꿈치를 내밀었다. 화타는 그것을 보고 말했다.

"화살에 묻은 독이 뼈에까지 스며들었습니다. 빨리 치료하지 않으면 이 팔은 움직일 수 없게 됩니다."

치료 방법을 물었더니 '후미진 곳에 기둥을 세운 다음 기둥에 팔꿈치를 밧줄로 동여매고 나서, 환자의 얼굴을 가리고 예리한 칼로 살점을 도려내서 뼈에 묻은 독을 긁어낸 후에 실로 꿰매고 약을 바르면 낫는다' 는 것이었다.

"그건 쉬운 일이군. 기둥 같은 건 필요없다."

관우는 이렇게 말하고 껄껄 웃더니 술을 대여섯 잔 들이키고 나서 다시 마량과 바둑을 두면서 팔꿈치를 내밀어 화타에게 살점을 도려내게 했다. 화타는 칼을 손에 들고 옆에 있는 사람더러 주발에 피를 받으라고 일렀다.

"자, 도려냅니다. 마음을 단단히 가지십시오."

"좋아, 어서 맘대로 도려내게."

화타가 뼈대까지 살점을 도려내니 과연 뼈가 시퍼렇게 물들어 있었다. 칼로 뼈를 긁어내는 소리에 옆에 있던 사람들은 시퍼렇게 질려 손으로 얼굴을 가렸다. 그러나 관우는 술을 마시며 고기를 안주로 들고 담소하면서 흥겹게 바둑을 두는 것이었다. 그는 얼굴 한 번 찌푸리지 않았다.

금세 피가 주발에 넘쳤다. 화타는 독을 모두 긁어내고 약을 바른 다음 상처를 실로 꿰맸다. 관우는 껄껄 웃고 나서 자리에서 일어나,

"본래대로 팔꿈치를 굽혔다 폈다 할 수 있고 조금도 아프지 않소. 선생은 참으로 명의요."

하고 칭찬했다. 화타도,

"저는 오랫동안 의사 노릇을 해왔습니다마는 이런 일은 처음입니다. 장군은 참으로 천신(天神)이십니다."

하고 감탄했다. 그리고,

"화살의 상처는 나았지만 조심해야 합니다. 화를 내시면 해롭습니다. 100일만 지나면 완쾌될 것입니다."

하고 주의를 주었다.

관우는 사례로 금 100냥을 주었으나 화타는,

"장군을 천하의 의사(義士)로 알고 치료해드렸습니다. 사례가 목적이 아니었습니다."

하고 사양하며 고약 한 봉지를 놓고 어디론가 사라졌다.

40. 관우의 죽음

육손의 계략

조조는 관우가 우금을 사로잡고 방덕의 목을 벴다는 소식을 전해 듣고 깜짝 놀랐으나 사마의가,

"오의 손권에게 사자를 보내어 관우의 배후를 급습하면 번성의 위기는 모면할 수 있을 것입니다."

하고 말했다. 조조는 이에 동의하여 손권에게 사자를 보내는 한편, 서황에게 5만의 군사를 이끌고 양릉파(陽陵坡)까지 진격하여 진을 치고 있다가 오의 군사가 움직이면 출동하라고 명령했다.

손권은 조조의 편지를 보고 참모들과 의논했다. 이때 육구에 진을 치고 있던 여몽이 돌아와서, 관우가 번성을 포위하고 있을 때 형주를 공략하는 것이 좋겠다고 말했다. 손권은 이 작전을 추진하라고 지시했으나 여몽이 육구에 돌아온 후 '양자강변에 20리 내지 80리마다 높은 언덕에 봉화대가 있습니다' 라는 보고를 받았다.

여몽은 깜짝 놀라 손권에게 형주의 공략을 건의한 것이 큰

여상은 병을 가장하고 나와 육손과 만나다. 《新鋟全像通俗演義》 三國志傳 卷之十三

실수였다는 것을 알게 되었다. 그는 여러 모로 궁리해보았으나 좋은 방법이 떠오르지 않아 병을 핑계로 집 안에 틀어박혀 있었다.

여몽이 병들었다는 말을 듣고 손권이 걱정하고 있는데 육손(陸遜)이라는 자가,

"여몽은 꾀병을 앓고 있는 것이 틀림없습니다."
라고 말했다. 그럼 가서 확인하고 오라고 손권이 이르자 육손은 곧 육구의 진중에 가서 여몽을 만났다. 과연 그는 병색이 아니었다. 육손은 웃으면서 말했다.

"장군의 병은 형주 쪽에서 방비를 튼튼히 하고 양자강가에 봉화대를 설치하여 걱정이 되기 때문에 생긴 것이 틀림없지요? 제게 한 가지 계략이 있습니다."

여몽은 자기 속을 훤히 들여다보는 데 놀라 그 계략을 물었다. 육손이 말했다.

"관우는 무용을 믿고 천하 무적이라고 자만하고 있지만,

그가 꺼리는 상대는 장군 한 분뿐입니다. 장군이 이 임무를 맡지 않고 육구의 수비를 남에게 맡기면 관우는 방심하여 형주의 병력을 번성의 공략에 돌릴 것입니다. 형주의 수비가 허술할 때 기습하면 쉽사리 공략할 수 있을 것입니다."

그리하여 여몽은 꾀병으로 병상에 드러누워 사직서를 제출했다. 손권이 여몽을 건업에 불러들여 육구 수비의 후임에 누가 적합하냐고 묻자 여몽은 육손을 추천했다. 손권은 그날로 육손을 편장군(偏將軍) 우도독(右都督)으로 임명하고 육구의 수비를 명하였다. 육손은 육구에 가서 군무의 인계를 마치자 즉시 편지와 함께 명마, 비단, 술 등의 예물을 번성에 있는 관우에게 보냈다.

관우는 육손과 같은 풋내기가 장군이 되었다는 말을 듣고 아주 방심했다. 편지도 대단히 겸손하게 씌어 있었다. 관우도 껄껄 웃고 나서 예물을 받고 사자를 돌려보낸 후 형주의 병력을 절반 이상 번성에 돌리고 화살에 맞은 상처가 낫는 대로 쳐들어갈 준비를 했다.

여몽의 형주성 정복

육손은 관우의 동태를 탐지하여 손권에게 보고했다. 그러자 손권은 여몽에게 형주의 공략을 명령했다.

여몽은 정병 3만, 배 80여 척을 준비하여 수군에게 백의(白衣)를 입혀 상인으로 가장시킨 다음 출동했다. 그리고 배의 밑바닥에는 정병을 숨겨놓았다.

그리고 허창의 조조에게 사자를 보내어 군사를 출동시켜 관우의 배후를 칠 것을 요청했다.

백의의 병사들은 80여 척의 배에 올라타고 심양강(尋陽江)을 저어 나갔다. 밤낮을 가리지 않고 배를 저어 북쪽 기슭에 이르렀을 때 기슭에 있는 봉화대의 감시병에게 발각되었다.

"웬 놈들이냐? 빨리 신분을 밝혀라."

"우리는 모두 상인인데 비바람을 만나 이곳으로 피해 왔습니다."

하고 한 사람이 대답하며 선물을 주자 감시병은 조금도 의심하지 않고 강기슭에 정박하는 것을 허락해주었다.

밤이 되어 두 번째 북이 울리자 배의 밑바닥에 숨어 있던 정병이 나와서 봉화대의 감시병을 모두 붙잡았다. 그러자 신호에 따라 80여 척의 정병이 일제히 뛰쳐나와 요소마다 배치된 봉화대의 병사들을 모조리 붙잡아 배로 끌고 왔다. 그리고 나서 형주를 향해 진격했으나 아무도 알아차리지 못했다.

여몽은 사로잡혀 온 병사들을 부드러운 말로 위로하고 상까지 주었다. 그들은 목숨을 살려준 것이 고마워 형주성까지 인도하고 성 밑에 오자 문을 열라고 외쳤다. 성문의 파수병은 아군인 줄 알고 성문을 열어주었다. 병사들은 함성을 지르면서 성으로 쳐들어가 신호의 불길을 올렸다. 그러자 오의 군사가 일제히 달려들어 형주성을 점령해버렸다.

여몽은 곧 전군에게,

"함부로 사람을 죽이거나 민가의 재물을 빼앗는 자는 군법에 따라 처벌한다."

하고 엄명했다. 그리고 관원들은 전과 같이 직무를 보게 하고 관우의 가족을 보호했다.

비가 억수같이 쏟아지는 어느 날, 여몽이 성문을 돌아보다가 갑옷 위에 민가의 삿갓을 쓰고 있는 병사를 보았다. 부하를 시켜 조사해보니 여몽과 같은 고향 사람이었다.

"너는 나와 동향이지만 내가 내린 명령을 어겼으니 군법대로 처벌하겠다."

그러자 그 병사는 울면서 호소했다.

"군주의 갑옷을 비에 적셔서는 안 된다고 생각하여 삿갓으로 가렸습니다. 사사로운 뜻에서 삿갓을 쓴 것이 아닙니다. 동향의 인연을 생각하여 용서해주십시오."

"군주의 갑옷을 보호하기 위해 한 일이라는 것은 알고 있다. 그렇지만 민가의 물건을 빼앗은 것은 용서할 수 없다."

여몽은 부하를 시켜 그의 목을 베어 본을 보이게 하고 그에 대한 장례를 후히 지냈다. 이때부터 전군은 더욱 몸가짐을 조심하게 되었다.

공안 · 남군 · 언성의 함락

며칠 후에 손권이 형주에 도착하여 병사들의 노고를 위로했다. 그리고 우금을 감옥에서 꺼내 조조에게 돌려보냈다.

"이미 형주는 손에 넣었지만 어떻게 해야 부사인이 지키는 공안과 미방이 지키는 남군을 빼앗을 수 있겠는가?"

형주의 백성들은 손권을 맞이하다. ≪新鋟全像通俗演義≫ 三國志傳卷之十三

하고 손권이 여몽에게 물었다. 이때,

"그 일을 위해서는 무기가 필요없습니다. 제가 세 치의 혀로 공안의 부사인에게 항복하도록 설득해보겠습니다."

하고 앞에 나서는 자가 있었다. 그는 우번(虞飜)으로 부사인과는 어렸을 때부터 가까이 지낸 사람이었다.

우번은 곧 공안에 가서 항복을 권하는 편지를 화살에 달아매어 성 안으로 쏘아 보냈다. 부사인은 그 편지를 읽고 전에 관우에게 창피를 당했으므로 빨리 항복하는 것이 사는 길이라고 생각해 즉시 성문을 열고 우번을 맞아들였다.

손권은 부사인의 항복을 무척 기뻐했다. 그리고 다시 여몽의 의견에 따라 부사인을 남군에 보내 미방에게 항복을 권하게 했다.

부사인이 미방을 만나 오에 항복할 것을 권유하고 있을 때, 관우가 보낸 사자가 도착했다. 관우는 군량이 부족하므로 남군·공안에서 백미 10만 석을 급히 보내라고 명령했던 것이다.

사인은 오에 투항하라고 미방을 설득하다. ≪新鎸全像通俗演義≫ 三國志傳卷之十三

"이미 오에게 형주를 빼앗겼는데 이제 와서 이 군량을 어떻게 운반한단 말인가?"

하고 미방은 한탄했다. 부사인은 격한 목소리로,

"망설이고 있을 때가 아니오."

하고 말하고 나서 사자의 목을 베어버렸다. 미방이 깜짝 놀라 외쳤다.

"무슨 짓이오! 부공!"

"관우는 우리 둘의 목을 벨 속셈이오. 멍청하게 죽을 수는 없소. 지금 오에 항복하지 않으면 반드시 관우에게 죽게 될 것이오."

부사인이 이렇게 말하고 있을 때 갑자기 여몽의 군사가 성 밑에 쳐들어왔다는 보고가 들어왔다. 미방은 크게 놀라 부사인과 함께 성에서 나와 항복했다.

그 무렵 조조는 허창에서 참모들과 형주를 공략할 의논을 하고 있는데, 오에서 사자가 와서 관우를 양쪽에서 협공하는 것이 어떻겠느냐는 내용의 편지를 내놓았다. 조조는 서황에게 사자를 보내 즉시 출격하도록 지시하는 한편, 번성에 있는 조인을 구출하기 위해 스스로 대군을 이끌고 낙양의 남쪽 양릉파에 진을 쳤다.

조조로부터 출격 명령을 받은 서황은 곧 부장인 서상·여건에게 언성(偃城)에 가서 관평과 싸우라고 명령하고, 자신을 정병 500명을 거느리고 면수의 강기슭을 따라 언성의 배후를 기습했다.

관평도 정병을 이끌고 싸움에 나섰다. 서상·여건이 곧 달아나자 이를 추격하니 성 안에서 불길이 치솟았다. 그제서야 계략에 걸린 걸 알고 후퇴하자 서황이 길을 가로막고,

"형주를 빼앗기고도 아직까지 여기서 어물거리느냐?"
하고 큰소리로 외쳤다.

관평은 화가 나서 말을 몰아 칼을 휘두르며 서황에게 덤벼들었다. 그때 일제히 함성이 일어나고 언성에 불길이 치솟았다. 관평은 혈로를 열어 사총(四塚)의 진지로 도망쳤다. 그곳에는 요화가 진을 치고 있었는데, 그는 관평을 맞아들여 형주가 공략되었다고 보고했다.

그때 북쪽 제1진에 서황이 쳐들어왔다는 보고가 날아들었다. 관평·요화는 사총의 진지를 부장에게 맡기고 정병을 이끌고 출격했다.

이들은 그날 밤으로 쳐들어갔으나 적은 한 사람도 보이지 않았다. 계략에 걸린 줄 알고 되돌아가려고 했을 때 왼쪽에서 서상, 오른쪽에서 여건이 공격해 왔다. 관평·요화가 사총의 진지로 돌아가려고 하자 진중에서 불길이 치솟았다. 진지로 돌아오니 위군의 깃발이 성루에 세워져 있었다.

관운장과 서공명은 회고담을 나누다. ≪新鋟全像通俗演義≫ 三國志傳卷之十三

허둥지둥 군사를 되돌려 번성을 향해 달리는데 한 떼의 병사가 앞길을 가로막았다. 서황이었다. 관평은 필사적으로 싸워 간신히 혈로를 열고 본진에 돌아와 관우에게 언성과 그 밖의 진지를 빼앗기고 형주가 함락되었다고 보고했다.

위기에 몰린 관우

관우는 그것은 적의 유언 비어라고 호통을 쳤으나, 그때 서황이 쳐들어왔다는 보고가 날아들었다. 관우는 관평과 좌우의 참모들이 참으라고 권하는 말도 듣지 않고 칼을 들고 말을 몰아 출격했다.

위의 군사는 이것을 보고 두려워하지 않는 자가 없었다. 관우는 말고삐를 잡아당기고,

"서공명(徐公明)은 어디에 있느냐?"

하고 외쳤다. 서황이 말을 타고 정중히 인사를 했다.

"헤어진 후 몇 해 안 지났는데 당신은 벌써 백발이 되었군
요. 전에 가르침을 받은 것은 잊지 않고 있으며 전공을 들을
적마다 감탄했습니다. 여기서 뵙게 되어 기쁩니다."

관우가 말했다.

"나와 그대는 가까운 사이였는데 어찌하여 아들을 괴롭히
는가?"

서황은 장수들을 뒤돌아보고 거친 목소리로 외쳤다.

"운장의 목을 베는 자에게 천 냥의 상금을 주겠다."

"그게 무슨 말인가?"

하고 관우가 놀라자,

"이것은 나라를 위해서다. 사(私)로 인해 공(公)을 버릴
수는 없다."

라고 서황은 말을 마치고 큰 도끼를 휘두르며 덤벼들었다.
관우는 화가 치밀어 칼을 휘둘러 80여 차례나 싸웠다. 무예
가 남달리 뛰어난 관우였지만 화살의 상처가 채 아물지 않은
오른팔의 힘은 약할 수밖에 없었다. 관평은 아버지에게 혹시
무슨 일이 일어날까 걱정되어 급히 징을 울렸다.

관우가 본진으로 돌아가려고 하는데 본진에서 일제히 함
성이 일어났다. 조조의 원군이 왔다는 말을 듣고 조인이 번
성에서 쳐들어왔던 것이다. 관우가 여러 장수를 거느리고 양
강의 상류로 말을 몰자 강 위쪽에서도 적이 쳐들어왔다. 관
우는 양강을 건너 양양을 향해 도망쳤다.

그때 형주는 이미 여몽의 손에 들어갔다는 보고가 들어왔
다. 관우는 양양으로 가는 것을 단념하고 공안으로 향하였

관운장은 혼절하여 땅에 쓰러지다. ≪新鋟全像通俗演義≫ 三國志傳卷之十三

다. 그러자 이번에는 공안의 부사인이 항복했다는 것이었다. 관우가 화가 머리끝까지 치밀어 있을 때 군량을 독촉하러 간 자가 돌아와서 보고했다.

"공안의 부사인은 장군의 사자를 죽이고 미방을 길잡이로 하여 오에 항복했습니다."

이 말에 관우는 격노한 나머지 상처가 찢어져 그 자리에서 정신을 잃고 쓰러졌다. 여러 장수가 부축해 일으켜서 겨우 정신을 되찾자 옆에 있는 왕보에게,

"자네 말을 듣지 않았기 때문에 이 지경이 되었네."
하고 원통해 하는데, 척후병으로부터 양자강 기슭의 봉화대 의 파수병이 백의를 걸치고 상인으로 가장한 여몽의 부하에 게 생포되었기 때문에 봉화를 올릴 수 없었다는 보고를 듣고 는 더욱 발을 구르면서,

"계략에 넘어갔군. 형님을 뵐 낯이 없다."
하고 말했다.

그러나 일이 이렇게 된 이상 달리 방법이 없었다. 마량(馬良)·이적(伊籍)에게 급히 구원을 청하는 한편 스스로 군사를 이끌고 형주를 탈환하러 나섰다.

한편 번성의 포위망이 흐트러지자 조인은 여러 장수를 이끌고 조조에게 가서 울면서 사죄했다. 조조는,

"그건 천운(天運)이지 너희들의 죄가 아니다."

하고 오히려 전군에게 상을 내리고, 특히 서황의 공적을 칭찬하여 그를 평남장군(平南將軍)으로 삼고 하후상과 함께 영양을 지켜 관우의 군사를 견제하게 했다. 그리고 조조 자신은 마피(摩陂)에 진을 치고 동태를 살피기로 했다.

맥성으로의 후퇴

관우는 형주로 향하는 도중에 진퇴 양난에 빠졌다.

"앞에는 오의 군사가 있고 뒤에는 위의 군사가 있다. 우리는 그 사이에 끼어 원군도 없다. 어찌하면 좋겠는가?"

하고 부하에게 묻자,

"전에 여몽이 육구에 있을 때 자주 편지를 보내와 동맹을 맺고 조조를 치자고 했습니다. 지금은 조조를 도와 우리를 공격하고 있는데 이것은 신의를 저버린 처사입니다. 잠시 군사를 이곳에 머물게 하고 여몽에게 편지를 보내어 답장을 기다려보는 것이 좋을 줄 압니다."

하고 대답했다.

관우는 즉시 편지를 써서 사자에게 주어 형주로 보냈다.

여몽은 성 밖까지 마중을 나와 사자를 정중히 맞아들여,

"내가 전에 관우 장군과 친분을 맺은 것은 사사로운 일이오. 이번 일은 군주의 명령이므로 내 뜻대로 움직일 수 없으니 장군에게 그렇게 전하오."

하고 점잖게 거절했다.

그런데 형주에는 관우가 거느리고 있는 병사의 가족들이 많이 살고 있었다. 여몽은 형주를 점령한 후로 출정한 장병의 가족들을 보호하고 식량을 충분히 공급할 뿐더러 병자가 있으면 의사를 보내 치료하게 했다.

그리하여 그들은 안심하고 살고 있었으나 관우가 사자를 보내왔다는 말을 듣고 출정한 장병들의 소식을 들으려고 모여들었다. 그리고 편지를 맡기는 자도 있고 말로 안부를 전하는 자도 있었는데, 그들은 한결같이 식구들은 잘 있으며 먹고 입는 데 아무 불편이 없다고 하는 것이었다.

사자는 관우의 진지에 돌아와 여몽의 답변을 전했다. 그리고 관우의 가족들도 보호를 받고 있다고 말했다. 관우는 그건 여몽의 계략이라고 버럭 화를 내면서 사자를 물러가게 했다. 사자가 진지에 돌아가자 장병들이 모두 집의 안부를 물었다. 사자는 가족들이 모두 무사하며 여몽은 대단히 인정이 많다고 말하고 나서, 가지고 온 편지를 장병들에게 전하자 장병들은 너무 기뻐서 싸울 의욕을 잃고 말았다.

관우는 형주를 탈환하기 위해 진군했으나 장병들 중에 형주로 도망치는 자가 많이 생겨 관우는 여몽을 더욱 괘씸해하면서 군사를 격려하여 진격했다.

그때 갑자기 함성이 일어나더니 한 떼의 군사가 앞길을 가

로막았다. 앞장선 장수는 장흠이었다. 그는 말고삐를 잡아당기고 창을 휘두르면서 관우를 향해,

"운장, 빨리 항복해라."

"나는 한나라의 장수다. 어찌 역적에게 항복한단 말이냐?"

하고 칼을 휘두르면서 대적했다. 세 차례도 싸우기 전에 장흠은 돌아서 달아났다. 관우가 20리쯤 뒤쫓아가자 갑자기 함성이 일어나더니 왼쪽 골짜기에서 한당의 군사가 쳐들어오고, 오른쪽 골짜기에서는 주태의 군사가 쳐들어왔다. 관우는 그제야 너무 깊숙이 쳐들어간 것을 깨닫고 급히 군사를 후퇴시켰다.

얼마 못 가서 남쪽 언덕에 사람들이 모여 '형주 주민'이라고 쓴 백기를 흔들면서 저마다,

"형주 출신은 모두 항복하라!"

하고 외치고 있는 것을 보았다. 관우가 격노하여 언덕 위로 쳐올라가려고 했을 때, 산기슭의 좌우에서 군사가 쳐들어왔다. 왼쪽 장수는 정봉(丁奉), 오른쪽 장수는 서성(徐盛)이었다. 이들은 장흠의 군사와 합쳐 세 군데에서 대지를 뒤흔드는 함성과 피리와 북 소리가 하늘에 메아리치는 가운데 관우를 포위하고 쳐들어왔다.

저녁때까지 싸운 후에 관우가 바라보니 사방의 산에는 형주 출신의 병사들로 가득 찼다. 형이여, 동생아, 아버지여, 아들아 하고 서로 부르는 소리가 그치지 않았으며, 병사들은 모두 마음이 변하여 부르는 대로 빠져 나갔다. 관우는 더욱 화가 치밀어 큰소리로 호통을 쳤으나 막을 수가 없었다. 그

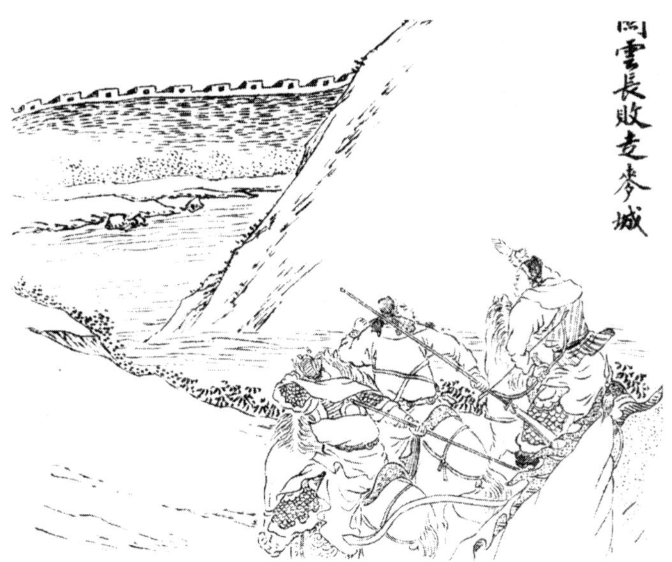

관운장은 맥성으로 패주하다. ≪繡像全圖三國演義≫에서

리하여 겨우 300여 명만 남게 되었다.

그날 밤, 세 번째 북소리가 날 무렵에 동쪽에서 함성을 지르며 나타난 관평과 요화가 포위를 뚫고 관우를 구출했다. 관평이 말했다.

"병사들의 마음이 떠났습니다. 성 안에 들어가 원군이 오기를 기다리는 수밖에 없습니다. 맥성(麥城)은 작은 성이기는 하지만 충분히 발판이 될 수 있을 것입니다."

관우는 이에 동의하여 남은 군사를 이끌고 맥성에 들어가 사방의 성문을 분담해서 지키게 했다.

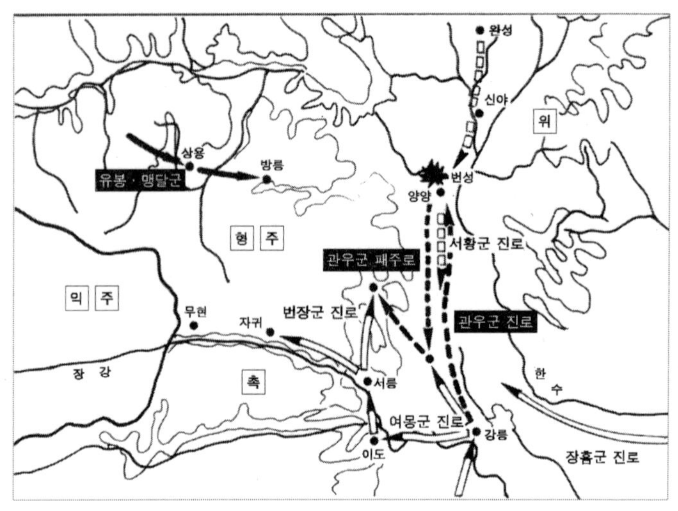

항복을 권하는 제갈근

맥성에서 가까운 상용(上庸)은 유봉과 맹달이 지키고 있었다. 관우는 요화를 사자로 상용에 보내어 구원을 청하게 했다. 요화가 적의 포위를 뚫고 상용에 도착하여 원군을 요청하자 유봉은 맹달과 의논했다.

맹달은 산성에 남아 있는 얼마 안 되는 군사로 오·위 두 나라의 강적과 겨루는 것은 양을 몰아 호랑이 굴에 들여보내는 것과 같다고 말했다. 그러나 유봉이 관우는 자기의 숙부뻘이 되니 죽게 할 수 없다고 말하자, 맹달은 한중왕 유비가 당신을 양자로 삼았을 때 관우는 못마땅한 얼굴을 했으며, 숙부와 조카의 의리에 매어 모험을 할 필요는 없다고 말했다. 유봉은 이 말에 따라 요화에게,

"지금 우리가 나서봐야 한 잔의 물로 수레의 장작불을 끄

려는 것과 같으니 빨리 돌아가 다른 데 가서 구원을 청하십시오."

하고 거절했다. 유봉과 맹달은 자리에서 일어나 안으로 들어가버렸다. 요화는 한중왕에게 구원을 요청하는 수밖에 없다고 생각하여 그들을 저주하면서 성을 나와 성도로 향하였다.

맥성에서는 관우가 상용에서 원군을 보내주리라고 기다리고 있었으나 아무 기별도 없었다. 몇 안 되는 군사들은 거의가 부상을 입었으며 성 안에는 군량마저 떨어졌다.

관우가 이처럼 곤경에 놓여 있을 때 갑자기 성 밖에서 '활을 쏘지 마라. 관 장군에게 할 이야기가 있다'고 외치는 자가 있었다. 바로 제갈근이었다. 그는 손권의 명령을 받고 오에 항복하도록 권유하러 왔던 것이다. 관우는 얼굴을 찌푸리고 말했다.

"나는 시골 출신의 촌놈이다. 그런데도 군주는 나를 손발처럼 생각하고 있다. 의리를 버리고 적에게 항복한다는 건 생각할 수 없다. 성이 함락되면 죽음이 있을 뿐이다. 구슬은 부서져도 아름다움을 잃지 않고 대는 꺾일지언정 굽히지 않는다. 내 몸은 사라져도 이름은 잃지 않을 것이다. 아무 말 말고 어서 물러가라. 난 손권과 싸우겠다."

제갈근이 다시 설득하려고 하자 관평이 칼을 빼들고 그를 치려고 했다. 관우가 아들에게, 동생인 공명의 정의(情義)에 상처를 입히지 말라고 타이르고 부하를 시켜 제갈근을 쫓아내게 했다.

제갈근은 오에 돌아가 손권에게 보고했다.

"관우의 마음은 철석 같아서 설복시킬 수 없었습니다."

"과연 듣던 대로 충신이군. 그럼 어떡하면 좋겠소?"
하고 생각에 잠겼다.

체포된 관우

그때 참모 중에 점을 치는 자가 있어 점괘를 뽑아보았더니, '적이 멀리 달아난다'는 것이었다. 여몽이 말했다.

"그 점괘는 저의 추측대로입니다. 관우에게 설사 하늘을 나는 날개가 있다고 하더라도 제 그물에서 벗어날 수는 없습니다. 저는 이미 계략을 세워놓고 있습니다."

손권이 그 계략을 물었더니 여몽은 이렇게 대답했다.

"맥성의 사대문에는 넓은 길이 통해 있지만, 관우의 군사는 소수이므로 넓은 길로 도망칠 리가 없습니다. 성의 북쪽에 험한 샛길이 있으니 그 길을 지나갈 것입니다. 주연(朱然)에게 정병 5천을 이끌고 맥성의 북쪽에서 20리 떨어진 곳에 숨어 있게 하고 적이 지나가도 그대로 놔둔 다음에 뒤에서 공격하면, 적은 우왕 좌왕하며 반드시 임저(臨沮)로 도망칠 것입니다. 따라서 반장에게 정병 500명을 내주어 임저의 산길에 숨어 있게 하면 관우를 사로잡을 수 있을 것입니다. 이제부터 성문으로 쳐들어가되 북문만은 비워두어 적을 도망치게 해야 합니다."

손권이 다시 그 참모에게 점을 치게 하니, '적은 서북으로 도망쳤다. 오늘 밤 해시(亥時)에 반드시 생포하게 된다'는 점괘가 나왔다.

한편 맥성에 있는 관우가 기병과 보병을 점검해보니 불과 300여 명밖에 되지 않고 군량도 떨어져 있었다. 밤이면 오의 군사가 성 밖에서 탈주를 권하므로 성벽을 뛰어넘어 도망치는 자가 점차 늘었고 원군도 오지 않았다. 관우는 속수무책이었다. 왕보와 의논했으나 달리 손쓸 여지가 없었다. 일단 성을 버리고 서천으로 가서 군사를 재편성하여 이 지역을 되찾는 수밖에 없었다.

관우가 성에 올라가 바라보니 북문 밖의 적은 몇 사람 되지 않았다. 성 안의 주민들에게 북쪽 지리를 물어보니 산에 샛길이 있어 서천까지 통한다는 것이었다. 관우가 말했다.

"오늘 밤 이 길로 빠져 나가야 한다."

"샛길에는 으레 복병이 있기 마련이니 넓은 길로 가야 합니다."

하고 왕보가 충고했다. 그러나 관우는,

"복병이 있어도 두려워할 것 없다."

하고 곧 성을 빠져 나갈 준비를 시켰다. 왕보는 눈물을 흘리며,

"도중에 부디 복병을 조심하십시오. 저는 100여 명의 부하와 함께 목숨을 걸고 이 성을 지키겠습니다. 성이 무너져도 저는 항복하지 않겠습니다."

하고 서로 눈물을 흘리면서 작별했다. 관우는 주창으로 하여금 왕보와 함께 성에 남아서 맥성을 지키게 하고, 관평과 함께 200여 명의 군사를 이끌고 북문을 나섰다.

관우는 칼을 들고 행군했다. 20리 남짓 갔을 때 산골짜기에서 일제히 징과 북 소리가 나더니 함성이 울려 퍼지면서

한 떼의 군사가 나타났다. 앞장선 장수 주연이,

"운장, 어딜 도망치는 게냐! 일찌감치 항복해라."

하고 외치니 관우가 격노하여 칼을 휘두르면서 덤벼들자 그는 도망쳤다. 관우가 한참 뒤쫓아갔을 때 북소리가 울려 퍼지더니 사방에서 복병이 일제히 쏟아졌다. 관우는 싸움을 포기하고 임저를 향해 샛길로 도망쳤다. 주연이 군사를 이끌고 추격하자 관우의 군사는 점점 줄어들었다.

불과 4, 5리도 가지 않아서 앞길에 또다시 함성과 함께 불길이 치솟더니 반장이 말을 몰아 칼을 휘두르면서 덤벼들었다. 관우와 몇 번 대적하다 도망쳐버렸다.

관우는 굳이 추격하여 싸우려 하지 않고 갈 길을 재촉했다. 관평이 따라왔지만 전사한 장병이 많아 이제 관우를 따르는 아군은 10여 명밖에 남지 않았다.

이윽고 결구(決口)까지 왔다. 양쪽에 산이 둘러싸여 있고 사방은 온통 갈대와 잡목이 무성했다. 시각은 5경(五更)도 지나 아침이 가까웠다.

그때 갑자기 함성이 들리더니 양쪽에서 복병이 뛰쳐나와 일제히 밧줄을 던져 관우가 탄 말의 다리를 칭칭 휘감아 쓰러뜨렸다. 순간 관우는 말 위에서 땅바닥으로 곤두박질쳤다. 반장의 부장 마충(馬忠)이 달려들어 밧줄로 묶었다.

관평이 급히 구출하러 가려 했으나 뒤에서 반장과 주연이 군사를 이끌고 관평을 에워쌌다. 관평은 한 번 싸운 후에 힘이 부쳐 사로잡히고 말았다.

관운장은 손권을 크게 꾸짖다. ≪新鐫全像通俗演義≫ 三國志傳卷之十三

사라진 영웅

날이 밝기 시작했다. 마충이 손권 앞에 관우를 끌고 왔다. 손권이 말했다.

"나는 전부터 장군의 덕을 사모하여 친분을 맺으려고 했는데 왜 거절했소. 천하 무적인 장군이 사로잡히다니 웬일이오? 장군, 오늘부터는 이 손권의 편이 되어주지 않겠소?"

관우는 큰소리로 호통을 쳤다.

"눈알이 파란 애송이, 자색 수염을 늘어뜨린 쥐새끼야! 나는 유 황숙과 복숭아 밭에서 의형제를 맺고 한의 왕실을 다시 일으켜 세우려고 맹세한 사람이다. 네놈처럼 한나라에 반역한 무리에 끼란 말이냐? 이번에 뜻밖의 계략에 걸려 들어 이렇게 된 이상 오직 죽음이 있을 뿐이다. 허튼 수작하지 마라."

손권은 참모들을 돌아보고 말했다.

"운장은 천하의 호걸로 아까운 인물이다. 후히 대접하여 항복하도록 권하는 것이 어떻겠는가?"

그러자 주부(主簿)인 좌함(左咸)이 말했다.

"그것은 안 됩니다. 옛날 조조가 이 사람을 한수정후로 임명하고 사흘 동안 소연(小宴), 닷새 동안 대연(大宴)을 열어주었습니다. 뿐만 아니라 말을 타면 금을, 말에서 내리면 은을 주고 미인 열 명을 안겨주었지만, 그는 오관(五關)의 장수의 목을 베고 도망쳤습니다. 그래도 너그럽게 보아줬기 때문에 조조는 그에게 눌려 결국 수도를 옮기고 그의 창 끝을 피하는 처지에 놓이게 되었습니다. 군주께서 이제 그를 사로잡았으니 즉시 목을 베지 않으면 훗날에 큰 재앙을 일으킬 우려가 있습니다."

손권은 잠시 생각하더니,

"옳은 말이오."

하고 그를 끌고 가게 하니, 관우 부자는 결국 목숨을 잃었다. 건안 24년 10월, 관우의 나이 58세였다.

손권은 관우가 타던 적토마를 마충에게 주었으나 며칠 동안 먹이를 먹지 않더니 죽어버렸다.

맥성에 남아 있던 왕보는 갑자기 심한 전율을 느끼며 주창에게,

"어젯밤 꿈에 우리 자사가 온몸이 피투성이가 되어 머리맡에 서 있었네. 깜짝 놀라 잠에서 깨어났는데 무슨 일이 일어난 건 아닐까?"

하고 말하는데, 오의 군사가 성 밑에서 관우 부자의 목을 내

걸고 항복하라고 한다는 보고가 들어왔다. 두 사람이 깜짝 놀라 성루에 올라가 내려다보니 과연 관우 부자의 목이 걸려 있었다. 왕보는 큰소리로 통곡하면서 성에서 뛰어내려 죽고 주창은 스스로 목을 찔러 자결했다. 이리하여 맥성은 동오의 차지가 되었다.

불제자가 된 운장의 혼

한편 관우의 영혼은 저승으로 곧장 가지 못하고 여기저기 떠돌아다니다가 구름을 타고 당양현(當陽縣)의 옥천산(玉泉山)으로 날아갔다.

이 산꼭대기에는 보정(普靜)이라는 노승이 살고 있었다.

그는 본래 사수관(汜水關)의 진국사(鎭國寺)에 묵고 있었는데 천하를 두루 돌아다니다가 이 산에 이르러 보니, 아름다운 산수가 마음에 들어 이곳에 암자를 짓고 살기 시작했다. 그날 밤은 달이 밝고 바람이 시원하여 한밤에 보정이 좌선을 하고 있을 때 갑자기 하늘에서,

"내 목을 돌려다오!"

하고 큰소리로 외치는 자가 있어 보정이 하늘을 쳐다보니 적토마를 타고 청룡도를 든 자가 왼쪽에는 얼굴이 흰 장수를, 오른쪽에는 얼굴이 검은 구레나룻을 기른 장수를 거느리고 구름을 타고 나타났다. 보정은 그들이 관우·관평·주창임을 알아보고 손에 든 털이개로 암자의 문을 두드리면서 말했다.

관운장은 옥천산에 현성하다. ≪繡像全圖三國演義≫에서

"운장은 어디에 계시오?"

관우의 영혼은 그제서야 깨닫고 곧 말에서 내려 암자 앞에 와서 보정의 이름을 물었다. 보정이 전에 진국사에서 관우와 만났던 이야기를 했더니 관우는 가르침을 받아 미혹에서 떠나고 싶다고 말했다. 보정이 이르기를,

"이것은 인과(因果)라는 것입니다. 이번에 장군은 여몽의 계략에 걸려 목이 베이고 그 목을 다시 돌려 달라고 외치지만 지난번에 장군의 손에 죽은 안량·문추 등 오관의 여섯 장수들은 대체 누구에게 자기 목을 돌려 달라고 말해야 되겠습니까?"

라고 했다.

이 말을 듣자 관우는 새삼 깨닫고 무릎을 꿇어 보정의 제
자가 되었다. 그 후 때때로 관우는 옥천산에 영험(靈驗)을
나타내어 백성을 지켰기 때문에 마을 사람들은 그 덕을 고맙
게 여겨 산꼭대기에 관우의 사당을 세우고 절기마다 제사를
지냈다고 한다.

41. 조조의 죽음

여몽의 죽음

손권은 관우를 죽인 후, 전군에게 상을 내리고 여러 장수들을 불러 큰 잔치를 열어 여몽을 상좌에 앉혔다.

"나는 오랫동안 형주를 공략하려 했는데, 이제야 손에 넣어 매우 만족하네. 이것은 오직 그대의 공로요."

여몽은 자기의 공로가 아니라고 거듭 사양하고 다음 자리에 앉았으나 손권은 축배를 들고,

"옛날 주유는 지모가 뛰어나 적벽에서 조조를 격파했으나 불행하게도 일찍 죽었다. 노숙이 그 뒤를 이어 나를 도와주었지만, 그대가 이번에 형주를 공략한 것은 노숙이나 주유보다 더 큰일을 한 것이네."

하고 손수 술을 따라 여몽에게 주었다. 여몽은 술잔을 받아 마시려고 하다가 갑자기 술잔을 땅바닥에 내동댕이치면서 한 손으로 손권의 멱살을 잡고 거친 목소리로 호통을 쳤다.

"눈알이 파란 애송이, 자색 수염을 늘어뜨린 쥐새끼야! 나를 알아보겠느냐?"

여러 장수들이 깜짝 놀라 급히 몰려왔으나 여몽은 손권을 쓰러뜨리고 나서 뚜벅뚜벅 걸어서 손권의 자리에 앉더니 눈썹을 찌푸리고 눈을 부릅뜬 채 호령을 했다.

"황건적을 무찌른 후 나는 천하를 누비기를 30여 년, 유감스럽게도 이번에 네놈의 계략에 걸려 들었다. 살아서 네놈의 고기를 먹을 수는 없으나, 죽어서 여몽의 영혼을 사로잡고 말겠다. 나는 한의 수정후 관운장이니라."

손권은 혼비 백산하여 여러 장수들과 함께 허겁지겁 땅바닥에 바싹 엎드렸다. 그러자 여몽은 땅바닥에 쓰러져 눈과 귀 등 일곱 구멍에서 피가 흘러 죽어버렸다. 여러 장수들은 이것을 보고 저마다 벌벌 떨었다.

손권은 여몽의 시체를 관에 넣어 극진히 장례를 치르고 남군의 태수 잔릉후(潺陵侯)로 봉한 다음, 그 아들에게 아버지의 직위를 물려받게 했다.

여몽의 나이는 42세로, 건안 24년 12월 7일의 일이었다.

손권·조조의 불안

손권은 이때부터 관우의 일이 신경에 거슬려 언제나 불안했다. 그 무렵에 장소(張昭)가 건업에서 돌아와 의견을 말했다.

"이번에 군주께서 관우 부자를 죽였기 때문에 우리 오나라에는 머지 않아 재앙이 닥칠 것입니다. 옛날에 그가 유비·장비와 복숭아 밭에서 의형제를 맺었을 때 생사를 함께 하기로 서약했습니다. 이제 유비는 이미 동서 양천(兩川)의 병력을 손에 넣고, 제갈량의 지모와 장비·황충·마초·조운의 무용을 함께 보유하고 있습니다. 만일 유비가 관우 부자의 죽음을 알게 되면 반드시 전군을 이끌고 원수를 갚으러 쳐들어올 것입니다. 그가 필사적으로 쳐들어오면 동오는 당할 수 없을 것입니다."

손권이 두려워 방책을 물으니 장소는 하나의 계략을 말했다.

"지금 조조는 10만 대군을 거느리고 중앙 평원에서 호랑이 같은 위력을 발휘하고 있습니다. 유비는 원수를 갚기 위해 반드시 조조와 손을 잡으려고 할 것입니다. 만일 촉과 위가 연합하여 쳐들어오면 동오는 위험합니다. 먼저 사람을 시켜 관우의 목을 조조에게 보내어, 관우가 죽은 것은 조조의 탓이라고 유비가 생각하게 하면 그는 조조를 원망하여 촉의 군사는 오나라가 아닌 위나라로 쳐들어갈 것입니다."

이리하여 손권은 나무 상자에 관우의 목을 넣어 곧 조조에게 보냈다. 그때 조조는 마피에서 낙양으로 철수하고 있었는데 관우의 목을 가져왔다는 말을 듣자,

"운장이 죽었으니 나도 베개를 높이 베고 잠들 수 있게 되었다."
하고 기뻐했으나 사마의가,

"이것은 재앙을 우리 위에 돌리려는 동오의 책략입니다."
하고 주위에 경계를 하고 관우의 목에 향목(香木)으로 새긴 몸체를 연결시켜 대신 극진히 장사 지내기로 하고 오의 사자를 불러들였다.

조조는 갑을 열고 관운장의 수급을 보다.　≪新鋟全像通俗演義≫ 三國志傳卷之十三

　　그가 건네주는 나무 상자를 열어 보니 관우의 얼굴은 살아 있을 때와 같았다. 그래서 조조는 무심코 빙긋이 웃으며,

　　"운장, 헤어진 후에 별일 없었나?"
하고 말을 끝내기도 전에 관우의 입이 열리고 눈썹이 움직이며 수염도 곤두섰으므로, 조조는 깜짝 놀라 쓰러져버렸다. 여러 장수들이 부축하여 겨우 정신을 되찾자 조조는 주위를 돌아보면서 말했다.

　　"관우 장군은 실로 천신이다."

　　오의 사자가 관우의 혼이 여몽을 죽였다는 말을 하자, 조조는 더욱 두려워하여 낙양의 남문 밖에 극진히 장사 지내고 관우에게 형왕(荊王)의 지위를 내렸다.

유비의 슬픔

　　한편 한중왕 유비는 동천에서 성도에 돌아오자 법정의 진언을 받아들여 오의(吳懿)의 여동생을 맞아 왕비로 삼았다. 왕비가 두 아들을 낳으니 유영(劉永)과 유리(劉理)이다.

동천과 서천에서는 곡식이 잘 자라 백성들이 평안히 살 수 있었다. 형주에서 전해 오는 정보에 의하면 동오가 관우에게 혼담을 꺼냈으나 관우가 거절했다고 하였다. 공명이 형주가 위태로우니 누구를 보내 관우와 교체시키자고 제의했으나, 형주로부터는 승리의 소식이 잇따라 날아들었다. 그리고 강기슭에 봉화대를 많이 설치하여 잘 방비하고 있는 줄 알고 모두들 안심했다.

그런데 어느 날 밤, 현덕은 갑자기 한기가 들어 좀처럼 잠을 이루지 못했다. 그래서 자리에서 일어나 촛불을 켜고 책을 읽는데 머리가 어지러워 책상에 엎드려 잠깐 잠이 들었다. 그러자 방 안에 찬바람이 불어와 촛불이 꺼질 듯하더니 다시 밝아졌다. 얼굴을 드니 등불 옆에 사람이 서 있었다.

"웬 놈이냐, 밤중에 남의 침실에 들어오다니?"
하고 현덕이 물었으나 대답이 없어 이상히 여겨 자리에서 일어나 자세히 보니 관우가 촛불 그림자 위로 나타났다 사라졌다 하는 것이었다.

"동생, 그 후에 별일 없었나? 이 밤중에 여길 오다니 예삿일이 아니군. 우리는 형제 사이가 아닌가. 왜 숨는 겐가?"
관우는 울면서 말했다.

"형님, 군사를 출동시켜 동생의 한을 풀어주십시오."
하고 말하자마자 찬바람이 불어오더니 관우는 사라져버렸다. 현덕은 깜짝 놀라 눈을 뜨니 꿈이었다.

그때 세 번째 북소리가 울렸다. 현덕은 이상하게 생각하여 공명을 불러 꿈 이야기를 상세히 들려주었다.

"관우의 생각을 많이 하시기 때문에 꿈을 꾼 것입니다. 이상할 것 하나도 없습니다."

현덕이 거듭 이상하게 생각하자 공명은 부드럽게 위로하고 헤어져 중문(中門) 밖에 나오니, 전령이 관우가 죽었다는 소식을 전했다.

공명이 말했다.

"나도 밤에 천문(天文)을 보고 있는데 장성(將星)이 형(荊)·촉(蜀)의 땅에 떨어지는 것을 보았소. 운장이 변을 당한 줄 알았으나 군주의 슬픔이 염려되어 아직 말씀드리지 않았네."

두 사람이 이야기를 하고 있을 때, 현덕이 옆에 와서 꾸짖었다.

"왜 숨기고 있었소!"

"아까 한 말은 소문에 지나지 않습니다. 지나치게 걱정하실 것 없습니다."

하고 공명이 변명했으나 현덕은,

"나와 운장은 생사를 같이하기로 맹세한 사이요. 그에게 불행한 일이 일어나면 나 혼자 살아갈 수 없소."

하고 말할 때, 마량·이적이 와서 형주의 함락과 관우의 패전에 대해 상세히 보고했다. 이어서 요화가 도착했다. 그는 유봉과 맹달이 원군을 보내지 않은 사실을 보고했다. 현덕이 깜짝 놀라 곧 원군을 보내려고 하는데 관우가 죽었다는 소식이 전해졌다. 그 말을 듣자 현덕은 외마디 소리를 지르더니 정신을 잃고 쓰러졌다. 대신들이 부축해 일으키자 얼마 후에

야 정신을 되찾았다. 공명이,

"사람의 생사에는 천명이 있다고 합니다. 관공은 평소에 고집이 세고 자존심이 강해서 이런 변을 당한 것입니다. 군주께서는 몸을 소중히 하셔서 천천히 보복하시기 바랍니다."

하고 위로했으나 현덕은 말했다.

"관우가 죽었는데 나만 부귀를 누릴 수 없소."

그때 관흥(關興)이 소리내어 울면서 들어왔다. 그것을 보자 현덕은 더욱 서럽게 울다가 또다시 기절했다. 대신들이 부축하여 정신을 되찾았으나 4, 5차례나 울다가 쓰러지고 사흘 동안 물 한 모금 넘기지 않고 울기만 했다.

손권이 관우의 목을 조조에게 바치고 조조가 극진히 장례를 지냈다는 말을 듣고, 현덕은 즉시 군사를 이끌고 오에 쳐들어가 한을 풀려고 했으나 공명이 말했다.

"지금 오는 우리로 하여금 위를 치게 하려고 하며 위도 우리로 하여금 오를 치게 하려는 계략을 품고 서로 기회를 노리고 있습니다. 군주께서는 군사를 움직이지 말고 오와 위의 사이가 벌어지는 것을 기다려 기회를 보아 공략하는 것이 상책입니다."

대신들도 한결같이 말렸으므로 현덕은 겨우 진정하고 나서 전국의 장병으로 하여금 조의를 표하게 하고 스스로 남문을 나와 관우의 영혼을 불러 제사를 지내고 종일 소리내어 울었다.

현덕은 관운장을 기리며 통곡하다. ≪新鐫全像通俗演義≫ 三國志傳卷之十三

병이 난 조조

한편 조조는 낙양에 있었으나 관우를 장례한 후로는 밤마다 눈만 감으면 관우의 모습이 떠올랐다. 이것은 낡은 궁전에 마물(魔物)이 많기 때문이라고 대신들이 말하므로, 건시전(建始殿)이라는 새로운 궁전을 짓기로 했다. 유명한 목수에게 설계를 명령하는 조조는 마음이 흡족했으나, 대들보로 쓸 재목이 어디 있느냐고 묻자 이 성에서 30리나 떨어진 약룡담(躍龍潭)이라는 연못가에 높이 10장 남짓한 커다란 배나무가 적합하다고 말했다.

조조가 곧 인부를 보내 베어 오게 했는데, 그 나무는 톱으로 켜도 잘 베어지지 않고 도끼로 찍어도 날이 박히지 않는다는 것이었다. 조조는 그 말을 믿지 못해 스스로 수백 명의 기병을 거느리고 약룡담의 연못가에 가서 그 배나무를 쳐다보니 그것은 하늘 높이 곧게 치솟아 있었다. 조조가 베라고

나무의 신은 칼을 짚고 서서 조조의 수명을 취하려 하다. ≪新鋟全像通俗演義≫ 三國志傳卷之十三

명령하자 이곳 노인 몇 명이 앞으로 나와,

"이 나무는 몇백 년 묵은 노목으로 그 위에 신이 살고 있습니다. 베면 재앙이 내립니다."

하고 말했다. 조조는 화가 치밀어,

"나는 천하를 휘어잡은 지 40여 년이 되며, 위로는 천자에서 아래로 서민에 이르기까지 나를 두려워하지 않는 자가 없다. 어떤 도깨비가 내 뜻을 거역하겠느냐?"

하고 허리에 찬 칼을 빼들고 나무를 후려쳤다. 그러자 컥 하는 소리가 나더니 피가 쏟아져 조조는 온몸에 피를 뒤집어쓰고 말았다. 조조는 가슴이 철렁하여 칼을 내동댕이치고 말을 몰아 궁전으로 돌아왔다.

그날 밤, 조조는 좀처럼 잠들 수 없었다. 자리에서 일어나 책상에 기대어 있다가 잠이 드는 둥 마는 둥 할 때 문득 머리를 흐트러뜨리고 칼로 지팡이를 삼고 검은 옷을 걸친 사나이가 앞에 나타나 조조를 가리키면서,

"나는 배나무의 신(神)이다. 네놈은 제위를 빼앗으려는 속셈으로 건시전을 세우기 위해 나의 신목(神木)을 베려고 했다. 이제 네놈의 수명은 끝장이다. 내가 네 목숨을 가지러 왔다."

하고 호령을 하는 것이었다. 조조가 깜짝 놀라,

"호위병은 어디 있나?"

하고 외쳤으나, 검은 옷을 걸친 사람이 칼을 들어 조조를 향해 내리쳤다. 앗 하고 비명을 지른 순간 잠에서 깨어났으나 견딜 수 없도록 머리가 지끈지끈 쑤셨다. 급히 전국에 알려 명의를 불러 치료를 받았으나 효험이 없었다.

모두들 걱정하고 있는데 화타라는 명의가 있다고 화흠이 말했다. 모든 난치병을 즉석에서 고친다는 말을 듣고 조조는 곧 화타를 불러들였다. 진찰을 마치고 화타가 말했다.

"대왕의 두통은 풍병(風病) 때문입니다. 병의 근원이 머리에 있으므로 아무리 약을 다려 잡수셔도 고칠 수 없습니다. 방법은 한 가지뿐입니다. 먼저 마취약을 드시고 예리한 도끼로 머리를 절개하여 병의 근원을 꺼내야 합니다."

조조는 노발 대발하며,

"네놈이 나를 죽일 셈이냐?"

하고 불호령을 내렸다. 그러자 화타가 말했다.

"대왕께서는 듣지 못하였습니까? 관우가 독화살을 맞아 오른쪽 팔꿈치에 부상을 입었을 때 제가 뼈를 깎아 치료했으나 조금도 두려워하지 않았습니다. 이에 비하면 대왕의 병은 대단치 않습니다. 의심하지 마십시오."

"닥쳐라! 팔꿈치의 아픔은 나도 참을 수 있다. 그렇지만

조조의 두풍을 치료하려던 신의 화타가 죽다. ≪繡像全圖三國演義≫에서

어떻게 머리를 절개한다는 게냐? 네놈은 관우와 친하여 이 기회에 원수를 갚겠다는 게 분명하다."

조조는 이렇게 말하고 좌우의 부하를 불러 화타를 감옥에 가두고 고문하여 사실을 알아내라고 명령했다. 이런 명의를 죽여서는 안 된다고 가후가 말렸으나, 조조는 길평의 예도 있다고 말하면서 엄하게 다스리게 했다. 그리하여 드디어 화타는 옥중에서 고문을 당해 죽고 말았다.

조조의 죽음

조조는 화타를 죽인 후 병이 더욱 중해졌으며 오와 촉의 문제로 마음까지 편하지 못했다.

그때 손권이 편지를 보내왔다. 펴보니 손권은 자기를 신하라고 낮추고 조조에게 제위에 오를 것을 권하며 유비를 멸하면 자기는 즉시 위로 가겠다고 하였다. 조조의 부하들도 빨리 제위에 오르는 것이 좋겠다고 진언했다. 그러나 조조는 자기 대신 아들을 천자로 삼으려는 뜻을 비쳤다. 그리고 황제에게 상주하여 손권에게 표기장군(驃騎將軍)·남창후(南昌侯)·형주의 자사라는 벼슬을 내렸다.

조조의 병은 더욱 심해갔다. 어느 날 밤, 조조는 눈앞이 어지러워 자리에서 일어나 탁자에 기댔는데 얼핏 잠이 들었다. 그때 갑자기 비단을 찢는 듯한 소리가 나서 깜짝 놀라 살펴보니 복 황후·동 귀인·두 황자·복완·동승 등 20여 명의 몸이 피투성이가 되어 먹구름에 싸여 목숨을 돌려 달라고 아우성을 쳤다. 조조는 급히 칼을 뽑아 들고 공중을 향해 힘껏 후려쳤다. 그러자 요란한 소리가 들리면서 궁전 서남쪽 한 모퉁이가 무너졌다. 조조는 깜짝 놀라 땅바닥에 쓰러졌다. 이 꿈을 꾸고 난 조조는 다른 궁전으로 옮겨 요양하기로 했다.

이튿날 밤에 궁전 밖에서 남녀가 모여 우는 소리가 계속해서 들려왔다. 날이 밝아오자 조조는 부하들을 불러,

"나는 30여 년 동안 전쟁을 해왔지만 미신을 믿어본 적은 한 번도 없었다. 그런데 이게 웬일인가?"

하고 물었다. 부하들은 도사에게 명하여 귀신을 쫓는 액막이를 하도록 권했다. 조조는,

"하늘에 죄를 지으면 빌 곳이 없어진다고 성인은 말했다. 이제 내 천명이 다한 것 같다. 구제할 길이 없다."

하고 액막이를 하지 못하게 했다.

이튿날은 위가 굳어지면서 눈이 보이지 않았다. 조조는 급히 하후돈을 불러들였다. 하후돈이 궁전 대문 앞에 와서 문득 쳐다보니 복 황후·동 귀비·두 황자·복완·동승 등이 먹구름 속에 나타났다. 하후돈은 깜짝 놀라 그 자리에 쓰러졌다. 좌우의 측근들이 부축하여 집으로 데려갔으나 병상에 누워 일어나지 못했다.

조조는 조홍·진군·가후·사마의 등 네 사람을 침상 옆에 불러 사후의 일을 부탁했다.

"나는 천하를 누비고 다니면서 30여 년 동안 전쟁을 하여 군웅(群雄)을 모두 멸하고, 이제 남은 것은 강동의 손권과 서촉의 유비뿐이다. 그런데 이제 내 병이 중하여 신들과 다시 이야기할 수 없을 것 같아 미리 내 일족의 일을 일러두겠다. 제일 위인 앙(昻)은 유씨의 몸에서 태어났으나 불행하게도 완성에서 일찍 죽었다. 변씨는 비(조)·창(彰)·식(植)·웅(熊)을 낳았다. 내가 평소에 귀여워한 셋째 식은 경박하고 성실성이 부족하며 술을 좋아하므로 뒤를 물려줄 수 없다. 차남인 창은 무용은 있지만 무모하고, 넷째 웅은 몸이 약해 앞날이 걱정이다. 장남인 비는 중후하고 사려가 깊어 내 뒤를 잇게 해도 무방할 테니, 신들이 잘 도와주도록 하라."

조홍을 비롯한 중신들은 눈물을 흘리면서 앞에서 물러났다. 조조는 다시 비장(秘藏)한 향수를 열 명의 여인들에게 나눠주고 여러 가지 유언을 했다. 말을 마치자 길게 한숨을 내쉬고 눈물을 비오듯 흘리더니 곧 숨을 거두었다. 그의 나이 66세, 건안 25년 정월 하순의 일이었다.

조비가 뒤를 잇다

문무백관은 침통함 속에서 눈물을 흘리고 소리내어 울며, 금관(金棺)에 유해를 안치하여 업군으로 옮겨 갔다.

조비는 부친의 죽음 앞에 통곡하고 관원들을 데리고 영구를 맞아들였다. 화흠이 허창에서 말을 몰아 달려와, 헌제로부터 조비를 위왕(魏王)·승상(丞相)·기주자사로 봉한다는 칙명을 가지고 왔으므로 조비는 그날로 왕위에 올라 백관의 하례(賀禮)를 받았다.

차남인 조창은 군사를 이끌고 상경했으나 형에게 반기를 들 의사가 없어, 군사를 모두 조비에게 넘기고 언릉(鄢陵)으로 돌아갔다.

조비는 위왕으로 즉위하자 건안 25년을 연강 (延康) 원년으로 고치고 가후를 태위(太尉), 화흠을 상국(相國), 왕랑(王朗)을 어사대부(御史大夫)로 임명하였다. 그외 관원 전원에게 은상(恩賞)을 내렸으며 조조의 시호를 무왕(武王)이라고 하여 업군의 고릉(高陵)에 안장했다.

우금에게 고릉의 관리를 맡겼다. 그런데 능의 흰 벽에 관우가 우금을 생포한 그림이 그려져 있어서 우금은 그 그림을 보고 수치와 분노가 병이 되어 얼마 후에 죽었다.

조식과 조웅은 부친의 장례식에 참석하지 않았다. 조비는 두 동생에게 사자를 보내어 장례식에 불참한 무례를 꾸짖었다. 조웅은 벌이 두려워 목을 매어 자살했다. 그러나 조식은 부하들과 술에 취해 조비가 보낸 사자를 쫓아버렸다. 조비는 화가 나서 허저를 보냈으며, 허저는 조식과 그 부하들을 체

조비는 정의·정이 두 형제를 저자에서 참하라 명하다. ≪新鋟全像通俗演義≫
三國志傳卷之十四

포하여 업군으로 보냈다.

조비의 모친 변씨는 같은 형제끼리 싸우는 것을 걱정하여 조식을 용서해주도록 조비에게 일렀다. 그러나 화흠은 재질이 뛰어난 조식을 빨리 처치하지 않으면 후일에 우환이 생긴다고 주장했다.

조비는 조식을 불러 재질을 믿고 예의를 저버리는 것을 탓하고, 벽에 걸려 있는 소 두 마리의 그림을 제목으로 해서 일곱 걸음 걷는 동안에 시 한 수를 읊으면 죽을 죄를 용서하겠지만 읊지 못하면 엄벌에 처하겠다고 말했다. 조식은 일곱 걸음 걷는 동안에 시 한 수를 지었다. 그러자 조비는 다시 '형제'라는 제목으로 즉흥시를 지으라고 말했다. 조식은 금세 시 한 수를 읊었다.

콩깍지로 콩을 볶으니
콩은 가마솥에서 울고 있도다.

조비는 아우 조식에게 시를 짓도록 다그치다. ≪繡像全圖三國演義≫에서

이는 본래 같은 뿌리에서 생겨났거늘
어찌 이리 급하게 서둘기만 하느뇨.

이것을 듣고 있던 조비는 눈물을 흘렸다. 이때 어머니 변
씨가 곁으로 다가와,
　"형이 어째서 아우에게 이렇게 매정하냐?"
하고 책망했다.
　조비는 얼른 자리에서 내려와 말했다.
　"그러나 나라의 법을 소홀히 할 수는 없습니다."
　그리하여 조식을 안향후(安鄕侯)로 강등시켰다. 조식은
작별 인사를 하고 말을 몰아 떠났다.

42. 조비와 현덕의 즉위

조비의 즉위

현덕은 관우의 애통한 죽음을 보복하기 위해 동오를 정벌하여 배반한 유봉·맹달을 치려고 했다. 그러나 공명이 일을 급히 서둘러 이변이 생기면 곤란하다고 말렸다. 현덕은 공명의 의견에 따라 유봉에게 면죽(綿竹)을 지키라고 명령했다. 맹달은 현덕의 의도를 알아차리고 위왕 조비에게 항복했다. 이것을 알게 된 현덕은 매우 화가 나서 유봉에게 맹달을 치라고 명령했다.

한편 조비는 맹달이 항복했으나 계략이 아닌가 해서 좀처럼 믿으려고 하지 않았다. 그때 유봉이 쳐들어왔으므로 조비는 맹달에게 유봉의 목을 베어 오라고 명령했다.

이리하여 유봉과 맹달은 서로 싸우게 되었다. 맹달이 도망치는 것을 유봉이 뒤쫓자 갑자기 복병이 나타났다. 하후상과 서황의 군사였다. 유봉은 여지없이 패하여 상용성으로 도망쳤으나 이미 위에 항복한 자가 성을 점령하고 있었다. 할 수 없이 방릉(房陵)을 향해 말을 달렸으나 이 성에도 이미 위의

맹달은 촉을 배신하고 위로 가 투항하다. ≪新鋟全像通俗演義≫ 三國志傳卷
之十四

깃발이 펄럭이고 있었다. 유봉은 서천으로 도망쳐 위의 군사
에게 쫓겨 겨우 100여 명의 기병을 이끌고 성도에 도착했다.
현덕은,

 "무슨 낯으로 그 꼴을 하고 돌아왔느냐?"
하고 화를 내면서 좌우의 부하에게 명하여 그의 목을 베게
했다.

 조비는 왕위에 오르자 문무백관의 직위를 모두 올리고 은
상을 베풀었으며, 하후돈이 병으로 죽자 극진히 장례를 치르
게 했다. 이윽고 한(漢)의 천자에게도 위왕에게 천자의 자리
를 위임해야 한다고 주장하는 자들이 나타났다.

 화흠과 왕랑은 헌제를 만나 제위를 조비에게 양보할 것을
강력히 주장했다. 헌제가 한의 고조 이후 400년의 전통을 생
각하여 좀처럼 단념하지 못하고 망설이자, 조홍과 조휴가 칼
을 허리에 차고 정전(正殿)에 들어가, 무장한 위의 군사 수
백 명을 거느린 가운데 천자에게 협박했다.

현덕은 대노하여 유봉을 참하다. ≪新鋟全像通俗演義≫ 三國志傳卷之十四

천자는 할 수 없이 두려워 떨리는 목소리로 선양(禪讓)의 뜻을 밝혔다. 그러자 조비는 형식적으로 세 번 사양한 끝에 이를 받아들여 수선대(受禪臺)에 올라가 제위를 넘겨받았다.

그리하여 연강 원년을 황초(黃初) 원년으로 고치고 국호를 대위(大魏)라고 고쳤으며, 부친 조조에게는 태조(太祖) 무황제(武皇帝)라는 시호를 올렸다.

화흠은 천하에 두 개의 태양이 있을 수 없고 백성에게는 두 임금이 있을 수 없으니, 제위를 넘겨준 이상 헌제는 마땅히 제후의 자리로 내려오는 것이 도리라고 주장했으므로 조비는 헌제를 산양공(山陽公)으로 강등시켜 그날 곧바로 임지로 떠나게 했다.

조비가 천신들에게 예(禮)를 올리고 몸을 굽히는 순간 갑자기 괴상한 회오리바람이 몰아쳐서 모래를 날리더니 수선대 위의 촛불을 모조리 꺼버렸다. 조비가 깜짝 놀라 수선대 위에서 까무러치자 백관이 급히 부축해 일으켜 얼마 후에 정

조비는 거짓으로 제위를 사양하다. ≪新鎸全像通俗演義≫ 三國志傳卷之十四

신을 되찾았으나, 그 후 며칠은 정무(政務)를 보지 못했다. 병이 약간 나아져서 화흠을 사도(司徒)로, 왕랑을 사공(司空)으로 임명하고 정무를 보기 시작했으나 아직 병이 완쾌되지는 않았다.

조비는 허창성에는 잡귀가 정신을 어지럽힌다고 하여 수도를 허창에서 낙양으로 옮기고 웅장한 궁전을 새로 지었다.

제위에 오른 유비

조비가 대위의 황제가 되어 낙양에 궁전을 새로 지었다는 소식이 곧 성도에 전해졌다. 그리고 한의 천자는 이미 살해되었다는 소문이 나돌았다.

현덕은 이 소식을 듣자 대성통곡을 하고 천자의 혼령을 제단에 모셨으나 그 통분이 원인이 되어 병으로 자리에 눕게

한중왕은 헌제로 인해 통곡하다. ≪新鋟全像通俗演義≫ 三國志傳卷之十四

되고, 모든 정무의 처리를 공명에게 맡겼다.

　공명은 한중왕이 제위에 올라 한의 정통을 이어야 한다고 생각했다. 그 무렵에 공명은 성도의 서북쪽에 제성(帝星)이 달처럼 밝게 빛나는 것을 보았다. 그런가 하면 양강에서 어느 어부의 그물에 걸린 보옥(寶玉)의 인장(印章)에 '천명을 받아 길이 번영하리라'는 뜻의 글이 새겨져 있어 그걸 현덕에게 바쳤다.

　모두가 길조로 생각되어, 공명은 측근들을 이끌고 상주문을 한중왕인 현덕에게 올려 제위에 오를 것을 진언했다. 현덕은 깜짝 놀라,

　"그대들은 나를 불충(不忠)한 사람으로 만들려고 하는가?"

하고 엄한 목소리로 호통을 쳤다.

　"아닙니다. 조비는 한을 빼앗아 제위에 올랐습니다. 군주께서는 한황실의 후손이므로, 정통을 이어받아 한의 제사를

계속해서 올리는 것이 당연한 일이옵니다."

공명이 이렇게 말했으나 한중왕은 얼굴빛을 바꾸고 자리에서 벌떡 일어나 안으로 들어가버렸다.

사흘 후에 공명을 비롯한 신하들이 다시 진언했으나 한중왕은 완강히 거절했다. 그러자 공명은 병을 가장하고 문밖 왕래를 끊었다.

한중왕은 공명의 병이 중하다는 말에 몸소 문병을 갔다.

"군사, 어디가 아프오?"

하고 현덕이 물었다.

"걱정이 있어 가슴이 미어지는 것 같습니다. 이제 얼마 살 것 같지 않습니다."

"군사는 무엇을 그렇게 걱정하고 있소?"

"……"

공명은 눈을 감은 채 대답하지 않았다. 한중왕이 재삼 묻자 공명은 크게 한숨을 내쉬고,

"신이 초막을 나온 이후로 대왕의 호의를 받아 오늘날까지 섬겨오는 동안에 대왕께서는 제가 권유한 말은 모두 받아들였습니다. 이제 다행히 대왕은 양천의 땅을 차지하여 신이 옛날에 드린 말이 이루어졌습니다. 그런데 조비가 제위를 빼앗아 한의 정통이 끊기려는 이때에, 문무백관이 모두 대왕을 황제로 추대하여 위를 멸하고 유씨를 재흥시켜 함께 공명(功名)을 세우려고 하는데, 대왕께서는 고집스럽게 받아들이지 않습니다. 오나 위가 쳐들어오면 양천의 땅은 도저히 보전할 수 없습니다. 그러니 어찌 신이 걱정하지 않을 수 있겠습니까?"

"그 일이 싫다는 것은 아니오. 다만 세상 사람들의 눈과 귀가 두려운 것이오."

"성인은 명분이 서지 않으면 말[言語]이 따르지 않는다고 했습니다. 지금 대왕은 명분도 서고 말도 따르므로 거론의 여지가 없습니다. 더구나 하늘이 주는 것을 받지 않으면 벌이 내린다는 말도 있지 않습니까?"

"군사의 병이 나은 후에 결정해도 늦지 않을 거요."

공명은 이 말을 듣자 병상에서 벌떡 일어나 옆에 둘러친 병풍을 두들겼다. 그러자 밖에서 문무백관이 들어와,

"윤허가 내린 이상 곧 길일을 택하여 즉위의 대례를 치르겠습니다."

하고 머리를 조아렸다. 공명은 곧 성도의 서북에 대(臺)를 쌓고 건안 26년 4월 12일 유비는 천지의 신들에게 제사를 드리고 제위에 올랐으며, 문무백관은 만세를 불렀다.

연호를 장무(章武)로 고친 다음, 왕비인 오씨를 황후로 세우고 장남 유선을 태자로 옹립하였으며 차남 유영을 노왕(魯王)으로, 3남 유리를 양왕(梁王)으로 책봉했다. 그리고 제갈량을 승상에 봉하고 허정을 사도로 임명하는 한편 백관에게는 각각 은상을 내리고 전국에 대사령(大赦令)을 내렸다.

동오 정벌의 결심

제위에 오른 유현덕은 곧 조서를 공표했다.

"짐은 일찍이 복숭아 밭에서 관우·장비와 의형제를 맺고

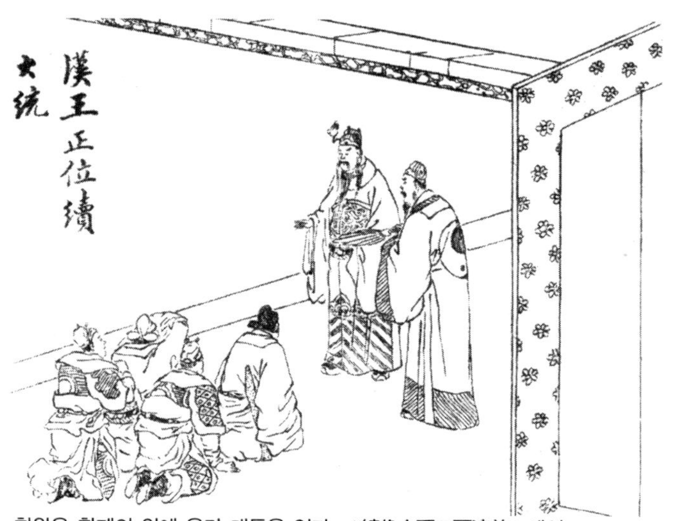

한왕은 황제의 위에 올라 대통을 잇다. ≪繡像全圖三國演義≫에서

생사를 같이하려고 맹세했으나 불행하게도 관운장은 동오의 손권에게 죽음을 당했다. 원수를 갚지 않으면 맹세를 어기는 것이 되므로 짐은 군사를 일으켜 동오를 정벌하고 역적을 사로잡아 이 한을 풀려고 한다."

이 말이 끝나기 전에 조운이 나서서 말했다.

"그것은 안 될 말씀이옵니다."

국적(國賊)은 조조이지 손권이 아니며 조비가 한을 빼앗은 것은 천신이 함께 격노하는 일인데, 만일 위는 그대로 두고 오를 치게 되면 전쟁은 언제까지나 끝나지 않을 것이라고 조운은 주장했다. 그러자 현덕이 말했다.

"손권은 나의 동생을 죽였다. 그리고 부사인·미방·반장·마충 등은 불구대천의 원수이니, 그놈들의 목을 베고 일족을 멸하지 않는다면 한을 풀 길이 없다. 그대는 어찌하여 이를 가로막는가?"

"한의 역적을 물리치는 것은 공적인 일이고 형제의 원수를 갚는 것은 사적인 일입니다. 천하의 대사를 존중하시기 바랍니다."

조운이 이렇게 말했으나 현덕은 듣지 않고 남방 야만족의 병력 5만을 빌려 오는 한편, 날마다 연병장에 나가 군사를 훈련시켰다. 승상 공명이 보다 못해 아뢰었다.

"폐하가 제위에 올라 한의 역적을 무찔러 대의(大義)를 천하에 펴신다면 친히 보병과 기병을 이끌고 출전하는 것이 당연합니다. 그렇지만 만일 오를 정벌하는 일이라면 한 장수에게 명령하시는 것으로 충분합니다. 폐하께서 손수 나설 필요가 없습니다."

현덕은 공명의 말에 따라 몸소 출정하는 것을 보류하려고 했다. 그런데 바로 그때 낭중의 장비가 돌아왔다.

장비는 낭중에 있을 때 관우가 죽었다는 소식을 전해 듣고 조석으로 대성 통곡을 하면서 부하가 술을 권하여 위로했으나 술에 취하면 곧잘 화를 내고, 날마다 남쪽 하늘을 바라보면서 복수할 길을 찾고 있었다. 현덕으로부터 거기장군·사예교위(司隸校尉)·서향후(西鄕侯) 겸 낭주 자사의 벼슬을 보내왔을 때, 조정에는 먼저 위를 멸하고 오를 치자고 주장하는 자가 많다는 말을 사자로부터 듣고 화가 치밀어 곧장 성도로 왔던 것이다.

장비는 현덕의 다리를 붙잡고 울며 말했다.

"폐하, 천자가 된 지 얼마 되지 않는데 벌써 복숭아 밭의 맹세를 잊으셨습니까? 어찌하여 형의 원수를 갚지 않습니

장비는 눈물을 흘리며 현덕에게 배례하다. ≪新鋟全像通俗演義≫ 三國志傳卷
之十四

까?"

"모두들 말리고 나서니 내 마음대로 움직일 수가 없구나."

"다른 사람들은 우리들의 옛 맹세를 알 리가 없습니다. 만일 폐하께서 잠자코 계시면 신이 이 몸을 바쳐서 형의 원수를 갚고야 말겠습니다. 원수를 갚지 못하면 다시는 폐하 앞에 나타나지 않겠습니다."

"나도 따라 나서겠다. 그대는 군사를 몰고 낭주에서 출전하게. 나는 정병을 이끌고 강주(江州)에서 합류하여 함께 동오를 쳐서 원수를 갚도록 하자."

장비가 떠날 때 현덕은, 그대는 술 버릇이 나쁘니 부하에게 너그럽게 대하라고 충고했다.

장무 원년 7월 상순, 현덕은 드디어 제갈량에게 촉의 수비를 맡기고 75만 대군을 이끌고 동오를 정벌하기 위해 성도를 떠났다.

장비의 죽음

장비는 낭중에 가서 3일 이내에 출전 준비를 마치고 전군에 관우의 원수를 갚으러 출정한다고 통고했다. 이튿날 부하인 범강(范疆)과 장달(張達)이 본진에 와서,

"출전 준비를 그렇게 서둘러 할 수는 없습니다. 기한을 연장시켜주십시오."

하고 말했다. 장비는 화가 나서,

"빨리 원수를 갚고 싶다. 내일이라도 적진에 뛰어들고 싶은데, 너희들은 내 명령을 어길 테냐?"

하고 무사에게 명하여 두 사람을 나무에 매달아 곤장으로 등을 각각 50대씩 치게 했다. 그리고 장비는 다시 엄명했다.

"내일까지 모든 준비를 마치도록 하라. 늦어지면 네놈들의 목을 베어 병사들에게 본을 보일 테다."

곤장을 맞고 입에서 피를 토한 그들은 진지에 돌아가서,

"오늘은 이쯤으로 끝났지만, 어떻게 내일까지 준비를 마칠 수 있겠소? 장비는 화가 나면 물불을 가리지 않는 사람이오. 내일까지 준비를 마치지 못하면 우리들의 목이 달아날 것이오."

하고 범강이 말했다.

"그놈의 손에 죽느니 차라리 그놈을 죽여버립시다."

장달이 말했다.

"곁에 가까이 갈 수 있어야 어떻게든 해볼 게 아닌가."

"요새 그놈은 밤마다 술에 취해 막사에서 곯아떨어져 있

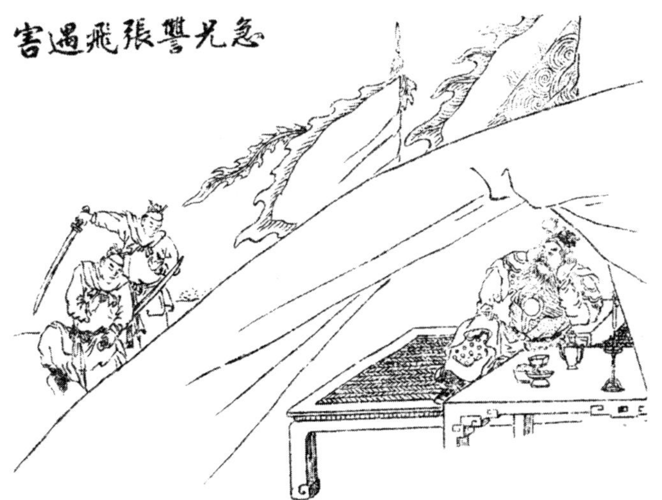

급히 의형의 원수를 갚으려던 장비는 살해당하다. ≪繡像全圖三國演義≫에서

으니 그 기회를 노려서 해치우면 됩니다.”

　그날 밤, 막사에 있던 장비는 걱정이 되어 일이 손에 잡히지 않았다. 그는 부하 장수에게 말했다.

　“나는 지금 가슴이 두근거려 안절부절 못하겠으니 이게 어찌된 일이냐?”

　“그것은 아마도 관공의 원수를 갚을 생각으로 온통 복수심에 불타기 때문일 것입니다.”

　장비는 장수들과 술을 실컷 마시고 밤이 깊어서야 자리에 들었다. 범강과 장달은 이 사실을 알고 밤중에 각자 허리춤에 단도를 숨기고 막사에 들어가 기밀 보고가 있다고 속이고 침상까지 접근했다.

　장비는 언제나 눈을 뜨고 잠을 잤다. 두 사람이 바라보니 장비는 턱수염이 곤두선 채 눈을 뜨고 있으므로 잠시 머뭇거렸다. 그러나 우레같이 코를 고는 소리를 듣자 단도로 배를 푹 찔렀다. 장비는 억 하고 외마디 소리를 지르고는 숨을 거두었다. 그때 그의 나이 55세였다.

두 사람은 장비의 목을 베고 수십 명의 부하를 이끌고 배에 올라 동오로 향하였다. 이튿날에야 진중에서 이 사실을 알고 군사를 출동시켜 그들을 뒤쫓아갔으나 이미 때를 놓치고 말았다.

장포와 관흥의 분노

그 무렵 현덕은 이미 대군을 거느리고 성도를 출발했는데 그날 밤에는 심기가 불편하여 잠이 오지 않아 막사를 나와 밤하늘을 쳐다보니 서북쪽에 떠 있던 큰 별이 갑자기 땅에 떨어졌다. 불길한 예감이 들어 웬일인가 하고 생각하고 있는데, 낭중의 부장인 오반(吳班)이 장비의 죽음을 알려왔다. 현덕은 대성통곡을 하다가 그 자리에 쓰러지고 말았다. 참모들이 부축해 일으키자 유비는 얼마 후에 겨우 정신을 되찾았다.

이튿날 한 떼의 군사가 구름처럼 몰려왔다. 나가 보니 흰 옷에 은빛 갑옷을 걸친 젊은 장수가 말 위에서 뛰어내려 땅바닥에 엎드리고 통곡을 했다. 장비의 장남 장포(張苞)였다.

현덕은 그를 보자 새삼 슬퍼져 목놓아 울고 나서 말했다.

"너는 오반과 함께 선봉에 나서서 아버지의 원수를 갚겠느냐?"

"나라와 아버지를 위해서라면 죽음도 두렵지 않습니다."

그때 또 한 떼의 군사가 바람같이 몰아쳤다. 이번에도 흰 옷에 은빛 갑옷을 걸친 젊은 장수가 본진으로 들어와 땅에 엎드려 통곡했다. 관우의 차남 관흥이었다.

현덕은 그를 보자 관우가 생각나 소리내어 울었다.

"생각하면 벼슬도 지위도 없던 옛날, 관우 · 장비와 의형제를 맺고 생사를 함께 하기로 맹세했는데 이제 천자가 되어 천하를 평정하려고 하자, 불행하게도 두 동생을 잃고 말았소. 두 조카를 보니 가슴이 미어지는 것 같소."

하고 또 울었다. 좌우의 측근들이,

"60이 넘으신 폐하께서 너무 슬퍼하시면 옥체에 해롭습니다."

하고 두 조카를 잠시 물러가 있게 했다.

이윽고 오반의 군사가 도착했다. 현덕은 선봉의 깃발을 장포에게 맡기려고 했다. 그러자 관흥이 선봉은 자기가 맡겠다고 했다. 두 사람이 서로 양보하지 않으므로 현덕은 두 사람의 무예에 따라 우열을 정하겠다고 말했다.

장포는 병사에게 명하여 200보 맞은편에 빨간 동그라미를 그린 기를 세우게 했다. 그리고 활을 세 번 쏘아 모두 빨간 동그라미에 명중시켰다. 모두들 환호성을 올렸다.

관흥은 활을 당기면서,

"빨간 동그라미를 쏘아 맞히는 것쯤 아무것도 아니다."

하고 말할 때, 마침 머리 위로 기러기 떼가 줄을 지어 날아가고 있었다.

"세 번째 기러기를 쏘아 맞히겠다."

관흥과 장포는 선봉을 다투다. ≪新鋟全像通俗演義≫ 三國志傳卷之十四

하고 활을 쏘자 여지없이 세 번째 기러기가 땅에 떨어졌다. 문무백관은 입을 모아 칭찬했다.

장포는 화가 나서 말에 올라타고 1장 8척의 창을 휘두르면서 큰소리로 외쳤다.

"나와 한판 겨룰 테냐?"

관흥도 말에 올라타 큰 칼을 손에 들고,

"네가 창을 휘두르면 나는 칼로 맞설 테다."

이리하여 두 사람이 싸우려고 할 때 현덕이 말렸다.

"무례한 놈들 같으니, 그만 두지 못할까?"

두 사람은 허겁지겁 말에서 내려 무기를 버렸다.

"나는 오래 전에 탁군에서 너희들의 아버지와 의형제를 맺었으니 너희들도 형제간이다. 마음을 서로 합쳐 함께 부친의 원수를 갚아야 하는 이때, 무슨 짓들이냐?"

두 사람은 땅바닥에 엎드려 사죄했다. 장포가 한 살 위여서 그를 형으로 하고 두 사람은 의형제를 맺었다. 현덕은 오

반을 선봉으로 세워 수륙 양면에서 대군을 이끌고 오나라를
향해 물밀듯이 쳐들어갔다.

43. 현덕의 동오 정벌

오왕이 된 손권

범강과 장달은 장비의 목을 베어가지고 오에 항복하고 그 동안의 경위를 자세히 보고했다. 현덕이 제위에 올라 70여 만 명의 정병을 이끌고 쳐들어온다는 정보를 듣고, 손권이 문무백관과 의논하는 자리에서 제갈근은 자진해서 자기가 화해의 사신으로 나설 것을 제의했다.

장무 원년 8월, 현덕의 군사는 기관에 도착하여 백제성(白帝城)에 진을 쳤다. 선봉은 이미 사천(四川)의 경계를 벗어나 있었다.

제갈근은 백제성에서 현덕을 만나 관우를 죽인 것은 여몽의 죄이지 손권 탓이 아니며, 그 여몽도 이미 죽고 없으니 원수를 갚은 것이나 다름 없으며 손 부인은 폐하에게 돌아가기를 바란다는 뜻을 전하고 나서 말했다.

"이번에 오후(吳侯)는 폐하를 배반하고 오에 항복한 장수들과 손 부인을 돌려보내고 형주도 본래대로 반환하여 오래도록 화평을 맺고, 함께 조비를 멸하여 제위를 빼앗은 그의

제갈근은 유현덕을 만나 뵙다. ≪新鋟全像通俗演義≫ 三國志傳卷之十四

죄에 대해 벌하기를 바라고 있습니다."

현덕은 성난 목소리로,

"내 동생을 죽이고도 뻔뻔스럽게 발뺌을 하겠다는 게냐!"
하고 호령했다.

"제위를 빼앗은 조비를 치려고 하지 않고 의형제를 위해
오를 치려는 것은 대의를 버리고 소의를 취하는 것입니다.
한(漢)이 기반을 쌓은 장안과 낙양의 땅을 차지하려고 하지
않고 형주를 위해 싸우는 것은 중한 것을 버리고 경한 것을
취하는 것으로, 이것은 황송한 말씀이오나 폐하를 위해 유감
스러운 일입니다."

현덕은 화가 머리끝까지 치밀어 큰소리로 외쳤다.

"동생을 죽인 원수하고는 한하늘 아래 살 수 없다. 내 눈
에 흙이 들어가기 전에 기필코 원수를 갚겠다. 돌아가서 손
권에게 전해라. 목을 씻고 기다리고 있으라고."

제갈근은 할 수 없이 오나라로 돌아가, 현덕에게는 화해할

조자는 위로 가 조비를 설득하다. 《新鋟全像通俗演義》三國志傳卷之十四

의향이 없다고 손권에게 말했다. 이때 앞에 나와,

"제가 이 위기를 건질 계략을 갖고 있습니다."

하고 말하는 자가 있었는데 그가 바로 중대부(中大夫) 조자
(趙咨)였다.

"상주문(上奏文)을 써주시면, 제가 사자로 허창에 가서 위
제인 조비를 만나 이해(利害)를 따져 한중으로 쳐들어가게
하겠습니다. 그러면 촉의 군사는 자연히 돌아갈 것입니다."

손권은 즉시 상주문을 써서 신(臣)이라고 칭하고 조자를
사자로 보냈다. 조비는 동오의 사자가 상주문을 가지고 왔다
는 말을 듣고 비웃으면서,

"그것은 촉의 군사를 후퇴시키려는 것이군."

하고 사자를 불러들였다. 조비는 상주문을 다 읽고 나서 조
자에게 물었다.

"손권은 어떤 군주인가?"

"총명하고 인자하며 지혜롭고 뜻이 높고 계략이 아주 뛰

어난 군주입니다."

조비는 웃으면서 물었다.

"칭찬이 지나치지 않은가?"

"과찬이 아닙니다. 저희 군주께서 노숙과 여몽을 등용한 것은 그 총명을 나타내며, 우금을 생포하고도 죽이지 않은 것은 그 인자함을 나타내고, 칼에 피를 묻히지 않고 형주를 손에 넣은 것은 그 지혜로움을 나타내며, 삼강(三江)의 요해에서 천하를 노리는 것은 그 높은 뜻을 나타내고, 폐하께 몸을 굽히는 것은 계략이 뛰어남을 나타낸 것입니다."

조비가 또 물었다.

"내가 오를 치려고 하는데 가능하겠소?"

"대국에 정복의 군사가 있다면 소국에는 방비의 군사가 있습니다."

"오는 위를 두려워하는가?"

"오에는 100만의 정병이 있고, 장강(長江)과 한수(漢水)를 뜰의 연못처럼 생각하고 있습니다. 어찌 두려워하겠습니까?"

"동오에는 그대와 같은 사람이 몇 명이나 있소?"

"특히 뛰어나게 총명한 자는 8, 90명 정도이고 저와 같은 사람은 이루 헤아릴 수 없습니다."

"타국에 사신을 보내 군주의 이름을 더럽히지 않는 자를 충신이라고 하는데, 이 말은 그대를 가리키는 것 같소."

조비는 마침내 감탄하여 말했다.

조비는 손권이 신하로 자기를 낮추고 항복해 왔으므로 손권을 오왕(吳王)으로 책봉했다. 대부(大夫)인 유엽(劉曄)이 촉과 오가 싸울 경우에 오를 공격하면 오는 10일도 버티지 못하고 멸망할 것인데, 지금 손권에게 왕위를 주는 것은 호랑이에게 날개를 달아주는 것과 같다고 말렸으나, 조비는 오와 촉이 싸워서 한쪽이 멸망하고 한쪽은 지쳐 있을 때 이것을 치는 것이 상책이라고 말했다. 그래서 형정(邢貞)을 사자로 동오에 보냈다.

손권은 문무백관을 거느리고 성에서 나와 사자를 맞아들였다. 형정은 대국의 특사라 하여 교만을 부려 성문을 들어와서도 수레에서 내리지 않았다. 장소가 매우 화를 내며,

"무례한 놈 같으니. 건방진 수작 마라! 오나라에 칼이 없는 줄 아느냐?"

하고 큰소리로 호령하자 형정은 그제서야 수레에서 내렸다.

형정이 손권과 대면하고 수레를 나란히 몰아 성 안으로 들어오니, 갑자기 수레 뒤에서 소리내어 우는 자가 있었다.

"내가 신명을 바쳐 위와 촉을 멸하지 못했기 때문에 우리 군주가 다른 나라로부터 작위를 받게 되었다. 이 얼마나 부끄러운 일인가?"

그는 서성이었다. 형정은 강동에도 이런 인물이 있었나 하고 탄복했다.

손권은 오왕의 직위를 받고 문무백관의 하례가 끝나자 구슬·비취·물소의 뿔·공작·꿩 등을 조비에게 선물하여 은혜에 감사했다. 장소가 예물이 너무 많다고 말했으나 손권이 웃으면서,

"이욕(利慾)은 사람의 마음을 결합시켜주는 거다. 이번의 선물은 모두 하찮은 것뿐이니 아까울 것 없다."

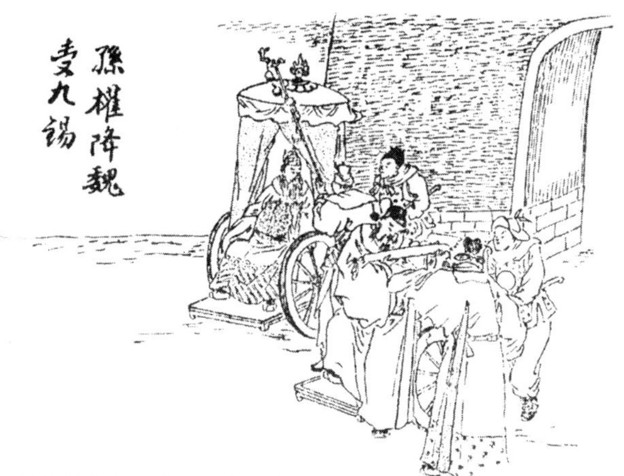

손권은 위에 투항하여 구석을 받다. ≪繡像全圖三國演義≫에서

하고 말했다.

유비의 동오 정벌

조비는 손권을 오의 왕으로 책봉했지만 오에 원군을 보내지는 않았다. 그래서 현덕은 곧 진격을 명령했다. 남만왕(南蠻王)의 군사 5만도 가세하여 수륙으로 진격하니 천지를 진동시킬 기세였다.

손권은 참모들에게 그 대책을 물었으나 모두 잠자코 있었다. 이때 젊은 장수가 앞에 나섰다. 그는 손환(孫桓)이었다. 부친은 유(兪)씨였으나 손책의 사랑을 받아 손씨 성으로 개명하고 오왕의 일족이 되었다. 손환은 그때 나이 25세였으나 몇 만의 군사를 주면 유비를 사로잡아 오겠다고 말했다.

손권은 주연을 부장으로 하여 수륙의 군사 5만을 택하여 그 날로 출전하게 했다.

이 무렵에 촉의 선봉 오반은 이미 의도(宜都)까지 진출했으며 젊은 장수 손환이 진을 치고 있다는 보고를 현덕에게 올렸다. 그러자 관흥과 장포가 곧 맞서 싸우러 나섰다.

이윽고 양군이 진을 치자 오의 진지에서는 손환이 나서고, 촉의 진지에서는 장포와 관흥 두 사람이 나서서 서로 상대방에게 욕설을 퍼부었다.

장포는 화가 치밀어 손환에게 도전했다. 그러자 뒤에서 말을 몰고 뛰어온 적의 장수가 맞섰다. 30여 차례 싸웠으나 당해내지 못해 적의 장수가 도망쳤다. 뒤쫓아가자 다른 장수가 금도끼를 휘두르면서 덤벼들었다. 20여 차례나 싸웠으나 승부가 나지 않았다.

이때에 갑자기 날아온 화살이 장포가 탄 말의 가슴에 명중했다. 말이 뛰어가다가 앞다리가 꺾여 장포는 땅 위에 나가 떨어졌다. 적의 장수가 금도끼를 휘두르면서 장포의 머리를 치려 할 때 한 줄기 붉은 피가 쏟아지더니 적장의 머리가 땅바닥에 떨어졌다. 관흥이 먼저 그를 벤 것이다. 그가 그 여세를 몰아 쏜살같이 진격하자 손환의 군사는 여지없이 패하였다.

이튿날 또다시 쳐들어온 손환의 군사를 장포와 관흥은 좌우로 나가 싸워 격퇴시키고, 어제 활을 쏜 적장의 목을 베었다.

손환은 주연에게 구원을 청했다. 장강에 진은 치고 수군을 이끌고 있던 주연은 자기 부장에게 1만의 군사를 주어 구원하라고 보냈다.

이날 밤 촉의 군사는 세 방면에 걸쳐서 손환의 진지를 공격하여 사방에 불을 질렀다. 오군은 큰 혼란에 빠졌으나 구원 부대는 갑자기 불길이 오르는 것을 보고 급히 진격했다. 그러자 골짜기에서 관흥과 장포의 복병이 일제히 쳐들어와, 도망칠 겨를도 없이 부장은 장포에게 생포되었다.

이 말을 들은 주연은 배를 5, 60리쯤 하류로 저어가고, 손환은 패잔병을 이끌고 이릉성(夷陵城)으로 도망쳤다. 촉의 군사는 성의 사면을 에워싸고, 관흥 · 장포는 현덕의 본진으로 보고하러 돌아왔다.

손환은 손권에게 구원을 요청했다. 손권은 장소의 의견에 따라 한당을 대장, 주태를 부장, 반장을 선발대, 능통을 후군의 수비대, 감녕을 구원병으로 부서를 정하고 10만의 군사를 동원했다.

황충의 죽음

장무 2년 1월, 현덕은 무협 · 건평에서 이릉에 이르는 70여 리 사이의 40여 개 진지를 확보하고 있었는데, 관흥 · 장포가 큰 공을 세웠으므로 감탄하여 말했다.

"옛날부터 나를 따르던 장수는 모두 늙어서 힘을 쓰지 못하게 되었는데, 이렇게 무술이 뛰어난 두 사람이 있으니 손권 따위는 문제없다."

그때 갑자기 한당 · 주태가 쳐들어왔다고 알려왔다. 즉시

황충은 오의 진영으로 용맹히 진입해 싸우다. ≪新鋟全像通俗演義≫ 三國志 傳卷之十四

장수를 출동시키려고 하는데 한 부하가 보고했다.

"노장군 황충이 5, 6명의 기병을 이끌고 동오로 항복하러 갔습니다."

"황충이 배반할 리가 없다. 내가 무심코 늙은 장수라고 말한 것이 못마땅하여 출전했을 테지."

"우리 촉을 위해 가서 도와줘라. 조금이라도 공을 세우면 곧 돌아오게 하여 실수가 없도록 하라."

한편 황충은 곧장 이릉으로 향하였다. 오반은 물었다.

"노장군께서 웬일로 여기까지 오셨습니까?"

"나는 장사에서부터 천자를 따라 여러 가지 어려움을 겪어왔다. 비록 70은 넘었지만 고기 열 근을 먹어 치울 수 있고 무게가 두 섬이나 되는 활을 가지고도 말을 몰아 천 리를 달릴 수 있다. 나는 아직 늙지 않았다. 그런데 어제 천자께서는 우리가 늙어서 쓸모가 없다고 하기에 이곳에 와서 동오와 승부를 겨루어 적장의 목을 베어 보이겠다. 잘 봐둬라. 내게 아직도 힘이 넘치고 있다는 걸."

하고 황충은 말을 달려 적의 선봉인 반장에게 도전했다. 반장은 관우가 사용하던 청룡도를 휘두르면서 황충에게 덤벼들어 몇 차례 싸웠으나 승부가 나지 않았다. 황충이 힘껏 후려치자 반장은 말 머리를 돌려 도망쳐버렸다. 관흥이 황충에게 이미 공로를 많이 세웠으니 곧 본진으로 돌아가도록 권했으나 황충은 듣지 않았다.

이튿날 반장이 또 쳐들어왔다. 황충이 말을 몰아 나아갔다. 관흥·장포가 가세하려고 했으나 거절하고 오반의 가세도 거절한 채, 오직 5천의 군사를 이끌고 맞서 싸웠다. 몇 차례 싸우지도 않아서 반장은 칼을 들고 도망쳤다.

"어딜 도망치느냐! 이제야말로 관공의 원수를 갚아야겠다."

하고 큰소리로 외치면서 30여 리쯤 뒤쫓아가자 사방에서 복병이 함성을 지르면서 뛰쳐나왔다. 오른쪽에 주태, 왼쪽에 한당, 앞에 반장, 뒤에 능통이 황충을 에워쌌다.

갑자기 회오리바람이 일어 황충이 급히 뒤로 물러서려고 할 때, 산 위에서 마충이 이끄는 부대가 나타나더니 순식간에 화살이 날아와 황충의 어깨에 명중했다. 황충의 몸이 흔들리더니 말에서 떨어지려고 했다. 그러자 오의 군사가 일제히 덤벼들었다. 이때 함성을 지르면서 양쪽에서 군사가 달려와 오의 군사를 무찌르고 황충을 구출했다. 그들은 관흥과 장포였다.

두 사람은 황충을 본진으로 데리고 왔으나 황충은 늙어 기력도 쇠진하고 화살에 맞은 상처의 통증이 심하여 자리에 눕고 말았다. 황충의 병이 중하다는 소식을 들은 현덕이 문병을 와서 그를 위로하고,

"노장군에게 부상을 당하게 한 것은 나의 실수 때문이오."

하고 말했다. 황충은,

"일개 무사에 지나지 않은 신이 폐하를 섬기게 된 것은 무엇보다도 황공한 일입니다. 이미 신이 나이 75세이니 살 만큼 살았습니다. 폐하께서는 하루 속히 중원(中原)에 진출하시기 바랍니다."

하고 말을 마친 뒤 의식을 잃고 그날 밤에 숨을 거두었다. 현덕은 비통한 마음으로 그의 유해를 성도에 안장하게 했다.

"오호(五虎)의 장수 중에서 이미 세 사람(관우·장비·황충)을 잃었는데 나는 아직 원수를 갚지 못하고 있으니, 이런 통분할 일이 어디 있겠는가?"

하고 한탄하며, 스스로 효정(猇亭)까지 가서 여러 장수들을 모아 전군을 여덟 부대로 나누고 수륙으로 진격했다. 수군은 황권에게 지휘를 맡기고, 보병과 기병은 몸소 이끌고 출전했다. 장무 2년 2월 중순의 일이었다.

관흥의 복수전

한당·주태는 현덕이 스스로 군사를 이끌고 쳐들어왔다는 보고를 받고 맞서 싸웠으나 장포·관흥이 금세 적장의 목을 베고 한당과 주태에게 덤벼들자, 두 사람은 허겁지겁 진중으

로 도망쳐버렸다. 현덕은 이것을 보고,

"호랑이에게서 강아지가 태어나는 법은 없지!"

하고 감탄하면서 기를 치켜들자 촉의 군사가 일제히 쳐들어가 오의 군사는 크게 패하고 말았다.

오의 장수 감녕은 배에서 정양하고 있다가 촉의 군사가 쳐들어왔다는 보고를 듣고 급히 말에 올랐다. 그때 한 떼의 만병(蠻兵)과 마주쳤다. 그들은 맨발에 산발을 하고 있었으며 석궁(石弓)이나 긴 창, 방패, 도끼 등을 사용하였으며 만왕(蠻王)인 사마가(沙摩柯)가 선두에 섰다. 얼굴은 주사처럼 붉고 푸른 눈알을 굴리면서 끝에 쇠못이 숭숭 박힌 곤장을 손에 들고 허리에 두 개의 활을 차고 있었다.

감녕이 기가 죽어 말 머리를 돌려 도망치려고 하자 사마가는 감녕의 목에 화살을 명중시켰다.

감녕은 화살이 꽂힌 채 도망쳐서 부지구(富池口)까지 가서 나무 아래서 죽고 말았다. 그러자 나무 위에서 수백 마리의 까마귀 떼가 몰려왔다. 오왕은 슬픔에 잠겨 극진히 장례를 마치고 사당을 세워 혼령을 위로했다.

그런데 현덕이 군사를 철수시켰을 때, 관흥이 보이지 않았다. 현덕은 급히 장포를 시켜 관흥을 찾으러 보냈다.

이때 관흥은 오의 진지에 쳐들어가 원수인 반장을 만나 말을 달려 추격했다. 반장은 깜짝 놀라 골짜기로 숨었다. 관흥은 반장을 찾아 산 속을 뒤졌으나 발견하지 못하고 날이 저물자 길을 잃게 되었다. 달과 별빛에 의지하여 산기슭의 샛길을 더듬어 자시가 넘어서야 한 초막에 이르렀다. 말에서 내려 문을 두드리니 한 노인이 밖으로 나왔다. 관흥은 식사

효정에서 싸워 유현덕(선주)은 원수를 잡다. ≪繡像全圖三國演義≫에서

를 부탁했다. 노인의 안내를 받아 안으로 들어가니, 안방 정면에 등불이 켜져 있고 관우의 신상(神像)이 걸려 있었다. 관흥은 소리내어 통곡하면서 그 앞에 무릎을 꿇었다.

"어찌하여 그렇게 비통해 하오?"

"이분은 저의 아버지입니다."

"아, 그렇습니까!"

"어찌하여 아직도 아버님을 이렇게 모시고 있습니까?"

"이 일대는 관우 장군이 다스리던 땅입니다. 생전에도 집집마다 상을 모셨는데, 돌아가셔서 신이 된 지금이야 더 말할 나위가 있겠습니까? 촉의 군사가 빨리 원수를 갚기를 바라고 있었는데, 이제 장군을 뵙게 되어 여한이 없습니다."

노인은 술과 음식을 내오고 말에게 먹이를 먹였다.

새벽녘에 갑자기 밖에서 문을 두드리는 소리가 났다. 노인이 나가 물으니 다름 아닌 반장으로, 하룻밤 묵게 해 달라고 요청하는 것이었다. 그가 방에 들어서자 관흥은 칼을 빼들고 호령했다.

"역적놈아, 꼼짝 마라."

반장은 깜짝 놀라 도망쳤다. 그때 문 밖에서 얼굴은 익은 대추같이 검붉고 봉황의 눈에 누에와 같은 눈썹, 세 갈래의 근사한 수염을 기르고 푸른 색 옷에 황금 갑옷을 걸치고 칼을 들고 들어오는 자가 있었다. 반장은 관우의 망령이 나타난 줄 알고 외마디 소리를 지르며 허둥댔다.

돌아서려는 반장의 목을 베고 그의 심장을 꺼내어 관우의 신상 앞에 제물로 바쳤다. 아버지의 청룡도를 되찾게 된 관흥은 반장의 목을 말의 목에 매달고 노인과 작별한 다음, 반장의 말을 타고 본진으로 돌아왔다. 노인은 반장의 시체를 화장했다.

관흥이 그곳에서 2, 30리쯤 갔을 때 한 떼의 군사와 마주쳤다. 선두에 선 것은 반장의 부장 마충이었다. 마충은 자기 상관의 목이 잘린 것을 보자 관흥에게 덤벼들었다. 관흥도 아버지의 원수인 마충을 보자 청룡도로 힘껏 그를 후려쳤다. 마충은 기가 질려 도망쳤으나, 그의 부하 300여 명의 기병이 사방에서 관흥을 에워쌌다.

관흥은 홀로 위기에 놓였으나 때마침 서북에서 한 떼의 군사가 쳐들어왔다. 관흥을 찾아나선 장포였다. 관흥과 장포는 마충을 추격했다. 그런데 미방·부사인의 군사가 나타나고 다시 능통의 군사도 합세했으므로, 관흥과 장포는 도망쳐 와서 현덕에게 경과를 보고했다.

손권의 위기

한편 마충은 부사인·미방과 함께 강기슭에 진을 쳤다. 그런데 날이 저물어 밤이 되자 군중에서 울음 소리가 들려왔다. 미방이 귀를 기울여 엿들으니 병사들이,

"자기들은 본래 형주의 군사로 여몽의 계략에 속아 할 수 없이 오에 항복했다. 그런데 촉의 천자가 관우의 원수를 갚으러 왔으니 오는 곧 망할 것이다. 얄미운 놈은 미방과 부사인이다. 이 두 사람을 죽이고 촉에 항복하면 큰 공을 세우는 것이 된다."

고 말하는 것이었다. 깜짝 놀란 미방은 부사인과 의논하여 병사의 마음이 변하여 우리의 목숨도 위태로우니 차라리 촉의 천자가 미워하는 마충을 죽여 그 목을 제물로 가지고 가서 촉에 항복하기로 합의했다.

두 사람은 마충의 목을 현덕에게 바쳤다.

"우리는 할 수 없이 오에 항복했습니다. 이번에 폐하께서 출전하셨다는 말을 듣고 이 역적을 죽여 한을 풀었습니다. 우리 죄를 용서해주십시오."

현덕은 크게 노하여,

"나는 성도를 떠난 지 이미 오래다. 네놈들은 어찌하여 좀더 일찍 사죄하러 오지 않았느냐? 처지가 다급해지자 목숨을 건지려는 구실을 찾아보려는 수작이로구나. 네놈들의 소행을 용서한다면 저 세상에 가서 관우의 얼굴을 대할 면목이 없게 된다."

현덕은 이렇게 말하고 칼을 뽑아 미방과 부사인의 목을 베어 마충의 목과 함께 관우의 영전이 제물로 바쳤다.

관우를 죽인 사람들은 이제 모두 죽었다. 촉군의 위세에 겁을 먹은 손권은 장비를 죽인 범강·장달의 목을 베어 장비의 목과 함께 현덕에게로 보냈다. 장포는 아버지의 원수인 두 사람의 목을 아버지의 영전에 제물로 바치고 통곡했다.

손권은 형주를 반환하고 손 부인을 송환하겠다면서 화해를 요청했으나, 현덕은 이 기회에 오를 멸망시키기로 작정했다. 지금 화해하면 동생들과의 맹세를 어기는 것이 된다고 생각했던 것이다.

손권은 어떻게 해야 좋을지 몰라 망설이고 있었다. 이때 감택이 나서서,

"하늘을 받칠 수 있는 기둥이 눈앞에 있는데 어찌하여 사용하지 않습니까?"

하고 말했다. 누구를 말하는 것이냐고 물으니, 자를 백언(伯言)이라고 하는 육손을 추천했다. 전에 관우를 격파한 것은 모두가 그의 계략이었다. 그런데 참모들은 모두 반대했다.

"육손은 한낱 서생 출신으로 유비의 적수가 못 됩니다. 등용하면 안 됩니다."

"육손은 나이가 어리고 덕망도 없어 여러 장수들이 그의 지시를 받으려고 하지 않을 것입니다. 그렇게 되면 나라의 대사를 그르치게 됩니다."

"육손은 한 고을을 다스리는 것이 고작이고 큰일을 맡길 만한 그릇은 못 됩니다."

그러나 감택은 큰소리로,

감택은 육손의 능력을 보증하는 상소를 올리다. ≪新鋟全像通俗演義≫ 三國
志傳卷之十四

"육백언을 등용하지 않으면 동오는 이제 끝장이 납니다.
저는 일족의 목숨을 걸고 그를 추천하는 것입니다."
하고 주장했다. 그러자 손권은 단호히 말했다.
"나도 평소부터 육손의 재능을 잘 알고 있다. 이미 육손을
기용하기로 결정하였다. 더 이상 여러 말 할 것 없다."

44. 공명과 육손의 지략

육손의 등장

손권은 육손을 등용하여 전군을 지휘하는 대도독(大都督)
에 임명했다. 손권의 부친 손견, 형 손책 때부터 오나라를 섬
겨온 구신(舊臣)들은 젊은 서생 출신이 총사령관이 된 것을
보고 매우 놀라 불평하기 시작했다.

육손이 효정의 진지에 도착하자 주태가 이릉의 성에서 촉
의 군사에게 포위된 손환을 구출할 계략을 물었다. 손환은
반드시 성을 지킬 것이니 구원하러 갈 필요가 없으며, 자신
이 촉을 무찌르면 그 포위는 자연히 풀릴 것이라고 육손이
대답하자 모두들 그를 비웃었다.

이튿날 육손은 여러 장수에게 각각 요해를 굳게 지키고 적
을 얕보지 말라고 명령했다. 그러나 장수들은 그 비겁한 태
도를 비웃고 요해를 지키려고 하지 않았다. 한당이 말했다.

"나는 손권 장군을 따라 강동을 평정한 후로 수백 번이나
출전했소. 다른 장수들도 손책 장군을 따라, 혹은 지금의 대
왕을 따라 여러 차례 죽을 고비를 넘겨왔소. 이번에 군주는

손권은 단을 쌓고 육손에게 관직을 수여하다. 《新鍥全像通俗演義》三國志傳卷之十四

귀공을 대도독으로 임명하고 촉군을 물리치려고 하니 빨리 작전을 세워 적을 무찔러야 하지 않겠소? 그런데 수비만 굳게 하고 있다니, 적이 스스로 물러날 때까지 기다린단 말이오? 나는 목숨을 두려워하거나 죽음을 무서워하진 않소. 우리의 사기에 찬물을 끼얹었다니 될 말이오?”

장수들은 입을 모아 말했다.

“한 장군의 말이 맞습니다. 우리는 결사적으로 싸우기를 바라오.”

이 말을 듣자 육손은 칼을 뽑아 들고 거친 목소리로 외쳤다.

“내 비록 일개 서생 출신에 지나지 않지만 황송하게도 군주로부터 중책을 맡게 된 것은 그만한 기대가 계셨기 때문인 줄 알고 있소. 그대들은 각자 맡은 요해를 굳게 지키고 멋대로 행동해서는 안 되오. 명령을 어기는 자는 목을 벨 것이오.”

장수들은 속으로 투덜대면서 물러갔다.

이때 현덕은 효정에서 사천의 입구까지 700리에 걸쳐 40개의 진지를 구축하고 있어서 낮에는 깃발로 햇빛을 가리고 밤에는 횃불이 하늘에 빛났다. 그때 첩자가 육손이 대도독이 되었다고 보고했다. 현덕이 물었다.

"육손은 어떤 사람인가?"

마량이 대답했다.

"동오의 한 서생으로 나이는 어리지만 재능이 있고 모략이 뛰어납니다. 전에 우리 형주를 빼앗은 것은 모두 그의 작전에 의해서였습니다."

"그 애송이가 동생의 목숨을 빼앗았다니 사로잡아야겠군."

현덕은 매우 화가 나서 곧 진군을 명했다. 육손의 재능은 주유보다 뛰어나니 얕보아서는 안 된다고 마량이 진언했으나, 현덕은 솜털이 송송한 애송이에게 진다는 것은 있을 수 없는 일이라면서 받아들이지 않았다.

현덕의 어리석은 계략

촉의 군사는 산과 들에 가득 퍼져서 쳐들어갔다. 산 위에서 이것을 바라보던 한당은,

"저 가운데 분명히 유비가 있을 테니 사로잡아야겠다."

하고 말했다. 그러자 육손이 말했다.

"적은 연전연승하여 사기가 오를 대로 올랐으니 지금은

촉병은 더위를 피하기 위해 영채를 옮기다. ≪新鐫全像通俗演義≫ 三國志傳 卷之十四

다만 유리한 고지를 차지하고 요해를 굳게 지켜야 하며 맞서
싸우는 것은 불리하오. 적의 동태를 세심히 지켜보아야 하
오. 지금 적은 광야를 진격하여 의기 양양하지만, 우리가 수
비를 굳게 하고 맞서 싸우지 않으면 싸움을 할 도리가 없게
되어 산기슭으로 진지를 옮길 것이니, 그때 계략을 이용해
쳐들어가야 하오."

한당은 입으로는 동조했으나 마음속으로는 못마땅하였다.
현덕은 선발대에게 도전하게 했으나 육손은 귀를 막고 들은
체도 아니하고, 맞서 싸우는 것은 위험하다고 명령한 후 몸
소 요해를 돌면서 장병들을 격려하여 굳게 지키게 했다.

장무 2년, 봄이 가고 여름이 돌아왔다. 오의 군사가 끝까
지 싸우려 하지 않으므로 현덕은 마음속으로 초조해졌다. 그
때까지 광야에 진을 치고 있었으나 더위가 심하고 물 사정도
좋지 않아 진지를 산기슭의 숲속과 골짜기로 이동시켰다.

현덕은 다시 오반에게 노병 1만 명을 내주어 오의 진지에

가까운 평지에 진을 치게 하고, 정병 8천을 골짜기에 잠복시켰다. 육손이 아군의 이동을 알고 공격하면 오반에게 도망치게 하고 복병으로 퇴로를 막아 육손을 생포할 작정이었다.

참모들은 현덕의 계략을 칭찬했으나 마량은 이에 불만을 느껴 제갈공명에게 물어보는 것이 어떻겠느냐고 말했다. 현덕은 자신도 병법을 알고 있으니 물어볼 것 없다고 말했으나 마량이 여전히 걱정하므로, 진지의 지리를 상세히 그려 동천에 가서 공명에게 물어보게 했다.

촉이 진지를 옮기는 것을 첩자가 한당·주태에게 알렸다. 이 보고를 받고 육손이 곧 동태를 살펴보니 '선봉 오반'이라는 깃발이 바람에 펄럭이고 있고 평지에 진을 치고 있는 1만여 명의 군사는 거의가 노병이었다.

주태가 말했다.

"저 정도의 군사는 식은죽 먹기입니다. 내가 한 장군과 양쪽에서 협공하여 무찌르겠습니다."

육손은 조용히 바라보다가,

"앞의 골짜기에 살기(殺氣)가 일고 있소. 저기 복병이 있소. 평지에 약한 군사를 배치한 것은 우리를 유인하기 위해서요. 지금 싸우면 안 되오."

여러 장수들은 이 말을 듣고 그를 비겁하다고 생각했다. 이튿날 오반은 군사를 이끌고 진지 앞까지 몰려와서 도전하여 기세를 올리기도 하고 욕설을 퍼붓기도 하다가 나중에는 갑옷을 벗고 심지어 속옷까지 벗고 드러눕거나 주저앉는 자도 있었다. 서성과 정봉은 참다못해,

"촉의 병사가 우리를 얕보아도 정도가 있습니다. 출격을

허락해주십시오."

하고 말했다. 육손은 웃으면서 말했다.

"저것은 우리를 유인하려는 술책이오. 사흘 안으로 적의
계략을 알 수 있을 것이오."

과연 사흘이 지나 장수들이 관문 위에서 바라보니 오반이
군사를 철수시켰다. 그때 육손이 손을 들어 가리키면서,

"저쪽에 살기가 일기 시작했소. 유비가 저 골짜기에서 나
올 것이오."

하고 말을 마치기 전에 촉의 정병 8천여 명의 기병대가 투구
와 갑옷 차림으로 현덕을 에워싸고 행군하는 것이 보였다.

"복병이 모습을 드러냈소. 적은 지쳐서 사기가 떨어지기
시작했으니 10일 이내에 쳐부숴야 하오."

육손의 말을 듣고 장수들은 비로소 탄복했다.

공명의 탄식

현덕은 수군에게 장강의 하류에 진을 치고 오의 영내에 깊
숙이 잠입하라고 명령했다. 황권(黃權)이,

"수군이 하류로 내려가기는 쉽지만 철수하기는 어렵습니
다. 제가 앞장설 터이니 폐하께서는 후진에 계십시오."

하고 건의했으나 현덕은,

"오의 놈들이 겁에 질려 있는데 내가 쳐들어간다고 해서
가로막을 자 있겠느냐?"

하고 받아들이지 않았다. 이리하여 현덕은 군사를 양분하여

황권으로 하여금 강북의 군사를 지휘하여 위군에 대비하고, 자신은 강남의 군사를 이끌고 장강을 따라 진격했다.

위의 첩자가 이것을 허창에 보고했다. 위제 조비는,

"유비는 끝장이다. 그는 병법을 모른다. 700리나 진을 치고 어떻게 적을 막겠다는 거냐? 들과 습지와 산을 에워싸고 진을 치는 것은 병법에 어긋나는 일이다. 현덕이 육손에게 지는 것은 뻔하다. 10일 이내에 소식이 올 것이다."

하고 비웃었다.

한편 유비는 계속해서,

"육손이 이기면 오군은 총공세를 취해 서천을 빼앗을 것이다. 오가 텅 비었을 때 세 방면에서 일제히 진격하면 동오를 쉽사리 무찌를 수 있다."

하고 조인·조휴·조진의 부대에게 몰래 동오를 공략할 준비를 시켰다.

한편 마량은 동천에 가서 공명에게 진지의 지도를 내놓았다. 지도를 보자 공명은 '앗!' 하고 외치며 책상을 쳤다.

"누가 이렇게 진을 치라고 권했나? 대체 누구냐?"

"폐하의 명입니다."

공명은 크게 한숨을 내쉬었다.

"들과 습지와 산을 에워싼 포진은 병가에서 최대의 금물이다. 만일 적이 불로 공격해 오면 꼼짝 못하고 당하게 된다. 그리고 700리나 진을 치고 어떻게 적을 막겠다는 거냐? 재앙이 눈앞에 다가왔다. 육손이 굳게 지키고 응전하지 않는 것은 이때를 기다린 것이다. 급히 가서 천자에게 포진을 다시 하라고 말씀드려라. 이대로 두면 큰일이다."

제갈량은 배치도를 보고 크게 놀라다. ≪新錄全像通俗演義≫ 三國志傳卷之十四

"만일 오가 공격해 온 후라면 어떻게 할까요?"

"육손은 추격하지 않을 테니 성도는 걱정할 것 없다."

"그건 어째서 그렇습니까?"

"위가 배후를 기습하는 것을 두려워할 것이다. 폐하께서 패하게 되면 백제성으로 철수하도록 말씀드려라. 내가 이미 어복포(魚腹浦)에 10만의 군사를 숨겨뒀다."

마량은 깜짝 놀라며 말했다.

"제가 어복포를 몇 번이나 지나갔지만 한 사람의 병사도 보지 못했습니다."

"나중에 알게 될 것이다."

한편 육손은 촉군의 사기가 떨어진 것을 보고 장수들을 모아 놓고,

"나는 출전한 후로 한 번도 적과 싸워보지 않았지만, 이제 적의 동태를 충분히 파악했다. 먼저 장강 남쪽 기슭의 진지를 공략하려고 하는데, 누가 나가 싸우겠는가?"

하고 묻자마자 한당·주태·능통 등이 나섰으나 육손은 그들을 일단 뒤에 머물러 있게 하고, 최하급 장수를 불러 5천의 병사를 주어 장강 남쪽 기슭의 제4진을 공략하라고 명령했다.

그리하여 그날 밤, 북을 치면서 출격했으나 촉의 반격으로 부하 장수는 간신히 도망쳐 왔다. 그러나 이것은 하나의 탐색전이었다. 육손은 웃으면서 말했다.

"나의 계략으로 속일 수 없는 자는 제갈량뿐이다. 그가 이곳에 없는 것은 하늘이 나에게 큰 공을 세우도록 도운 것이다."

육손은 장수들을 모아놓고 작전을 지시했다.

현덕의 패배

한편 촉의 본진에서는 오를 격파할 계략을 세우고 있었다. 그때 갑자기 진중의 깃발이 바람도 불지 않는데 쓰러졌다.

무슨 징조인가 하고 불안한 듯 현덕이 중얼거렸다.

"오늘 밤에 적이 쳐들어오지 않을까요?"

"어젯밤의 전투에서 전멸했는데 또 쳐들어올 수 있겠느냐?"

"그건 탐색전이 아니었을까요?"

이런 말들을 주고받는데 적병이 산기슭을 따라 동부로 이동한다는 보고가 들어왔다. 현덕은 관흥·장포에게,

"그건 우리를 현혹시키려는 위장 전술이다."

육손은 촉의 영채를 태우다. ≪新鐫全像通俗演義≫ 三國志傳卷之十四

하고 각각 500명의 기병을 이끌고 순시하게 했다.

저녁때 관흥이 돌아와서,

"북쪽 기슭의 진지에 불길이 치솟고 있습니다."

하고 보고했다. 현덕은 급히 관흥을 북쪽 기슭에 파견하고, 장포를 남쪽 기슭에 파견하여 적의 동태를 탐색하게 했다.

첫번째 북이 울릴 무렵에 동남풍이 갑자기 불어오더니 본진의 왼쪽에서 불길이 일어났다. 불을 끄러 가려고 했을 때 오른쪽에서도 불길이 일어났다. 바람이 강해 불길이 수풀로 크게 번지더니 이윽고 함성이 울려 퍼졌다. 때 맞춰 좌우의 진지에서 기병이 뛰쳐나와 본진으로 쳐들어왔다. 그러자 본진의 병사끼리 난투전이 벌어져 무수한 사상자를 냈다. 그 배후에서 오의 군사가 벌 떼처럼 몰려왔다.

현덕은 허둥지둥 말을 타고 선봉의 진지로 도망쳤으나 그곳 역시 불바다였다. 말 머리를 돌려 서쪽으로 달리니 오의 장수 서성이 뒤쫓아왔다. 앞에는 오의 장수 정봉의 군사가 가로막았다. 현덕은 앞뒤로 협공을 당해 도망칠 수 없었다. 그때 함성을 지르면서 한 부대가 쳐들어왔다. 장포의 군사였다.

현덕은 구출되어 말을 달려서 오군의 추격을 피해 간신히 마안산(馬鞍山)에 올라갔다. 그러자 육손의 대군이 산기슭을 포위했다. 산 위에 진을 치고 내려다보니 불길이 끝없이 뻗어 있고, 시체가 무수히 널려 있었다.

오의 군사는 점점 수가 늘어갔다. 그리고 사방에서 불을 질렀다. 현덕이 깜짝 놀라 허둥지둥할 때에 갑자기 불길을 헤치고 몇 명의 기병을 이끌고 올라오는 장수가 있었다. 관흥이었다. 관흥은 현덕에게 백제성으로 향할 것을 권유했다.

그날 저녁 현덕은 두 사람의 호위를 받으며 산에서 내려왔다. 오의 대군이 그를 추격하자 서쪽으로 부리나케 도망치는데, 주연의 군사가 기슭에서 몰려와 앞길을 가로막았다.

"나도 드디어 여기서 죽는구나."

하고 현덕이 외쳤다. 관흥과 장포도 화살에 맞아 중상을 입었다. 배후에서 또다시 함성이 일어나더니 이번에는 육손이 골짜기에서 쳐들어왔다.

이때 앞길에서 하늘을 진동하는 듯한 함성이 일어나더니 주연의 군사가 잇따라 골짜기로 떨어졌다. 한 떼의 군사가 쳐들어와 현덕을 구출했다. 그는 상산의 조자룡이었다. 그는 동천의 강주에 주둔해 있다가 오와 촉의 싸움이 벌어졌다는 소식을 듣고 군사를 이끌고 달려왔던 것이다.

조운은 주연을 단방에 쏘아 쓰러뜨리고, 현덕을 구출하여 백제성으로 도망쳤다. 육손은 조운의 이름을 듣자 갑자기 군

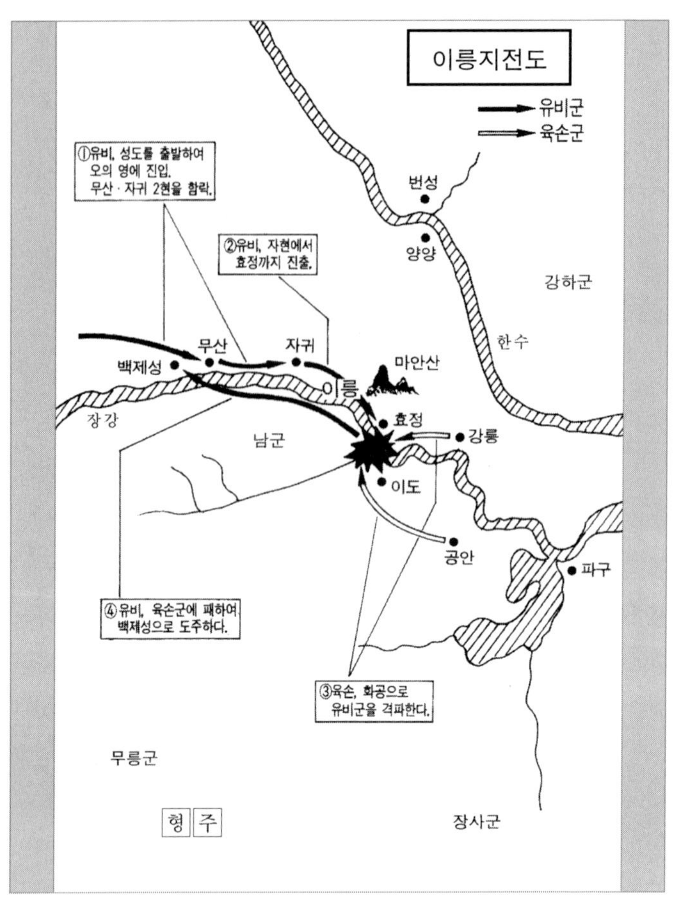

사를 철수시켰다.

현덕은 백제성에 도착했다. 그를 따르는 군사는 불과 100
여 명 뿐이었다.

촉의 장수들은 많이 전사했다. 이릉성에 포위되어 있던 오
의 손환은 위기를 벗어났다. 촉의 선봉 오반은 다행히 조운

의 도움으로 백제성에 도착했다. 남만왕 사마가는 오의 주태와 맞서 20여 차례 싸운 끝에 목숨을 잃었다.

이때 오에 있던 손 부인은 현덕이 효정에서 패하여 전사했다는 소식을 듣자, 수레를 타고 장강 기슭에 가서 멀리 서쪽을 바라보면서 통곡하다가 장강에 몸을 던져 죽었다.

어복포의 팔진도

한편 육손은 승리를 거듭한 군사를 이끌고 서쪽으로 추격했다. 기관 가까이 오자 앞쪽 산으로 연결되는 강기슭에서 살기가 하늘까지 치솟고 있는 것이 보였다. 육손은 말고삐를 당기고 멈춰 서서,

"앞길에 분명 복병이 있다. 경솔히 진군해서는 안 된다."

하고 10여 리나 물러나 평지에 진을 치고 적의 공격에 대비했다. 탐색병을 보내 탐지하게 했더니, 적의 진지는 보이지 않는다는 것이었다. 믿을 수 없어 산에 올라가 바라보니 살기는 여전히 하늘로 솟아오르고 있었다. 다시 한 번 탐색병을 보내 탐지하게 했으나 앞길에는 한 사람의 적병도 없다는 것이었다.

해질녘에 바라보니 살기는 더욱 치솟았다. 육손은 이상하게 여겨 심복 부하를 보내 탐색하게 했다. 강기슭에 커다란 돌이 8, 90개 흩어져 있을 뿐 적의 모습은 보이지 않는다는 것이었다. 하도 이상하여 그곳에 사는 사람을 불러 물어보았더니 그는 이렇게 대답하는 것이었다.

"이곳은 어복포라고 합니다. 지난해에 제갈공명이 촉에 돌아갈 때 이곳까지 와서 모래땅에 돌을 놓아 진지를 만들었는데, 그 후로는 언제나 구름 같은 연기가 솟아오르고 있습니다."

육손은 이 말을 듣고 수십 명의 기병을 데리고 그 석진(石陣)을 보러 갔다. 고개 위에서 말을 세우고 바라보니 사방 팔방에 문이 있었다.

"아무것도 아니다. 다만 사람을 미혹시키려는 술책이다."

하고 웃으면서 기병을 이끌고 고개에서 내려와 석진을 돌아보았다.

"날이 저물었습니다. 빨리 돌아갑시다."

하는 부장의 말에 진지에서 나서려고 하자, 갑자기 회오리바람이 불어닥치더니 순식간에 모래를 날리고 돌을 굴려 천지를 뒤덮었다. 괴석(怪石)이 칼처럼 날카롭게 치솟기도 하고 모래땅에 뒹구는가 하면 산처럼 겹쳐지고 강기슭의 파도 소리는 칼을 휘두르고 북을 치는 소리와 같았다.

"제갈량의 계략에 걸려 들었구나."

하고 육손이 돌아가려고 했으나 출구가 보이지 않았다. 깜짝 놀라 허둥지둥하는데 불쑥 한 노인이 말 앞에 나타나 껄껄 웃으면서 말했다.

"장군, 이 진지에서 나오고 싶습니까?"

"노인, 부탁합니다."

노인은 지팡이를 짚으면서 천천히 육손과 그 일행을 인도하여 가로막히는 것 하나 없이, 똑바로 석진을 나와 고개 위까지 전송했다.

공명은 교묘하게 팔진도를 배치해 놓다. ≪繡像全圖三國演義≫에서

"노인은 누구시오?"

"나는 제갈공명의 장인 황승언입니다. 지난해에 사위가 촉에 돌아갈 때 이곳에 석진을 만들고 '팔진도(八陣圖)'라고 불렀습니다. 둔갑(遁甲)의 법에 따라 휴(休)·생(生)·상(傷)·두(杜)·경(景)·사(死)·경(驚)·개(開)의 여덟 문을 두어, 날마다 변화 무쌍하여 가히 10만의 정병(精兵)에 비견할 수 있습니다. 사위는 이곳을 떠날 때 나에게 말했습니다. 후일 동오의 장수가 이 진지에서 길을 잃게 되는데, 길을 인도해도 소용이 없다고 말했습니다. 나는 이 산에 숨어 살고 있는데, 아까 바위 위에서 장군이 '죽음의 문'을 들어서는 것을 보고 필경 이 석진을 알지 못해 길을 잃게 될 줄 알았지요. 장군이 이곳에서 발이 묶여 있는 것을 보고만 있

을 수가 없어 '삶의 문'을 지나가게 한 것입니다."

하고 노인이 대답했다.

"노인은 이 진법을 알고 있습니까?"

"변화 무쌍하여 다 알지는 못합니다."

육손은 급히 말에서 내려 머리를 숙여 고맙다고 인사를 하고 본진에 돌아와,

"제갈공명은 참으로 와룡(臥龍)이다. 나같은 건 도저히 따를 수 없다."

하고 전군에게 철수 명령을 내리자 참모들이 물었다.

"유비는 싸움에 패하여 백제성으로 도망쳤습니다. 이 여세를 몰아 아주 격파해야 합니다. 석진을 보았다고 해서 물러서다니 웬일이십니까?"

육손이 대답했다.

"석진이 무서워 물러서는 게 아니다. 위제 조비의 지혜는 선제 못지 않다. 지금 내가 촉의 군사를 추적하는 중인 줄 알게 되면 그는 기습을 감행할 것이 뻔하다. 사천까지 깊숙이 추격하면 돌아서 나오기가 어렵다."

육손은 이렇게 말하고 한 장수에게 후미(後尾)를 지키도록 명령하고 스스로 대군을 철수시켜 돌아왔다.

이틀도 지나지 않아 위의 군사가 쳐들어온다는 보고가 날아들었다. 조인은 유수(濡須)에서, 조휴는 동구(洞口)에서, 조진은 남군(南郡)에서 기병 수십 만을 이끌고 오의 국경까지 진격해 왔던 것이다. 육손은 웃으면서 말했다.

"내가 예상한 대로다. 그 대책은 이미 세워놓았다."

45. 삼국의 세력 다툼

조비의 패배

장무 2년 6월, 동오의 육손이 촉의 군사를 효정과 이릉에서 대파하여 현덕은 백제성으로 도망쳐 조운이 성을 지키고 있을 때, 마량이 도착했으나 이미 촉이 패배한 것을 알고 분해 하였으나 때는 늦었다. 마량이 공명의 말을 전하자 현덕은 한숨을 내쉬고,

"진작 승상의 의견에 따랐어야 했는데 이제는 성도에 돌아가 사람들 볼 면목이 없게 됐소."

하고 백제성에 잠시 머물기로 하고 숙소를 영안궁(永安宮)이라고 고쳐 불렀다. 그는 부하 장수들이 많이 전사했다는 소식을 전해 듣고 무척 슬퍼했으며 수군을 인솔한 황권이 위에 항복했다는 말을 듣고는,

"그는 오의 군사에게 퇴로를 차단당해 할 수 없이 위에 항복했을 거요. 내 잘못이지 그의 죄가 아니오."

하고 가족들을 처벌하기는커녕 극진히 보호했다.

위에서는 조비가 황권에게 높은 벼슬을 주려고 했으나 황

위나라는 군을 일으켜 오나라를 칠 것을 상의하다. ≪新鐫全像通俗演義≫ 三
國志傳卷之十五

권은 사양하고 받지 않았다.

조비는 가후에게 물었다.

"천하를 통일하기 위해서는 먼저 촉을 공략해야 하는가,
오를 공략해야 하는가?"

가후가 대답했다.

"촉의 유비는 덕망이 있을 뿐만 아니라 그에게는 전술과
치국(治國)에 능한 제갈량이 있습니다. 또한 동오의 손권은
앞을 내다보는 눈이 있고 육손은 요해(要害)에 군사를 배치
하고 장강과 호수의 지세(地勢)에 유리하므로, 촉과 오는 모
두 쉽사리 공략할 수 없습니다. 잠시 정세를 두고 보면서 두
나라에 이변이 생기는 것을 기다릴 수밖에 없습니다."

그러나 조비는 이렇게 말했다.

"나는 이미 대군을 삼면(三面)에서 출동시켜 오를 공략하
고 있다. 승리는 우리의 것이다."

동오가 촉군을 격파하고 사기가 충천해 있는 지금은 시기

상조라고 유엽이 간했으나 조비는 받아들이지 않았다.

동오 쪽에서는 여범의 군사가 조휴를 막고, 제갈근의 군사가 남군에서 조진을 막고, 주환의 군사가 유수에서 조인을 막고 있었다.

주환은 이때 나이 27세, 담대하고 무용이 뛰어나 손권의 총애를 받고 있었다. 그는 유수의 군사를 이끌고 있었으나, 조인의 대군이 선계(羨溪)를 공격할 때 군사를 거의 다 선계의 수비에 돌리고 나머지 5천여 명의 기병을 손수 이끌고 유수성을 지키고 있었다.

그때 조인의 장수 상조(常雕)라는 자가 5만의 정병을 이끌고 쳐들어왔다는 보고를 들은 병사들은 모두 불안해 하였다. 주환은 칼을 손에 들고 말했다.

"공격자가 갑절이고 수비자는 그 절반이라 해도 수비자가 이긴다고 병법에 씌어 있다. 지금 조인의 군사는 천 리를 행군하여, 사람도 말도 지칠 대로 지쳐 있다. 우리는 높은 성에서 남으로 큰 강을 끼고 북으로는 험한 산을 등지고 충분히 휴양한 군사로 피로한 적을 기다리고 있는 셈이다. 이거야말로 백전 백승의 형세다. 조비가 직접 쳐들어와도 두려울 것 없다. 하물며 조인 따위가 뭐냐?"

위의 장수 상조가 정병을 이끌고 쳐들어왔으나 멀리 바라보니 성 위에 병사는 하나도 보이지 않았다. 성 아래까지 접근했을 때, 석화시 소리가 나더니 일제히 깃발을 날리면서 주환이 말을 몰아 상조에게 덤벼들어 두세 차례 싸운 끝에 상조의 목을 베어 말에서 떨어뜨렸다. 오의 군사는 이 기세를 몰아 맹렬한 공격을 퍼부어 위의 군사를 크게 무찔렀다.

조인이 그 후에 도착했으나 오의 군사가 선계에서 쳐들어와 대패하여 도망칠 수밖에 없었다.

조인이 본진으로 돌아가 패배를 보고하여 조비가 매우 놀라고 있을 때, 이번에는 남군을 포위한 조진이 육손과 제갈근의 군사에게 성 안팎으로 협공을 받아 크게 패했다는 보고가 날아들고 조휴도 여범에게 격파되었다고 보고했다. 세 군데에서 모두 패했다는 소식을 듣고 조비는 길게 한숨을 내쉬었다. 게다가 여름이라 열병으로 죽는 병사가 태반을 넘어 할 수 없이 조비는 군대를 이끌고 낙양으로 돌아왔다.

현덕의 죽음

현덕은 영안궁에서 병에 걸려 자리에 눕더니 병세가 점점 악화되었다. 장무 3년 4월에는 손발도 마음대로 움직이지 못했다. 더구나 관우 · 장비의 죽음을 슬퍼하여 눈물로 지냈기 때문에 병이 날로 심해가고 눈도 잘 보이지 않았다.

어느 날 밤, 현덕은 시종이 옆에 있는 것조차 거추장스러워 물러가 있으라고 명하고 혼자 병상에 누워 있었다. 그때 갑자기 스산한 바람이 불어닥쳐 등불이 꺼질 듯 하더니 다시 밝아졌다. 그 등불 그림자 아래에 두 사람이 서 있었다. 현덕은 화가 나서,

"내 마음이 편치 않아 물러가 있으라고 하지 않았나? 왜 또 왔나?"

하고 책망했으나 그들은 물러가지 않았다.

유현덕은 꿈속에서 관우와 장비를 만나다. ≪新鋟全像通俗演義≫ 三國志傳卷
之十五

현덕이 자리에서 일어나 자세히 보니 위쪽에 있는 것은 운
장이고 아래쪽에 있는 것은 익덕이었다. 깜짝 놀라 물었다.
"아니 둘 다 살아 있었나?"
"우리는 이 세상에 살고 있지 않습니다. 우리는 혼령입니
다. 우리가 생전에 신의를 지켰기 때문에 하늘의 옥황제(玉
皇帝)의 칙명에 따라 신이 되었습니다. 형님도 머지 않아 우
리들과 다시 만나게 될 것입니다."
현덕은 그들의 손을 잡고 소리내어 울었다. 문득 눈을 뜨
니 두 사람은 어디론가 사라졌다. 사람을 불러 물어보았더니
바로 자시에 일어난 일이었다. 현덕은 비탄에 빠져, 이제 얼
마 더 살지 못하겠구나 생각하고 사자를 성도에 보내어 승상
제갈량, 상서령 이엄 등을 영안궁으로 불러들였다. 공명 일
행은 현덕의 차남 노왕 유영과 양왕 유리를 데리고 영안궁으
로 왔으며, 태자 유선은 성도에 남게 했다.
현덕은 병상 아래 고개를 숙인 공명을 옆에 앉히고 등을

어루만지면서 말했다.

"나는 승상을 만났기 때문에 다행히도 나라를 세우는 큰 일을 성취할 수 있었소. 그런데 내 불찰로 그대의 말을 받아들이지 않았기 때문에 패하고 말았소. 후회가 병을 일으켜 이제 내일을 예측할 수 없는 목숨이오. 태자는 허약하여 승상에게 뒷일을 맡길 수밖에 없소."

말을 마친 현덕의 얼굴은 눈물로 얼룩져 있었다. 공명도 울면서 말했다.

"폐하, 옥체를 보존하여 폐하의 큰 뜻을 이루셔야 합니다."

현덕은 신하들을 모두 옆에 불러 앉히고 붓을 들어 유언을 써서 공명에게 주고 말했다.

"나는 승상과 함께 역적 조씨를 멸하여 한왕실을 보존하려고 했으나 불행하게도 도중에 작별하게 되었소. 승상, 이 유언을 유선에게 주고 잘 인도해주기 바라오."

공명은 고개를 숙인 채 울고 있었다.

"폐하, 편히 쉬십시오. 신들은 있는 힘을 다해 폐하의 큰 은덕에 보답하려고 합니다."

현덕은 눈물을 억제하면서 공명의 손을 잡고 말했다.

"나는 이제 죽게 되었소. 흉금을 털어놓고 할 이야기가 있소."

"그게 무슨 말씀입니까?"

"승상의 재능은 조비의 10배는 될 것이오. 충분히 나라를 보전하고 대사(大事)를 이룰 수 있을 것이오. 짐의 후계자가 그릇되지 않도록 잘 도와주오. 그러나 그들이 잘못하면 승상이 성도의 주인이 되도록 하오."

공명은 이 말을 듣고 비오듯 땀을 흘리며 울면서 말했다.

"신은 부족하나마 태자의 손발이 되어 힘껏 보필하고, 목숨을 잃는 한이 있더라도 절의(節義)를 지키겠습니다."

현덕은 공명을 의자에 앉히고 유영·유리를 불러,

"너희는 내 말을 잘 듣거라. 내가 죽은 후에는 삼형제가 모두 승상을 아버지로 생각하고 정성껏 받들어야 한다."

하고 두 사람으로 하여금 공명에게 무릎을 꿇게 했다.

현덕은 이엄을 비롯한 관원들에게 말했다.

"나는 승상에게 이들을 부탁하고 승상을 아버지로 생각하고 잘 받들라고 말했소. 그대들도 내 말을 명심하도록 하오."

그리고 조운에게,

"그대와는 어려운 가운데 오늘에 이르기까지 서로 의지해 왔는데 이곳에서 작별하리라고는 생각지도 못했소. 나를 대하는 것처럼 내 아들을 돌봐주기를 바라오."

"힘껏 보필하겠습니다."

조운은 울면서 말했다. 현덕은 백관들에게,

"그대들, 이제 일일이 부탁할 수가 없구려. 부디 몸을 소중히……."

하고 말하며 숨을 거두었다. 그때 현덕의 나이는 63세, 장무 3년 4월 24일의 일이었다.

유선은 황제의 자리에 즉위하다. ≪新鋟全像通俗演義≫ 三國志傳卷之十五

오로의 계략

공명은 현덕의 유해를 호송하여 성도로 돌아왔다. 태자 유선은 유해를 정전(正殿)에 안치하고 흐느끼면서 장례를 마쳤다. 이리하여 유선이 제위에 오르고 장무 3년을 원년으로 하여 연호를 건흥(建興)이라고 개칭하였다. 이때 유선의 나이 17세였다.

승상 제갈량에게는 무향후(武鄕侯)의 작위를 내리고, 익주의 자사로 임명했다. 9개월 후에 선제(先帝)를 혜릉(惠陵)에 안장하고 시호를 소열황제(昭烈皇帝)라 하고, 황후 오씨를 황태후(皇太后)라고 부르게 했으며 감 부인의 시호를 소열황후, 미 부인에게도 황후라는 시호를 올렸다.

위의 조비는 유비가 죽었다는 소식을 전해 듣고 기뻐하면서 곧 군사를 동원하여 촉을 치려고 했다. 그러자 가후가 제갈량이 그의 아들을 도울 터이니 섣불리 정벌에 나서는 것은

삼가 해야 한다고 말렸다. 그러자 좌중에서 언성을 높여,

"이때 진격하지 않으면 언제까지 기다려야 합니까?"

하고 이의를 제기하는 자가 있었다. 그는 사마의였다.

조비가 기뻐하면서 그에게 계략을 물으니, 위의 병력만으로는 승리하기 어려우므로 오로(五路)의 대군을 동원하여 사방에서 공략하는 것이 좋겠다고 하였다. 오로가 무엇이냐고 묻자 사마의는 이렇게 대답했다.

"요동의 선비(鮮卑)의 나라에 사자를 보내어 국왕 가비능(軻比能)에게 금이나 비단을 선물해서 환심을 사고, 요서(遼西)의 오랑캐의 병력 10만을 출동시켜 육로에서 서평관(西平關)을 공략하게 하는 것이 제1로입니다. 그리고 남만(南蠻)의 나라에 사신을 보내 만왕 맹획(孟獲)에게 은상(恩賞)을 내려 10만의 만병(蠻兵)을 출동시켜 서천의 남부를 공략하게 합니다. 이것이 제2로입니다. 다음에 오에 사자를 보내 땅을 제공하기로 약속하고 손권의 군사 10만을 출동시켜 양천의 협구(夾口)에서 부성을 공략하게 합니다. 이것이 제3로입니다. 그리고 항복한 장수 맹달에게 사신을 보내 상용(上庸)에서 10만의 군사를 출동시켜 한중을 공략하게 합니다. 이것이 제4로입니다. 대장군 조진을 대도독으로 임명하여 10만의 군사를 이끌고 장안에서 양평관을 넘어 서천으로 진격하게 합니다. 이것이 제5로입니다. 대군 50만이 5로에 걸쳐서 쳐들어가면 제갈량이 아무리 태공망(太公望 ; 강태공, 즉 강상을 일컬음)의 재능을 갖고 있다 하더라도 당해내지 못할 것입니다."

조비는 곧 언변이 좋은 네 사람을 사신으로 보내고 조진을

대도독으로 임명하여 양평관을 공략하게 했다.

공명의 고민

한편 촉한의 후계자 유선은 즉위는 했으나 아직 황후가 없었으므로 공명이 군신과 함께 상주하여 17세인 장비의 딸과 혼인을 맺게 하여 황후로 맞았다.

건흥 원년 8월, 위가 5로의 대군을 출동시켜 쳐들어온다는 보고가 들어왔다. 공명에게도 알렸으나 웬일인지 며칠 등청하지 않는다는 것이었다. 유선이 깜짝 놀라 신하를 보내 알아보았더니 병으로 누워 있다는 것이었다. 이튿날 다시 사자 두 사람을 보내 병상에 가서 이 상황을 보고하라고 일렀다.

그런데 승상의 저택에 간 두 사람은 안으로 들어가보지도 못하고, 문지기로부터 병이 좀 나으면 내일 아침에 조정에서 의논하자는 승상의 전언만 듣고 돌아왔다.

이튿날 중신들은 저택 앞에서 아침부터 저녁때까지 기다렸으나 공명은 끝내 모습을 나타내지 않았다. 무슨 곡절이 있는 모양이었다. 그래서 유선은 이튿날 몸소 승상의 저택으로 찾아갔다. 문지기가 당황하여 땅바닥에 엎드렸다.

"승상은 어디 있느냐?"

"어디 계신지 알 수 없습니다. 다만 백관을 문 안에 들여놓지 말라는 승상의 분부를 듣고 있을 뿐입니다."

유선은 수레에서 내려 혼자 셋째 대문 안으로 들어섰다. 공명은 홀로 대나무 지팡이를 짚고 연못의 물고기를 바라보

제갈량은 편안히 기거하며 오로를 평정하다. ≪繡像全圖三國演義≫에서

고 있었다. 유선은 잠시 그 뒤에 멈춰 섰다가 조용히 말했다.

"승상은 태평이시군요."

공명이 돌아서서 유선을 보자 얼른 지팡이를 던지고 엎드렸다. 유선은 공명을 일으키고,

"5로로 군사가 국경에 진격하여 나라의 정세가 긴박한 이때, 승상은 어찌하여 등청하지 않소?"

공명은 껄껄 웃고 나서 유선을 안으로 안내한 후 말했다.

"5로로 군사가 쳐들어온 것은 물론 신도 알고 있습니다. 물고기를 보고 있은 것이 아니라 사실은 생각에 잠겨 있었습니다."

공명은 오랑캐의 왕 가비능, 남만왕 맹획, 배반자 맹달, 위나라 장수 조진, 이 4로의 군사를 격퇴할 작전을 상세히 말했다.

"먼저 오랑캐의 왕 가비능에 대하여는, 마초가 대대로 서

량에서 살아오면서 오랑캐의 인심을 사고 있으므로 급히 사자를 보내 서평관을 굳게 지키게 했습니다. 오랑캐의 왕이 우리의 뜻에 따른다면 금과 비단을 보내 화친하고, 따르지 않을 경우에는 군사를 동원하여 방어하기로 했으므로 이 방면은 걱정할 것 없습니다. 다음에 남만의 맹획에 대하여는, 위연에게 한 부대를 인솔하여 좌측을 치고 우측으로 진격하고 우측에서 나와 좌측으로 돌진하여 적을 미혹시키는 의병(疑兵)의 작전을 개시할 방침입니다. 남만의 군사는 무용에만 의존하고 의심이 많으므로 의병을 보면 진격하지 못할 터이므로 이 방면도 걱정할 것 없습니다. 맹달에 대하여는, 이엄이 옛날에 그와 생사를 같이하기로 맹세한 사이므로 전에 성도에 돌아갈 때 이엄을 남겨서 영안궁을 지키게 했는데, 이번에 신이 서신을 작성하여 이엄의 친필로 맹달에게 보냈습니다. 이 서신을 보면 맹달은 출전을 포기하고 병을 가장하여 집에 틀어박혀 있을 것입니다. 그렇게 되면 병사들의 사기가 떨어질 터이니 이 방면도 걱정이 없습니다. 조진에 대하여는, 양평관은 지세가 험하여 수비하기가 유리하므로 조운에게 명하여 관문을 굳게 지키고 응전하지 말라고 지시했습니다. 조진은 우리 군사가 나서지 않으면 결국 물러갈 것입니다."

공명은 말을 이었다.

"적의 4로의 군사는 두려워할 것 없습니다. 그래도 만일의 경우에 대비하여 따로 관흥·장포에게 각각 3만의 군사를 이끌고 어느 쪽이든지 구원할 수 있도록 대기시켜놓았습니다. 다만 동오의 1로만은 곧 출병하지 않을 것입니다. 동오

는 사방의 군사가 승리하여 우리가 위기에 놓였을 때 쳐들어
올 것입니다. 4로의 적이 실패하면 절대로 움직이지 않을 것
입니다. 제가 생각하기에, 손권은 조비가 전에 쳐들어간 원
한이 있으므로 쉽사리 말을 듣지 않을 것으로 봅니다. 그러
나 언변이 좋은 자를 한 사람 동오에 보내 이해(利害)를 따
지게 해야 합니다. 그렇게 동오를 먼저 물러서게 하면, 다른
4로의 적에 대한 걱정이 더욱 줄어듭니다. 다만 사자로서 적
임자가 없어 여러 모로 생각하고 있었습니다."

"승상의 말을 듣고 보니 꿈에서 깨어난 심정이오. 이제 걱
정이 사라졌소."

세객 등지

유선은 공명과 술을 나누고 기쁜 마음으로 궁궐로 돌아갔
다. 궁궐 대문 앞에서 기다리고 있던 백관이 황제의 기뻐하
는 얼굴을 보고 의아하게 생각했으나, 오직 한 사람만 하늘
을 우러러 껄껄 웃으면서 기뻐했다. 호부상서 등지(鄧芝)였
다.

공명은 몰래 등지를 서원으로 불러들였다.

"지금 촉·위·오의 세 나라가 세발 솥과 같은 형태로 겨
루고 있소. 우리 나라는 양국을 정벌하여 천하를 통일하고
한의 왕실을 다시 일으켜야 하는데 먼저 어느 나라부터 치는
것이 좋겠는가?"

등지가 대답했다.

"제 생각으로는, 위는 한의 대적이지만 세력이 강대하여 쉽게 쓰러뜨리기 어려우므로 시기를 기다리는 것이 좋겠습니다. 우리 황제는 즉위한 지 얼마 되지 않고 민심도 안정되어 있지 않습니다. 되도록이면 동오와 손을 잡고 긴밀히 결합하여 선제(先帝)의 한을 씻는 것이 긴 안목으로 보아 좋을 줄 압니다."

"나도 줄곧 그렇게 생각하고 있었소. 다만 아직 적합한 사람을 만나지 못했는데 오늘에야 비로소 얻게 되었구려."

공명은 동오와 화해를 맺는 사자는 등지밖에 없다고 생각하여 기뻐하며 곧 천자에게 상주하여 그를 동오로 보냈다.

동오에서는 육손이 위의 군사를 격퇴한 공로로 보국장군(輔國將軍)·강릉후(江陵侯) 겸 형주의 자사로 임명되어 군사의 전권을 장악하고 있었다. 그리고 연호를 황무(黃武) 원년이라고 고쳤다.

그때 위가 5로의 군사로 촉을 공략하기 위해 오에게 협력을 요구해 왔다. 오왕 손권은 육손을 불러 의논했다. 육손은 출동할 준비를 갖추고 나서 4로군의 동태를 살피는 것이 좋겠다고 말했다.

손권이 동태를 살피게 했더니 선비의 군사는 서평관까지 진격했으나 마초의 모습을 보자 도망치고, 남만의 군사는 위연의 의병의 계략에 의해 격퇴되고, 상용의 맹달은 도중에 병이 나서 진격을 멈추고, 조진은 양평관까지 쳐들어갔으나 조운이 성을 굳게 지키고 움직이지 않아 그대로 돌아갔다는 것이었다.

손권은 이 정보를 듣고 육손의 예리한 통찰력에 감탄했다.

등지는 동오에 사신으로 가다. ≪新鋟全像通俗演義≫ 三國志傳卷之十五

그때 촉의 사자 등지가 도착했다. 장소는,

"이것은 제갈량의 책략으로 우리의 군대가 나가는 것을 막기 위해 보낸 세객일 것입니다."

하고 등지의 담력을 빼는 수단을 모색했다.

등지가 궁궐에 들어오자 좌우에 몸집이 크고 건장한 무사가 칼과 도끼와 창을 들고 전상(殿上)까지 죽 늘어서 있었다. 그는 조금도 두려워하는 기색이 없이 뚜벅뚜벅 걸어 들어갔다. 어전 가까이 가니 그곳에는 커다란 가마솥에서 기름이 부글부글 끓고 있었다.

등지는 잠시 웃어 보일 뿐이었다. 신하가 발(簾) 앞까지 데리고 갔으나 가볍게 경례를 할 뿐 그는 엎드리려고도 하지 않았다. 손권이 발을 들어 올리게 하고,

"꿇어 엎드려 절하지 않으니 어찌된 일이냐?"

하고 큰소리로 책망을 하자 등지는 굴함이 없이 대답했다.

"대국의 사자는 소국의 군주 앞에 꿇어 엎드리지 않는 법

장온은 등지를 좇아 촉에 들다. ≪新鋟全像通俗演義≫ 三國志傳卷之十五

입니다.”

손권은 매우 화를 내면서,

“자기 신분도 헤아리지 못하고 세 치의 혀를 놀려 한의 역이기(酈食其)가 제(齊)나라를 설득하러 간 흉내를 내려는 게냐? 저놈을 가마솥에 던져 넣어라.”

하고 말했다. 등지는 껄껄 웃으며 말했다.

“동오에는 현자(賢者)가 많다고 들었는데 일개 서생을 두려워하다니 웬일이오?”

한 사람의 사자 때문에 무기를 든 무사를 서 있게 하고 가마솥을 마련한 것은 얼마나 도량이 좁은 처사냐고 말하자 손권은 부끄럽게 생각하여 즉시 무사들을 물러가게 하고 등지를 가까이 불러 앞자리에 앉혔다.

등지는 오와 촉의 두 나라가 화해하여 연합하면 천하를 병합할 수 있고, 설령 물러선다 해도 세 나라가 그대로 잘 유지할 수 있다고 주장했다. 손권은 이 말을 받아들여 촉과 화해

진복은 천변을 늘어놓으며 장온을 난처하게 만들다. ≪繡像全圖三國演義≫에서

하도록 등지에게 중개를 부탁하고, 장온(張溫)을 사자로 임명하여 등지와 함께 촉에 보냈다.

조비의 중원 공격

유선은 장온을 극진히 대접했다. 공명은 이튿날 장온을 위해 잔치를 베풀었다. 한창 술잔을 주고받는데 진복(秦宓)이라는 익주의 학자가 나타났다. 학문에 자신이 있는 장온은 진복에게 연달아 어려운 질문을 던졌다. 진복은 청산 유수로 대답했다. 촉에 유식한 인재가 있는 것을 안 장온은 놀라지 않을 수 없었다. 공명은 다시 등지를 답례의 사자로 임명하여 장온과 함께 오나라에 보냈다.

장온은 손권에게 유선과 공명의 덕을 자세히 이야기하고 촉이 오래도록 오와 화친을 맺기를 원하고 있다고 말했다. 손권도 등지를 극진히 대접하고 촉의 뜻을 받아들였다.

오와 촉이 화해하였다는 것을 알게 된 위의 조비는,

"두 나라의 연합은 중원을 노리려는 속셈에서 나온 것이다. 선수를 쳐서 먼저 공격해야겠다."

하고 문무백관을 모아놓고 오를 칠 작전을 세웠다. 군량과 군사를 충분히 확보한 후에 정벌에 나서야 한다고 신중론을 펴는 신하도 있었으나, 조비는 그것을 케케묵고 나약한 선비들의 소견이라고 한쪽 귀로 흘려버렸다.

오에는 장강의 요해가 있으므로 배 없이는 건너갈 수 없으니 크고 작은 군선을 준비해야 한다는 사마의의 의견에 따라 조비는 곧 길이 20여 장의 2천여 명을 태울 수 있는 용주(龍舟)를 만들게 하고, 그 밖에 군선 3천여 척을 준비했다.

이윽고 황초 5년 8월, 조진을 선봉으로 하여 여러 장수를 따르게 하고, 조비 자신은 용주에 타고 수륙 합쳐 30여 만의 군사를 이끌고 싸우러 나갔다. 사마의에게는 수도 허창에 남아 국정을 맡게 했다.

위의 대군이 남하했다는 소식을 들은 손권은 깜짝 놀라 참모들을 불러 의논했다. 고옹이 말했다.

"영주께서 촉과 화해를 맺은 이상 사신을 제갈공명에게 보내 한중에서 출격하게 하여 위의 선봉을 협공하고, 빨리 장수를 남서(南徐)로 보내 방비하게 해야 합니다."

손권은 이 큰 임무를 맡을 만한 사람은 육손밖에 없다고 생각했다. 그러나 육손은 형주를 지키고 있어 함부로 불러들일 수 없는 형편이었다.

"누가 적합할까?"

하고 손권이 말하자 앞으로 나서는 자가 있었다. 서성이었다. 손권은 서성을 안동장군(安東將軍)으로 봉하고 건업·남서의 총진도독으로 임명했다. 서성은 곧 건업을 지키고 있는 장수들을 불러 명령을 내렸다.

"무기와 깃발을 충분히 준비하고 장강 연안을 지켜라."

그런데 이 명령에 따르지 않는 자가 한 사람 있었다. 그가 앞에 나와 말했다.

"오늘 대왕이 무거운 임무를 장군에게 맡긴 것은 위의 군사를 무찔러 조비를 사로잡으라는 뜻에서였습니다. 그런데 어찌하여 장군은 즉시 군사를 이끌고 장강을 건너 회하(淮河) 이남으로 나아가서 적과 싸우려고 하지 않습니까? 조비의 군사가 장강의 기슭까지 쳐들어오기를 기다리고 있다가는 때를 놓치게 됩니다."

그는 오왕의 조카인 손소(孫韶)였다. 양위장군(揚威將軍)으로서 나이는 젊지만 담대하고 용기가 있는 장수였다. 서성이 말했다.

"조비의 병력은 강대하고 명장을 선봉에 내세우고 있소. 장강을 건너가서 적과 싸운다는 것은 불가능한 일이오. 나는 적의 배가 장강 기슭에 모여들 때를 노려 쳐부술 계략을 이미 세워놓고 있소."

"내가 광릉(廣陵)의 지리를 잘 알고 있으므로 3천의 군사를 거느리고 장강의 북쪽 기슭에 건너가 조비와 싸우려고 합니다. 만일 패하고 돌아오면 목을 베시오."

서성은 손소를 참하라고 명하다. ≪新鑱全像通俗演義≫ 三國志傳卷之十五

손소가 말했으나 서성은 동의하지 않았다. 그러나 손소는 끝까지 자기의 주장을 내세워 출전하기를 /원했다. 서성은 화를 내면서,

"네놈 하나가 내 명령에 따르지 않기 때문에 여러 장수들에게 위엄이 서지 않는다."

하고 무사에게 명하여 목을 베게 했다. 목을 베려고 하는 찰나에 이 소식을 들은 손권이 달려와 서성에게 그를 용서해주라고 부탁했다. 서성은 손권의 얼굴을 보아 용서해주었다.

그러나 고집이 센 손소는 그날 밤 3천의 정병을 이끌고 몰래 장강 북쪽으로 건너갔다. 서성은 이 소식을 듣자 즉시 정봉을 불러 3천의 군사를 이끌고 나가 합세하게 했다.

조비의 패배

한편 위의 조비는 용주를 타고 광릉까지 쳐들어가 멀리 남쪽 기슭을 살펴보았으나 사람이라고는 그림자도 보이지 않았다. 그런데 밤이 지나 짙은 안개가 걷힌 후에 남쪽 기슭을 바라보니, 성벽이 죽 늘어서고 망루에는 창과 칼이 번쩍이고 성벽에는 깃발이 무수히 나부끼고 있지 않은가? 하룻밤 사이에 성벽 위에 늘어선 수많은 군사들을 보고 조비는 깜짝 놀랐다. 실은 서성이 갈대로 인형을 만들어 푸른 옷을 입히고 깃발을 성과 망루에 세워놓았던 것이다.

조비가 깜짝 놀라 서 있을 때 갑자기 심한 바람이 불어닥쳐 파도가 산더미같이 일어 큰 배도 뒤집힐 지경이 되었다. 조진은 급히 문빙에게 작은 배를 저어 구원에 나서게 했으나, 용주에 타고 있던 수병들까지 온몸이 비틀거려 견딜 수 없을 지경이었다. 문빙은 용주에 뛰어올라 조비를 업어서 작은 배에 옮기고 강구로 배를 저어 나갔다.

그때 전령이 달려와서 조운이 양평관에서 떠나 장안을 향해 공격해 들어온다고 보고했다. 조비는 깜짝 놀라 얼굴빛이 달라지면서 즉시 군사를 되돌리라고 명령했다. 위의 군사가 앞을 다투어 도망치는데 오의 군사가 그 뒤를 쫓았다.

용주가 회하에 이르렀을 때 갑자기 피리와 북 소리가 울리고, 함성이 일어나더니 부근에서 한 떼의 군사가 쳐들어왔다. 이 군사를 거느린 장수는 손소였다. 위의 군사는 거의 다 화살에 맞아 죽고 물에 빠져 죽은 병사의 수도 적지 않았다.

오병은 위의 용주를 불살라 버리다. ≪新鐥全像通俗演義≫ 三國志傳卷之十五

조비는 간신히 장수들의 도움으로 회하를 건넜으나 30리 도 채 가기 전에 갈대밭이 송두리째 불타올랐다. 미리 생선 기름을 부어놓았던 것이다. 강한 바람을 타고 불길은 세차게 번져 배의 앞길을 가로막았다. 조비는 조각배를 기슭에 대고 저어 나가 말에 올라탔다. 그때 강기슭에서 한 떼의 군사가 나타났다. 장수는 정봉이었다. 장요가 맞서 싸웠으나 정봉의 화살을 허리에 맞아 쓰러지고 말았다.

위의 군사는 거의가 전사하고 조비는 간신히 허창으로 도 망쳤다. 장요도 간신히 허창으로 돌아왔으나 화살에 맞은 상 처가 악화되어 죽고 말았다.

46. 공명의 남만 정벌

공명의 출전

건흥 3년, 촉은 풍년이 계속되어 사람들은 평화를 즐기면서 부지런히 일하니 쌀이 창고에 넘치고 금과 은이 금고에 가득했다.

그런데 익주에서 성도로 전령이 달려와, 남만왕 맹획이 10만의 군사를 이끌고 국경에 쳐들어오자 건영의 태수 옹개(雍闓)가 배반하여 맹획과 손을 잡고 장가군(牂牁郡)의 태수 주포(朱褒)와 월수군(越嶲郡)의 태수 고정(高定)도 성을 내주었는데, 영창군의 태수 왕항(王伉)만은 배반하지 않았다고 전했다. 그 때문에 지금 옹개 · 주포 · 고정의 군사가 맹획의 안내역이 되어 영창군을 공격하고 있으며, 왕항은 부하인 여개(呂凱)와 함께 의병을 모아 성을 끝까지 지키고 있으나 위급하다는 것이었다.

공명은 급히 궁전에 들어가 유선에게, 자신이 대군을 이끌고 남만을 정벌하러 가고 싶다고 말했다. 유선은 남만을 정벌하러 나가면 오의 손권, 위의 조비가 쳐들어올까봐 걱정이었으나 공명은 오와는 화해를 맺은 지 얼마 되지 않고 위는 오에게 패한 지 얼마 되지 않아 지쳐 있으며, 설사 쳐들어오려는 야심을 품는다 해도 이엄·마초·관흥·장포 등이 각처의 요해를 굳게 지키고 있으므로 걱정할 것 없다고 말했다.

그러자 왕연(王連)이라는 자가 남만은 유행병이 흔한 고장이므로 나라의 중책을 맡고 있는 승상이 출전해서는 안 되며, 옹개 등의 배반은 장수 한 사람만 보내면 충분히 평정할 수 있을 것이라고 말렸다.

그러나 공명은 남만의 땅은 수도에서 멀리 떨어져 있기 때문에 그들에게 항복받기가 어려우며 때로는 강하게, 때로는 부드럽게 대해야 하므로 역시 자기가 가서 평정해야 한다고 말했다.

공명은 조운과 위연을 대장으로 세우고 왕평과 장익을 부장으로 세운 다음, 50만의 군사를 이끌고 익주로 떠났다. 이때 관우의 셋째 아들 관색(關索)이 달려왔다. 그는 형주가 함락된 후에 행방을 알 수 없었으나 부상을 당하여 겨우 치료를 끝내고 돌아왔던 것이다. 공명은 그도 선봉으로 세웠다.

옹개는 공명이 직접 쳐들어온다는 정보를 듣자 참모와 의논하고 나서 고정이 중앙, 옹개가 좌측, 주포가 우측으로 갈라서서 각각 수만 명의 군사를 이끌고 공명과 맞서 싸웠다. 고정의 선봉은 악환(鄂煥)이라는 장수로 키가 9척에 얼굴은 흉하며 커다란 창을 쓰는 용사였다. 공명의 선봉대장 위연과 부장 장익·왕평은 익주의 경계를 넘어서자마자 악환의 군

남구를 정벌하려고 공명은 군사를 크게 일으키다. ≪繡像全圖三國演義≫에서

사와 마주치게 되었다.

"이 배반자야, 어서 항복해라!"

하고 호통을 치는 위연에게 악환이 덤벼들자 위연은 진 체하고 도망쳤다. 뒤쫓아가니 장익과 왕평의 군사가 일제히 함성을 지르면서 뛰쳐나와 앞길을 막고, 위연도 되돌아와 세 장수가 힘을 합쳐 악환을 사로잡았다. 공명은 악환의 밧줄을 풀게 하고 술을 대접하면서 말했다.

"그대의 대장 고정은 충성심이 강하다는 것을 잘 알고 있네. 이번에는 옹개의 꾐에 빠졌을 테지. 그대를 용서해줄 테니, 태수에게 변을 당하기 전에 빨리 항복하라고 말하게."

하고 말했다. 그러자 악환은 고정에게 가서 공명의 높은 인덕에 대해 말했다.

이튿날 옹개는 악환이 진지에 돌아온 것을 보고 의심을 품었다. 고정이, 제갈량이 의(義)에 따라 용서해준 모양이라고 대답하자 옹개는, 그것은 제갈량의 이간책(離間策)이 틀림없다고 말했다. 고정은 반신반의하여 어떻게 해야 할지 갈피를 잡지 못했다.

옹개의 죽음

그 후 3일 동안 옹개가 쳐들어가도 공명은 맞서 싸우지 않았다. 나흘째 되는 날, 옹개와 고정은 양쪽에서 촉의 진지로 쳐들어갔다. 공명은 복병을 두어 그들을 기다리고 있었다. 그리하여 옹개·고정의 군사를 진압하고 사로잡은 옹개의 군사와 고정의 군사를 구분하여 따로 가두고, '고정의 군사는 목숨을 살려주고, 옹개의 군사는 모조리 죽인다'는 소문을 퍼뜨리게 했다.

얼마 후 공명은 먼저 옹개의 부하를 불러,

"너희들은 누구의 부하냐?"

하고 물으니 저마다 '고정의 부하입니다'라고 거짓말을 했다. 공명은 모두 풀어주었다.

다음에 고정의 부하들을 불러,

"너희들은 누구의 부하냐?"

하고 묻자 모두,

"우리는 정말 고정의 부하입니다."

라고 대답했다. 공명은 역시 목숨을 살려주고 다시 말했다.

"옹개가 오늘 몰래 사자(使者)를 보내, 너희들의 장군 고정과 주포의 목을 선물로 바치고 항복하고 싶다고 말하였다. 그러나 나는 고정의 충성심을 알고 있다. 너희는 고정의 부하이니 용서하여 돌려보내겠다. 다시는 배반하지 마라. 또다시 사로잡히게 되면 그때에는 용서하지 않을 것이다."

모두들 진지로 돌아가서 고정에게 이 말을 전했다. 고정이 몰래 옹개의 진지의 움직임을 알아보게 하니, 용서를 받고 돌아온 병사들이 공명의 아량에 감사하고 고정의 부하가 되고 싶어한다는 것을 알 수 있었다. 그러나 고정은 여전히 불안했으므로 공명의 진지에 첩자를 보내 형편을 알아보게 했다. 그런데 그 첩자는 감시병에게 붙들려 공명 앞으로 끌려왔다.

공명은 일부러 옹개의 부하로 잘못 본 체하고,

"너의 상관인 옹개는 고정과 주포의 목을 바치겠다고 약속했는데 어찌하여 약속을 지키지 않느냐? 이 편지를 가지고 가서 일을 빨리 서둘라고 옹개에게 전해라."
하고 비밀 편지를 넘겨주었다.

첩자는 고정에게 가서 공명의 편지를 내놓고 옹개의 흉계를 말했다. 고정은 매우 화를 내며 악환을 불러 의논했더니, 악환은 차라리 옹개를 죽여 공명에게 항복하는 것이 어떻겠느냐고 말했다.

고정은 그날 밤, 본대(本隊)의 군사를 이끌고 옹개의 진지를 습격했다. 옹개의 부하들은 모두 고정에게 마음이 쏠려 있었으므로 옹개는 간신히 말을 몰아 샛길로 도망쳤다. 그를 기다리고 있던 악환이 단칼에 목을 베고, 고정은 그 목을 가

고정은 주포의 수급을 바치다. ≪新鋟全像通俗演義≫ 三國志傳卷之十五

지고 공명에게 항복했다.

　공명은 고정에게 주포를 사로잡아 오라고 명령했다. 고정은 즉시 악환과 함께 부하를 이끌고 주포의 진지로 쳐들어가 주포의 목을 베어 공명에게 바쳤다. 공명은 고정을 익주의 자사로 임명했다. 이리하여 옹개 등의 반란은 싸우지도 않고 평정되었다.

남만 삼동의 전멸

　영창군의 태수 왕항은 공명을 성으로 맞아들였다. 공명은 왕항과 함께 이 성을 잘 지킨 여개를 불러 남만으로 가는 길을 물었다. 여개는 전부터 남만이 반기를 들 것을 알고 남만에 이르는 길, 진을 쳐야 할 곳, 싸움터가 될 장소를 조사하여 '평만지장도(平蠻指掌圖)'라는 도면을 만들었다. 그는 이것을 공명에게 바쳤다. 공명은 크게 기뻐하여 여개를 안내 자로 하여 남만으로 쳐들어갔다.

남만왕 맹획은 삼동(三洞)의 원수(元帥)들을 모아 의논했 다. 동(洞)이란 야만족의 집단을 말한다. 제1동은 금환삼결 (金環三結) 원수, 제2동은 동도나(董荼那) 원수, 제3동은 아회남(阿會喃) 원수라고 하며, 각각 5, 6만의 군사를 거느 리고 맹획의 지시를 받고 있었다. 세 원수는 모두 앞을 다투 어 나가 싸우기를 원했으므로 맹획은 세 방면으로 나누어 모 두 나가 싸우게 했다.

공명은 장수들을 모아놓고 왕평은 왼쪽의 적을, 마충은 오 른쪽의 적을, 장의와 장익은 중앙의 적을 무찌르라고 명하 고, 조운과 위연에게는 이 고장의 지리를 잘 모르므로 조심 하라고 일렀다.

조운과 위연은 부하 장수들이 자기들을 앞질렀으므로 분 하기 짝이 없었다. 두 사람은 말에 올라타고 형편을 살피러 갔다. 그때 야만족 척후병이 말을 몰고 뛰어왔다. 그놈을 사 로잡아 진지로 돌아와 술을 먹이고 자세한 길을 물었다.

그날 밤 두 사람은 정병 5천 명을 데리고 사로잡은 야만족 을 안내자로 내세워 금환삼결의 본진으로 쳐들어가 원수의 목을 벴다. 이리하여 남만의 군사는 전멸되었으며 위연은 즉 시 군사 절반을 이끌고 동도나의 진지를 습격했다. 배후에서 공격하자 동도나는 군사를 이끌고 맞서 싸웠으나, 갑자기 진 지 앞에서 함성이 일어나더니 이번에는 왕평의 군사가 앞에 서 쳐들어왔다. 만병은 앞뒤에서 공격을 받아 크게 패하고, 동도나는 혈로를 뚫어 도망쳤다.

장의와 장익 두 장수는 동도나와 아쾌남을 생포해 오다. ≪新鋟全像通俗演義≫
三國志傳卷之十五

한편 조운은 나머지 군사를 이끌고 아회남의 진지 뒤쪽에
서 쳐들어갔으나 벌써 마충이 진지의 정면을 공격하여 앞뒤
에서 협공했으므로 만병은 크게 패하고 아회남은 간신히 도
망쳤다.

조운이 공명에게 금환삼결의 목을 내놓고, 다른 두 원수를
놓쳤다고 보고하자 공명은 껄껄 웃고 나서 말했다.

"그 두 사람은 내가 사로잡았소."

이윽고 장의가 동도나를, 장익이 아회남을 끌고 왔으므로
모두들 깜짝 놀랐다. 공명은 여개의 도면을 보고 적의 진지
를 알아내고 조운·위연을 일부러 분발하여 싸우게 했으며
또한 장의와 장익으로 하여금 산길에서 기다리게 하여 관색
을 도와 두 사람을 사로잡았던 것이다.

공명은 동도나·아회남의 밧줄을 풀어주고 술과 음식과
옷을 주면서 다시는 변방을 노략하지 말라고 타일러 보냈다.
그리고 내일은 맹획이 쳐들어올 것이라고 말하고 여러 장수

들에게 계략을 알려주고 출발하게 했다.

첫번째 잡힌 맹획

과연 맹획은 만병을 이끌고 쳐들어왔다. 양쪽에 수많은 기병 대장을 거느리고 머리에는 보옥을 박은 자금관(紫金冠)을 쓰고 몸에는 붉은 비단옷에 구슬 목걸이를 걸고, 사자(獅子)의 무늬를 새긴 구슬 띠를 허리에 둘렀으며 독수리 입 모양의 초록 장화를 신고 솔잎 모양의 무늬로 보석을 박은 칼을 차고, 고수머리 적토마를 타고 의기 양양하게 촉의 진지를 바라보다가 뒤돌아서서 좌우의 대장들에게,

"소문에 의하면 제갈량은 작전의 명수라고 들었는데, 지금 진지를 바라보니 깃발은 산란하고 군사의 대열은 흩어지고 칼과 창은 내 무기보다 훨씬 못하다. 누가 촉의 대장을 산 채로 잡아오겠느냐?"

말을 마치기도 전에 한 대장이 말을 몰아 촉의 선봉 왕평에게 덤벼들었으나 몇 차례 싸우지도 않았는데 왕평은 도망쳐버렸다. 맹획은 이때다 싶어 군사를 이끌고 뒤쫓아가니 관색이 가로막았다. 그런데 관색도 맞붙어 몇 차례 싸우다가 곧 도망쳤다. 맹획이 또 뒤쫓아가니 갑자기 함성이 일어나고 왼쪽에 장의, 오른쪽에 장익의 복병이 튀어나와 길을 막고, 왕평·관색도 되돌아와 앞뒤에서 공격했으므로 만병은 크게 패했다.

맹획은 군사를 이끌고 싸우다가 금대산(錦帶山)을 향해

도망쳤다. 그러자 앞길을 한 떼의 군사가 가로막았다. 앞장 선 장수는 조운이었다.

맹획은 깜짝 놀라 금대산 샛길을 통해 도망쳤으나 점점 길이 좁아져 할 수 없이 말에서 내려 산으로 도망쳤다. 그러자 갑자기 북소리가 울리더니, 기다리고 있던 위연의 500명의 복병이 사방에서 둘러싸고 맹획을 비롯한 남만의 장수들을 모조리 사로잡았다.

본진에서는 공명이 소와 돼지와 양을 잡고 술을 준비하여 기다리고 있었다. 막사 안에는 번뜩이는 칼과 창을 손에 든 무사가 일곱 겹으로 늘어서 있어 마치 얼음처럼 냉기가 돌았으며 의장병(儀仗兵)과 근위병(近衛兵)들도 위엄 있게 늘어서 있었다. 공명은 끌려온 남만병의 밧줄을 풀어주고, 너희들은 모두 착한 백성으로 부모 형제와 처자식들이 돌아오기를 기다리고 있을 것이라고 말하고 술과 음식을 먹여 모두 집으로 돌려보냈다.

이어서 밧줄에 묶인 맹획이 끌려오자 공명은 어찌하여 반란을 일으켰느냐고 꾸짖었다. 맹획이 말했다.

"양천 땅은 모두 다른 사람의 영토였다. 네놈의 주인은 무력으로 그 영토를 가로채고 멋대로 천자 행세를 했다. 나는 조상 대대로 이 땅에 살고 있다. 네놈들이야말로 무례하게도 남의 땅에 쳐들어왔다. 뭐가 반란이란 말이냐?"

"나는 지금 네놈을 사로잡았다. 진심으로 항복하지 않겠느냐?"

"산길이 비좁아 어쩔 수 없이 당했다. 항복할 생각은 티끌만큼도 없다."

"항복하지 않겠다니, 그럼 용서해준다면 어찌하겠느냐?"

"나를 용서한다면 다시 한 번 군사를 이끌고 승부를 내겠다. 만일 내가 다시 포로가 되면 그때 항복하겠다."

공명은 곧 그의 밧줄을 풀어주고 옷과 술과 음식을 주고 남만의 동으로 돌려보냈다.

모처럼 사로잡은 남만왕을 어찌하여 용서해주느냐고 말하는 장수들의 반문에 공명은 웃으면서 대답했다.

"그를 사로잡는 것은 주머니 속에 들어 있는 물건을 꺼내는 것처럼 쉬운 일이다. 진심에서 항복하게 해야 이 고장이 평정된다."

맹획은 노수의 강기슭에서 자기를 찾으러 온 부하를 만나자 이렇게 말했다.

"촉의 놈들이 나를 막사에 가둬놓았으나 10여 명을 때려눕히고 어둠을 틈타 몸을 피했다. 도중에 척후병을 만나자 그놈을 죽이고 이 말을 빼앗아 타고 도망쳐 왔다."

그가 노수를 건너 다시 군사를 모으니 이윽고 10만여 명의 기병대가 이루어졌다. 동도나·아회남도 동(洞)에 돌아와 있었다. 맹획은 두 사람을 불러서 말했다.

"제갈량의 전술을 잘 알고 있다. 그놈과 정면으로 맞서서는 안 된다. 싸우면 그놈의 계략에 말려든다. 촉군은 먼 길을 오느라고 지칠 대로 지쳐 있다. 더구나 이렇게 무더우니 오래 머물러 있지 못할 것이다. 우리에게는 노수라는 이 요해가 있으니 배와 뗏목을 모두 이 남쪽 기슭에 대고 강기슭 일대에 토성(土城)을 쌓은 다음, 도랑을 깊이 파고 보루(堡壘)를 높이고 나서 적의 움직임을 보도록 하자."

그리하여 강기슭에 토성을 쌓고 무기와 군량을 준비하여
장기전에 대비했다.

두 번째 용서

한편 노수의 기슭에 닿은 공명은 건너편 기슭의 형세를 탐
지했다. 때는 5월이라, 남방의 땅은 더위가 심하여 갑옷도
겉옷도 걸치고 있을 수 없었다. 그래서 공명은 여개에게 명
하여 산기슭의 나무가 울창한 서늘한 곳에 네 개의 막사를
짓게 했다. 이 진지를 본 참모가 전에 선제(先帝)가 동오에
게 패했을 때의 포진(布陣)과 똑같아서 만일 적이 불을 질러
공격해 오면 당할 길이 없다고 걱정하자, 공명은 웃으면서
생각이 따로 있다고 말했다.
　그때 촉의 수도에서 마대가 약품과 군량을 갖고 왔다. 공
명은 마대에게 3천의 군사를 이끌고 적의 군량을 운반하는
길을 막으라고 명령했다. 마대는 노수의 하류에서 물살이 느
린 사구(沙口)로 군사를 이끌고 갔다. 물이 얕은 것을 본 병
사들이 벌거벗고 건너다가 이상하게도 강 한복판에서 쓰러
졌다. 그래서 급히 기슭으로 돌아왔으나 입과 코로 피를 쏟
으며 죽어갔다. 마대는 5, 600명의 군사를 잃고 공명에게 이
사실을 보고했다. 공명이 그 고장 사람을 불러 자세히 물어
보니, 노수는 더위가 심하면 독기를 내뿜는다는 것이었다.
그래서 밤중에 강물이 식어 독기가 가시기를 기다려 뗏목을
타고 무사히 건너갔다. 마대는 공명의 도본에 따라 정병 2천

마대는 산을 끼고 있다 보급로를 끊다. ≪新鎸全像通俗演義≫ 三國志傳卷之
十五

을 이끌고 적의 군량을 운반하는 길목인 협산곡을 점령했다.

맹획은 노수의 요해와 독기를 의지하고 방심하고 있었으
나, 군량의 운반 길이 끊겼다는 보고를 받고 즉시 부장에게
3천의 군사를 내주어 협산곡으로 쳐들어가게 했다. 그러나
곧 마대에게 패했으므로 이번에는 동도나를 싸우러 나가게
하고 아회남은 사구를 굳게 지키게 했다.

마대는 동도나를 보자,

"은혜도 모르는 놈, 승상이 목숨을 살려주었는데도 또 덤
벼드는 게냐?"

하고 호통을 쳤다. 동도나는 할 말이 없어 고개를 숙인 채 되
돌아가,

"마대에게는 감히 도전할 수 없었습니다."

하고 말했다. 맹획이 화를 내면서,

"네놈은 제갈량의 용서를 받아 일부러 싸우지도 않고 그
냥 돌아왔구나."

노수를 건너 다시 번왕을 잡아오다. ≪繡像全圖三國演義≫에서

하고 그를 끌어내어 목을 베라고 명했으나 장수들이 용서를 빌었으므로 곤장 100대를 때려 놓아주었다.

전에 공명이 살려준 장수들은 동도나의 진지에 와서 차라리 맹획을 죽이고 공명에게 항복하면 남만의 백성들을 고통에서 구할 수 있다고 말했다.

그리하여 동도나는 칼을 들고 100여 명의 부하를 이끌고 본진으로 쳐들어가 막사에서 술에 취한 맹획을 꽁꽁 묶어 끌고 와서 공명에게 바쳤다. 공명은 맹획에게 물었다.

"그대는 전에 다시 붙잡히면 항복하겠다고 말했는데 오늘은 어떻게 하겠느냐?"

"나는 네놈에게 붙잡힌 게 아니라 부하들이 배반하여 이 꼴이 되었다. 그런데 무엇 때문에 항복하겠느냐?"

"그렇다면 다시 한 번 용서해주겠다."

"나는 남만 놈이지만 병법은 알고 있다. 동(洞)에 돌려보내다면 다시 한 번 군사를 이끌고 승부를 내겠다. 그때 사로잡히면 진심으로 항복하겠다."

공명은 맹획의 밧줄을 풀어주고 고급 술에 맛좋은 음식을 대접한 다음, 맹획을 안내하여 각 진지에 산더미처럼 쌓인 군량과 무기를 보이고 그대가 이길 가망은 전혀 없으니 빨리 항복하는 게 어떻겠느냐고 말했으나 맹획은 거절했다.

"내가 항복하더라도 동(洞)의 군사들이 진심으로 따르지 않는다면 소용없지 않은가?"

세 번째 용서

그리하여 공명은 맹획을 다시 자기 진지로 보냈다. 본진으로 돌아온 맹획은 공명에게서 사자가 왔다고 속이고 동도나와 아회남을 본진으로 불러들여 막사 뒤에 숨겨둔 무사로 하여금 그들을 죽이게 하고 그 시체를 산골짜기에 버렸다.

맹획은 동생인 맹우(孟優)를 불러,

"제갈량의 전술을 완전히 알아냈다. 내가 시키는 대로만 해라."

하고 계략을 지시했다.

맹우는 만병 100여 명을 이끌고 황금 · 진주 · 상아 · 물소의 뿔 등을 수레에 싣고 노수를 건너 공명에게로 갔다.

맹우가 보물을 바치러 왔다는 연락을 받은 공명은 옆에 있던 마속(馬謖)에게 물었다.

공명은 주연을 베풀어 맹우를 대접하다. ≪新鐫全像通俗演義≫ 三國志傳卷之
十五

"무엇 때문인지 알겠나?"

마속이 이 자리에서는 말로 대답할 수 없다면서 종이에 써
서 주자, 공명은 손뼉을 치면서 껄껄 웃으며 말했다.

"맹획을 사로잡을 계략은 이미 서 있네. 그대와 나의 생각
이 똑같구려."

공명은 먼저 조운을 불러들여 은밀히 계략을 애기하고 나
서 위연을 불러 나직한 소리로 귀띔을 하더니 다시 왕평·마
충·관색을 불러 은밀한 지시를 했다.

그 후에 맹우를 막사에 불러들여, 형은 지금 어디에 있느
냐고 물으니 은갱산(銀坑山)으로 보물을 가지러 갔다고 대
답했다. 공명은 선물을 싣고 온 100여 명의 병사를 불러들여
바라보니 모두 눈이 파랗고 얼굴이 검었으며 머리카락이 누
런 데다 자색 수염과 금귀걸이를 했고 엉클어진 머리에 맨발
이었으며, 키는 크고 힘이 대단해 보이는 병사들뿐이었다.
공명은 그들에게 술을 권하고 극진히 대접했다.

한편 맹획이 기별을 기다리고 있을 때,

"제갈량은 선물을 받고 크게 기뻐하여 따라간 병사들을 모두 막사로 불러들여 소와 돼지고기 요리로 잔치를 베풀어 주었습니다. 부대왕(副大王)님은 오늘밤 두 번째 북이 울릴 때 안팎으로 쳐들어가도록 전하라고 했습니다."

라는 보고가 있었다.

맹획은 곧 3만의 군사를 3대로 나누고 병사들에게 화구(火具)를 준비하여 오늘 밤 촉의 진지로 들어가 불을 질러 신호를 보내도록 지시했다. 그리고 자신은 심복 장수들을 이끌고 곧장 공명의 진지로 향했는데 도중에 가로막는 자가 하나도 없었다.

그리하여 적의 진지로 말을 몰아 쳐들어갔으나 사람이라고는 그림자도 보이지 않았다. 본진으로 쳐들어가니 막사 안에는 등불이 환히 켜 있고 맹우와 만병들은 모두 죽은 듯이 술에 곯아 떨어져 있었다. 어떻게 되었느냐고 물으니 정신을 차린 자가 손가락으로 입을 가리킬 뿐 말을 하지 못했다. 술과 함께 마취약을 먹게 했던 것이다.

계략에 걸린 것을 깨달은 맹획이 급히 맹우 등을 일으켜 본대로 돌아가려고 했을 때 갑자기 우레 같은 함성이 들려오고 불길이 치솟아 만병이 사방으로 도망치는데, 그때 한 떼의 군사가 쳐들어왔다. 촉의 장수 왕평의 부대였다.

만병들이 깜짝 놀라 왼쪽으로 도망치려고 하자 하늘 높이 불길이 치솟더니 또 한 떼의 군사가 쳐들어왔다. 장수는 위연이었다.

만병들이 허둥지둥 오른쪽으로 도망치려고 할 때 또다시

불길이 솟아오르더니 또 한 떼의 군사가 쳐들어왔다. 장수는 조운이었다. 만병은 삼면으로 포위를 당해 도망칠 길을 잃었으나 맹획은 혼자 간신히 노수로 도망쳤다.

때마침 수십 명의 만병이 배를 저어 왔다. 맹획은 그 배에 올라타자마자 결박당했다. 공명의 계략에 따라 마대가 부하들을 만병으로 가장시켜 배를 젓게 했던 것이다.

이윽고 맹획은 공명 앞에 끌려왔다. 공명이 말했다.

"그대는 동생을 앞세워 항복하는 체했는데 나를 속일 수 있다고 생각했나? 이번에도 사로잡혔군그래. 어때, 이번에는 항복하겠지?"

"동생이 먹기를 좋아하기 때문에 네놈이 넣은 약에 마비되어 모처럼 세운 계략도 물거품이 되고 말았다. 만일 내가 먼저 오고 동생이 뒤에서 공격했더라면 일이 잘되었을 것이다. 운이 없었던 것이지. 힘이 딸려 진 게 아니다. 절대로 항복하지 않겠다."

"이번이 세 번째다. 어째서 항복하지 않겠다는 거냐?"

맹획은 고개를 숙인 채 대답을 못했다.

공명은 웃으면서,

"다시 한 번 용서해주지."

하고 말했다.

"우리 형제를 돌려보내면 부하들을 모아 힘껏 결판을 내겠다. 그때 붙잡히면 진심으로 항복하겠다."

공명은 밧줄을 풀게 하고 맹획 형제와 각 동(洞)의 원수들을 놓아주었다.

47. 맹획과 칠종 칠금

서이강 싸움

맹획은 세 번이나 붙잡히자 화가 머리끝까지 치솟았다. 그는 은갱산에서 돌아오자 여러 만인 부락에 황금과 진주 등 보석을 뿌려 수십 만의 만병을 고용하고 다시 구름 떼처럼 촉으로 쳐들어갔다.

공명은 이 소식을 척후병에게서 듣자,

"남만의 군사가 총동원했으니 이번에야말로 혼을 내주겠다."

하고 조그마한 수레를 타고 군사를 이끌고 떠났으나 앞길에 서이강이 나타났다. 흐름은 느리지만 배나 뗏목은 전혀 보이지 않았다. 공명은 나무를 베어 뗏목을 만들게 했다. 그런데 뗏목을 강물에 띄우니 모두 가라앉아버렸다. 그래서 공명은 3만의 군사를 시켜 상류 근방의 산에서 커다란 대나무를 수십만 개 잘라오게 하여 폭이 10장 남짓 되는 부교(浮橋)를 놓게 했다. 그리고 나서 북쪽 기슭에 나란히 진을 치게 하고, 강을 도랑으로 하고 부교를 진문(陣門)으로 하여 토성을 쌓은 다음, 다리 건너 남쪽 기슭에는 커다란 진지를 세 군데 구축하고 남만의 군사를 기다리고 있었다.

맹획은 스스로 앞장서서 칼과 방패를 손에 든 요족(燎族)의 젊은이 1만여 명을 이끌고 물소 가죽의 갑옷을 걸치고 머리에는 주홍색 투구를 �쓴 채 왼손에 방패, 오른손에 칼을 들고 붉은 털의 황소를 타고 쳐들어왔다.

공명은 윤건(綸巾)에 학의 깃털로 된 옷, 손에는 깃털 부채를 든 차림으로 사두(四頭) 마차를 타고 있었다. 그는 즉시 본진으로 돌아와, 적이 진지의 문 앞까지 밀려와서 갖은 욕설을 퍼부어도 사방의 진지를 굳게 지키고 맞서 싸우려고 하지 않았다.

5, 6일이 지나니 미치광이 같던 만병도 차츰 사기가 떨어졌다. 공명은 조운·위연·마대·장익 등에게 계략을 지시한 다음 세 군데의 진지를 버리고 북쪽 기슭으로 물러갔다.

그때 부교를 풀어 하류로 옮기고 진지에 많은 등불을 켜놓게 했다.

이튿날 새벽녘에 맹획이 대군을 이끌고 쳐들어왔을 때에는 세 진지에 사람과 말은 보이지 않고 군량을 나르는 수레가 몇백 대 놓여 있을 뿐이었다. 맹우가 여기에는 분명히 무슨 계략이 있을 것이라고 걱정했으나 맹획은,

"나라 안에 무슨 심상치 않은 일이 일어났을 것이다. 그래서 등불만 켜놓고 마치 군사가 있는 듯이 보이게 한 것이다. 이 기회를 놓쳐서는 안 된다."

라고 말하며 스스로 선봉에 서서 서이강에 도착하여 북쪽 기슭을 바라보니, 진지에 깃발이 나란히 놓여 펄럭이는 것이

맹획은 도망가다 함정에 빠지다. ≪新鍥全像通俗演義≫ 三國志傳卷之十五

마치 비단 구름이 펼쳐진 것 같았다.

맹획은 남쪽 기슭에 진을 치게 하고 산에서 대나무를 베어 뗏목을 만들어 강을 건너갈 준비를 한 다음, 용감한 병사들을 진지의 선두 쪽으로 옮겼다.

이날은 바람이 심하게 몰아쳤다. 그런데 갑자기 사방에서 횃불이 타오르고 북소리가 울려 퍼지더니 촉의 군사가 쳐들어왔다. 만병들은 당황한 나머지 저희들끼리 치고 받는 난투전이 벌어졌다. 맹획은 깜짝 놀라 군사를 이끌고 혈로를 열어 본진으로 도망쳤다. 그러자 진중에서 한 떼의 군사가 뛰쳐나왔다. 조운이었다. 맹획은 허둥지둥 서이강 쪽으로 되돌아가 산기슭의 샛길로 도망치려고 하는데 또다시 한 떼의 군사가 몰려왔다. 바로 마대였다.

맹획은 겨우 십여 명의 패잔병과 함께 골짜기로 도망치려고 했다. 남북서의 세 군데는 흙먼지의 관솔불이 일었으므로 그곳으로는 도망갈 수 없어 할 수 없이 동쪽으로 달렸다. 산기슭을 돌았을 때 숲속 길 옆에 수십 명의 부하에게 호위를

무향후 공명은 네 번째 계책을 쓰다. 《繡像全圖三國演義》에서

받으면서 나타난 공명이 수레에 단정히 앉아 있었다. 공명은 껄껄 웃고 나서 말했다.

"만왕 맹획이여, 천운(天運)이 다해 또 졌군. 오랫동안 이 곳에서 기다리고 있었네."

맹획은 매우 화가 나서,

"나는 네놈에게 세 번이나 모욕을 당했다. 이제 잘 만났다. 모두들 힘껏 쳐들어가 저놈과 수레를 가루로 만들어라." 하고 외쳤다.

몇 명의 만병이 뛰쳐나오고 맹획이 앞장서서 쳐들어왔으나 숲 앞에서 몽땅 함정에 빠졌다. 이와 때를 같이하여 숲속에서 위연이 수백 명의 군사를 이끌고 뛰쳐나와 한 사람씩 꺼내는 대로 밧줄로 묶었다.

동생 맹우도 샛길에서 장익에게 사로잡혔으나 공명은 그

를 놓아주고 맹획에게는,

"이번이 네 번째인데 아직도 항복하지 않겠나?"

하고 물었다.

"나는 미개한 나라를 다스리는 자로 네놈처럼 사람을 속이는 계략에 능하지 못할 뿐이다. 절대로 항복하지 않겠다."

"다시 놓아주려고 하는데 아직도 싸울 생각이냐?"

"만일 또 잡힌다면 그때야말로 진심으로 항복하고 우리나라의 보물을 모두 바쳐 다시는 대항하지 않겠다."

공명은 그를 말에 태워 다시 돌려보냈으므로 맹획은 고맙다고 인사를 하고 돌아갔다.

독룡동의 죽음의 샘

남방으로 돌아간 맹획은 동생 맹우를 길에서 만났다. 그는 이번에는 산기슭에 숨어서 촉의 군사가 더위를 못 이겨 철수하는 것을 기다렸다가 한꺼번에 쳐들어갈 작정이었다. 그리하여 독룡동(禿龍洞)의 타사대왕(朶思大王)을 찾아가 도움을 청하려고 했다.

타사대왕은 맹획을 기꺼이 맞아들여 이곳에 왔으니 이제 안심하라고 말했다. 이 독룡동에 오는 길은 두 갈래밖에 없으며, 평평한 동북의 길을 나무나 돌로 막아버리면 서북의 길 하나만 남게 된다고 하였다.

이 길은 험하고 좁은 고갯길로 저녁때부터 이튿날 점심때까지 독기(毒氣)가 솟아올랐다. 그러므로 오후 한때만 이곳을 지날 수 있는데 마실 물도 없는 데다가 독이 퍼진 샘이 네 군데나 있었다.

하나는 아천(啞泉)이라고 하는데 물맛은 좋지만 마시기만 하면 말을 못하게 되고 고통을 받다가 10일도 못 가서 죽게 마련이었다.

다음은 멸천(滅泉)이라고 하며 언뜻 보면 온천 같지만 몸에 묻으면 살이 문드러져 뼈만 남아 죽게 된다.

세번째는 흑천(黑泉)이라고 하는데 물은 깨끗하지만 몸에 묻기만 하면 손발이 새까맣게 변하여 죽어간다.

네번째는 유천(柔泉)이라고 하며 얼음처럼 차고 마시면 몸에 기운이 빠져서 온몸의 뼈가 물러져서 죽게 된다.

이곳에는 새도 짐승도 살지 않으며 한(漢)의 복파 장군(伏波將軍) 마원(馬援)이 이곳에 온 후로 아무도 와본 적이 없는 곳이라고 했다.

이 말을 듣고 맹획은,

"겨우 몸둘 곳이 생겼소."

하고 기뻐하면서 날마다 타사대왕과 술을 마시면서 보냈다.

공명은 한동안 맹획의 군사를 볼 수 없었으므로 서이강의 진지를 뒤에 남겨두고 남쪽으로 떠났다. 6월 햇살이 따갑게 내리쬐는 가운데 행군하고 있을 때, 맹획이 독룡동에 들어가 있다고 척후병이 보고했다.

참모 중 한 사람이 날씨가 뜨거워 군사들이 모두 지쳐 있으므로 정벌에 나서는 것은 무익한 일이라고 충고했으나, 공명은 여기까지 온 이상 되돌아갈 수 없다고 하면서 왕평에게 수백 명의 기병을 이끌고 선봉에 서게 하고, 항복한 만병의

천병은 아천의 물을 마시다. ≪新鍥全像通俗演義≫ 三國志傳卷之十五

안내를 받으면서 서북의 산길을 행군하게 했다.

행군 도중에 사람도 말도 모두 목이 말라 길가의 샘물을 마셨다. 왕평이 이 길을 공명에게 설명하기 위해 본진으로 돌아오니 아무도 말을 못하고 손가락으로 입을 가리킬 뿐이었다.

공명이 깜짝 놀라 수레를 타고 수십 명을 데리고 가보니 맑은 샘물이 끊임없이 솟아나고 있었으나 주위에는 새소리도 들리지 않았다. 공명이 이상하게 생각하여 문득 쳐다보니 산 위에 낡은 사당(祠堂)이 보였다. 칡덩굴을 붙잡고 올라가 보니 사당 안에 한 장군의 좌상(坐像)이 있었다. 옆의 비석에 의하면 한의 복파 장군 마원의 사당이었다. 공명은 그 앞에 고개를 숙이고,

"지금 병사들이 그만 독(毒)이 든 물을 마셔 말을 하지 못합니다. 신령님, 한왕실의 평안을 위해 우리 군사를 도와주십시오."

하고 기도했다. 그러자 산에서 한 노인이 내려왔다.

노인은 네 개의 독이 있는 샘에 대해 가르쳐주고 나서, 여기서 서쪽으로 얼마쯤 가면 골짜기가 있고 그 골짜기에서 20리쯤 들어가면 만안계(萬安溪)라는 곳이 있는데 거기에 만안은자(萬安隱者)라는 사람이 살고 있다고 했다. 그는 몇십 년 동안 그 골짜기에서 나온 적이 없는 사람으로, 독을 마신 자가 암자 뒤에 있는 안락천(安樂泉)의 물을 마시면 깨끗이 나을 수 있으며, 또 암자 앞에는 해엽운향(薤葉芸香)이라는 풀이 있는데 그 잎사귀를 한 잎 입에 물면 독기에 침해되는 일이 없다고 가르쳐주었다.

공명이 감사하고 이름을 물으니 노인은,

"나는 산신인데 복파 장군의 말을 듣고 가르쳐주러 왔다."

하고 말하고 사당 뒤의 석벽을 열고 들어가버렸다. 공명은 깜짝 놀랐다.

이튿날 산신이 가르쳐준 대로 벙어리가 된 병사들을 데리고 서쪽 골짜기에 들어가니 높은 소나무·노송나무·대숲과 아름다운 꽃으로 에워싸인 암자가 있는데 향기가 사방에 진동했다. 마중을 나온 소년에게 이름을 댔더니 대나무 관(冠)에 짚신을 신고 흰 옷에 검은 띠를 맨, 눈이 푸르고 머리가 흰 노인이 부드러운 얼굴로 마중을 나와,

"한의 승상이 아닌가?"

하고 말했다. 노인은 공명을 암자에 맞아들이고 병사들에게 안락천의 물을 마시게 하자, 병사들은 고약한 침을 뱉어내고 나서 다시 말할 수 있게 되었다. 소년은 병사들을 만안계에 데리고 가서 목욕을 시키고 해엽운향의 잎사귀를 하나씩 입

에 물게 했다.

공명이 감사하다고 말하며 이름을 물으니,

"나는 맹획의 형 맹절(孟節)이오."

하고 말하며 삼 형제의 맏형으로, 동생 맹획·맹우가 임금의 다스림을 받지 않는 것을 몇 번이나 충고했으나 귀를 기울이지 않으므로 이름을 바꾸고 이곳에 숨어 산다는 것이었다. 그는 두 동생이 반란을 일으킨 것을 진심으로 사과했다. 공명은 황금과 비단을 보내려고 했으나 맹절은 끝까지 사양했다. 공명은 감탄하고 그와 작별하여 본진으로 돌아왔다.

양봉의 배반

공명은 우물을 파게 하여 마실 물을 얻었다. 이리하여 공명의 군사는 샛길을 따라 독룡동에 이르러 진을 쳤다.

맹획과 타사대왕은 촉의 군사가 독기를 받지 않고 물이 모자라 고생하지도 않으며, 독이 든 샘에도 해를 입지 않는다는 만병의 보고를 듣자 놀라고 두려워했으나 일이 이렇게 된 이상 촉의 진지로 쳐들어가는 수밖에 없다고 생각했다.

그래서 소와 양을 잡아 병사들에게 배불리 먹이고 쳐들어가려고 하는데, 동(洞)의 서쪽에 있는 은야동(銀冶洞)의 동주 양봉(楊鋒)이 부하 3만을 이끌고 합세했다.

"나의 부하 3만의 정병은 모두 철의 갑옷을 입은 채 산을 뛰어넘는 놈들뿐입니다. 백만의 적도 두려워하지 않습니다. 그리고 다섯 아들은 무술이 뛰어나 대왕을 크게 도울 수 있

양봉 동주는 맹획을 생포하다. ≪新鍥全像通俗演義≫ 三國志傳卷之十五

을 것입니다."

하고 다섯 아들을 불러 맹획에게 인사를 시켰다. 모두 표범과 같은 몸집에 힘이 넘쳐 있었다. 맹획은 크게 기뻐하여 술자리를 마련하고 양봉 부자를 대접했다. 술이 거나하게 취했을 때 양봉이 말했다.

"진지에는 오락이 적은 것 같습니다. 칼춤을 잘 추는 여자들을 데리고 왔으니, 안주삼아 한번 추게 하는 것이 어떻겠습니까?"

맹획은 기꺼이 찬성했다. 이윽고 맨발에 머리를 산발한 남만의 여자들 수십 명이 춤을 추면서 막사 안으로 들어왔다. 병사들은 손뼉을 치면서 노래를 불렀다.

양봉은 두 아들에게 명하여 술잔을 들고 맹획 · 맹우 앞에 나서게 했다. 맹획 · 맹우가 술잔을 받아 마실 때 양봉이 큰 소리로 외쳤다. 그러자 두 아들은 맹획 · 맹우를 자리에서 끌어내어 밧줄로 꽁꽁 묶었다. 타사대왕은 허겁지겁 도망치다가 양봉에게 잡혔다. 그런데도 칼을 든 여자들이 막사 앞에 늘어서 있으므로 아무도 손을 쓸 수 없었다.

양봉은 일족이 모두 제갈공명의 은혜로 목숨을 건지게 되었으므로 그의 은혜를 갚기 위해 맹획을 끌고 진지로 가서 공명에게 바쳤다.

공명은 웃으면서,

"이번에는 진심으로 항복하겠느냐?"

하고 물었다. 맹획이 대답했다.

"내가 붙잡힌 것은 네놈 때문이 아니다. 동족이 서로 의가 상해 이 꼴이 되었다. 죽일 테면 죽여라. 나는 항복하지 않을 테다."

"그대는 우리를 물이 없는 곳으로 끌어들여, 아천 · 멸천 · 흑천 · 유천의 독으로 괴롭혔으나 우리는 무사했다. 이것은 하늘의 뜻이 아닌가. 그래도 아직까지 깨닫지 못하는가?"

"나는 조상 대대로 은갱산에서 살아왔다. 이곳은 세 강으로 에워싸인 견고한 요해이다. 만일 이 땅에서 내가 잡힌다면 자자 손손까지 수치가 될 것이다."

"그렇다면 다시 한 번 놓아주겠다. 군사를 모아 다시 쳐들어오너라. 그때 사로잡혀서 항복하지 않으면 이번에는 일족을 모두 죽여버릴 테다."

공명은 밧줄을 풀게 하여 그를 놓아주었다.

삼강성의 함락

맹획은 밤새 말을 몰아 은갱산으로 돌아갔다. 이 산의 바깥은 삼강(三江), 즉 노수·감남수·서성수의 세 강이 합류하고 있었다. 동의 북쪽으로는 200리나 평지이며 곡식이 잘 자라고, 동의 서쪽 200리 밖에는 염정(鹽井)이 있고, 남쪽 300리 밖에 양도동(梁都洞)이 있었다. 그런데 동을 에워싼 산에서 은이 나므로 은갱산이라고 불렀다. 산 속에 궁전과 누각을 세워 만왕의 근거지로 삼았다.

조상의 사당을 가귀(家鬼)라고 부르고 절기마다 소와 양을 잡아서 제사를 지냈다. 그리고 해마다 촉과 외지의 사람들이 제사를 맡아서 지냈다. 병에 걸려도 약을 먹지 않고 무당을 불러 푸닥거리를 했다. 이곳에는 형법(刑法)이 따로 없고 죄를 지으면 목을 벴다.

처녀가 나이가 차면 개천에서 젊은 청년들과 함께 목욕을 하면서 자유롭게 상대를 골라 부부가 되었고 부모의 간섭도 받지 않았다. 비가 순조롭게 내리면 오곡의 씨를 뿌려 농사도 짓지만 흉년이 들면 뱀과 코끼리도 잡아먹었다.

마을에서 지체가 제일 높은 자를 동주(洞主)라고 부르고 그 다음의 지위에 있는 자를 추장(酋長)이라고 불렀다. 매달 초하루와 보름에 장이 서며, 이때 서로 물물 교환을 하였다.

맹획은 일족 1천여 명을 모아놓고 땅바닥에 멍석을 깔아 술자리를 베풀었다.

"나는 다섯 번이나 촉의 놈들에게 수치를 당했다. 기필코 보복하고 싶은데 좋은 방법이 없겠나?"

하고 물었다. 맹획의 처남으로 여덟 마을의 두목인 대래동주(帶來洞主)가 앞에 나와, 서남 팔납동의 목록대왕(木鹿大王)의 도움을 받는 것이 좋겠다고 말했다. 맹획은 목록대왕에게 사자를 보내는 한편 타사대왕에게는 삼강성을 굳게 지키라고 명령했다.

한편 공명은 군사를 이끌고 삼강성으로 쳐들어갔으나, 성의 삼면은 강기슭에 닿아 있고 한쪽만이 육지에 연결되어 있었다. 위연·조운을 시켜 육지에서 공격하게 했으나 성 위에서 일제히 화살을 퍼부었다. 그 석궁(石弓)은 한꺼번에 열 개의 화살을 쏠 수 있고, 화살에는 독이 묻어 있어 맞은 자는 살이 썩어 죽었다. 공명은 작은 수레에 올라탄 채 적의 무력을 알아내자 전군을 얼마간 후퇴시켰다. 그러자 만병은 방심하여 밤이면 코를 골면서 깊이 잠들고 감시병도 세우지 않았다.

공명은 후퇴하여 진지를 굳게 지키고 5일 동안 아무 명령도 내리지 않았다. 5일이 지나자 저녁부터 바람이 불기 시작했다. 공명은 군사들에게 삼강성 근처에 흙으로 언덕을 쌓게 했다. 금세 성의 높이만큼 언덕이 만들어졌다. 촉의 군사는 일제히 성벽 위로 뛰어올랐다. 만병들이 석궁을 쓰려고 했을 때는 이미 거의 다 붙잡히고 남은 자들은 성을 버리고 도망쳐버렸다. 타사대왕은 전사하고 삼강성은 함락되었다.

축융 부인의 용맹

패전의 소식을 듣고 맹획이 깜짝 놀라 어쩔 줄을 모르는데, 갑자기 병풍 뒤에서 껄껄 웃으면서 한 여인이 나타났다.

"남아 대장부가 왜 그 모양이에요? 나는 여자지만 당신 대신 싸우러 나가겠어요."

아내 축융 부인(祝融夫人)이었다. 그녀는 대대로 남만에 사는 축융씨의 자손으로 검술이 매우 뛰어났다. 부인은 말에 올라앉아 용장 몇백 명과 정병 5만 명을 이끌고 촉의 진지로 쳐들어갔다.

촉의 장수 장의가 군사를 이끌고 부인의 앞길을 가로막았다. 부인은 칼을 허리에 차고, 1장 8척의 창을 들고 적토마를 타고 싸우기 시작했다. 두 사람이 몇 번 싸우지 않아서 부인은 말 머리를 돌려 도망쳤다.

장의가 뒤쫓아가자 공중에서 칼이 날아와 그의 왼쪽 팔꿈치에 꽂혔다. 장의가 말에서 굴러 떨어지자 만병들이 달려들어 그를 꽁꽁 묶었다. 마충이 구원하러 와서 부인에게 덤벼들었으나 순식간에 만병이 그를 에워싸고 말 다리를 칼로 쳐서 쓰러뜨려 마충까지 사로잡았다.

축융 부인은 두 사람의 목을 베라고 무사에게 명했으나 맹획이 말했다.

"제갈량은 나를 다섯 번이나 놓아주었는데, 지금 그의 장수를 베면 의리에 어긋나오. 우선 감옥에 가둬놓았다가 제갈량을 붙잡은 다음에 죽여도 늦지 않소."

부인은 이에 동의하고 승전의 잔치를 열었다.

이튿날 조운이 싸움을 걸어왔다. 축융 부인이 곧 말을 몰아 싸우기 시작하여 몇 차례 싸우지도 않았는데 조운은 도망쳤다. 부인이 복병을 경계하여 되돌아서려고 하자 이번에는 위연이 싸움을 걸어왔다. 부인이 맞서 싸우자 위연도 곧 패한 체하고 도망쳤다. 부인은 뒤쫓지 않고 진지로 돌아왔다.

이튿날 조운이 또 싸움을 걸어왔다. 부인이 대적했으나 몇 차례 싸우지 않고 조운은 또 도망쳤다. 부인이 뒤쫓지 않고 돌아서려고 하는데 위연이 군사를 이끌고 나타나 욕설을 퍼부었다.

이번에는 부인이 뒤돌아서서 창을 휘두르면서 덤벼들었다. 위연이 도망쳤다. 부인이 뒤쫓아가자 위연은 산기슭의 샛길로 도망쳤다. 그때 갑자기 함성이 들리더니 부인은 말에서 굴러 떨어졌다. 마대의 군사가 기다리고 있다가 밧줄로 말 다리를 걸어 쓰려뜨렸던 것이다.

공명은 맹획에게 부인을 돌려보낼 터이니 장의와 마충을 돌려달라고 하자 맹획은 기꺼이 이에 응했다.

산 짐승과 목각의 대결

축융 부인이 맹획에게 돌아왔을 때 팔납동의 목록대왕이 원수를 갚기 위해 군사를 이끌고 왔다. 그는 흰 코끼리에 올라앉아 황금과 진주로 온몸을 장식하고 허리에는 큰 칼을 차고 있었다. 호랑이 · 표범 · 코뿔소 · 늑대 등을 돌보는 병사들도 함께 쳐들어왔다. 맹획은 술자리를 베풀어 환대했다.

이튿날 목록대왕은 군사를 거느리고, 맹수를 이끌고 쳐들어갔다. 조운이 이것을 보자 위연에게,

"나는 이 나이가 되도록 싸움터에서만 뛰어왔지만, 저런 장수는 본 적이 없소."

하고 깜짝 놀라 망설이자 목록대왕은 입 속으로 뭐라고 주문(呪文)을 외고 손에 들고 있던 방울을 흔들었다. 그러자 갑자기 폭풍이 세차게 몰아쳐서 모래와 돌을 휘몰아 올렸다. 이어서 뿔피리 소리가 나고 호랑이·표범·코뿔소·늑대·독사가 바람을 타고 덤벼들었다. 촉의 군사는 도저히 맞서 싸울 수 없어 도망쳐버렸다. 남만의 군사는 삼강 기슭까지 뒤쫓아왔다가 되돌아갔다.

조운과 위연으로부터 상세한 보고를 들은 공명은 웃으면서 말했다.

"내가 옛날에 초막을 나설 때 남만에 맹수의 전법이 있다는 말을 듣고, 촉에 있을 당시 이미 이를 무찌를 도구를 마련해두었지. 그것을 간수한 20대의 수레가 여기 있으니 오늘은 그 절반만 사용하고 나머지는 나중에 사용하기로 하겠네."

공명은 좌우의 군사들에게 검은 옻칠을 한 궤를 올려놓은 수레는 뒤에 남기고 빨간 옻칠을 한 커다란 궤를 올려놓은 수레 10대를 끌고 오도록 일렀다.

이튿날 공명이 군사를 이끌고 동(洞)의 입구에서 진을 치자, 목록대왕은 곧 맹획과 함께 군사를 몰고 쳐들어왔다. 공명은 윤건을 쓰고 깃털 부채를 손에 들고 도포 차림으로 수

목록대왕은 촉장을 향해 출격하다. ≪新鎸全像通俗演義≫ 三國志傳卷之十五

레에 단정히 앉아 있었다. 맹획이 그를 손으로 가리키면서 말했다.

"수레에 앉아 있는 놈이 제갈량이야. 저놈을 붙잡으면 일은 다 되는 건데……."

또다시 목록대왕은 입 속으로 주문을 외고 손에 든 방울을 흔들었다. 그러자 갑자기 폭풍이 심하게 불어닥치고 맹수들이 일제히 돌진해 왔다. 그때 공명이 깃털 부채를 가볍게 부쳤다. 그러자 바람은 반대로 남만의 진지로 불어닥쳤다. 그때 촉의 진지에서 목각 짐승들이 잇따라 뛰쳐나와 입에서 불을 뿜고, 코에서 검은 연기를 내면서 이빨을 드러내고 예리한 발톱으로 덤벼들었다. 남만의 맹수들은 그것을 보자 겁에 질려 모두 본진으로 도망치는 바람에 오히려 자기 편 병사들을 무수히 밟아 쓰러뜨렸다.

공명의 군사는 뿔피리와 북을 치면서 일제히 쳐들어갔으므로 목록대왕은 칼에 맞아 죽고, 맹획은 궁전을 버린 채 산을 넘어 도망쳤다. 공명의 대군은 곧 은갱산을 점령했다.

공명은 출전하여 맹수를 향해 부채질하다. ≪新鋟全像通俗演義≫ 三國志傳卷之十五

이튿날 맹획의 처남 대래동주는 맹획에게 항복을 권해도 듣지 않자 맹획·축융 부인 이하 일족을 모조리 사로잡아 공명에게 바치러 왔다고 했다. 그러자 공명은 장의·마충에게 은밀히 지시를 내리고 2천 명의 정병을 좌우의 복도에 숨겨 두었다. 대래동주가 일동을 이끌고 와서 공명 앞에 엎드리자 공명은 큰소리로 명령했다.

"모두 사로잡아라!"

병사들이 순간 뛰쳐나와 그들을 모조리 묶으니 공명은 껄껄 웃고 나서,

"네놈의 계략으로는 내 눈을 속이지 못해. 항복하는 체하고 내 목숨을 노렸지?"

하고 무사를 시켜 몸을 뒤지게 했더니, 과연 모두 예리한 단도를 품속에 감추고 있었다. 공명이 말했다.

"이번에 붙잡히면 항복하겠다고 했지? 어때, 항복할 테냐?"

"이번에는 내 발로 죽음을 각오하고 걸어왔다. 네놈의 힘이 아니다. 항복하라니 말도 안 된다."

"이번이 벌써 여섯 번째다. 아직도 항복하지 않는다면 언제가지 기다려야 하겠느냐?"

"일곱 번째 붙잡히면 진심으로 항복할 테다."

공명은 맹획의 밧줄을 풀어주게 했다.

올돌골과 등갑군

맹획은 대래동주와 의논했다.

"거처를 촉에게 빼앗겼으니 이제 어디에 가서 몸을 의지해야 하겠소?"

대래동주가 말했다.

"여기서 동남으로 700리 떨어진 곳에 오과국(烏戈國)이라는 나라가 있습니다. 국왕인 올돌골(兀突骨)은 신장이 2장에 곡식을 먹지 않고 산 뱀과 맹수를 잡아먹으며, 온몸에 비늘이 있어 칼과 화살이 박히지 않습니다. 그에게는 '등갑군(藤甲軍)'이라는 군사가 있습니다. 등(藤)은 골짜기의 그늘진 바위에서 자라며, 그것을 떼어서 반년 동안 기름에 재웠다가 햇빛에 말리고 다시 기름에 재우기를 10여 차례나 되풀이하여 그것으로 갑옷을 만듭니다. 그것을 몸에 걸치면 강을 건너도 가라앉지 않고 물에 젖지도 않으며 칼과 화살도 통과하지 않아 '등갑군'이라고 합니다. 이 등갑군의 도움을 받으면 제갈량을 사로잡는 것은 예리한 칼로 대나무를 쪼개는 것과 같습니다."

맹획은 즉시 오과국으로 찾아가서 도움을 청하니 올돌골이 기꺼이 승낙하여 등갑군 3만을 이끌고 동북으로 떠났다.

도화수(桃花水)에 이르니 양쪽 기슭은 복숭아 숲이 무성하고 해마다 그 낙엽이 강바닥에 깔려, 다른 나라 사람이 이 강물을 마시면 죽게 되지만 오과국의 사람이 마시면 더욱 기운이 돋았다. 올돌골의 군사는 이 도화수의 나루터에 진을 치고 촉의 군사가 나타나기를 기다렸다.

공명은 대군을 이끌고 나루터까지 가서 건너편 기슭의 형편을 탐지하고 50리 내려와 진을 치고 위연에게 지키게 한 다음 자신은 본진으로 돌아왔다.

이튿날 올돌골은 등갑군을 이끌고 강을 건너 쳐들어왔다. 위연이 맞서 싸웠으나 석궁을 쏘아도 적의 갑옷에 박히지 않고 모두 튕겨 떨어졌다. 칼과 창도 들어가지 않고 오히려 그들의 예리한 칼과 창에 무참히 패하고 말았다. 그들이 물러가는 것을 위연이 보니 만병은 갑옷을 입은 채 강을 걸어서 건너가고 그 중에 피로한 자는 갑옷을 벗어 강물에 띄운 후, 그 위에 앉아 건너가는 것이었다.

이튿날 공명은 그 고장 사람의 안내를 받아 도화수의 북쪽 산에 올라가 지형을 살펴보았다. 산 저쪽에 뱀처럼 길게 꾸불꾸불 뻗은 골짜기가 보이고 양쪽은 가파른 절벽이며 나무는 한 그루도 없고 넓은 길이 하나 뻗어 있었다. 그 골짜기의 이름을 물었더니 이 고장에 사는 안내인은,

"이곳은 반사곡(盤蛇谷)이라고 부릅니다. 골짜기를 나서면 삼강성으로 통하는 큰 길에 이르고, 골짜기 앞은 탑랑전

공명은 위연에게 진을 치라고 명하다. ≪新鋟全像通俗演義≫ 三國志傳卷之十五

(塔郎甸)이라고 부릅니다."

라고 대답했다. 공명은 기뻐하면서,

"하늘은 우리에게 천운을 주셨다."

하고 본진으로 돌아와 마대를 불러 지시했다.

"장군에게 검은 옻칠을 한 궤를 올려놓은 수레를 줄 터이니 대막대기를 1천 개 준비하시오. 군사를 이끌고 반사곡의 입구를 굳게 지켜 보름 전에 준비를 마치고, 그날이 되면 내가 시키는 대로 하시오. 절대로 남에게 알려서는 안 되오."

하고 지시했다.

다음에 조운을 불러,

"장군은 반사곡의 맞은편에 가서 삼강에 이르는 길을 지키도록 하시오. 사용할 물건은 그날까지 갖추도록 하시오."

하고 지시했다.

다음에 위연을 불러 지시했다.

"장군은 군사를 이끌고 도엽의 나루터에 진을 치고 만병

이 강을 건너 쳐들어오면 진지를 버리고 백기를 세워놓은 곳
까지 도망치시오. 오늘부터 보름 전까지 열다섯 번 싸움에
지고 일곱 진지를 버리도록 하시오."

위연은 이 말에 못마땅한 얼굴을 하고 물러갔다. 공명은
다시 장익·장의·마충 등의 장수에게 계략을 지시하였다.

한편 맹획은 올돌골에게 말했다.

"제갈량은 계략이 뛰어난 놈이니 곳곳에 복병이 있을 것
이오. 골짜기나 숲속에서는 조심하도록 전군에 주의를 시켜
주시오."

하는 말에 올돌골은 동의하고 말했다.

"제가 앞장설 터이니 뒤에서 지시만 하십시오."

승리는 공명에게

그때 촉의 군사가 도엽의 나루터 북쪽 기슭에 진을 쳤다는
보고가 들어왔다. 올돌골이 곧 등갑군을 이끌고 강을 건너
쳐들어오자 위연은 곧 도망쳤다. 만병은 복병이 염려되어 뒤
쫓지 않고 돌아갔다.

이튿날 위연이 진지에서 군사를 이끌고 나서려는 것을 만
병의 감시병이 발견하고 대군을 이끌고 이 강을 건너 쳐들어
왔다. 위연은 맞서 싸웠으나 곧 도망쳤다. 만병은 10여 리를
뒤쫓아갔으나, 주위에 아무 움직임도 보이지 않으므로 촉의
진지를 점령했다. 이튿날 올돌골은 군사를 이끌고 위연을 뒤
쫓았다. 촉의 군사는 투구와 갑옷과 창까지도 내동댕이치고

도망쳤다. 백기가 펄럭이는 곳까지 도망쳐 그곳에 진을 쳤다. 올돌골의 군사는 계속 추격하여 그 진지도 빼앗았다.

이리하여 위연은 싸울 적마다 도망쳐서 이미 열다섯 번이나 패하고 일곱 진지를 버렸다. 싸우는 대로 이겨 의기 양양한 맹획은 이제 조금만 더 힘쓰면 완전히 승리할 수 있다고 생각했다. 올돌골도 적의 계략을 눈치채지 못하고 기뻐했다.

16일째가 되자 올돌골은 코끼리를 타고 앞장서서 쳐들어왔다. 머리에 투구를 쓰고 몸에는 황금과 진주의 장식을 했으며 좌우의 갈비뼈 밑에는 비늘이 보였고 눈은 사납게 번뜩였다. 위연은 그것을 보자 곧 뒤돌아서서 산기슭을 돌아 반사곡을 거쳐 백기 쪽으로 도망쳤다. 산에는 나무나 풀이 한 포기도 없었으므로 복병이 없을 줄 알고 올돌골은 대군을 이끌고 힘껏 뒤쫓았다. 골짜기에 들어서니 길 저쪽에 검은 옻칠을 한 궤를 실은 수레가 10여 대 보였다.

"이곳은 촉의 군사가 군량을 운반하는 길목으로 수레를 버리고 도망친 것 같습니다."
하고 만병이 말했다. 올돌골은 기뻐하여 군사를 이끌고 뒤쫓았다. 골짜기의 어귀에 이르러도 촉의 군사가 보이지 않았다.

바로 그때 산 위에서 장대와 돌덩이가 마구 굴러 내려 골짜기의 어귀가 막혀버렸다. 올돌골의 군사가 길을 헤쳐 지나가려고 하는데 갑자기 앞에 있던 수레에 쌓아둔 나무가 일제히 타오르기 시작했다. 올돌골은 허둥지둥 군사를 철수시키려고 했으나 뒤에서는 함성이 일어나고, 골짜기의 입구는 나무로 막혀버렸다는 보고가 들어왔다. 수레에는 화약이 가득

공명은 등갑군을 불사르고 맹획을 일곱 번째 생포하다. ≪繡像全圖三國演義≫
에서

실려 있었고 그것이 일제히 불을 뿜어 올렸던 것이다.

올돌골은 사방에 나무와 풀이 없는 것을 보고 약간 마음을
놓고 도망칠 길을 찾았다. 그때 좌우의 산 위에서 횃불이 잇
따라 떨어졌다. 그 횃불은 땅바닥에 떨어지자 땅 속에 묻어
둔 도화선(導火線)에 옮겨 붙어 쇳조각이 사방으로 마구 튀
었다.

검은 옻칠을 한 궤 속에는 공명이 전에 만들어놓은 '지뢰
(地雷)'가 들어 있었다. 그것은 화약의 환으로 하나의 환마
다 아홉 개의 작은 환이 들어 있었다. 이것을 30보마다 하나
씩 묻어놓았던 것이다.

골짜기는 금세 불바다가 되었다. 기름이 밴 등갑군의 갑옷
은 불이 붙자 순식간에 타버렸다. 물에 강한 것은 불에 약한

것이므로 만병들은 모두 불에 타죽었다. 군량의 수레도 폭발했다. 속에 화약이 들어 있었던 것이다. 이리하여 반사곡의 불바다 속에서 올돌골을 비롯한 3만의 등갑군은 모조리 불타 죽었다.

공명은 항복한 만인을 사자로 내세워 진지에 있는 맹획을 반사곡으로 유인했다. 맹획은 골짜기까지 와서야 겨우 속은 줄 알고 되돌아가려고 했으나 왼쪽에서 장의, 오른쪽에서 마충의 군사가 쳐들어왔다. 부하인 만병들은 모두 붙잡히고 맹획은 혼자 포위망을 뚫고 산으로 도망쳤다.

그러자 산기슭에서 한 대의 수레를 에워싸고 한 떼의 군사가 나타났다. 수레 속에 앉아 있는 사람은 윤건을 쓰고 깃털 부채를 손에 들고 도포를 입고 있었다. 물론 공명이었다.

"만왕 맹획, 이번엔 어떻게 하겠느냐?"
하고 공명이 물었다.

맹획이 도망치려고 하자 옆에서 마대가 뛰쳐나와 사로잡았다. 이때 왕평과 장익은 남만의 본진에 가서 축융 부인을 비롯하여 부하들을 모두 사로잡았다.

공명은 본진으로 돌아와 맹획의 밧줄을 풀어준 다음 술을 내놓고 마음을 진정시키자 맹획은 일족을 데리고 공명 앞에 무릎을 꿇고 사죄했다.

"승상님은 참으로 하늘이 내린 분입니다. 남만의 백성들은 다시는 반란을 일으키지 않겠습니다."

"이번엔 항복하겠소?"

"손자에 이르기까지 승상님의 은혜를 고마워하도록 하겠습니다. 어찌 다시 반란을 일으킬 수 있겠습니까?"

明孔服心傾獲孟

맹획은 진심으로 공명에게 항복하다. ≪新鋟全像通俗演義≫ 三國志傳卷之十五

맹획은 이렇게 말하며 눈물을 뚝뚝 떨어뜨렸다. 공명은 맹획을 언제까지나 동주(洞主)로서 남만을 다스리게 했다. 남만의 백성들은 저마다 공명의 은덕에 깊이 감사하고, 그 후로 해마다 촉의 천자에게 공물을 바치게 되었다. 공명은 남만을 평정한 후 군사를 이끌고 본국으로 돌아왔다. 건흥 3년 9월의 일이었다.

48. 출사표

조비의 죽음

공명이 남만을 평정하고 돌아온 것은 이듬해인 촉의 건흥 4년이었고 위는 조비가 제위에 오른 지 7년, 즉 황초 7년이었다. 5월에 조비는 감기가 좀처럼 낫지 않아 중군대장군 조진, 진군(鎭軍)대장군 진군(陳群), 무군(撫軍)대장군 사마의 세 사람을 머리맡에 불러, 올해 15세가 되는 아들 조예(曹睿)를 잘 부탁한다고 말했다. 그때 정동대장군 조휴가 문병을 왔으므로,

"그대들 네 사람은 나라의 기둥이오. 마음을 합쳐서 태자를 도와주오. 나는 이제 마음이 놓이오."

하고 숨을 거두었다. 이때 그의 나이 40세였다.

네 사람은 비통한 가운데 조예를 대위(大魏) 황제로 추대하고 조비의 시호를 문황제(文皇帝)라고 하였다. 종요(鍾繇)를 태부, 조진을 대장군, 조휴를 대사마, 화흠을 태위, 왕랑을 사도, 진군을 사공(司空), 사마의를 표기대장군으로 임명하고 그 밖의 문무백관의 품계를 모두 올렸다. 이때 옹

조비는 임종시 조진 등에게 조예를 부탁하다. ≪新鍥全像通俗演義≫ 三國志 傳卷之十六

주·양천의 자사 자리가 비어 있었으므로 사마의가 서량의 주군(州郡)을 수호하기를 자원하여 윤허를 받았다.

공명은 첩자로부터 이 소식을 전해 듣고 말했다.

"조비가 죽고 조예가 즉위했다고 해서 달라진 것은 없소. 염려가 되는 것은 사마의요. 그는 지모가 뛰어난 사람이오. 이제 옹주와 양주의 군사를 지휘하게 되었으니 훈련을 마치면 반드시 우리 촉에 큰 화근이 될 것이오. 이쪽에서 선수를 쳐서 군사를 이끌고 정복해야 하오."

참모인 마속이,

"남만을 평정한 지 얼마 되지 않아 사람도 말도 모두 지쳐 있습니다. 원정에 나서는 것은 좋지 않은 줄 압니다. 사마의를 멸하는 일이라면 저에게 계략이 있습니다."

하고 말했다.

오해를 산 사마의

어느 날 업(業)의 성문에 한 장의 포고문이 나붙었다. 수문장이 그것을 떼어서 조예에게 보였다. 그것은 조예를 폐위시키고 진사왕(陳思王) 조식을 황제로 추대하려는 사마의의 격문이었다.

조예가 깜짝 놀라 중신들에게 물으니 태위 화흠이 말했다.

"사마의가 옹주와 양주의 총독이 되기를 원한 것은 바로 이 때문이었습니다. 옛날 태조 무황제 조조께서 저에게 말씀하셨습니다. 사마의는 솔개의 눈을 하여 돌아서면 늑대와 같으니 그에게 군사의 지휘권을 맡겨서는 안 된다고 말입니다. 반역할 기미가 보인 이상 재빨리 처치하는 것이 좋을 줄 압니다."

사도 왕랑이 말했다.

"사마의는 천문에 밝고 병법에 능하며 야심을 품고 있습니다. 재빨리 제거하지 않으면 후일에 재앙이 될 것입니다."

대장군 조진이 말했다.

"문황제 조비께서는 우리 네 사람에게 폐하의 일을 부탁하셨습니다. 그것은 사마의에게 두 마음이 없다고 생각하셨기 때문입니다. 촉이나 오의 정탐꾼이 우리 군신의 사이를 이간시켜 기회를 보아 쳐들어오려는 술책일지도 모릅니다."

조예가 말했다.

"그렇지만 만일 반역하면 어떻게 하겠는가?"

"만일 의심이 사라지지 않는다면 폐하께서 안읍(安邑)에

위주는 어가를 타고 안읍으로 가다.　《新鋟全像通俗演義》 三國志傳卷之十六

행차하셔서 사마의가 마중을 나왔을 때 동태를 살피고 수상
하면 그 자리에서 사로잡는 것이 좋을 줄 압니다."

그리하여 조예는 10만 근위병을 거느리고 안읍으로 행차
했다. 사마의는 그런 내막을 전혀 모르고 무사 몇만 명을 이
끌고 마중을 나갔다. 측근 신하가 이것은 폐하에게 대적하려
는 속셈이 있는 것이 분명하다고 말하므로 조예는 조휴를 먼
저 보냈다.

사마의는 마중을 나와 조예를 맞았으나 조휴로부터 자기
가 의심을 받고 있다는 말을 듣고 깜짝 놀라 군사를 물러가
게 하고 조예의 수레 앞에 엎드려 눈물을 흘리면서,

"신은 선제로부터 무거운 책임을 맡았습니다. 어찌 폐하
께 두 마음을 품을 수 있겠습니까? 이것은 오나 촉의 이간질
이 분명합니다. 신에게 군사를 주시면 먼저 촉을 무찌르고
다음에 오를 정복하여 선제와 폐하의 은덕에 보답하고 신의
마음을 밝히고 싶습니다."
하고 말했다. 그러나 조예는 여전히 의심이 풀리지 않았다.

그때 화흠이,

"사마의에게 군사의 통수권을 맡겨서는 안 됩니다. 즉시 직위를 빼앗아야 합니다."

하고 말했으므로 조예는 사마의를 내쫓아 고향으로 돌려보내고 옹주와 양주의 자사 후임에는 조휴를 임명했다.

정탐꾼이 이것을 촉에 보고하자 공명은 매우 기뻐했다.

"위를 정복하는 것이 오랜 소원이었는데 사마의가 옹주·양주의 군사를 거느리고 있는 것이 방해물이었다. 마속의 계략이 잘 들어맞아 이제 걱정할 것이 없어졌군."

공명의 출사표

이튿날 유선이 어전에 행차했을 때 공명은 앞에 나와 '출사표(出師表)'를 올렸다.

신 제갈량이 아뢰옵니다. 선제께서는 시작하신 대업(大業)을 절반도 이루지 못하시고 도중에 세상을 떠나시고, 이제 천하는 셋으로 갈라져 익주(益州)는 죽느냐 사느냐 하는 길림길에 놓여 있습니다. 폐하께서는 선제의 유덕(遺德)을 빛내시고 지사(志士)의 의기를 일으켜 충언을 막아서는 안 됩니다. 군(君)과 신(臣)은 일체가 되어 선악의 상벌(賞罰)을 분명히 하여 양자 사이에 틈이 생기지 않도록 해야 합니다. 폐하께서는 나쁜 짓을 하여 법을 어기는 자가 있으면 엄하게 다스리고, 선량하고 충성스러운 자가 있으면 은상(恩

제갈량은 출사표를 올리다. ≪新鍥全像通俗演義≫ 三國志傳卷之十六

賞)을 베풀어 공정한 정치를 해야 합니다.

시중시랑(侍中侍郞) 곽유지(郭攸之)·비의(費褘)·동윤
(董允) 등은 모두 성실하고 정직한 신하들입니다. 그래서 선
제께서 등용하여 폐하를 보필하게 한 것입니다. 신은 궁중의
크고 작은 모든 일을 그들과 의논하여 시행하시면 빈틈없이
잘 되리라고 생각합니다. 장군 상총(向寵)은 선량하고 공평
하며 군사(軍事)에 정통합니다. 옛날 선제께서 일찍이 그를
유능한 사람으로 인정하셨습니다. 그래서 여러 중신들이 그
를 대장군으로 추천했던 것입니다. 군사에 대해서는 크고 작
은 일을 그와 의논하시면 반드시 군대에 기강이 서고 적재
(適材)가 적소(適所)에 배치될 것입니다.

현명한 신하를 가까이하고 소인을 멀리한 것이 전한(前
漢)이 번영할 수 있었던 까닭이고, 소인을 가까이하고 현명
한 신하를 멀리한 것은 후한(後漢)이 쇠망한 원인입니다. 선
제께서 세상에 생존해 계실 때 언제나 신에게 이에 대해 말
씀하시고 환제(桓帝)·영제(靈帝)의 이야기를 하실 때에는

한숨을 쉬시면서 안타까워하셨습니다. 시중·상서(尙書 ; 진진)·장사(長史 ; 장예)·참군(參軍 ; 장원)은 모두 성실하고 충성스러운 신하입니다. 폐하께서는 그들을 가까이하시고 신뢰하시기 바랍니다. 그렇게 하시면 한실(漢室)의 중흥은 반드시 이루어질 것입니다.

신은 본래 평민으로, 스스로 남양에서 밭을 갈고 있었습니다. 그리하여 소란한 세상에 조용히 지내기를 원하고 출세를 위해 제후를 섬기려고 하지 않았습니다. 그러나 선제께서는 신의 천한 신분을 문제삼지 않으시고 몸소 세 차례나 신의 초막으로 찾아오셔서 난세의 정견을 물으셨습니다. 이에 감격한 신은 드디어 선제를 위해 일하기로 했습니다. 그 후 임무를 받고 위험 속에서 동분 서주한 지 어느새 21년이 지났습니다.

선제께서는 신의 신중한 처신을 인정하시고 운명하실 때 신에게 큰일을 맡기셨습니다. 명령을 받은 후로 맡은 일을 소홀히 하여 오히려 선제의 총명에 누를 입히지 않을까 밤낮으로 두려워하고 있습니다. 그리하여 올 여름에 노수를 건너 불모(不毛)의 땅으로 깊숙이 들어갔습니다. 이제 남방은 이미 평정되고 군비도 충분히 갖추게 되었습니다. 이제야 3군을 이끌고 북방의 중원을 평정할 때입니다. 역적인 조씨를 무찔러 한의 왕실을 다시 일으켜 옛 수도 낙양으로 돌아가기를 원합니다. 신이 선제의 은혜에 보답하고 폐하께 충성하는 것은 신의 임무입니다. 그리고 정치를 바로잡아 폐하께 충성하는 것은 곽유지·비의·동윤의 소망입니다.

원하옵건대 폐하, 나라의 역적을 무찔러 한의 왕실을 다시 일으키는 큰 임무를 신에게 맡겨주십시오. 만일 뜻을 이루지 못하면 신을 벌하여 선제의 혼령에게 고하시기 바랍니다. 만일 곽유지·비의·동윤 등이 폐하의 덕을 높이는 충언을 하지 않으면 그 태만을 벌하십시오. 그리고 폐하께서도 스스로 도리를 헤아려 정당한 충언을 받아들이라는 선제의 유언을 자주 상기하시기 바랍니다. 신은 폐하로부터 큰 은혜를 받아 감격을 금할 수 없습니다. 이제 큰일을 위해 멀리 떠나려는 이 마당에 이 출사표를 내놓으니 감개가 무량하여 여쭐 말씀이 없습니다.

태사인 초주(譙周)와 몇몇 신하가 북벌(北伐)에 반대했으나 공명은 받아들이지 않고, 곽유지에게 궁중의 일을 맡기고 상총을 대장으로 임명하여 근위군(近衛軍)을 지휘하게 하고, 진진 이하 문무백관에게 국정을 맡겼다. 공명 자신은 평북(平北) 대도독(大都督)으로 임명되어 승상부에 돌아와 여러 장수들을 모아 북벌군을 편성하고 건흥 5년 3월 병인(丙寅)날을 택하여 출발했다.

이때 갑자기 한 노장이 거친 소리를 지르면서 앞으로 나섰다.

"저는 늙기는 했지만 아직도 염파(廉頗)의 용기와 마원(馬援)의 기력을 갖고 있습니다. 이 두 사람은 여태까지 늙은 몸으로도 잘 싸웠는데 어찌하여 저는 싸움터에 내보내주지 않습니까?"

그는 조운이었다. 오호 대장 중에서 관우·장비·황충은 이미 세상을 떠나고 마초도 남만 정벌 후에 병사했으므로 남은 것은 조운뿐이었다. 공명이 말했다.

"장군은 나이도 있고 하니, 만일 여의치 않은 일이라도 일어나면 세상에서 지금까지 떨친 명예를 더럽히고 아군의 사기를 떨어뜨리게 되오."

하고 말렸으나 조운은 격한 목소리로,

"나는 선제를 섬겨온 후로 싸움터에 나가 물러선 적이 없고 적을 만나면 언제나 앞장서서 쳐들어갔습니다. 대장부는 싸움터에서 죽는 것이 원입니다. 여기에 무슨 미련이 있겠습니까? 이번에도 선봉에 나서게 해주십시오."

하고 말했다. 공명은 조운의 청을 받아들여 등지를 부장으로 세워 정병 5천과 장수 10명을 거느리고 선봉에 나서게 하고 자신은 30여 만의 대군을 이끌고 한중으로 출발했다.

남안성 공격

건흥 5년 4월 어느 날, 공명은 군사를 이끌고 면양(沔陽)에 도착하여 그곳에 마초의 무덤이 있었으므로 그의 동생 마대에게 제사를 지내게 하고 장안으로 쳐들어갈 의논을 했다.

위연이 말했다.

"포중(褒中)의 길에서 진령(秦嶺)의 봉우리를 따라 동쪽으로 가서 자오곡(子午谷)을 거쳐 북쪽으로 행진하면 10일 이내에 장안에 도착할 수 있습니다. 저는 동쪽에서 쳐들어갈 터이니 승상께서는 대군을 이끌고 사곡(斜谷) 쪽에서 쳐들어가는 것이 좋을 줄 압니다. 함양의 서쪽은 단숨에 공략할

조자룡은 힘을 다해 다섯 장수를 참하다. ≪繡像全圖三國演義≫에서

수 있을 것입니다."

그러나 공명은 산기슭에 복병이 있으면 위험하므로 위연의 말을 받아들이지 않고 농우(隴右)에서 평탄한 대로로 가기로 하고 즉시 조운에게 진격 명령을 내렸다.

위의 하후무(夏侯楙)는 장안에서 사방으로부터 군사를 모집하고 있었으나, 서량의 대장 한덕(韓德)이 서강(西羌)의 군사 8만을 이끌고 달려왔으므로 선봉에 내세우기로 했다. 한덕의 네 아들은 모두 무술이 뛰어났다. 그들은 잇따라 조운과 맞서 싸웠으나 모두 조운의 창에 찔려 목숨을 잃었다.

장포와 관흥 두 장수는 조자룡을 구하다. ≪新鋟全像通俗演義≫ 三國志傳卷
之十六

조운은 창을 좌우로 휘두르면서 말을 달려 마치 무인지경을
가는 것 같았다. 한덕이 네 아들의 원수를 갚기 위해 커다란
도끼를 휘두르면서 덤벼들었으나, 그도 세 차례 싸운 끝에
조운의 창에 찔려 목숨을 잃었다.

하후무는 조운의 무술에 놀랐으나 다시 군사를 이끌고 쳐
들어왔다가 도망치는 척하여 조운을 복병이 있는 곳까지 끌
어들여 사방에서 에워싸고 사로잡으려고 했다. 조운은 이 계
략에 걸려들었으나 제갈량이 노장군에게 실수가 있을까 걱
정하여 보낸 장포와 관흥이 그를 구출했다. 위의 군사는 반
대로 크게 패하고 하후무는 남안성(南安城)으로 도망쳤다.

조운·등지·관흥·장포 등은 그를 뒤쫓아 10일 만에 남
안성을 포위했으나 성은 좀처럼 함락되지 않았다. 이윽고 남
안성에 도착한 공명이 성의 주위를 살펴보니 이 성은 도랑이
깊고 성벽이 높아 쉽사리 함락시킬 수 없다고 판단하여, 부

공명은 장수들을 불러 밀계를 내리다. ≪新鋟全像通俗演義≫ 三國志傳卷之十六

하 장수들에게 여러 가지 계략을 지시했다.

남안의 서쪽은 천수군(天水郡), 북쪽은 안정군(安定郡)에 연결되며 천수의 태수는 마준(馬遵), 안정의 태수는 최량(崔諒)이었다.

공명은 우선 심복 부하를 위의 장수로 가장시켜, 최량에게 남안에 원군을 보내라고 알리게 하여 최량이 나타나자 즉시 사로잡아버렸다. 다시 최량을 남안의 태수 양능에게 보내어 성을 내주고 하후무를 사로잡도록 설득할 것을 부탁했다.

최량은 양능과 짜고 거짓으로 항복하여 관흥과 장포를 성 안으로 들어오게 했다. 미리 공명의 지시를 받은 관흥·장포 두 사람은 적의 계략을 알아차리고 양능과 최량의 목을 베고, 촉의 군사가 남안성에 쳐들어가 하후무를 사로잡았다. 공명은 여세를 몰아 마준이 지키는 천수군을 공략하려고 했다.

강유를 얻다

이때 천수군의 장수 강유(姜維)가 마준에게 촉군을 칠 계략을 말했다.

"제갈량은 이 성 뒤에 반드시 복병을 숨겨두었을 것입니다. 우리 군사를 속여 성에서 나오게 한 다음, 성이 비어 있는 틈을 타서 쳐들어올 속셈으로 보입니다. 제가 3천의 정병을 이끌고 요해에 숨어 기다리고 있겠습니다. 태수께서는 남안성에 가는 체하고 성에서 나가 30리쯤 갔다가 되돌아오십시오. 불길을 신호로 저와 함께 앞뒤에서 협공하면 반드시 큰 승리를 거둘 수 있을 것입니다. 만일 제갈량이 그 가운데 와 있으면 제가 틀림없이 사로잡겠습니다."

과연 공명은 조운의 군사를 산기슭에 숨겨두고 적이 성을 비우면 습격하려고 했다. 마준의 군사가 성에서 나왔다는 보고를 듣고 조운은 5천의 군사를 이끌고 천수성으로 쳐들어갔다.

"나는 상산의 조자룡이다. 내 계략에 빠져든 줄 안다면 빨리 성을 내놓아라."

하고 큰소리로 외치자 성 안에서 일제히 웃음 소리가 터지고,

"네놈이야말로 강유의 계략에 넘아가고도 아직 모르고 있느냐?"

하고 맞섰다. 조운이 쳐들어가려고 하자 함성이 일어나고 불길이 치솟더니 젊은 장수가 앞장서서 말을 몰고 뛰어와,

조운과 강유는 대전을 벌이다. ≪新鋟全像通俗演義≫ 三國志傳卷之十六

"천수(天水) 강유를 못 알아보느냐?"
하고 덤벼들었다. 조운은 창을 휘두르면서 맞서 싸웠다. 그
러나 강유의 기세에 눌린 데다가 마준이 군사를 이끌고 되돌
아왔으므로 조운은 협공을 당해 위기에 처했으나 간신히 구
출되어 본진으로 돌아왔다. 보고를 듣고 공명은 깜짝 놀라,
"나의 계략을 알아차린 놈이 도대체 누구냐?"
하고 물었다.
　남안에 사는 자가 강유의 이름을 대고,
"어머니에게 효도가 극진하고 문무를 겸비했을 뿐만 아니
라 지혜와 용기도 뛰어난 영웅입니다."
하고 말했다. 그리고 조운도 그의 창 솜씨를 칭찬했다.
　공명은 대군을 이끌고 앞장서서 천수성으로 쳐들어갔다.
시간을 끌면 사기가 떨어진다고 생각한 나머지 단숨에 쳐들
어갔으나 성에는 깃발이 정연하게 나부끼고 쉽사리 공략할
수 없었다.

하후무와 마준은 강유에 대해 말하다. ≪新鋟全像通俗演義≫ 三國志傳卷之
十六

밤이 되자 갑자기 사방에서 함성이 일어나더니 군사가 쳐
들어오고, 성에서도 뿔피리와 북 소리를 내어 일제히 싸움을
시작했으므로 촉의 군사는 뿔뿔이 흩어져 도망쳤다.

공명은 강유의 전술에 깜짝 놀랐다. 천수성에서 30리 떨어
져서 진을 치고 촉의 군사를 세 부대로 나눠 한 부대를 진지
에 남겨두고 한 부대는 천수군의 금은과 군량을 쌓아둔 상규
(上圭)를 치게 하고, 나머지 한 부대는 강유의 어머니가 살
고 있는 기현(冀縣)으로 쳐들어가게 했다. 그러자 어머니의
신변을 걱정한 강유는 기현에 가서 성 안에 있는 어머니를
모시고 성을 굳게 지켰다.

공명은 남안성에서 하후무를 불러들여 강유에게 항복을
권하라고 지시했다. 하후무가 강유에게 가는 도중에 강유가
성을 비우고 항복했다는 소문이 들려왔다. 그래서 하후무는
천수성으로 가서 마준을 만나 강유가 항복했다고 말했다.

한편 공명은 기현성을 공략하여 군량을 실은 수레를 빼앗

강유는 진심으로 공명에게 항복하다. ≪新鋟全像通俗演義≫ 三國志傳卷之十六

고 강유를 꾀어냈다. 강유가 성에 돌아가려고 했을 때, 성은 이미 위연에게 점령되어 있었다. 강유는 적의 포위망을 뚫고 천수성으로 도망쳤다. 그런데 강유가 촉에 항복한 줄로 알고 있던 마준은 성 위에서 활을 마구 쏘아댔다. 강유는 할 수 없이 상규성으로 말을 몰았다. 여기서도 화살이 비오듯 날아왔다.

강유는 말 머리를 돌려 장안을 향해 도망쳤다. 얼마 안 가서 촉의 장수 관흥이 앞길을 가로막았다. 강유는 오던 길로 되돌아 도망쳤다. 그러자 조그마한 수레가 고갯길에 나타났다. 수레에 앉은 사람은 윤건을 쓰고 학의 날개 옷을 입고 깃털 부채를 부치고 있었다. 공명이었다.

"아직도 항복하지 않겠느냐?"

하고 공명이 물었다. 강유는 잠시 생각에 잠겼으나 앞에는 공명, 뒤에는 관흥이 버티고 있어 할 수 없이 말에서 내려 항복했다.

공명이 말했다.

"나는 초막을 나선 후로 널리 현자를 찾아 병법을 전하려고 했으나 아직 사람을 만나지 못해 유감스럽게 생각해왔네. 그러나 이제 그대를 만나 소원을 풀게 되었군."

공명은 강유를 데리고 진지로 돌아와 천수·상규의 공략을 의논했다. 우선 강유와 친한 천수성의 두 장수에게 편지를 화살에 쏘아 보내 내통하게 했다. 두 장수는 성문을 열고 촉에 항복했다.

하후무와 마준은 깜짝 놀라 당황한 나머지 성을 버리고 부하 몇백 명과 함께 강족(羌族)의 땅으로 도망쳤다. 공명이 사자를 상규에 보내 항복을 권유하게 하자 태수는 드디어 무릎을 꿇었다.

장수들이 입을 모아,

"어찌하여 하후무를 사로잡으러 가지 않습니까?"

하고 묻자 공명은 이렇게 말했다.

"하후무를 도망치게 한 것은 마치 한 마리의 오리를 날려 보낸 것과 같다. 그러나 강유를 얻은 것은 한 마리의 봉황(鳳凰)을 얻은 것과 마찬가지다."

49. 공명의 눈물

조진의 패배

촉의 건흥 5년 겨울, 천수·남안·안정의 세 고을과 기현·상규 등을 손에 넣어 명성을 천하에 떨친 공명은 다시 한중의 군사를 이끌고 기산(祁山)에 진출하여 위수의 서쪽 기슭에 선봉의 진을 쳤다.

이때 위는 태화 원년이었다. 조예는 촉의 군사가 쳐들어왔다는 보고를 받고 대장군 조진을 대도독으로 임명하고, 곽회를 부도독, 왕랑을 군사(軍師)로 임명하여 20만의 군사를 이끌고 출발하게 했다.

왕랑은 이때 이미 나이가 76세였으나 조진의 대군이 장안에 도착하여 위수를 건너 진을 치고 촉의 군사와 싸우게 되자 말을 몰아 공명에게 가서 말했다.

"당신은 천명을 헤아리고 시대의 임무를 알고 있으면서 어찌하여 군사를 이끌고 까닭 없이 쳐들어오는가?"

공명이 대답했다.

"칙명을 받아 역적을 정벌하는데 왜 까닭이 없다는 겐가?"

왕랑은 타고난 말솜씨로 답변했다.

"천명에 변화가 있어 제위(帝位)가 유덕한 인사에게 돌아가는 것은 자연의 도리요. 환제·영제 이후로 황건적의 난을 비롯하여 동탁·원소·여포 등 야심가가 나타나 나라가 위태롭고 백성이 괴로움을 당했소. 우리 태조 무황제(조조)가 천하를 바로잡아 만민이 그 덕을 우러러본 것은 권력에 의해서가 아니라 천명에 따른 것이오. 세조 문제(조비)께서도 덕이 높아 하늘의 뜻과 인간의 마음에 합당하게 나라를 다스렸소. 그런데 이제 그대는 재능이 뛰어난 큰 그릇이면서 천리(天理)에 거역하고 인정(人情)을 어기려 하고 있소. 하늘의 뜻을 따르는 자는 흥하고, 하늘의 뜻을 저버리는 자는 망한다고 옛사람도 말하지.않았소? 어서 무기를 버리고 항복하시오. 그러면 그대는 관직도 잃지 않고 백성도 평화를 누리게 될 것이오."

공명은 수레 위에서 껄껄 웃고 나서 말했다.

"네놈은 한나라 조정의 구신으로서 그럴싸한 말은 할 줄 아나 지위에 맞지도 않는 소리만 하는구나. 네놈은 옛날 한나라 조정에서 녹을 먹고 은총을 입은 몸이니 마땅히 한나라 황실의 평강을 위해 유씨를 도와야 할 터인데, 역적을 섬겨 제위를 빼앗는 데 협조하다니 그게 웬일이냐? 다행히 하늘은 한을 버리지 않아 소열 황제가 서천에서 제위를 이었다. 나는 황제의 명령에 따라 대의(大義)에 의해 역적을 친다. 네놈과 같은 아첨배는 허리를 굽신거려 잘 먹고 잘 지내면 그만이지 감히 우리 앞에서 천명을 운운하다니, 주제를 모르는구나. 백발이 성성한 역적놈아, 네놈은 이제 곧 저승으로

제갈량은 왕랑을 꾸짖어 죽이다. ≪新鋟全像通俗演義≫ 三國志傳卷之十六

갈 텐데, 한의 24황제의 용안을 어떻게 대하려느냐? 어서 돌
아가거라!"

이 말을 듣고 왕랑은 울화가 치밀어 외마디 소리를 지르더
니 말에서 굴러 떨어져 숨이 끊겼다.

공명이 조진에게,

"내일 승부를 가리자!"

하고 수레를 돌려 돌아갔으므로 그날은 쌍방이 군사를 일단
철수시켰다.

위의 부도독 곽회는 아군 진지에서 장례 준비를 하는 것을
노려 적은 오늘 밤에 반드시 쳐들어올 것이라고 말하고, 군
사를 네 부대로 나누어 두 부대는 산골짜기에서 적을 습격하
고 다른 두 부대는 본진 밖에 숨어 있다가 좌우에서 협공하
게 했다.

그러나 공명은 그 계략을 알아차리고 위의 군사를 혼란에
빠지게 했다.

위의 사신은 강호국에 도움을 청하다. ≪新鐫全像通俗演義≫三國志傳卷之十六

그리하여 위의 병사는 쳐들어온 촉의 진중에서 자기들끼리 난투극을 벌이다가 크게 패하여 간신히 혈로를 열고 자기네 진지로 도망치려고 했다. 그러자 본진을 지키고 있던 병사들이 적이 쳐들어온 줄로 알고 저희들끼리 다시 난투극을 벌였다.

크게 패한 조진은 곽회의 의견에 따라 서강의 국왕에게 구원을 청했다.

아단·월길의 패배

서강의 국왕은 조조 때부터 해마다 공물을 바쳐 위와 가까이 지내온 사이였다. 이 나라에는 지모가 뛰어난 승상 아단(雅丹)이라는 자와 푸른 눈에 누런 수염을 늘어뜨리고 키가 1장, 무게가 100근인 긴 철퇴를 쓰는 원수 월길(越吉)이라

는 자가 있었다. 국왕은 두 사람에게 명령하여 강병(羌兵)
25만 명을 동원했다. 모두 활과 창과 칼의 명수였다.

그리고 전차(戰車)도 갖고 있었다. 이 전차는 철판으로 되
어 있으며 무기를 싣고 낙타와 당나귀에게 끌게 하여 '철거
병(鐵車兵)'이라고도 부르고 있었다. 강병은 곧 서평관(西
平關)을 공격했다.

공명은 관흥·장포와 서량에서 오래 살아 이곳 지리에 밝
은 마대까지 합쳐 이들에게 정병 5만을 주어 그들과 싸우게
했다. 며칠 후에 양군이 마주쳤으나 원수 월길이 이끄는 철
거병에 눌려 촉의 군사는 크게 패하였다.

공명은 강유를 불러 물었다.

"자네는 철거병을 무찌를 수 없겠나?"

"강왕은 힘만 믿고 병법을 모르고 있습니다."
하고 강유가 대답하자 공명은 빙그레 웃었다.

강유는 날마다 군사를 이끌고 싸움을 걸었다가 철거병이
나타나면 도망쳤다. 그런데 촉의 진지의 입구에는 깃발만 나
부낄 뿐 사람은 그림자도 찾아볼 수 없었다. 강병은 의심스
러워 뒤쫓아가지 않았다. 어느새 12월 그믐이 되어 갑자기
눈이 펑펑 쏟아졌다. 강유가 공격하자 월길은 철거병을 이끌
고 맞서 싸웠으므로 강유는 곧 도망쳤다. 적이 진지 앞까지
쫓아왔을 때 강유는 이미 막사 뒤로 도망치고 있었다.

강병이 진지 앞에서 멈추니 안에서 제금 소리가 났다. 월
길은 이상하게 생각하여 아단 승상에게 물으니, 이것은 제갈
량의 계략으로 의병(疑兵)일 것이라고 말했다. 월길이 쳐들
어가려고 진지 앞까지 오니 제금을 들고 수레에 올라탄 공명

이 도망쳤다. 월길이 진지로 쳐들어가 곧장 뒤쫓아 고개를 넘으니 공명의 수레는 숲속으로 사라져버렸다. 승상 아단이,

"복병이 있어도 두려워할 것 없다."

하고 말했으므로 월길은 대군을 이끌고 추격했다.

산길은 눈이 온통 하얗게 뒤덮여 평탄하기만 했다. 강병은 철거병을 몰고 단숨에 돌진했다. 그러자 갑자기 산이 무너지는 듯한 큰소리와 함께 강병은 모조리 함정에 빠지고 말았다. 철거가 잇따라 겹쳐서 떨어졌다. 병사들은 깔려 죽기도 하고 밟혀 죽기도 했다.

후미의 강병이 뒤돌아서려고 하자 좌우에서 관흥·장포, 배후에서 강유·마대·장익의 군사가 쳐들어왔다. 월길은 관흥의 창에 찔려 죽고, 승상 아단은 마대에게 사로잡혔다. 공명은 아단과 사로잡은 강병을 용서하여 자기 땅으로 돌려보냈다.

맹달의 죽음

이때 조진의 군사는 도망치는 촉의 군사를 뒤쫓다가 복병을 만나 선봉인 장수 두 사람이 촉의 위연과 조운에게 목숨을 잃었다. 그러자 조진은 조정에 원군을 청했다.

조예는 잇따라 패전의 보고를 받고 크게 놀라 중신들에게 대책을 물었다. 태부 종요가,

"제갈량을 상대하여 싸울 수 있는 장수는 한 사람뿐입니다."

하고 말했다. 누구냐고 물으니, 전에 추방되어 완성에서 한가하게 나날을 보내고 있는 표기 장군 사마의라고 하였다.

조예도 그를 추방한 것을 후회하고 있었으므로, 곧 사람을 보내 그에게 다시 평서도독(平西都督)으로 임명하여 남양의 군사를 이끌고 장안으로 출동할 것을 명령했다. 그리고 자기가 몸소 수레를 몰아 사마의와 만나기로 했다.

완성에서 한가로이 세월을 보내고 있던 사마의는 위의 군사가 촉에게 잇따라 패했다는 말을 듣고 하늘을 향해 깊은 탄식을 하고 있었다. 그런데 어느 날 갑자기 칙사가 와서 천자의 어명을 전했다. 그래서 장남 사마사(司馬師), 차남 사마소(司馬昭)와 함께 완성의 군사를 이끌고 장안으로 떠나려고 하는데, 신성(新城)의 태수 맹달이 반란을 일으키려고 한다는 소식이 날아들었다.

맹달은 본래 촉의 장수로 전에 관우와 함께 위에 항복했을 때 조비가 크게 등용하여 신성의 태수가 되었으나, 조비가 죽고 조예의 시대가 되자 타국인이란 이유로 경시당했으며 위의 장수와도 사이가 좋지 않았다. 그리하여 불평을 품고 있다가 공명이 위의 군사를 잇따라 무찌르는 것을 보자, 신성·금성(金城)·상용의 군사를 동원하여 낙양을 공략하고 촉에 되돌아가겠다고 공명에게 미리 제의했던 것이다.

공명은 맹달의 사자를 만난 직후에 사마의가 복직했다는 소식을 들었으므로 맹달에게 답장을 보내 사마의를 경계하라고 일렀다.

그러나 맹달은 방심하여 설사 사마의가 자기의 모반(謀反)을 안다 하더라도 완성에서 낙양까지는 800여 리, 신성

공명은 장 중에서 맹달의 서신을 보다. ≪新鋟全像通俗演義≫ 三國志傳卷之
十六

까지는 1200여 리나 떨어져 있기 때문에 사마의가 위의 황
제에게 상주(上奏)하더라도 왕래하는 데 한 달이 걸릴 터이
니, 그 동안에 성을 굳게 지키고 있으면 두려울 것이 없다고
생각했다.

사마의에게 맹달의 모반을 알린 것은 금성의 태수 신의(申
儀)의 부하였다. 사마의는 곧 군사를 이끌고 이틀의 일정을
하루로 단축하여 곧장 신성으로 행하였다. 천자에게 상주한
다면 시기를 놓친다고 생각했던 것이다. 도중에 위의 우장군
서황을 만났다. 서황은 맹달을 치러 간다는 말을 듣고 선봉
으로 나섰다.

맹달은 신성에서 금성의 태수 신의, 상용의 태수 신탐(申
耽)과 날짜를 정하고 거사를 약속하였다. 신탐과 신의는 승
낙한 체하고 위의 군사가 도착하면 곧 내통할 준비를 해놓
고, 맹달에게는 무기와 군량을 충분히 마련하지 못했으므로
약속한 기일에 일을 일으킬 수 없다고 통지했다.

사마의는 맹달을 안심시키는 계책을 쓰다. ≪新錄全像通俗演義≫ 三國志傳卷
之十六

맹달은 이것이 사실인 줄 믿고 있었다. 그때 사마의가 보
낸 사자가 와서 완성을 떠나 장안으로 향했다고 전했다. 맹
달은 '일은 이미 다 되었다'고 기뻐했다.

그로부터 며칠이 안 되었는데 갑자기 성 밖에서 흙먼지를
하늘 높이 일으키면서 대군이 쳐들어왔다. 맹달이 성에 올라
가 바라보니 '우장군 서황'이라는 깃발을 든 한 부대가 말을
몰아 달려들었다. 서황은 어느새 성 밑까지 와서 큰소리로
외쳤다.

"역적 맹달아, 어서 항복해라!"

맹달은 위기에 처해 활을 쏘아댔다. 서황이 화살을 이마에
맞고 쓰러지자 위의 장수가 부축하여 데리고 갔다. 성 위에
서 화살이 빗발치듯 날아들어 위의 군사는 도망치는 듯했으
나 맹달이 성문에서 나와 뒤쫓아가니 사방에서 깃발을 나부
끼면서 사마의의 대군이 몰려왔다.

"역시 공명이 예견한 대로였군."

하고 맹달은 성문을 닫고 굳게 지켰다.

서황은 화살에 맞은 상처가 악화되어 그날 밤에 죽었다. 그의 나이 59세, 위의 태화 2년 1월의 일이었다.

이튿날 맹달이 성 위에서 바라보니 위의 군사가 성을 겹겹이 에워싸고 있었다. 그때 별안간 포위망을 뚫고 두 부대의 군사가 나타났다. 깃발에는 '신탐·신의'라고 커다랗게 씌어 있었다. 맹달은 원군이 온 줄 알고 반가워 성문을 열어주자 신탐·신의는,

"역적아, 꼼짝 말고 어서 항복해라!"

하고 외치며 달려들었다. 맹달이 급히 성 안으로 도망치려고 했으나, 그때는 이미 부하가 성을 적의 손에 넘겨준 후였다. 맹달은 혈로를 뚫고 도망치려고 했으나 신탐이 쫓아와서 찔러 죽였다. 맹달의 목은 낙양에 보내져 구경거리가 되었다.

사마의의 진격

사마의는 장안에 도착하여 조예에게 전공을 보고했다. 조예는 맹달의 모반을 진압한 것을 기뻐하며 그에게 황금 도끼를 상으로 주고 즉시 촉을 쳐부수라고 명령했다. 사마의는 20만 대군을 이끌고 장합을 선봉으로 세워 장안을 떠났다. 한편 조예는 신비(辛毗)와 손예(孫禮)에게 5만의 군사를 내주어 조진을 도우러 보냈다.

사마의는 제갈량이 반드시 사곡(斜谷)에서 출전하여 미성(郿城)을 쳐부술 것이라고 생각했다. 그리고 만일 미성을 손

사마의는 가정을 취할 방도를 논하다. ≪新鍥全像通俗演義≫三國志傳卷之十六

에 넣으면 군사를 둘로 나누어 한 부대로 기곡(箕谷)을 공략할 것으로 내다보았다. 그리하여 사마의는 조진에게 미성을 굳게 지켜 적이 쳐들어와도 상대하지 말라고 지시하고, 손예와 신비에게는 기곡의 입구를 막고 적이 쳐들어오면 기습 부대를 보내서 싸우라고 명령했다.

진령(秦嶺)의 서쪽에 길이 하나 통해 있고, 가정(街亭)이라는 곳이 있는데 그 옆에 열류성(列柳城)이 있었다. 이 두 곳은 한중으로 통하는 제일 관문이었다. 사마의는 먼저 그곳을 공격하려고 생각하고 장합을 선봉으로 보냈다.

공명은 기산의 진지에 있었는데 신성에서 정탐꾼이 돌아와 맹달은 죽고 사마의가 군사를 이끌고 장안을 떠났다고 보고했다. 공명은 깜짝 놀라 물었다.

"맹달은 신중하지 못해 죽음을 당했구나. 사마의가 장안을 떠났다면 반드시 가정을 빼앗고 내 목을 치려고 할 것이다. 가정을 지키러 갈 자는 없는가?"

"제가 가겠습니다."

하고 나선 것은 참군인 마속이었다.

"가정은 작은 곳이지만 대단히 중요한 곳이오. 가정이 함락되면 우리 대군도 끝장이오. 자네는 병법에 밝지만 그곳에는 성도 없고 요해도 없어 지키기가 여간 어렵지 않네."

"저는 어렸을 때부터 병서를 읽어 병법을 조금은 알고 있습니다. 가정 하나쯤 지키지 못한대서야 말이 됩니까?"

"사마의는 보통 장수가 아니오. 그리고 선봉의 장합은 위의 명장이네. 자네는 상대하기 어려울 걸세."

"사마의와 장합은 물론이고 조예 자신이 쳐들어와도 두려울 것 없습니다. 만일 제가 실패하면 저의 일족의 목을 모조리 베어주십시오."

"군대에서 쓸데없는 소리는 용서하지 않는다."

마속은 서약서를 써냈으므로 공명은 2만 5천의 정병을 내주어 모든 일에 신중한 왕평을 부장으로 임명하고, 왕평에게는 진을 치고 나서 그 도본을 만들어 보고하라고 지시했다.

두 사람이 떠난 후에 공명은 여전히 불안하였으므로 고상을 불러 열류성에 주둔했다가 가정이 위태로우면 구원하러 가라고 명령하고 다시 위연을 불러 가정의 후방에 주둔했다가 적이 쳐들어오면 맞서 싸우라고 명령했다. 그리고 조운 · 등지에게는 기곡으로 가서 의병의 작전을 쓰라고 명령한 후에 공명 자신은 강유를 선봉으로 내세워 미성을 함락시키기 위해 사곡으로 쳐들어갔다.

마속의 실수

한편 마속과 왕평은 가정에 도착하자 지세를 살펴보고 나서 마속이 웃었다.

"승상은 의심이 너무 많소. 이런 산골짜기에 위의 군사가 어떻게 온다는 거요?"

왕평이 말했다.

"설사 위의 군사가 오지 못하더라도 이 길가에 진을 치고 병사들에게 나무를 잘라 울타리를 만들게 하고 지구전의 준비를 합시다."

"길가에 진을 쳐서는 안 되네. 이 근처의 산은 사방이 모두 낭떠러지로 되어 있는 데다가 나무가 울창하네. 그야말로 하늘이 준 요해요. 저 산 위에 진을 쳐야 하네."

"그건 안 됩니다. 길가에 진을 치고 보루를 쌓으면 적이 10만이라도 한 사람도 통과하지 못하도록 할 수 있습니다. 만일 이 요로를 버리고 산꼭대기에 군사를 주둔시키면 위의 군사에게 포위되었을 때 어떻게 당해낼 수 있겠습니까?"

마속은 껄껄 웃고 나서,

"그건 소견이 좁은 자나 하는 생각이네. 병법에 높은 데서 낮은 데를 내려다보게 되면 기세가 대나무를 쪼개듯 한다고 하지 않았는가? 위의 군사가 쳐들어온다면 한 놈도 남기지 않고 무찌를 수 있네."

"자세히 보면 저 산은 절지(絶地)입니다. 만일 위의 군사가 우리의 수로(水路)를 끊으면 우리 병사들은 싸우지도 못

마속과 왕평은 진지 세우는 문제로 논쟁을 벌이다. ≪新鐫全像通俗演義≫ 三
國志傳卷之十六

하고 큰 혼란에 빠지게 될 것입니다."

"그건 어리석은 소리요. 손자(孫子)는 사지(死地)에서도
살 길은 있다고 했소. 위의 군사가 물길을 끊는다면 오히려
우리 촉의 병사는 결사적으로 싸워 혼자서 100명을 당해낼
걸세. 나는 평소에 병서를 즐겨 읽고 있소. 승상은 아직 병법
을 잘 모르니 언제나 나와 의논하시오."

마속이 끝내 산 위에 진을 치려고 하므로 왕평은 5천의 군
사를 나눠서 거느리고 산에서 10리 서쪽으로 떨어져서 진을
치고 도면을 그려 공명에게 보냈다.

한편 사마의는 촉의 동정을 탐지하게 했는데, 정찰을 하고
돌아온 사마소로부터 적이 산꼭대기에 진을 치고 있다는 보
고를 받고 기뻐하면서,

"적의 군사가 산꼭대기에 진을 친 것은 하늘이 나의 성공
을 돕는 것이다."

하고 스스로 시찰을 나서서 샅샅이 살펴보고 돌아왔다.

　이튿날 새벽녘에 장합이 먼저 촉의 배후에서 왕평의 군사와 겨루다가 병사들로 하여금 도망치게 했다. 그리고 사마의 자신은 대군을 이끌고 진격하여 마속이 있는 산을 에워쌌다.

　촉의 군사는 이것을 보자 겁이 나서 마속이 나가 싸우라고 명령해도 움직이려고 하지 않았다. 마속이 화가 나서 두 부장의 목을 베자, 병사들은 겁을 먹고 마지못해 산에서 내려와 위의 진지로 쳐들어갔으나 곧 도망쳐 왔다.

　아침부터 밤중까지 포위를 당하자 산 위에는 먹을 물이 없어 병사들은 식사도 하지 못하게 되었다. 그리하여 진지는 혼란에 빠져 소란스러워졌고 병사들은 산에서 내려와 위의 군사에게 항복하기 시작했다. 사마의는 산기슭에다 불을 질렀다. 그러자 산 위의 촉의 병사들은 더욱 혼란에 빠졌다.

　마속은 도저히 견딜 수 없어 남은 군사를 이끌고 산에서 내려왔다. 위의 군사가 뒤쫓아왔으나 도우러 온 위연과 왕평의 도움으로 간신히 도망칠 수 있었다.

　왕평·위연은 고상을 의지하여 열류성으로 도망쳤다. 고상은 가정이 위태롭다는 말을 듣고 구원하러 가서 두 사람을 만났다. 그리하여 세 사람이 작전을 세워 가정을 되찾으려고 했으나 위의 대군에게 포위되어 겨우 빠져 나왔을 때에는 열류성까지도 사마의에게 빼앗겼다.

　한편 공명은 왕평이 보내온 도면을 보자 책상을 치면서,

"멍청이 마속이 우리 군사를 망하게 하는구나."

하고 급히 장수를 보내려고 했으나 벌써 가정·열류성이 적의 손에 들어갔다고 알려왔다. 공명은 발을 구르며 '늦었어, 내가 사람을 잘못 봤어'라고 한탄했다. 그리고 즉시 전군에

공명은 배치도를 보고 크게 놀라다. ≪新鋟全像通俗演義≫ 三國志傳卷之十六

게 후퇴를 명령하고 몸소 5천의 군사를 이끌고 서성현으로 후퇴했다. 서성은 산골의 작은 현이었으나 촉의 군량을 저축해둔 곳으로 남안·천수·안정 세 고을로 통하는 관문의 요지였다. 공명은 군량을 한중에서 운반하게 했다.

공성의 계략

가정을 점령한 사마의는 그 길로 15만의 대군을 이끌고 서성으로 쳐들어갔다. 그때 공명의 곁에는 장수라곤 한 사람도 없었고 문관뿐이었으며 5천의 군사도 거의 모두 군량을 운반하러 가고 없었다.

문관들은 얼굴이 새파랗게 질렸다. 공명이 성에 올라와보니, 위의 군사가 흙먼지를 뿌옇게 일으키면서 몰려오고 있었다. 공명은 장수들에게 깃발을 멈추고 각자 자기 진지를 잘

공명은 사마의를 물리칠 계책을 내다. ≪新鐫全像通俗演義≫ 三國志傳卷之十六

지키게 하는 한편 사방의 문을 열고 문마다 20명의 병사들에게 주민으로 가장하여 길을 쓸게 하고 적이 쳐들어와도 도망치지 말라고 명령했다. 그리고 공명 자신은 학 날개 옷을 입고 윤건을 쓰고 동자 두 명에게 제금을 들게 하여 망루 위에 올라가 난간 가까이 앉아 향을 피우고 제금을 켰다.

성 아래까지 쳐들어온 사마의는 이 모습을 보고 이상하게 생각하여 곧 군사를 철수시켰다. 차남인 사마소가,

"제갈량은 군사가 부족하여 일부러 그러는 게 아닐까요?"

하고 물었더니 사마의가 대답했다.

"제갈량은 평소에 빈틈이 없는 참모다. 위태로운 흉내는 내지 않아. 성문을 열어놓고 있는 것은 복병이 있는 증거다. 만일 쳐들어가면 그의 함정에 걸려들게 된다. 너는 아직 잘 모른다. 빨리 후퇴하는 게 좋겠다."

공명은 위의 군사가 멀리 사라지는 것을 보고 손뼉을 치며 웃고 나서 곧 서성을 떠나 한중으로 향하였다. 대열의 뒤를

따르던 조운이 뒤쫓아오는 위의 군사를 여지없이 무찔러 촉의 군사는 무사히 한중으로 돌아왔다.

사마의는 산의 샛길로 철수하다가 기다리고 있던 장포와 관흥의 군사와 마주치자 허둥지둥 도망쳐서 일단 가정으로 돌아왔다. 그는 곧 군사를 나눠서 양쪽에서 서성을 공격했으나 이미 촉의 군사는 모조리 한중으로 돌아간 후였다. 그래서 다시 서성에 와서 주민들에게 물어보니, 공명의 군사는 소수이고 복병도 별로 없었다고 하자 사마의는 비로소 그것이 '공성(空城)의 계략'이라는 것을 알고,

"공명은 당할 수 없군."

하고 하늘을 우러러 한숨을 쉬었다. 그는 군사를 이끌고 곧 장안으로 돌아왔다.

마속의 죽음

한중에 돌아온 공명은 한 발 늦게 돌아온 왕평으로부터 가정을 빼앗긴 경위에 대해 자세히 듣고 마속을 막사로 불러들였다. 마속은 스스로 자신을 밧줄로 묶고 공명 앞에 무릎을 꿇었다. 공명은 얼굴빛을 바꾸고,

"너는 어렸을 때부터 병서를 읽어 전법을 술술 외우고 있다고 했었고, 나는 나대로 가정은 우리의 가장 중요한 곳이라고 거듭 당부해두었다. 그리고 너는 일족의 목숨을 내걸고 중대한 임무를 맡겠다고 말했다. 네가 만일 왕평의 말을 들었더라면 이런 꼴은 당하지 않았을 것이다. 싸움에 지고 땅

공명은 눈물을 흘리며 마속을 참수하다. ≪新鋟全像通俗演義≫ 三國志傳卷之
十六

도 잃고 성을 빼앗긴 것은 모두가 너의 잘못이다. 군율에 따
라 처벌하지 않으면 기강이 잡히지 않는다. 군법을 어겼으니
나를 원망하지 마라. 네가 죽은 후에 가족들은 보살펴줄 테
니 걱정할 것 없다.”
하고 부하에게 명하여 그의 목을 베라고 일렀다.

마속은 눈물을 흘리면서,

“승상께서는 저를 자식처럼 여기시고 저도 승상을 아버지
처럼 받들었습니다. 죽을 죄를 지었으니 풀려날 길이 없지만
제 자식 놈만은 잘 부탁드립니다.”
하고 슬피 울었다. 공명은 눈물을 감추며,

“너와 나는 형제나 마찬가지니 너의 자식은 내 자식과 다
를 것이 없다. 이제 더 여러 말 마라.”

좌우의 무사가 마속을 진지 밖으로 끌어내어 목을 베려고
하는데, 참군(參軍)인 장완이 성도에서 도착하여 깜짝 놀라,

“잠깐만 기다려라!”

하고 공명을 만나,

"천하가 아직 평정되지 않았는데 지모가 있는 부하를 죽이는 것은 아까운 일이 아닙니까?"

하고 충고했으나 공명은 울먹이면서 대답했다.

"옛날 손무(孫武)가 승리를 거두게 된 것은 군법을 엄중히 지켰기 때문이다. 사방에서 나라와 나라가 싸우고 있는 이때 만일 법을 소홀히 한다면 어찌 역적을 무찌를 수 있겠는가? 목을 베는 수밖에 없다."

이윽고 마속의 목을 베어 머리를 가져왔다. 공명은 울고 또 울었다. 장완이,

"군법대로 하셨는데 어찌하여 우십니까?"

하고 묻자 공명이 대답했다.

"마속 때문에 우는 것이 아니다. 선제께서 백제성(白帝城)이 위급할 때 마속은 말만 앞세우므로 크게 등용해서는 안 된다고 말씀하셨는데 과연 그대로다. 나의 불민(不敏)이 부끄럽기도 하고 선제의 말씀을 생각하니 눈물을 억제할 수가 없구나."

옆에 있는 사람들도 모두 울었다. 마속이 나이 39세, 건흥 6년 5월의 일이었다.

공명은 마속의 장례를 지내고 유족을 잘 보살폈다. 그리고 황제에게 상주문을 올려 패전의 책임을 지고 스스로 승상의 자리에서 물러나기로 했다.

그는 한중에서 병사들을 훈련하여 싸울 준비를 하고 다음 계획을 세웠다.

50. 위와 촉의 대결

주방의 거짓 항복

촉의 동태를 탐지하러 간 첩자가 낙양에 돌아와 공명이 군사를 훈련하여 전쟁 준비를 하고 있다고 보고했다. 위의 황제 조예는 이 보고를 듣고 깜짝 놀라 사마의를 불러 촉을 무찌를 방법을 의논했다. 촉은 건흥 6년, 위는 태화 2년 5월의 일이었다.

사마의가 말했다.

"아직은 촉을 쳐부술 수 없습니다. 지금은 무더운 한여름이므로 촉의 군사도 쳐들어오지 않을 것입니다. 우리 군사가 적지(敵地)로 깊숙이 쳐들어가도 적이 요해를 굳게 지킬 것이므로 쉽사리 쳐서 이길 수 없습니다."

"만일 촉의 군사가 쳐들어오면 어떻게 하겠는가?"

"그 점에 대해서는 벌써부터 대비하고 있습니다. 이미 한 장수에게 명하여 진창(陳倉)에 성을 쌓아 지키게 했습니다."

그 장수가 누구냐고 물으니 학소(郝昭)라고 말했다.

위는 한편으로 양주의 대도독 조휴에게 명하여 오에 쳐들

주방은 일곱 가지 계책을 들어 위를 속이려 하다. ≪新鋟全像通俗演義≫ 三國志傳卷之十六

어가려고 했는데, 그때 오의 파양 태수 주방(周魴)이 거짓으로 위에 항복하여 오를 무찌를 방법이 있으니 빨리 군사를 이끌고 쳐들어오라고 했다. 이 소식이 조예에게 알려지자 가규(賈逵)는,

"우리를 꾀어내려는 적의 계략이 아닐까요?"

하고 의심했다. 그러나 사마의는 그것도 조심해야 하지만 이 기회를 놓쳐서는 안 된다고 하면서 조휴를 돕기 위해 가규와 함께 군사를 몰고 쳐들어갔다.

위의 군사가 3면으로 쳐들어온다는 보고를 받은 오의 손권은 육손을 대장군으로 임명하고, 주환(朱桓)·전종(全琮)의 두 장군과 함께 위의 군사를 막으라고 명령했다.

조휴가 환성(皖城)에 도착하자 주방이 마중을 나왔다. 조휴가 거짓으로 항복하는 것이 아닌가 하고 묻자, 주방은 자기의 머리카락을 칼로 베어 그 증거로 내보였다. 조휴는 완전히 믿었으나 가규가 여전히 주방을 의심하자 화를 내며 그

조휴와 그 군사는 석정을 향해 가다. ≪新鋟全像通俗演義≫ 三國志傳卷之十六

의 군사 지휘권을 빼앗아버렸다.

주방이 보낸 밀사에게서 이 말을 전해 들은 육손은 석정에 진을 치고 복병을 숨겨 위의 군사가 나타나기를 기다렸다. 주방이 조휴의 군사를 안내했다. 석정까지 유인하여 조휴가 낌새를 알아차렸을 때에는 이미 주방은 자취를 감춘 후였다.

육손은 주환과 전종에게 서성을 선봉으로 삼아 조휴의 진지 뒤쪽에서 공격하게 했다.

조휴의 군사는 큰 혼란에 빠져 자기들끼리 난투전을 시작하여 어떤 자는 항복하고, 어떤 자는 무기·차량·우마(牛馬) 등을 버리고 도망쳤다. 조휴도 말을 몰아 도망치다가 도중에 가규의 도움으로 간신히 살아 남게 되었다.

사마의도 조휴는 패했다는 소식을 전해 듣고 군사를 일단 후퇴시켰다. 조휴가 기가 꺾인 나머지 병이 들어 낙양으로 돌아왔으나 등에 난 종기가 원인이 되어 결국 숨을 거두고 말았다.

사마의와 그 군사들은 낙양으로 돌아오다. ≪新鑱全像通俗演義≫ 三國志傳卷 之十七

견고한 진창성

손권은 수도에 개선한 육손·주방 등을 맞아들여 큰 잔치를 베풀어 승리를 축하하고, 촉에 사신을 보내 위가 패한 이 때에 쳐들어가도록 재촉했다.

한중에 있던 공명은 이미 준비를 갖추고 있었으므로 이 소식을 성도로부터 받자 곧 장수들을 모아 출전을 의논했다. 이때 조운의 두 아들이 와서 아버지가 병으로 세상을 떠났다고 알렸다. 공명은 몹시 슬퍼하면서,

"자룡이 세상을 떠났으니, 우리 나라는 기둥 하나를 잃고 나의 한쪽 팔이 떨어져 나간 셈이다."

하고 울자 장수들도 모두 눈물을 흘렸다. 조운이 죽었다는 소식이 성도에 알려지자 유선도 소리내어 울면서,

"만일 자룡이 없었더라면 짐은 어렸을 때 전란 속에서 죽

공명은 출사표를 올리다. ≪新鋟全像通俗演義≫ 三國志傳卷之十七

었을 것이다."
하고 그의 장례를 극진히 지내게 했다.

위에 출전하는 것은 신중해야 한다고 주장하는 장수들이 많았으나 공명은 유선에게 출전의 상주문(후출사표)을 올리고, 다시 30만의 정병을 이끌고 위연을 선봉으로 내세워 진창으로 떠났다.

진창에는 위의 장군 학소가 성을 쌓아 굳게 지키고 있어 위연이 성을 포위하고 공격했으나 좀처럼 함락되지 않았다. 학소와 동향인 촉의 신하를 시켜 두 차례나 가서 항복을 권했으나 학소는 받아들이지 않고 그들을 쫓아버렸다.

공명은 화가 나서,

"내게 성을 공격할 준비가 되어 있지 않다고 얕보느냐?"
하고 긴 사닥다리 100대를 조립하여 사방에서 쳐올라갔다. 한대마다 10여 명이 올라탔다.

망루 위에서 이것을 본 학소는 3천 명의 군사를 동원하여 사방에서 일제히 불화살을 쏘아댔다. 그러자 사닥다리는 금

촉병은 운제를 갖추고 성을 공격하다. ≪新鋟全像通俗演義≫ 三國志傳卷之十七

세 불이 붙어 올라탄 병사들이 많이 타 죽었다.

공명은 매우 화가 나서 이번에는 '충차(衝車)'를 밀고 나갔다. 이것은 전차(戰車)의 일종으로 수레의 끌채 끝에 커다란 쇠붙이를 달고 성이나 보루를 파괴하는 데 쓰였다.

학소는 급히 구멍을 뚫은 돌멩이를 운반하고 밧줄을 그 돌의 구멍에 꿰어 던지게 하여 충차를 모두 파괴했다.

그러자 공명은 3천의 병사를 동원하여 흙을 운반해서 성의 도랑을 메우고, 그날 밤으로 땅굴을 파서 성 밑으로 뚫고 들어가게 했다. 학소는 성 안에서 도랑을 파 적의 땅굴을 도중에 차단했다.

이윽고 위의 선봉 대장 왕쌍(王雙)이 원군(援軍)을 이끌고 성에 도착했다. 공명은 두 부장(副將)에게 각각 3천의 군사를 내주고 맞서 싸우게 했으나, 부장들은 금세 왕쌍의 칼을 맞고 쓰러졌다. 그러자 이번에는 오화 · 왕평 · 장의에게 나가 맞서 싸울 것을 명령했다. 장의가 출전하자 왕쌍은 패

한 체하고 도망쳤다. 장의가 뒤쫓아가자 왕평이,

"추격을 멈춰라!"

하고 외쳤다. 장의가 말 머리를 돌리려고 하자 왕쌍의 유성추(流星鎚)가 날아와 등에 꽂혔다. 공명이 강유를 불러,

"진창의 길은 지나가기 어려우니 달리 방법이 없을까?"

하고 물었다. 강유가 대답했다.

"진창성은 견고한 데다가 학소가 굳게 지키고 있고 또한 왕쌍의 원군까지 왔으니 쉽사리 쳐부수기 어렵습니다. 산골짜기와 가정의 요로(要路)를 지키는 한편, 샛길로 나와 대군으로 기산을 습격하는 것이 좋을 줄 압니다."

공명은 이에 동의하여 왕평과 이회(李恢)에게 가정의 길목을 지키게 하고 위연에게 진창의 입구를 지키도록 지시한 다음, 마대를 선봉장으로 내세우고 관흥·장포에게 그 앞뒤를 살피게 하면서 기산으로 떠났다.

비요·왕쌍의 죽음

한편 조진은 왕쌍이 적의 장수를 무찌른 소식을 듣고 기뻐했으나 그때 심복 부하가 밀서를 가지고 왔다. 그것은 강유의 밀서로 전에는 실수하여 공명의 계략에 빠져 할 수 없이 항복했으나 나라에 사죄하고 죄값을 갚기 위해 공명을 사로잡으려고 한다는 내용이 씌어 있었다.

비요(費耀)가 그것은 공명의 지시일지도 모른다고 의심하자 조진은 그의 의견을 받아들여 비요에게 5만의 군사를 이

조조의 군사를 파하기 위해 강유는 거짓 글을 올리다. ≪繡像全圖三國演義≫
에서

끌고 야곡으로 떠나게 했다. 이윽고 비요의 군사는 촉의 군
사와 마주쳤으나, 비요가 전진하면 촉의 군사는 퇴각했다.
그리고 뒤쫓아가면 다시 몰려왔다. 그래서 맞서 싸우려고 하
면 촉의 군사는 도망쳤다. 이런 상황을 하루 종일, 밤낮없이
되풀이하여 위의 군사는 쉴 새가 없었다.

　겨우 진지를 정돈하고 식사 준비를 하고 있을 때, 갑자기
함성이 일어나고 뿔피리와 북이 울리더니 촉의 군사가 산과
들에 까맣게 퍼져 쳐들어왔다. 바라보니 사륜거(四輪車)가
나타나더니 그 속에 공명이 앉아 있었다. 공명이 깃털 부채
를 가볍게 부치자 마대·장의의 군사가 좌우에서 뛰쳐나왔
다.

　위의 군사가 약간 후퇴하자 곧 촉의 군사의 후방에서 불길

도주하던 비요는 강유와 조우하자 자결한다. ≪新鋟全像通俗演義≫ 三國志傳 卷之十七

이 치솟았다. 비요는 신호의 불길이라고 생각하고 곧 되돌아 와 쳐들어가니 촉의 군사는 일제히 도망쳤다. 비요가 앞장서 서 뒤쫓아가니 뿔피리 소리와 북소리와 함께 함성이 들리고 관흥·장포가 좌우에서 덤벼들었다.

계략에 걸렸다는 것을 알아차린 비요는 급히 산골짜기로 도망쳤다. 그런데 겨우 고개까지 도망쳤을 때 강유의 군사가 불쑥 나타났다. 비요는 앞뒤에서 협공을 당하자 자기 스스로 목숨을 끊어버렸다. 그리고 나머지 군사들은 항복했다. 공명은 그 동안에 밤새 길을 재촉하여 기산 기슭까지 가서 진을 쳤다.

조예는 사마의를 불러 촉의 군사를 물리칠 방책을 물었다. 사마의는 촉의 군량이 겨우 한 달 치밖에 없으므로 반드시 얼마 못 가서 물러갈 터이니 진지를 굳게 지켜 오래 버티는 것이 상책이라고 말했다.

공명은 적이 진지를 굳게 지키고 도전에 응하지 않는 것을

한군을 쫓다가 왕쌍은 죽다. ≪繡像全圖三國演義≫에서

보고 적의 작전을 거꾸로 이용했다. 즉 적의 군량을 빼앗으려 하는 듯이 가장하고 본진에 쳐들어온 위의 군사를 안팎에서 협공하여 적의 진지가 비었을 때 점령해버렸다. 위의 군사가 크게 패하자 조진은 더욱 수비를 견고히 했다.

공명은 군량이 모자라므로 그 사이에 한중에 군사를 철수시켰다. 이때 진창에 있던 위의 왕쌍이 추격하려고 했으나 공명으로부터 작전 지휘를 받은 위연이 왕쌍의 목을 단칼에 베어버렸다. 조진은 왕쌍이 죽었다는 소식을 듣고 비통한 나머지 병들어 낙양으로 돌아갔다.

공명은 밤중에 진창성을 취하다. ≪新鋟全像通俗演義≫ 三國志傳卷之十七

공명의 대승

이 무렵에 오에서는 손권이 장소를 비롯하여 문무백관의 추대로 제위에 올랐다. 4월 병인(丙寅)날을 택하여 무창의 남쪽 교외에 단을 쌓고 손권은 이 단에 올라가 제위에 오르고 오의 전국에 대사령(大赦令)을 내린 다음, 황무 8년(229년)을 황룡(黃龍) 원년으로 고쳤다.

그는 아버지 손견에게 무열황제(武烈皇帝), 어머니 오씨에게는 무열황후, 형 손책에게 장사 환왕(長沙桓王)이라는 시호를 올리고 아들 손등(孫登)을 황태자로 세우는 한편, 제갈근의 장남 제갈각(諸葛恪)을 태자 좌보(太子左輔), 장소의 차남 장휴를 태자 우필(太子右弼)에 임명했다. 그리고 고옹을 승상, 육손을 상장군(上將軍)으로 임명하여 함께 태좌를 보좌하여 무창을 지키게 하고, 손권 자신은 건업으로 돌

조진은 사마의에게 대장인을 내리다. ≪新鋟全像通俗演義≫ 三國志傳卷之十七

아왔다. 그는 촉과 화해를 맺고 기회를 보아 위를 치기로 했다.

공명은 오와 동맹을 맺고 위의 동태를 탐지하고 있다가 진창성의 학소가 중병으로 누워 있다는 말을 듣고는 급히 쳐들어가서, 적에게 방비를 튼튼히 할 기회를 주지 않고 성을 빼앗아버렸다. 학소는 그 소란통에 혼비 백산하여 죽어버렸다. 공명은 그 길로 산관을 습격하여 점령하고 대군을 이끌고 기산으로 돌아왔다.

공명은 위의 군사력을 분산시키기 위해 한수 지역과 경계가 잇닿은 음평·무도를 공략했다.

위의 황제 조예는 진창성과 산관이 촉의 군사에게 함락되고 오가 촉과 동맹하여 군비를 갖추고 있어 동서로 위기가 닥치게 되자 당황하여 어찌할 바를 몰랐다. 게다가 조진은 아직 병이 낫지 않았으므로 사마의를 불러 의논하니 사마의가 말했다.

"오의 군사는 훈련을 하고 있지만 우리와 촉과의 승부를 지켜볼 뿐, 실제로 군사를 움직이지는 않을 것입니다. 촉은 출전하여 중원을 손에 넣으려고 합니다. 그러므로 오보다는 촉에 대한 대비가 있어야 합니다."

조예는 사마의의 침착한 판단을 믿음직스럽게 여겨 그를 대도독으로 임명하고, 조진에게 맡긴 총대장의 인장을 그에게 넘겨주게 했다.

건흥 7년(229년) 4월, 공명은 기산에서 위의 군사를 기다리고 있었다.

사마의는 장합을 선봉으로, 대릉(戴凌)을 부장으로 임명하여 10만의 군사를 이끌고 기산 아래 위수의 남쪽에 진을 쳤다. 그리고 곽회·손례에게 명하여 무도·음평 두 고을로 구원병을 보냈으나 그곳은 이미 촉의 손에 들어가 있었다. 깜짝 놀라고 있는 곽회·손례의 군사를 촉의 군사가 앞뒤에서 공격해오자 크게 패하여 곽회·손례 두 장수는 산을 넘어 간신히 도망쳤다.

이들을 뒤쫓아간 장포의 말이 미끄러지는 바람에 사람과 말이 함께 산골짜기로 굴러 떨어져 장포는 머리에 부상을 입고 성도로 돌아갔다.

사마의는 장합·대릉에게 명하여 적진의 뒤에 진을 치게 하고, 무도·음평을 공략한 직후이므로 공명이 본진에 없을 줄 알고 촉의 진지를 빼앗으려고 했다.

그러자 공명은 그 작전을 거꾸로 이용하여 복병을 두어 두 장수를 에워쌌다. 그러나 장합은 촉의 포위 속에서 창을 휘둘러 힘껏 싸워 적에게 잡힌 대릉을 구출하여 함께 돌아가버

공명은 기산에 올라 장합을 꾸짖다. ≪新鋟全像通俗演義≫ 三國志傳卷之十七

렸다. 공명은 좌우로 창을 휘두르는 장합의 뛰어난 무술을 보고 살려두면 촉에 화근이 될 것이라고 생각했다.

작전을 거꾸로 이용당한 사마의는,

"공명은 도저히 당할 수 없다. 일단 물러서는 게 상책이다."

하고 곧 대군을 본진으로 후퇴시키고 진지를 굳게 지키고 진문을 나서려고 하지 않았다.

공명은 크게 승리를 거두어 수많은 무기와 군마를 얻어가지고 군사를 이끌고 진지로 돌아오니, 비위가 칙사로 와서 공명이 다시 승상으로 복직되었다는 칙서를 전했다. 건흥 7년 6월의 일이었다.

쓰러진 공명

공명은 사마의가 나와 싸우지 않는 것을 보고 작전을 다시 세우고 여러 장수들을 모아 각자의 진지에서 후퇴하도록 명령했다. 첩자로부터 이 소식을 전해 들은 사마의는,

"공명에게는 필시 계략이 있을 것이다. 섣불리 쫓아가서 공격해서는 안 된다."

하고 말했다. 그러나 장합은 다른 주장을 했다.

"그들은 군량이 부족해 한중으로 물러가는 것이 분명합니다. 어찌하여 이럴 때 추격하지 않습니까?"

사마의가 첩자를 보내 형편을 탐지하니, 공명은 30리를 후퇴하여 진을 쳤다는 것이었다. 사마의는 그래도 진지를 굳게 지키고 함부로 나가 싸워서는 안 된다고 당부했다.

10일이 지나도 촉에서 쳐들어오지 않고 별 소식이 없으므로 다시 형편을 살피게 하니 촉의 군사는 다시 30리를 후퇴하여 진을 치고 있다는 것이었다. 사마의는 장합에게,

"저건 공명의 계략이오. 쫓아가 공격해서는 안 되오."

하고 말했다.

다시 10일이 지나자 촉의 군사는 또 30리를 후퇴하여 진을 쳤다. 장합이 말했다.

"지금 만일 쫓아가 공격하지 않는다면 우리는 천하의 웃음거리가 될 것입니다."

사마의는 그래도 의심했다. 그러나 장합이 강력히 추격을 주장하므로 군사를 양분하여 장합에게 정병 3만을 이끌고

앞서게 하고, 자신은 뒤에서 군사 5천을 거느리고 따라 나섰
다.

공명은 산기슭과 산 위에 복병을 배치하고 장수들에게 각
각 임무를 맡겨 힘껏 싸우도록 지시했다.

이윽고 장합이 이끄는 위의 선봉이 쳐들어오자 촉의 군사
는 맞서 싸우다가 도망쳤다. 때마침 6월의 뜨거운 햇살이 쨍
쨍 내리쬐었기 때문에 이것을 뒤쫓아간 위의 병사들이 땀을
뻘뻘 흘리며 헐떡거리고 있을 때에 촉의 복병이 뛰쳐나왔다.
그러나 사마의도 복병에 대비하고 있었으므로, 거꾸로 복병
을 앞뒤에서 에워쌌다. 그러자 촉의 복병은 미리 공명이 지
시한 대로 두 갈래로 갈라져서 앞뒤의 적과 맞서 싸웠다.

이처럼 양군이 필사적으로 싸우는 동안 산 위에 있던 촉의
복병이 사마의의 본진으로 쳐들어갔다. 그러자 사마의는 당
황하여 곧 대군을 후퇴시켰다. 위의 병사들은 불안하여 대열
이 흩어졌다. 그때 촉의 군사가 일제히 공격해 왔으므로 위
의 군사는 크게 패하였다.

공명이 승리를 거두고 진지에 돌아왔다가 다시 진격하려
고 하는데, 성도에서 사자가 와서 장포가 파상풍(破傷風)으
로 죽었다고 알려왔다. 공명은 이 말을 듣고 통곡하다가 피
를 토하고 그 자리에 쓰러졌다. 장수들의 부축을 받아 정신
을 되찾았으나 병상에 누워 일어나지 못했다. 10여 일이 지
나도 군무(軍務)를 볼 수 없었으므로, 한동안 성도에 돌아가
휴양하기로 하고 대군을 한중으로 철수시켰다.

사마의는 서촉으로 침구해 가다. ≪繡像全圖三國演義≫에서

기곡·사곡 전투

건흥 8년(230년) 7월, 위의 도독 조진은 병이 완쾌되자 지금이야말로 촉을 정벌할 때라고 황제 조예에게 상주문을 올렸다. 조예는 조진을 대사마 정서대도독(征西大都督)으로, 형주에서 불러들인 사마의를 대장군 정서부도독으로, 생각이 깊은 시중 유엽을 군사로 임명하고 40만의 대군을 맡겼다. 세 장군은 한중을 빼앗기 위해 검각(劍閣)을 향해 진군했다.

그때 공명은 이미 병이 완쾌되어 날마다 병마를 훈련하여 팔진법(八陣法)을 가르쳐 충분히 몸에 배게 했다. 그는 왕평과 장의에게 1천의 군사를 이끌고 진창으로 먼저 떠나게 하고, 자신은 대군을 이끌고 한중으로 떠나면서 이 달에는 비가 많이 올 터이니 장마에 대비하라고 일렀다. 조진과 사마의는 대군을 이끌고 진창성으로 들어갔는데, 이윽고 장대 같은 비가 쏟아지기 시작했다. 성 안의 평지에는 상당량의 물이 고여 무기는 물에 잠기고 장병들은 잠도 제대로 자지 못했다. 비는 한 달을 줄곧 퍼부었다. 말은 먹이가 없어 굶어 죽고, 병사도 먹을 것이 모자라 원망의 소리가 그치지 않았다. 병사들이 사기를 잃었으므로 위의 군사는 철수하지 않을 수 없었다.

"저들을 쫓아가 공격해서는 안 되오."

하고 공명은 장수들에게 말했다.

"사마의는 틀림없이 복병을 숨겨놓았을 것이다. 만일 뒤쫓아가면 함정에 빠지게 되오. 그보다는 사곡에서 나와 기산을 점령하여 적에게 방비할 틈을 주지 말아야 하오."

"장안을 공략하려면 얼마든지 길이 있는데, 언제나 기산을 차지하려고 하는 것은 무엇 때문입니까?"

하고 한 장수가 물었다.

"기산이야말로 장안의 목이오. 동서의 여러 고을에서 위의 군사가 수도에 모이려면 이곳을 지나야 하오. 게다가 앞에는 위수, 뒤에는 사곡이 있어 군사를 숨기기에 편하고 적을 제압하는 데 가장 좋은 지형을 갖고 있소. 먼저 이곳을 점령하여 지세의 이득을 보려는 게요."

공명은 대군을 이끌고 출발하며 위연·진식 등은 기곡에

사마의는 여러 진영을 순시하다. 《新鎭全像通俗演義》 三國志傳卷之十七

서 출발하고, 마대·왕평 등은 사곡에서 출발하여 기산에서
합세하도록 지시했다.

한편 위에서는 조진은 적이 뒤쫓아오지 않을 것이라고 말
하고, 사마의는 뒤쫓아올 것이라고 주장하여 드디어 내기를
하기로 하고 군사를 두 갈래로 나눠 조진은 기산의 서쪽 사
곡의 입구에 진을 치고, 사마의는 기산의 동쪽 기곡의 입구
에 진을 쳤다.

기곡에서 진군한 진식과 위연은 공명이 사자를 보내 적의
복병에 조심하여 함부로 진군해서는 안 된다고 지시했는데
도 듣지 않고 진군했기 때문에 사마의의 복병에게 포위되었
다. 위연이 진식을 구출하여 간신히 도망쳤으나 4천여 명의
기병을 잃고 말았다.

공명은 사마의가 기곡의 입구를 지키고 조진이 사곡의 입
구를 지키고 있는 것을 간파하고, 군사를 두 갈래로 나눠서
각각 산을 넘어 적의 진지의 배후를 습격하게 했다. 그러자

한의 군사들은 영채를 급습하여 조진을 파하다. ≪繡像全圖三國演義≫에서

위의 군사는 뜻밖의 기습을 받고 크게 패하여 도망쳤다. 조진은 사마의에 의해 위기에서 구출되었으나, 창피한 나머지 병들어 자리에 눕게 되었다.

공명은 일제히 군사를 몰아 네 차례나 기산으로 쳐들어갔다. 공명은 병사들을 위로하고 군령을 어긴 진식을 끌어내어 목을 베게 했다. 위연은 모반(謀反)할 상이며, 장차 나라에 화를 가져올 것이라고 한 옛날 선제의 말을 공명은 상기했으나 이번에는 그의 목을 베지 않기로 했다. 후일에 쓸모가 있다고 생각했기 때문이다.

공명은 조진이 병상에 누워 진중에서 치료를 받고 있다는 말을 듣고,

"만일 병이 가벼우면 장안으로 돌아갈 터인데, 위의 군사

조진은 공명 때문에 분에 못이겨 죽다. ≪新鍥全像通俗演義≫ 三國志傳卷之十七

가 물러가지 않는 것을 보니 병이 중한 모양이다."

하고 위의 항복한 군사 천여 명을 돌려보내며, 편지를 써서 그 중의 한 사람을 시켜 조진에게 전하게 했다.

조진이 그 편지를 펴보니, '아, 그대 무지한 친구여'라는 말로 시작하여, 조진과 사마의를 욕하고 끝으로 '빨리 항복하라'고 씌어 있었다. 조진은 다 읽고 나서 분통이 터져 그날 저녁에 진중에서 죽고 말았다.

사마의가 원수를 갚기 위해 공명에게 싸움을 걸어왔다.

사마의와 공명의 대결

이튿날 위수의 기슭에서 사마의와 공명은 마주 서서 서로 상대방을 비난하고 나서 싸움을 시작했다.

사마의가 누런 깃발을 한 번 흔들자 좌우의 양군이 이동하여 진지를 정돈한다. '혼원일기(混元一氣)의 진(陣)'이었다. 이번에는 공명이 깃털 부채를 한 번 부치자 병사들이 다시 진지를 정돈했다. '팔괘(八卦)의 진'이었다.

"이 진지를 무찌를 수 있겠나?"

하고 공명이 말하자,

"무찌를 수 있다."

하고 사마의는 부하에게 팔문 중에서 세 생문(生門)으로 쳐들어가라고 지시하고 일제히 덤벼들었으나, 진지는 견고한 성벽처럼 끄덕도 없었다. 위의 군사는 방향을 알 수 없어 닥치는 대로 돌진하다가 촉의 군사에게 사로잡히고 말았다.

공명이 그 포로를 석방하자 사마의는 모욕을 당한 것이 분해 다시 대군을 이끌고 맹렬한 기세로 쳐들어왔다. 그러나 촉의 복병이 여기저기서 뛰쳐나와 3면에서 공격했으므로 사마의는 허겁지겁 군사를 이끌고 도망쳐서 위수의 남쪽 기슭에 진을 치고 굳게 지켰다.

공명은 승리한 군사를 거느리고 기산의 진지로 돌아왔다.

이때 영안성(永安城)의 이엄이 군량을 보내왔다. 그런데 군량을 운반하는 구안(苟安)은 술을 좋아하여 도중에 임무를 게을리해서 기일보다 10일이나 늦었다. 그랬으면서도,

"승상께서 위의 군사와 싸우는 중이었으므로, 혹시 군량을 적에게 빼앗길까봐 기일을 늦췄습니다."

하고 핑계를 댔다. 이에 공명은 매우 화를 내어,

"진중의 군량은 무엇보다도 중요한 것이다. 그리고 사흘 늦으면 도형(徒刑), 5일 늦으면 극형에 처하거늘, 10일이나 늦고서도 무슨 잔말이냐?"

하고 목을 베게 했으나 장사(長史)인 양의(楊儀)가,

"구안은 이엄이 가장 신임하는 부하로, 이 자를 죽이면 서천에서 군량을 운반할 자가 없게 됩니다."

하고 말렸으므로 공명은 곧장 80대를 때려 풀어주었다. 구안은 이것이 한이 되어 위의 진지로 도망쳐서 항복했다. 사마의는 구안에게 도성에 돌아가 유언을 퍼뜨리도록 했다.

이윽고 성도의 궁중에서 일하는 중신들의 귀에 '공명이 자기 공로를 내세워 때가 되면 제위에 오르려고 한다'는 말이 들려왔다. 황제도 그 소문을 듣고 '승상과 의논해야 할 비밀 이야기가 있다'는 이유로 공명에게 수도로 군사를 철수시키라고 명령했다.

진중에서 위의 군사를 무찌를 작전을 세우고 있던 공명은,

"폐하는 춘추가 너무 어리다. 위를 무찌를 절호의 기회가 눈앞에 다가왔는데 수도에 돌아오라니 무슨 까닭일까?"

하고 한탄했으나 천자의 명령이라 따르지 않을 수 없었다.

"그러나 만일 대군이 갑자기 철수하면 사마의는 반드시 뒤쫓아 쳐들어올 것입니다. 어떻게 하면 좋을까요?"

하고 강유가 물었다.

"오늘 이 진지에서 차례로 철수하는데, 진중에 군사가 천명 있으면 아궁이를 2천 개 만들고 내일은 3천 개를 모레는 4천 개를 만들어 날마다 군사가 줄어갈수록 아궁이의 수를 늘려가시오."

하고 대답했다.

옛날에 손빈(孫矉)이라는 병법가가 첫날에는 아궁이를 10만 명분을 만들게 하고 다음날에는 5만 명분을 만들게 하

사마의는 촉 진영의 아궁이를 살피다. ≪新鋟全像通俗演義≫ 三國志傳卷之十
七

고 그 다음날에는 3만 명분을 만들게 하여 그 수를 점점 줄
여 도망자가 많이 생겼다고 적의 눈을 속여, 적을 계략에 걸
려들게 했다는 이야기가 있다. 공명은 '아궁이 수를 줄이는
병법'을 거꾸로 이용했다.

과연 사마의는 날마다 진지의 아궁이 수가 늘어나는 것을
보고 의심을 품고 추격을 중지했다. 그리하여 공명은 군사를
무사히 성도에 철수시켰다. 속아넘어간 사마의는,

"그놈의 지혜는 당할 수가 없군."
하고 하늘을 우러러 탄식했다.

성도에 돌아온 공명은 유언을 퍼뜨린 신하들을 죽이거나
추방했으나, 정작 유언을 뿌린 구안은 이미 위로 도망친 뒤
였다.

공명은 다시 한중으로 돌아왔다. 자주 출전하여 병사들이
지쳐 있고 군량도 부족했으므로 군사를 양분하여 백 일마다
교대시켜 지구책(持久策)을 강구하기로 했다.

51. 공명의 신묘한 계략

네 사람의 공명

건흥 9년(231년) 2월 상순, 공명은 총병력의 절반을 이끌고 위의 정복에 나섰다. 위의 태화 5년의 일이었다.

이때 사마의는 곽회에게 농서의 여러 고을을 지키게 하는 한편, 장합을 선봉으로 하여 몸소 대군을 이끌고 위수의 기슭에 진군했으나 이때 공명이 이끄는 촉의 군사는 벌써 기산에 진출해 있었다. 기산은 다섯 번째의 진출이었다.

공명의 진중에는 군량이 모자랐다. 그리하여 이엄에게 군량을 보내라고 독촉했으나 웬일인지 소식이 없었다. 공명은 농서에 보리가 익을 무렵인 것을 알고, 몰래 군사를 보내 베어 오게 하려고 했다. 그런데 이것을 미리 짐작한 사마의가 보리를 베어 가지 못하도록 지키고 있었다.

공명은 하나의 계략을 생각해냈다. 그는 평소에 타고 다니던 사륜거(四輪車)와 똑같은 수레를 세 대 꺼내 오게 했다. 이 수레들은 공명이 촉에서 미리 만들어두었던 것이다. 공명은 강유 · 마대 · 위연에게 각각 군사를 맡기고 계략을 지시

촉의 병사들은 농상의 보리를 베다. ≪新鋟全像通俗演義≫ 三國志傳卷之十七

했다. 공명은 커다란 관을 쓰고 학 날개 옷을 입고 깃털 부채를 손에 든 채 사륜거에 단정히 앉아서, 건장한 24명의 군사에게는 머리를 산발하게 하고 검은 옷을 걸치게 했으며 한 손에 칼을 들게 하여 좌우에 거느리고, 앞에는 검은 깃발을 든 천신과 같은 모습을 한 사람을 앞세우고 위의 군사를 향해 나아갔다.

"저 공명이 이번에는 무슨 술책을 꾸미려나?"

하고 사마의는 화가 나서 2천의 군사에게,

"수레째 사로잡아라!"

하고 명령했다.

공명은 그것을 보자 수레를 돌려 유유히 나아갔다. 위의 군사는 말을 몰아 뒤쫓았으나 갑자기 이상한 바람이 불어닥치고 짙은 안개가 끼어 50리 가량 쫓아갔으나 더 갈 수가 없었다. 위의 군사가 멈춰 서서 망설이자 공명은 수레를 되돌려 위의 군사를 향해 멈춰 섰다. 다시 말을 몰아 쫓아가려고 하면 공명은 수레를 돌려 천천히 사라졌다.

사마의는 뒤쫓아가려는 부하를 말렸다.

"공명은 이상한 술법을 쓰고 있다. 그거야말로 축지법(縮地法)이다. 뒤쫓아가서는 안 된다."

사마의가 군사를 정지시키고 철수하려고 했을 때 왼쪽에서 북소리가 들리면서 한 떼의 군사가 뛰쳐나왔다. 자세히 보니 24명이 한 손에 칼을 들고 머리를 산발한 채 검은 옷과 맨발의 차림으로 사륜거를 밀고 나타났다. 수레에는 관을 쓰고 학 날개 옷을 입은 공명이 깃털 부채를 손에 들고 단정히 앉아 있었다.

'방금 쫓아간 수레에도 공명이 앉아 있었는데 여기에도 공명이 있나?' 하고 이상하게 생각하고 있는데, 오른쪽에서도 북소리가 울리며 한 떼의 군사가 뛰쳐나왔다. 그 가운데의 사륜거에 공명이 앉고 좌우에 24명의 병사가 검은 옷과 맨발에 머리를 산발하고 공명을 에워싸고 있었다.

"이것은 신병(神兵)이 틀림없다."

사마의가 이렇게 말하자 병사들은 겁이 나서 뿔뿔이 흩어져 도망쳤다. 도망치는 도중에 또 갑자기 북소리가 울리며 또다시 사륜거에 공명이 단정히 앉아 검은 옷과 맨발에 머리를 산발한 병사들의 호위를 받으며 나타났다.

위의 병사들은 모두 혼비 백산하고, 사마의도 인간인지 도깨비인지 알 수 없어 무서워 벌벌 떨면서 상규성으로 도망쳤다. 공명은 그 사이에 3만의 정병에게 보리를 베게 하고 곳간에 운반하여 햇볕에 말렸다.

장합의 죽음

사마의는 곽회와 함께 밤에 곳간을 습격했다. 공명은 이것을 예상하고 성 밖의 보리밭에 복병을 숨겨두었으므로 위의 군사는 크게 패하였다. 그러나 곽회는 다시 서량의 군사를 이끌고 검각을 습격하려고 했다.

촉에서는 백 일 교대의 기한이 다가와 병사들은 귀향을 고대하고 있었다. 나라의 정세가 긴박하니 교대를 잠시 연기하는 것이 어떻겠느냐는 의견도 있었으나 공명은,

"그건 안 된다. 나는 군사를 움직일 때 신의를 가장 중히 여긴다."

하고 귀향하는 병사는 그날로 떠나게 하라고 명령했다. 병사들은 이 말을 듣고 모두 감탄하여,

"승상께서 이렇게 우리를 생각해주시니, 우리는 잠시 귀향을 연기하고 목숨을 걸고 적을 물리쳐 승상의 은혜에 보답하려고 합니다."

하고 저마다 귀향을 원치 않고 싸움터에 나서겠다고 했다.

이윽고 서량의 군사가 오랜 행군에 피로하여 잠시 쉬려고 할 때, 촉의 군사가 일제히 공격을 가하자 서량의 군사는 견디지 못하고 도망쳐버렸다.

승리한 공명이 성 안에서 병사들의 노고를 위로하고 있을 때, 영안성의 이엄이 보낸 사자가 말을 몰아 달려왔다. 오와 위가 화해하여 손을 잡았으며, 오가 아직 군사를 일으키지는 않았지만 방심하지 말고 대비하라는 내용을 알려온 것이다.

옹주와 양주의 병사들은 대패하여 창을 버리고 도망치다. ≪新錄全像通俗演義≫ 三國志傳卷之十七

　공명은 깜짝 놀라 즉시 기산의 본진에 있는 군사를 서천으로 옮기기로 했다.

　이것을 보고 위의 장합은 추격할 것을 제의했다. 사마의가 이를 거듭 말렸으나 장합은 끝까지 추격을 주장했다.

　공명은 양의와 마충에게 명하여 검각의 목문도(木門道)에 복병을 숨겨두었다. 그리고 위연·관흥에게 후미를 지키게 하고, 대군을 목문도 쪽으로 철수시켰다.

　장합이 뒤쫓아가니 숲속에서 위연의 군사가 나타나 10여 차례도 싸우지 않아서 패한 체하면서 도망쳤다. 장합이 뒤쫓아가서 산모퉁이를 돌아서자 관흥의 군사가 뛰쳐나왔는데, 역시 10여 차례도 싸우지 않고 말 머리를 돌려 도망쳤다.

　장합은 복병을 경계하면서 뒤쫓아갔으나 위연이 앞을 가로질러 10여 차례 싸우다가 또 도망쳤다. 장합이 화가 나서 뒤쫓아가니 이번에는 또 관흥이 앞을 가로질러 길을 막아섰다. 장합은 본래 성급한 성미라 화가 머리끝까지 치밀어 뒤

위연은 목문도에서 장합을 쏘아 죽이다. ≪新鎸全像通俗演義≫ 三國志傳卷之
十七

쫓아가서 드디어 목문도까지 쳐들어갔다.

어느새 날이 저물었는데, 갑자기 석화시 소리가 들리더니 산꼭대기에 불길이 높이 치솟고 큰 돌멩이와 장대가 마구 굴러 떨어졌다. 장합이 당황하여 되돌아가려고 하자, 뒤에도 나무와 돌이 길을 가로막았고 좌우는 절벽이었다. 진퇴 양난에 빠져 허둥대고 있을 때, 박자목(拍子木) 소리를 신호로 석궁이 일제히 날아들었다. 장합과 100여 명의 부하들은 목문도의 골짜기에서 떼죽음을 당했다. 장합은 위의 큰 기둥 역할을 해왔으므로 조예와 사마의는 그의 죽음을 매우 슬퍼했다.

공명이 한중으로 철수했을 때, 이엄은 황제에게 거짓말을 했다. 즉 자기는 군량을 마련하여 승상의 진지로 보내려고 했는데, 웬일인지 승상이 갑자기 군사를 철수하겠다고 했다는 것이었다.

황제의 사신으로부터 이 말을 전해 들은 공명은 깜짝 놀랐

다. 오의 군사를 동원하여 촉을 치려 한다고 공명을 수도에
불러들이게 한 것은 바로 이엄이었다. 공명이 사람을 시켜
내용을 알아 오게 하니, 군량을 제때에 마련하지 못해 승상
에게 꾸중을 들을 것이 두려워 이엄이 황제에게 도리어 거짓
말을 하여 자기의 잘못을 감추려 했다는 것을 알아냈다.

공명은 화가 나서 이엄의 목을 베려고 했다. 그러나 그는
선제께서 유선을 돌보라고 부탁한 신하였으므로 목을 베는
대신 관직을 빼앗아 평민으로 돌아가게 하는 데 그쳤다. 공
명은 성도에 돌아와 군사의 훈련과 무기의 정비에 힘썼다.

기산 출병

어느새 3년의 세월이 지났다. 그 동안에 오와 위는 촉에
쳐들어오지 않았다. 건흥 12년(234년) 2월, 위를 칠 때가 왔
다고 판단한 공명은 여섯 번째로 기산에 출전하려고 했다.

그런데 마침 출전할 의논을 하고 있는데 갑자기 관흥이 병
으로 죽었다는 소식이 날아들었다. 공명은 심한 충격으로 깊
은 비탄에 빠졌다.

이윽고 공명은 촉의 군사 34만을 거느리고 다섯 군데로 갈
라져서 출전했다. 강유와 위연을 선봉으로 내세워 기산에서
합류하기로 하고, 이회는 군량과 말 먹이를 운송하여 사곡의
입구에서 기다리게 했다.

위는 이때가 청룡(靑龍) 2년 2월에 해당한다. 조예로부터
대도독에 임명된 사마의는 하후연의 아들 4형제를 등용하여

사마의는 북원의 위교에서 전투를 벌이다. ≪繡像全圖三國演義≫에서

장남 하후패(夏侯覇)와 차남 하후위(夏侯威)를 좌우의 선봉
으로 내세우고, 3남 하후혜(夏侯惠)와 4남 하후화(夏侯和)
를 참모로 삼았다.

장안에서 각처의 군사를 모아들이니 모두 40만에 이르렀
으며 사마의는 위수의 기슭에 진을 치고 5만의 군사를 동원
하여 위수에 아홉 개의 부교(浮橋)를 만들게 했다. 그리고
선봉인 하후패와 하후위에게는 강을 건너 진을 치게 하고,
또한 본진의 후면 동쪽 언덕에 하나의 성을 쌓게 하여 만일
의 경우에 대비하게 했다.

곽회와 손례에게는 농서의 군사를 이끌고 북원에 요새를
구축하고 적의 군량이 떨어졌을 때 쳐들어가라고 지시했다.

공명은 기산에서 각처에 진을 치고 군사를 배치하여 장기

전에 대비하고 있었으나, 적이 북원에 요새를 구축했다는 소식을 전해 듣고 북원을 습격하는 체하고 사실은 몰래 위수의 기슭을 치려고 했다.

그는 뗏목을 100척 남짓 만들게 하여 강을 따라 내려와 부교에 불을 지르고 적의 후방을 공격하는 한편, 다른 한 부대를 이끌고 전방의 진지를 공격하려고 했다.

사마의는 이 계략을 알아차리고 촉의 군사를 기다리고 있다가 기습하여 크게 무찔렀다. 이 싸움에서 촉의 군사 1만여 명이 전사했다.

공명은 비위를 오의 손권에게 보내어 위를 정벌할 것을 요청했다. 손권은 전부터 이런 생각을 하고 있었으므로 거소문(居巢門)에서 위의 합비·신성·강하와 면구에서 양양, 광릉에서 회양, 이렇게 세 방면에서 30만의 대군이 일제히 진격했다.

기산에 있던 공명에게 위의 부장(副將)이 항복했다. 공명은 그것이 거짓 항복이라는 것을 간파했다.

"목숨을 건지고 싶으면 편지를 보내 사마의 자신이 밤에 쳐들어오게 하라. 그러면 목숨을 살려줄 테다."

이리하여 부장은 할 수 없이 편지를 썼다.

이 편지를 본 사마의는 본인의 필적이 틀림없었으므로 밤에 습격하기로 하고, 두 번째 북이 울리는 것을 신호로 촉의 진지에 쳐들어갔다. 사마의가 공명의 계략에 걸려든 줄 알게 되었을 때는 이미 늦어, 위의 군사는 크게 패하여 많은 사상자를 내고 뿔뿔이 흩어져 도망쳐버렸다.

공명은 승리하여 진지에 돌아와서 위수의 남쪽 기슭을 공략할 작전을 세웠다. 그는 날마다 군사를 보내 도전하게 했으나 위의 군사는 맞서 싸우려고 하지 않았다.

공명은 혼자 조그마한 수레를 타고 기산 앞쪽 위수의 동서에 걸친 지형을 살펴보았다. 어느 골짜기 입구에 다다라 보니 그 형태가 표주박 같아서 골짜기 속에 1천여 명이 들어갈 수 있을 것 같았다. 그리고 양쪽 산이 또 하나의 골짜기를 이루어 그곳에도 4, 500명은 들어갈 수 있었다. 그 뒤는 양쪽 산이 바짝 접근하여 사람 하나와 말 한 필이 겨우 지나갈 수 있을 정도였다.

"여기는 뭐라고 하는 곳인가?"
하고 공명은 길 안내자에게 물었다.

"예, 이곳은 상방곡(上方谷)이라고 부르는데, 흔히들 표주박 골짜기라고 합니다."
길 안내자가 대답했다.

공명은 마음속으로 크게 기뻐하며, 촉에서 데리고 온 목수 1천여 명을 불러 표주박 골짜기 속에 들여보내 '목우 유마(木牛流馬)'라는 것을 만들게 했다. 목우 유마란 군량을 가볍게 운반할 수 있는 편리한 도구였다. 이 소와 말은 물과 먹이도 필요없었다.

공명은 마대에게 명하여 500명의 군사로 하여금 골짜기의 출입구를 지키게 하고, 밖에서 알아차리지 못하도록 몰래 만들게 했다.

며칠 후 목우 유마가 모두 완성되었다. 마치 살아 있는 생물처럼 산을 오르고 봉우리를 내려와 편리하기 짝이 없었다. 공명은 고상에게 명하여 1천 명의 군사에게 이것을 사용하

둔갑병들은 목우 유마로 군량을 나르다. ≪新鐫全像通俗演義≫ 三國志傳卷之十七

게 하여 촉의 검각에서 기산의 본진까지 군량과 말먹이풀을 운반시켰다.

사마의가 진지를 굳게 지키고 촉의 도전에 응하지 않은 것은 적의 군량이 떨어져 자연히 쓰러질 때를 기다리고 있었기 때문이다. 목우 유마로 군량을 운반하고 있다는 말을 들은 사마의는 즉시 몇 마리만 빼앗아 오라고 명령했다.

500명의 군사가 촉의 병사로 변장하고 골짜기에 숨어 있다가 지나가는 고상(高翔) 일행에게 덤벼들어 몇 마리를 빼앗아 도망쳐버렸다. 빼앗아 온 목우 유마는 살아 있는 것과 마찬가지로 앞으로 나아갔다 뒤로 물러섰다 했다.

사마의는 기뻐하여 곧 목수 100여 명에게 명하여 그것을 분해시켜 재료의 크기·길이·두께 등을 조사하여 똑같이 만들게 했다. 그리하여 보름도 못 되어 2천 개 남짓 만들었다. 사마의는 1천 명의 군사에게 그것을 사용하여 농서에서 식량과 말먹이풀을 운반하게 했다.

고상으로부터 목우 유마가 적의 손에 들어갔다는 보고를 받은 공명은,

"나는 적이 빼앗아 가기를 바라고 있었다. 우리 쪽의 손실은 목우 유마 몇 필이지만, 곧 많은 자재(資材)가 우리 손으로 들어올 것이다."

하고 말했다. 그 후 며칠이 지나 적의 농서에서 군량과 말먹이풀을 운반한다는 소식을 듣고 공명은 왕평에게 지시했다.

"자네는 1천의 군사를 이끌고 위의 병사로 변장하여 밤중에 몰래 복원을 빠져 나가, 군량을 순시하는 병사라고 속이고 적의 운송 병사 틈에 끼여들어 호위병을 무찌르고 목우 유마를 몰고 북원까지 오면 적이 뒤쫓아올 거요. 그때 목우 유마의 혓바닥을 비틀면 그것들은 움직이지 못하게 될 것이오. 그러면 그것을 팽개치고 도망치시오."

왕평이 떠난 후에 공명은 장의에게 지시했다.

"자네는 500명의 군사를 이끌고 모두 신병(神兵)으로 가장하여 귀신의 머리에 짐승의 몸체 그리고 얼굴에는 5색 물감을 칠한 괴상한 모습으로 변장시키게. 한 손에는 깃발 또 한 손에는 보검(寶劍)을 들고 허리에는 표주박을 차고 그 속에 염초(焰硝)를 넣고 산기슭에 숨어 있다가 목우 유마가 오면 불연기를 내면서 뛰쳐나가시오."

장의가 떠나자 공명은 위연과 강유, 요화와 장익, 마충과 마대를 각각 불러 작전을 지시했다.

한편 위의 장수 잠위(岑威)는 목우 유마에 식량과 말먹이풀을 싣고 운반하다가, '순시병이 왔다'고 하여 살펴보니 위의 군사였으므로 안심하고 순시병과 합류했다. 그러자 갑자

기 함성이 일어나더니,

"촉의 장수 왕평이 여기 있다."

하고 큰소리로 외치는 자가 있다. 눈 깜짝할 사이에 일어난 일이라 위의 군사는 모두 놀라 뿔뿔이 흩어지고 잠위는 왕평의 단칼에 쓰러졌다. 도망친 자가 이 소식을 북원의 진지에 알렸으므로 곽회가 급히 구원하러 나섰다.

왕평은 병사들에게 목우 유마의 혓바닥을 비틀게 하고 길 바닥에 내동댕이친 채 도망쳐버렸다. 곽회는 멀리 쫓아가지 않고 목우 유마만 되찾아가려고 했다. 그런데 웬일인지 전혀 움직이지 않았다.

어쩔 줄을 몰라 허둥대고 있는데 함성을 지르면서 촉의 군사가 쳐들어왔다. 위연과 강유의 군사였다. 왕평도 되돌아왔다. 그리하여 곽회는 3면에서 공격을 받아 크게 패하여 도망쳤다.

왕평은 병사들에게 명하여 우마의 혓바닥을 본래대로 비틀어 돌린 다음 진지로 몰고 갔다. 곽회는 그것을 보고 다시한 번 싸우려고 했으나, 그때 산마루 저쪽에서 갑자기 연기가 치솟더니 한 떼의 신병들이 뛰쳐나왔다. 그들은 깃발과 칼을 들고 괴상한 모습으로 목우 유마를 보호하면서 바람처럼 사라졌다.

"이건 분명히 신이 도운 거다."

곽회는 어처구니없이 바라볼 뿐이었다.

사마의는 북원의 군사가 패했다는 소식을 듣고 구원하러 달려왔다. 그런데 도중에 험한 산골짜기에서 두 무리의 군사가 뛰쳐나왔다. 장익과 요화였다.

위의 군사는 기습을 당하자 뿔뿔이 흩어져 도망치고, 사마의는 혼자 숲속으로 달아났다. 그러자 요화가 뒤쫓았다. 사마의는 당황하여 나무 사이를 빙빙 돌았다. 요화가 칼을 휘둘렀으나 사마의 대신 나무만 몇 그루를 벴다. 요화가 칼을 다시 쳐들었을 때 사마의는 이미 숲 밖으로 도망치고 있었다.

곧 뒤쫓아갔으나 향방을 알 수 없었다. 주위를 살펴보니 숲의 동쪽에 금투구가 떨어져 있었다. 요화는 그것을 주워 들고 곧장 동쪽으로 쫓아갔다. 실은 사마의가 투구를 숲의 동쪽에 던지고 서쪽으로 도망쳤던 것이다.

장의는 그 동안에 목우 유마를 운반하여 진지에 도착했다. 군량은 모두 1만 섬 남짓 되었다. 금투구를 가지고 돌아온 요화는 이날 가장 큰 공을 세웠다고 기록되었다. 위연은 못마땅하여 투덜댔으나 공명은 모른 체했다.

계략에 걸려든 사마의

본진으로 도망쳐 온 사마의는 목숨은 건졌으나 고민스럽기 짝이 없었다. 그때 사자가 칙서를 가지고 도착했다. 오의 군사가 세 갈래로 침입했기 때문에 조정에서는 장수를 택하여 응전하는 방법에 대해 의논 중이니 사마의는 진지를 굳게 지키고 적과는 싸우지 말라는 것이었다. 사마의는 그 명령에 따라 도랑을 깊이 파고 벽을 높게 쌓아 진지를 굳게 지키고 싸우러 나가지 않았다.

조예는 유소(劉劭)의 부대를 강하의 구원군으로, 전예(田豫)의 부대를 양양의 구원군으로 파견하고 자신은 만총(滿寵)과 함께 합비를 구원하러 떠났다. 오의 군사가 충분히 정비되어 있지 않았으므로, 그날 밤 적의 본진을 습격한 위의 군사는 크게 승리했다.

오의 육손은 패전의 소식을 듣고 일단 신성의 포위군으로 위 군사의 퇴로를 막으려고 생각했으나, 이 작전이 적에게 알려졌으므로 후퇴할 수밖에 없다고 생각하여 제갈근과 함께 일부러 적에게 대항하는 체하면서 서서히 물러갔다. 위는 육손의 지모를 알고 있어 그를 경계하여 추격하지 않았다.

한편 사마의는 여전히 위수의 진지에서 울적한 나날을 보냈다. 장남 사마사가,

"촉의 병사는 위의 농부들과 함께 논을 경작하여 그 수확을 군이 3분의 1, 농부가 3분의 2로 분배하면서 장기 계획을 세우고 있습니다. 백성들은 공명의 은덕을 고맙게 여겨 일을 열심히 하고 있으니 나중에 우리 나라에 큰 두통거리가 될 것입니다. 아버님, 빨리 판가름을 하여 승부를 결정지어야 하지 않겠습니까?"

하고 결전을 권했으나, 사마의는 굳게 진지를 지켜 싸우지 않는 것이 상책이라고 했다. 촉의 장수 위연이 금투구를 치켜들고 욕설을 퍼부었으나 전혀 움직이려고 하지 않았다.

공명은 이것을 보고 몰래 마대에게 명하여 표주박 골짜기에 지뢰와 장작을 준비하게 했다. 그리고 앞에는 일곱 개의 별을 그린 깃발을 골짜기 어귀에 세우고 밤에는 등불 일곱 개를 산꼭대기에 달아 암호로 삼게 했다.

촉병은 호로곡에 계책을 마련해 놓다. ≪新鍥全像通俗演義≫ 三國志傳卷之十八

다음에 위연을 불러 사마의를 꾀어내도록 일렀다.

"적에게 이기려고 하지 말고 일부러 패하여 위수로 도망쳐라. 사마의는 반드시 뒤쫓을 것이다. 낮에는 일곱 개의 별을 보고 도망치고, 밤에는 일곱 개의 등불을 암호로 하여 도망치는 거다. 그리하여 표주박 골짜기까지 꾀어내면 성공하는 것이다."

다음에는 고상을 불러 지시했다.

"자네는 목우 유마 2, 30개를 한 조(組)로 하거나 4, 50개를 한 조로 하여 군량을 싣고 산길을 왕래하게. 만일 위의 군사에게 빼앗기면 그것을 너의 공으로 생각하겠다."

지시를 마친 공명은 몸소 한 부대를 이끌고 표주박 골짜기 근처에 진을 쳤다.

위의 장수 하후혜와 하후화는 촉의 장기 작전을 보고 사마의에게 서둘러 승부를 가릴 것을 주장했다. 사마의도 승부욕을 억제치 못해 두 장수에게 각각 5천의 군사를 주어 출전시켰다. 두 사람은 진군 도중에 촉의 군사가 목우 유마를 몰고 오는 것을 보고 일제히 덤벼들어 목우 유마 5, 60필을 손에 넣었다. 촉의 군사는 대패하여 달아났다.

그리고 이튿날에도 기병 100명을 사로잡았다. 두 사람은 고상이 인솔하는 촉의 수송 부대를 자주 습격하여 보름 동안에 여러 번 승리를 거두었으므로 사마의는 무척 흐뭇했다.

어느 날 다시 수십 명의 촉의 군사가 사로잡혀 왔다. 사마의는 본진의 막사에서 포로에게 물었다.

"공명은 어디 있느냐?"

"제갈 승상은 기산에는 계시지 않습니다. 표주박 골짜기에서 서쪽으로 10리 떨어진 곳에 진을 치고 날마다 표주박 골짜기로 군량을 보내고 있습니다."

사마의는 자세히 묻고 나서 모두 석방해주고 즉시 장수들을 불러 모았다.

"공명은 지금 기산에 있지 않고 표주박 골짜기의 서쪽에 진을 치고 있다. 내일 모두 힘을 합쳐 기산의 본진을 공략하라. 나도 군사를 이끌고 뒤따라 가겠다."

"아버님, 적의 후방을 공격하는 것은 무슨 까닭입니까?" 하고 사마사가 물었다.

"기산은 촉군의 본거지다. 우리 군사가 쳐들어가면 모든 진지에서 구원하러 올 것이다. 그 기회에 나는 표주박 골짜기를 습격하여 군량을 불살라버릴 생각이다."

사마의는 이렇게 말하고 즉시 출전을 명령했다.

표주박 골짜기의 화공

공명은 산 위에서 위의 군사가 4, 5천 혹은 1, 2천씩 따로 대열을 짓고 연락을 취하면서 전진하는 것을 보고 이것은 틀림없이 기산의 본진을 공격하러 가는 것이라 판단하여 은밀히 장수들에게 명령했다.

"사마의가 직접 오면 즉시 위의 본진을 습격하여 위수의 남쪽 기슭을 점령하도록 하라."

이윽고 위의 군사가 기산의 본진으로 쳐들어오자 촉의 군사는 사방에서 함성을 지르면서 기산으로 몰려드는 기세를 보였다. 사마의는 이때 두 아들과 중군(中軍)의 호위병을 이끌고 표주박 골짜기를 습격했다.

위연은 골짜기의 어귀에서 기다리고 있다가 사마의가 쳐들어오는 것을 보자 큰소리로,

"사마의, 꼼짝 마라."

하고 외치고 칼을 휘두르며 덤볐으나 서너 차례 싸우다가 말머리를 돌려 일곱 개의 별을 그린 깃발을 향해 도망쳤다.

사마의는 상대가 위연의 군사뿐인 것을 보자 방심하여 사마사를 왼쪽, 사마소를 오른쪽, 자기는 한복판, 이렇게 3대로 갈라져서 일제히 쳐들어갔다. 위연은 500명의 군사를 이끌고 골짜기 안으로 도망쳤다. 사마의는 골짜기의 입구까지 와서 안의 형편을 탐지한 결과 안에는 복병이 없고 산에는 오두막뿐이라는 것도 알아냈다.

"이것이 바로 군량을 저장한 곳이다."

하고 사마의는 군사를 모두 이끌고 골짜기로 들어갔다. 주위를 살펴보니 오두막에는 마른 장작이 잔뜩 쌓여 있고 위연의 모습은 보이지 않았다. 사마의는 이상하게 생각하여 두 아들에게,

"골짜기의 어귀가 막히면 어떡하지?"
하고 말을 채 끝내기도 전에 갑자기 함성이 일어나더니, 산 위에서 일제히 관솔불을 던져 골짜기의 어귀를 횃불로 메워 버렸다. 위의 군사는 도망치려고 허둥댔으나 출구가 없었다. 산 위에서는 계속해서 횃불을 던졌다. 그때 지뢰가 한꺼번에 폭발했다. 불은 오두막의 장작에 옮겨 붙어 활활 타오르고 불길은 하늘로 치솟았다.

사마의는 허둥대며 말에서 내려 두 아들을 부둥켜안고,
"우리 세 부자는 모두 여기서 죽게 되었구나."
하고 크게 소리내어 울었다. 이때 갑자기 회오리바람이 불고 검은 구름이 덮이면서 천둥이 치더니 장대 같은 소나기가 쏟아져 내렸다. 골짜기의 불바다는 금세 사라지고 지뢰는 더 이상 터지지 않았으며 화공의 도구도 쓸모 없게 되었다.

사마의는 기뻐하면서 군사를 이끌고 그곳을 빠져 나갔다. 위수의 남쪽 기슭에 있던 본진은 이미 촉의 군사에게 빼앗겨 버렸고 부교 근처에서 곽회와 손례가 촉의 군사와 싸우고 있었다. 사마의는 여기에 합세하여 촉의 군사를 물리치고 부교를 불사른 다음 북쪽 기슭에 진을 쳤다.

공명은 산 위에서, 표주박 골짜기에서 불길이 치솟은 것을 보고 이번에야말로 사마의를 사로잡은 줄 알았으나 뜻밖에 큰 비가 내려 사마의 부자를 놓쳤다는 보고를 받고 하늘을

상방곡에서 사마의는 곤경에 빠지다. ≪繡像全圖三國演義≫에서

우러러 탄식했다.

"일을 계획하는 것은 사람에게 달려 있고 일을 성취하는 것은 하늘에 달려 있다더니, 바로 이것을 두고 하는 말이로구나."

52. 오장원에 떨어진 별

쇠약해가는 공명

위수의 남쪽 기슭의 진지를 빼앗기고 북쪽 기슭의 진지로 도망친 사마의는 장수들에게 명했다.

"다시 출전하려는 자가 있으면 목을 벨 테다."

공명은 기산에서 내려와 위수의 남쪽 기슭을 거쳐 서쪽으로 가서 오장원(五丈原)에 진을 쳤다. 사마의는 이 소식을 전해 듣고 공명이 만일 무공현에서 산기슭을 따라 동쪽으로 진군한다면 우리가 위태롭게 되지만 오장원에 머물러 있으면 안심이라고 말하고, 장수들에게는 여전히 출전하지 말라고 명령했다.

공명이 꾸준히 도전해 왔으나 위의 군사는 싸우려 하지 않았다. 그래서 공명은 사자를 보내 커다란 상자와 한 통의 편지를 위의 진지에 전하게 했다.

사마의가 상자를 열어보니 여자의 두건과 흰 상복(喪服)이 들어 있었다. 편지를 읽어보니 다음과 같았다.

제갈량은 사마의에게 장례용 두건과 여자 소복을 보내다. ≪新鐫 全像通俗演義≫ 三國志傳卷之十八

중달은 대장군으로서 대군을 거느리고 갑옷을 걸쳤으면서도 무기를 들고 승부를 겨루려 하지 않고 다만 땅굴 속에 몸을 숨기고 칼을 두려워하고 화살을 피하니, 아녀자와 다를 것이 무엇인가! 지금 두건과 여자 소복을 보내니 싸울 생각이 없으면 절하고 이것을 받아라. 만일 이 수치를 안다면 빨리 승부를 판가름할 날짜를 대답해 달라.

사마의는 마음속으로 화가 치밀었으나 웃는 얼굴로,
"공명은 나를 아녀자로 보는구나."
하고 그 물품을 받고 사자를 극진히 대답했다. 그는 물었다.
"공명은 침식(寢食)을 어떻게 하고 일에 얼마나 분주한가?"
사자가 대답했다.
"승상은 아침에 일찍 일어나고 밤에는 늦게 잠드십니다. 그리고 곤장 20대 이상의 형벌은 반드시 자신이 판단을 내리십니다. 그러나 식사는 하루에 얼마 드시지 않습니다."

사마의는 장수들을 돌아보고,

"공명은 식사는 적게 하고 일은 많이 한다. 반드시 오래 살지 못할 것이다."

하고 말했다.

사자는 오장원에 돌아와 공명에게 보고했다.

"사마의는 두건과 여자 소복을 받고 편지도 읽었으나 별로 화를 내지 않고 다만 승상의 침식과 일에 대해 물을 뿐 승부를 가릴 싸움에 대해서는 한마디도 하지 않았습니다. 제가 승상께서 식사는 적게 하고 일을 많이 하신다고 대답하자 그렇다면 오래 살지 못할 것이라고 말했습니다."

"그는 나에 대해 잘 알고 있군."

하고 공명은 한숨을 내쉬면서 말했다.

부하 장수가 공명에게 충고했다.

"집안일을 예로 들더라도, 하인은 농사일을 하고 하녀는 취사(炊事)를 하여 각각 소임을 다하면 주인은 베개를 높이 베고 편안히 살아갑니다. 주인에게는 주인으로서의 할 일이 따로 있습니다. 지금 승상께서는 사소한 일도 몸소 처리하시면서 종일 땀을 흘리시는데 이것은 수고가 지나치지 않습니까?"

"그것을 모르는 게 아니오. 다만 선제로부터 의지할 데 없는 어린 군주를 잘 돌보라는 무거운 책임을 받고 있기 때문에 남에게 일을 맡길 수 없어서 그럴 뿐이오."

하고 공명이 눈물을 흘리자 주위 사람들도 눈물을 흘렸다.

허사가 된 기도

그 후부터 공명은 어쩐지 기분이 밝지 못하고 장수들도 출전을 삼가게 했다.

어느 날 비위가 성도에서 와서 오의 북벌군(北伐軍)이 패하여 도망쳤다고 보고했다. 공명은 그 말을 듣고 외마디 비명을 지르더니 정신을 잃고 쓰러졌다. 옆에 있던 사람들이 부축해 일으키자 얼마 후에 겨우 정신을 차리고,

"가슴이 울렁거리는구나. 본래의 병이 재발한 것 같다. 내 수명도 얼마 가지 않을 거다."

하고 말했다.

그날 밤 공명은 병을 무릅쓰고 밖에 나가 천문을 바라보다가 갑자기 새파랗게 질린 채 막사에 돌아와서 강유에게 말했

"내 목숨은 이제 얼마 남지 않았소."

"어찌하여 그런 말씀을 하십니까?"

"나는 보았네. 세 성좌(星座) 중에서 객성(客星)의 빛이 강하고, 주성(主星)은 희미할 뿐만 아니라 그 보좌하는 별들도 빛을 잃고 있었소."

"천상(天象)이 그렇다면 승상께서는 어찌하여 기도로 회복시켜놓지 않습니까?"

"나는 물론 기도하는 법을 알고 있지만 하늘의 뜻은 알 수 없네. 자네는 49명의 병사에게 각각 검은 깃발을 들게 하고 검은 옷을 입혀 내 막사 밖을 에워싸도록 하게. 나는 막사 안에서 북두칠성께 기도하겠네. 만일 7일 안에 주등이 꺼지지

공명은 몸소 북두성에 재앙을 쫓는 기도를 올리다. ≪新鋟全像通俗演義≫ 三國志傳卷之十八

않으면 내 수명은 12년 연장될 걸세. 주등이 꺼지면 나는 곧 죽게 되네."

때는 바로 8월 한가위였다. 이날 밤은 은하수가 밝게 빛나고 이슬마저 방울졌으며 깃발조차 움직이지 아니하고 주위에는 아무 소리도 들리지 아니했다.

강유는 49명의 병사로 막사를 호위하여 사방을 지키게 하고, 공명은 막사 안에서 향을 피우고 꽃과 공물(供物)을 바쳤다. 땅에 커다란 등을 일곱 개 벌여놓고 주위에 작은 등불 49개를 나란히 놓은 후에 한복판에 본명(本命)의 등불 하나를 안치했다.

공명은 배례하고 기도를 올렸다.

"저는 난세에 태어나 초막에서 일생을 바치려고 생각했으나 선제로부터 세 차례나 방문을 받아 은혜를 입고 어린 천자를 부탁받았으므로 있는 힘을 다해 나라의 역적을 치겠다

고 맹세했습니다. 그런데 뜻밖에도 장성(將星)은 떨어지려
고 하며 이 세상에서 저의 수명도 끝나려고 합니다. 삼가 하
늘에 아룁니다. 원하옵건대 자비를 베풀어 저의 수명을 연장
하여주시어, 위로는 군주의 은혜에 보답하고 아래로는 백성
의 목숨을 건져 천하를 회복하고 영구히 한(漢)의 제사를 올
리게 하옵소서!"

기도를 마치고 공명은 막사 안에 엎드린 채 날이 밝기를
기다렸다. 다음날에도 병을 무릅쓰고 군무(軍務)를 처리하
고 피를 토하면서 낮에는 위를 무찌를 작전을 짜고 밤에는
북두칠성에 기도했다.

그 무렵 사마의는 위의 진지에서 밤하늘을 바라보다가 장
성(將星)이 빛을 잃은 것을 보고 하후패를 불러,

"공명이 병든 것이 틀림없네. 곧 죽을 것이오. 자네는 군
사 1천 명을 이끌고 오장원에 가서 형편을 살피고 오게."
하고 일렀다.

공명은 6일 동안 밤마다 기도를 계속하여 한복판의 주등
(主燈)이 계속 빛나는 것을 보고 마음속으로 기뻐했다.

강유가 막사에 들어와 보니 공명은 머리를 산발한 채, 칼
자루를 짚고 북두칠성 형태로 걸어다니면서 장성에 생기를
불어넣고 있었다. 그때 갑자기 진지 밖에서 함성이 들려왔
다.

강유가 부하를 시켜 알아보게 하려는데 위연이 들어와,

"위의 군사가 쳐들어왔습니다."
라고 보고하면서 급히 달려 들어오는 바람에 주등을 밟아 불
을 꺼버렸다.

공명은 칼을 집어 던지면서 한숨을 내쉬고,

"생사는 천명이다. 이제는 기도를 해도 소용이 없구나."

하고 말했다.

강유는 화가 나서 칼을 빼들고 위연의 목을 치려고 하니,

"나의 천명이 다한 것이오. 위연의 실수가 아니오."

하고 말리고 나서 피를 토하고 자리에 누워 위연에게 명령했다.

"사마의가 내 병을 알아차리고 형편을 살피러 군사를 보냈을 테니 빨리 나가 싸우게."

위연은 즉시 응전하여 하후패의 군사를 무찌르고 돌아왔다. 공명은 위연에게 자기 진지로 돌아가 굳게 지키라고 지시했다.

위연이 나간 후에 공명은 강유에게 말했다.

"나는 힘이 미치는 데까지 중원(中原)을 되찾아 한의 황실을 다시 일으키려고 노력했으나 하늘의 뜻은 어쩔 도리가 없소. 나는 얼마 안 가서 죽을 것이오. 지금까지 내가 배운 것을 책으로 남겨뒀소. 모두 24편, 10만 4천 112자요. 물려줄 장수를 찾았으나 사람이 없구려. 자네가 맡아주게."

공명은 다시 하나의 석궁으로 열 개의 화살을 쏠 수 있는 '연노(連弩)의 법'의 설계도를 맡기고 음평 땅을 진군할 때 조심하라고 일렀다.

강유가 눈물을 흘리면서 그것을 받으니 공명은 마대를 불러 귓속말로 밀계(密計)를 전하고 양의에게는,

"내가 죽으면 위연이 반드시 배반할 테니 그때 이 주머니를 펴보시오."

하며 비단 주머니를 주었다.

공명의 죽음

공명은 지시를 마치자 정신을 잃고 쓰러졌으나 저녁때 다시 정신을 찾게 되어, 급히 사신을 보내 천자 유선에게 자기가 병으로 누워 있다는 소식을 전했다. 유선은 깜짝 놀라 상서(尙書) 이복을 곧 오장원에 보내 문병하게 했다. 공명은 이복에게 말했다.

"나는 불행하게도 뜻을 이루지 못하고 죽게 되었소. 나라의 큰일을 성취하지 못해 백성들에게 면목이 없구려. 내가 죽은 후에 대신들은 종래의 제도를 지켜주기 바라오. 내가 등용한 사람을 직위에서 물러나게 해서는 안 되오. 나의 병법은 강유에게 맡겨두었소."

이복이 돌아간 뒤에 공명은 병을 무릅쓰고 좌우 부하들의 부축을 받아 작은 수레를 타고 각 진지를 돌아보았다. 싸늘한 바람이 얼굴에 몰아쳐 뼛속까지 스며들었다. 공명은 무심코 한숨을 내쉬고,

"이제 다시는 싸움터에 나가 나라의 역적을 무찌를 수 없구나! 아, 하늘은 무심하기만 하다."

하고 말하며 공명은 막사에 돌아왔다. 공명의 병은 점점 더해가기만 했다. 그는 양의를 머리맡에 불러, 유언을 적을 수 있는 도구를 꺼내 오게 하여 침상에서 유선에게 올리는 유서를 썼다. 공명은 다 쓰고 나서 양의에게 말했다.

"내가 죽으면 장례를 지내지 마라. 대신 커다란 궤를 만들어 내 시체를 그 속에 넣고 내 입 속에 쌀 일곱 개를 넣은 다음 발치에 등불을 하나 켜놓고, 군사들은 평소와 같이 조용히 보내고 절대로 곡(哭)을 하지 못하게 하라. 그러면 장성은 떨어지지 않을 것이다. 사마의는 장성이 떨어지지 않는 것을 이상하게 생각할 테지. 우리 군사는 후진(後陣)이 먼저 출발하고 나서 서서히 후퇴하도록 하라. 만일 사마의가 뒤쫓아오면 자네는 진지를 정비한 다음 깃발을 올리고 북을 치게. 그가 쫓아오면 전에 만들어둔 나의 목상(木像)을 수레에 안치시켜 진지 앞에 내놓고 장병들은 그 좌우를 호위해 나가라. 사마의가 그것을 보면 반드시 깜짝 놀라 도망칠 것이다."

그날 밤에 공명은 장수들의 부축을 받아 밖에 나가 북두칠성을 바라보고 멀리 한 별을 가리키면서 말했다.

"저것이 나의 장성이다."

장수들이 자세히 보니 그 별은 빛이 희미하고 금세 떨어질 것 같았다. 공명은 칼을 들어 그 별을 가리키며 입 속으로 주문을 외기 시작했다. 다 외고 나서 막사로 돌아오자 곧 정신을 잃었다.

장수들이 당황하여 어찌할 바를 모르고 있을 때 상서 이복이 되돌아와서 공명을 향해 엎드려,

"저는 나라의 큰일을 그르쳤습니다."

하고 통곡을 했다.

얼마 후 공명이 눈을 뜨고 옆에 서 있는 이복에게 말했다.

"나는 알고 있었소. 그대가 돌아오리라는 것을."

큰 별이 스러지고 공명은 하늘로 돌아가다. ≪繡像全圖三國演義≫에서

"저는 천자로부터 승상께서 돌아가시면 누구를 후임으로
정해야 하는지 물어보고 오라는 어명을 받고도 경황이 없어
묻는 것을 잊었습니다."

"내가 죽은 후에 나라의 큰일을 맡길 사람은 장공염(蔣公
琰 ; 장완)이 좋겠소."

"공염 다음에는 누가 좋겠습니까?"

"비문위(費文偉 ; 비위)가 좋겠소."

"그럼 문위 다음에는 누가 좋겠습니까?"

공명은 대답하지 않았다. 장수들이 가까이 다가가 보니 이
미 숨이 끊겨 있었다. 건흥 12년 8월 스무 사흗날, 공명의 나
이 54세였다.

목상에 겁먹은 사마의

사마의는 그날 밤 하늘을 바라보다가 커다란 붉은 별 하나가 빛이 스러지면서 동북쪽에서 서남쪽으로 흘러 촉의 진지에 떨어지더니 두 번이나 튀어오르다가 세 번 만에 작은 소리를 내며 아주 떨어져버리는 것을 보았다.

사마의는 깜짝 놀라,

"공명이 죽었구나!"

하고 곧 대군을 이끌고 진지를 나서려다가 문득 '혹시 공명이 마술로 내 눈을 속여 나를 꼬여내려는 것이 아닐까? 만일 쫓아가면 계략에 걸릴지도 모른다' 하고 진지로 돌아와 하후패에게 명령하여 오장원의 산기슭으로 동태를 살피러 보냈다.

하후패가 오장원에 가보니 적은 한 사람도 없었다. 보고를 받은 사마의는,

"공명은 정말로 죽었다. 즉시 쳐들어갔어야 하는 건데."

하고 발을 구르면서 분해 하였다. 그리고 함부로 쳐들어가서는 안 된다고 하후패가 말리는 것도 듣지 않고 두 아들을 데리고 오장원으로 급히 쳐들어갔다.

촉의 진지는 텅 비어 있었다. 그래서 더욱 기세를 몰아 산기슭까지 가니 촉의 군사가 보였다. 사마의는 더욱 힘차게 달려 들어갔다. 그러자 산 저쪽에서 석화시 소리가 나더니 이것을 신호로 일제히 함성이 들려왔다.

살펴보니 촉의 깃발이 이쪽을 향해 세워져 있고, 숲속에

죽은 제갈공명이 살아 있는 사마의를 달아나게 하다. ≪新鋟全像通俗演義≫
三國志傳卷之十八

커다란 깃발이 나부끼고 있는데 거기에는 큰 글자로 '한의 승상 무향후(武鄕侯) 제갈량'이라고 씌어 있었다.

사마의는 깜짝 놀라 얼굴이 새파랗게 질렸다. 다시 자세히 보니 가운데는 수십 명의 장병이 에워싸고 한 대의 수레를 밀고 있으며, 수레에는 공명이 단정히 앉아 관을 쓰고 깃털 부채를 손에 들었으며 학 날개 옷에 검은 띠를 두르고 있었다. 사마의는 눈이 휘둥그래져서,

"공명이 살아 있다. 함부로 뛰어들어 계략에 걸렸구나!"
하고 허겁지겁 말 머리를 돌려 도망쳤다. 뒤에서 강유가 큰 소리로 외쳤다.

"이 역적놈아! 꼼짝 마라. 네놈은 우리 승상의 계략에 걸렸다."

위의 병사는 혼비 백산하여 투구와 갑옷까지 벗어 팽개치고 창도 던져버린 채 도망치느라고 서로 밟고 밟히는 바람에 많은 사상자를 냈다. 사마의는 50리 남짓 말을 달렸으나 두

사람의 장수가 쫓아와서 말의 재갈을 잡아당겨 멈추게 하고,

"도독, 진정하십시오."

하고 말했다. 사마의는 자기 목을 만지면서,

"내 목이 제대로 달려 있나?"

하고 물었다.

"걱정 마십시오. 촉의 군사를 멀리 쫓아버렸습니다."

사마의는 한동안 얼떨떨했으나 알고 보니 두 장수는 하후패와 하후혜였다. 그래서 패잔병을 이끌고 본진으로 돌아왔다.

장수들에게 촉의 형편을 다시 탐지하게 하더니 공명은 분명히 죽고 촉의 후미(後尾)는 강유가 이끄는 1천여 명의 기병뿐이었으며 수레에 있던 공명은 목상(木像)이었다는 사실이 밝혀지자, 사마의는 탄식할 수밖에 없었다.

이리하여 촉나라 사람들 사이에 '죽은 공명이 산 사마의를 쫓아냈다'는 말이 퍼지게 되었다.

위연의 배반

강유와 양의는 공명의 유언대로 그의 시체를 궤 속에 넣어 곡도 하지 않고 대열을 정비하여 조용히 촉의 잔도(棧道)까지 철수하고 나서야 비로소 상복으로 바꿔 입고 조기(弔旗)를 들고 병사들과 함께 흐느껴 울었다.

그런데 이때 갑자기 앞에서 불길이 일어나고 함성이 들리더니 한 떼의 군사가 길을 막았다. 양의가 척후병에게 알아

오게 했더니 위연이 잔도를 불사르고 길을 가로막고 있다는 것이었다. 공명이 전에 위연은 언젠가는 모반할 것이라고 말했는데 과연 그대로였다.

강유는 험한 샛길을 빠져 나와 잔도의 뒤에서 선봉인 왕평의 군사와 합세하여 배후에서 위연을 공격했다. 위연은 칼을 휘두르면서 말을 몰아 왕평에게 덤벼들었다.

왕평은 패한 체하고 도망쳤다. 위연이 뒤쫓다가 촉의 군사가 일제히 화살을 쏘아대는 바람에 말 머리를 돌렸다. 그러자 위연의 군사들은 뿔뿔이 흩어져서 도망쳐버렸다. 다만 마대의 기병 300명만이 버티고 있었다. 위연은 마대에게 말했다.

"평소에 나를 따르던 장수들은 모두 나를 버리고 도망쳤네. 그러나 자네가 있는 한 서천을 빼앗는 것은 손바닥을 뒤집는 것처럼 쉬운 일이오. 일이 잘 되면 톡톡히 사례하겠네."

마대는 큰소리로 대답했다.

"나는 평소에 공명이 높이 써주지 않는 것을 원망해왔습니다. 이제 다행히 장군을 따르게 된 이상 내 목숨을 걸고 싸우겠습니다."

그러자 위연이 말했다.

"지금은 세력도 적고 군량도 부족하니 위에 항복하는 것이 어떻겠소?"

"그건 안 됩니다. 대장부가 어찌 남에게 굴복할 수 있습니까? 나는 장군과 함께 한중에 쳐들어가고 이어서 서천을 공략하려고 합니다."

위연은 대단히 기뻐하며 마대와 함께 남정(南鄭)으로 진격했다.

강유와 양의는 남정성에서 공명의 유해를 지키고 있다가 위연과 마대가 쳐들어왔다는 소식을 들었다. 양의가 전에 공명에게서 받은 비단 보자기를 기억하고 꺼내 펼쳐 보니 보자기 위에,

"위연과 맞서 싸울 때는 기병을 사용하라."

고 씌어 있었다.

강유가 먼저 성문을 열고 3천의 기병을 이끌고 뛰쳐나가 진을 치고서,

"역적 위연, 무엇 때문에 반기를 드는 게냐?"

하고 외쳤다. 그러자 위연이 말했다.

"네놈과는 관계가 없다. 양의를 내보내라!"

양의가 깃발 밑에서 비단 주머니를 열어 보니 전법이 씌어 있었다. 그는 말을 몰아 앞에 나가 말했다.

"승상께서 생전에 네놈이 언젠가 반기를 들 것이라고 말씀하셨는데 과연 그렇구나. 네놈이 세 번 잇따라 '감히 나를 죽일 자가 있느냐?' 하고 외칠 수 있다면 참으로 대장부다. 이 한중의 성을 네놈에게 내주겠다."

위연은 깔깔 웃고 나서,

"이놈아, 잘 듣거라. 공명이 살아 있다면 두려웠겠지만 이제 그가 없는 천하에 나를 당할 자 누가 있겠느냐? 세 번은 물론이고 3만 번이라도 외치겠다."

하고 칼을 빼들고 말고삐를 당기면서 큰소리로 외쳤다.

"감히 나를 죽일 자가 있느냐?"

공명은 사전에 금낭계를 숨겨 두다. ≪繡像全圖三國演義≫에서

그 소리가 채 끝나기도 전에 갑자기 뒤에서 한 사람이,

"내가 죽일 테다!"

하고 외치고는 순식간에 위연의 목을 베어 말에서 떨어뜨렸다. 위연의 목을 벤 사람은 바로 마대였다. 전에 공명이 임종 때 마대에게 밀계(密計)로 위연을 따르게 하고 양의에게 준 비단 보자기에 그 내막을 적어놓았던 것이다.

강유와 양의는 공명의 유해를 운구하여 성도에 도착했다. 천자는 문무백관을 거느리고 성 밖에 나와 맞아들이고 소리 내어 울었다. 백성들도 모두 흐느껴 울었다.

그 해 10월, 천자는 승상을 정군산에 안장하고 충무후(忠

武侯)라는 시호를 내리고 면양에 사당을 세워 제사를 올리
게 했다.

53. 사마씨의 등장

조예의 사치

천자는 공명의 유언에 따라 장완을 승상으로 하고 비위와 협력하여 나라 안의 정치를 보살피라고 일렀다. 그리고 장군 오의(吳懿)에게 한중을 지키게 하고 강유에게 각처의 군사를 이끌고 오의와 함께 한중에 가서 위의 침입에 대비하라고 지시했다.

양의는 장완보다 먼저 천자를 섬겼는데도 직위가 낮고, 자기의 공을 내세워 의기 양양했으나 높이 등용되지 못했으므로 불평이 많았다. 그 때문에 천자의 비위를 거슬려 아예 관직을 빼앗기고 평민으로 돌아가게 되자, 결국 그는 이것을 부끄럽게 여겨 스스로 목숨을 끊었다.

촉한(蜀漢)의 건흥 13년(235년)은 위의 천자 조예의 청룡 3년, 오의 천자 손권의 가화 4년에 해당된다. 이 해에는 세 나라가 모두 싸움을 일으키지 않고 화평하게 지냈다.

위의 천자 조예는 허창에 큰 궁전을 짓고 낙양에도 높이 10장의 궁전을 여러 채 지었다. 건축은 화려하기 그지없어 조각이 새겨진 대들보, 아름답게 채색한 석가래, 청기와, 황금 충계 등이 햇살에 찬란하게 빛났다. 천하의 유명한 목수 3만여 명, 인부 30만여 명을 동원하여 밤낮으로 공사를 강행하였으므로 백성은 지칠 대로 지쳐 원망의 소리가 그치지 않았다.

그런데도 조예는 다시 조서를 내려 방림원(芳林園)에 별궁을 짓고 관원들에게도 흙과 나무를 운반하게 했다. 관원들이 보다 못해 이 무익한 공사를 중지할 것을 간하니,

"내가 높은 궁전을 세우는 것은 신선(神仙)과 왕래하여 생로병사(生老病死)를 해탈하는 선술(仙術)을 배우기 위해 짓는 것이다."

라고 말하였다. 그리하여 공사는 계속 진행되었다.

옛날 한의 무제가 장안의 궁중에 백량대(柏梁臺)를 세우고 구리로 만든 선인(仙人)의 큰 동상을 그 위에 세운 다음, 선인의 손바닥에 황금으로 된 '승로반(承露盤)'이라는 커다란 접시를 올려놓아 거기 고인 단 이슬에 미옥(美玉)을 곱게 갈아 타서 마시면서 늙거나 죽지 않으려고 했다는 이야기가 있다.

이 말을 듣자 조예는 구리로 된 그 선인과 황금의 승로반을 장안으로부터 운반해 오게 하여 방림원에 옮겼다. 그리고 방림원에는 아름다운 화초와 나무를 심고 진기한 새나 짐승을 길렀다.

신하들이 하(夏)의 걸왕(桀王)이나 은(殷)의 주왕(紂王)의 예를 들어 천자의 사치를 간했으나 조예는 듣지 않았다. 뿐만 아니라 널리 천하의 미녀를 골라 궁녀로 삼았으므로 신

위주 조예는 화원에서 소요하며 노닐다. ≪新鐫全像通俗演義≫ 三國志傳卷之
十八

하들은 더 간곡히 간하였지만 조예는 전혀 받아들이지 않고
오히려 간하는 자가 있으면 삶아 죽이겠다고 위협했다.

조예는 청룡 5년(237년)을 경초(景初) 원년으로 고쳤다.
이 무렵에 조예는 곽 부인을 사랑하여, 봄이 돌아와 꽃이 만
발한 방림원에서 꽃잔치를 열어 즐겼으나 모 황후가 이를 질
투하자 화가 난 천자는 황후를 죽이고 곽 부인을 황후로 봉
했다. 신하들 중에 이를 간하려는 사람은 하나도 없었다.

조예의 죽음

경초 2년, 요동(遼東)의 공손연(公孫淵)이 반란을 일으켰
다. 그는 스스로 연왕(燕王)이라고 부르고 15만 군사를 이끌
고 중원으로 쳐들어왔으나, 사마의가 나가 싸워 제수의 기슭
에서 무찔렀다. 공손연은 양평성으로 도망쳐 성을 굳게 지켰

사마의는 공손연을 참하다. ≪新鋟全像通俗演義≫ 三國志傳卷之十八

으나 사마의는 사방을 에워싸고 성에 군량이 떨어지기를 기다렸다가 공손연이 성에서 도망치는 것을 붙잡아 목을 벴다.

경초 3년 1월, 사마의가 요동에서 수도 허창으로 돌아오니 조예는 병이 중하여 임종에 가까웠다. 조예는 머리맡에 곽황후, 태자 조방(曹芳), 대장군 조상(曹爽 ; 조진의 아들) 등을 불러놓고 사마의의 손을 잡고 뒷일을 부탁했다. 태자 조방은 겨우 8세였으나 조예는 태자를 가까이 불러,

"중달을 친부로 생각하고 앞으로 그를 공경하여라."

하고 말하니 조방은 사마의의 목에 매달렸다.

"중달, 경을 사모하는 어린 자식의 마음을 잊지 마오."

조예는 이렇게 말하고 눈물을 흘렸다. 사마의도 엎드려 눈물을 흘렸다. 조예는 더 이상 말을 하지 못하고 태자를 가리키면서 숨을 거두었다. 재위 13년, 나이 36세, 경초 3년 1월 하순의 일이었다.

사마의와 조상은 즉시 태자인 조방을 제위에 오르게 했다. 조방은 조예가 얻어 온 아이로 궁중에서 몰래 키웠으므로 그

의 출생은 아무도 알지 못했다. 조방은 조예의 시호를 명제(明帝)라 하고 연호를 정시(正始) 원년으로 고쳤다.

조상은 사마의와 함께 정치를 돕고 있었으나 사마의를 어린 천자의 보좌역으로 앉히고 자기는 군사의 통수권을 스스로 차지하였다. 그는 옷과 식기류를 천자와 똑같이 호화롭게 하고 그 밖에 진귀한 물품을 소유하고 저택에 많은 미녀들을 거느렸다.

전권을 쥔 사마의

조방이 즉위한 지 10년이 지난 정시 10년을 가평(嘉平) 원년으로 고쳤다. 조상은 날마다 술에 취해 살고 기분이 우울하면 언제나 사냥을 나갔다. 그리고 정치를 마음대로 하였으며 오랫동안 사마의를 만나지 않았다. 사마의는 병을 핑계로 집에 틀어박혀 있었으므로 조상은 사자를 보내 그의 동태를 살피게 했다.

사마의는 머리를 산발한 채 이불을 쓰고 침대에 앉아 있다가 사자가 인사를 하자 동문 서답을 했다.

옆에 있던 사람이 그는 귀가 먹었다고 말하므로 사자는 필담을 했다.

이때 시녀가 약을 달여가지고 왔는데 사마의는 입에 대었다가 옷깃에 몽땅 흘려버렸다.

"나는 늙고 중병에 걸려 오늘내일 하고 있소. 두 아들을 부탁하오."

사마의는 거짓 병으로 조상을 속이다. ≪繡像全圖三國演義≫에서

하고 말하고는 자리에 쓰러져 숨을 헐떡였다.

사자가 돌아와 그대로 상세히 보고하자 조상은,

"그 늙은이가 쓰러지다니 이제 내 걱정거리가 없어졌소."

하고 대단히 기뻐했다.

2, 3일 후에 조상은 천자 조방을 모시고 세 동생을 비롯하여 심복들과 근위병을 이끌고 교외로 나와 선제의 산소에 참배한 다음 사냥에 나섰다.

꾀병을 앓고 있던 사마의는 즉시 군사를 이끌고 먼저 성 안의 조상과 그 동생의 본진을 습격하여 무찌른 다음, 성에서 나와 낙수(洛水)의 부교에 진을 쳤다.

조상이 매를 날리고 사냥개를 풀어 사냥을 하고 있는데, 사자가 성 안에서 일어난 사건을 알리며 사마의가 올린 상주문을 가져왔다. 거기에는 조상 형제의 군사 통수권이 너무 강대하므로 이를 줄이라고 씌어 있었다.

위주는 조상을 고하는 표문을 보다. 《新鍥全像通俗演義》 三國志傳卷之十八

조방이 이 일을 어떻게 처리하는 것이 좋으냐고 묻자 조상은 당황하여 대답을 하지 못했다. 조상의 부하들 중에는 군사의 통수권을 천자에게 돌려주라고 주장하는 자와 사마의를 무찔러야 한다고 주장하는 자가 있었으나, 조상은 어느 쪽으로도 결단을 내리지 못하고 한숨을 쉬며 생각에 잠겨 있을 뿐이었다.

그는 그날 밤 날이 밝을 때까지 눈물을 흘리며 결단을 내리지 못하고 있다가 부하들이 결단을 재촉하자 비로소 항복하기로 했다.

사마의는 조상으로부터 대장군의 직위를 물려받은 다음, 한동한 조상 형제를 그 저택에 연금해놓았다. 조상은 날마다 뒤꼍 밭에 나가 활로 참새를 잡으면서 울적함을 달래고 있었다.

그런데 사마의는 조상의 부하를 심문하여 모반을 계획했다는 자백을 받고 나서 조상 형제와 그 일족을 모두 붙잡아

거리에서 목을 베고 재산을 몰수해버렸다. 조방은 사마의를 승상으로 임명하고 그 부자(父子) 세 사람에게 나라일을 맡겼다.

이 무렵에 조상의 친척인 하후패는 옹주 땅을 지키고 있었다. 사마의는 그 역시 처치하려고 생각했다.

이것을 알아차린 하후패는 군사 3천을 이끌고 반란을 일으켰다. 그러자 옹주 자사 곽회가 즉시 토벌에 나서서 진태의 군사와 함께 앞뒤에서 협공했으므로, 하후패는 크게 패하고 부하의 태반을 잃어 결국 한중으로 가서 천자에게 항복했다.

강유는 하후패를 안내하여 천자를 뵙게 하고 지금이야말로 위를 쳐서 중원을 손에 넣을 좋을 기회라고 진언했다. 비위가 좀더 시기를 기다려야 한다고 주장했으나 강유의 의견대로 출전하기로 하였다.

사마의와 손권의 죽음

이 해 8월, 강유는 두 장수에게 각각 만 5천의 군사를 이끌고 먼저 떠나게 하여 국산 기슭에 두 성을 쌓아 지키게 했다. 그러자 위의 곽회는 부장인 진태를 보내 5만의 군사로 성을 포위하게 했다.

촉의 군사가 지키는 성은 높은 지대에 있었으므로 곧 물이 부족하게 되었다. 구원하러 오기로 되어 있는 강족의 군사가 좀처럼 도착하지 않았으므로, 강유는 우두산(牛頭山)으로 향하여 옹주의 배후를 치려고 했다.

이것을 알아차린 진태는 우두산에서 강유를 맞아 날마다 싸웠으나, 그 동안에 곽회의 군사가 군량을 운반하는 촉군의 길을 막아버렸다.

강유는 후퇴할 수밖에 없었다. 진태의 군사가 쫓아오는 것을 저지하면서 조수(洮水)에 다다르니 곽회의 군사가 퇴로를 가로막았다. 강유가 결사적으로 이를 돌파하여 양평관을 향해 말을 달리자 또다시 한 떼의 군사가 쳐들어왔다.

앞장선 장수는 둥근 얼굴에 큰 귀, 네모난 입에 두터운 입술, 왼쪽 눈 아래 검은 혹이 달리고 혹에는 수십 가닥의 검은 털이 나 있었다. 그는 사마의의 장남인 표기장군 사마사였다.

강유는 말을 몰아 창을 들고 쏜살같이 사마사에게 덤벼들어, 그의 기가 꺾이자 곧 양평관으로 줄달음쳤다. 강유가 관문에 도착했을 때 사마사가 뒤쫓아왔다. 그때 촉의 복병들이 양쪽에서 나와 석궁을 일제히 발사하였다. 활 하나에서 열 개의 쇠붙이 화살이 날아가고, 그 끝에는 독약이 묻어 있었다. 제갈공명이 급할 때 사용하라고 가르친 '연노법(連弩法)'이었다. 적의 인마(人馬)가 수없이 살해되었고, 사마사는 그 혼란 속을 겨우 빠져 나가 도망쳤다. 강유도 몇만 명의 군사를 잃고 나머지 군사를 이끌고 한중으로 돌아갔다.

가평 3년 가을, 사마의는 병에 걸려 점점 위독해갔다. 그는 두 아들을 머리맡에 불러,

"내가 죽은 후에 너희들은 나라일을 신중히 잘해 나가야 한다."

태자 손량은 황제로 즉위하다. ≪新鎸全像通俗演義≫ 三國志傳卷之十八

라고 유언을 남겼다.

위의 천자 조방은 극진히 장례를 지내게 하고 사마사를 대장군, 사마소를 표기장군으로 임명했다.

그 무렵 오에서는 손권의 아들 태자 손등(孫登)과 손화(孫和)가 잇따라 죽고 셋째 아들 손량(孫亮)이 태자가 되었다. 육손과 제갈근은 이미 세상을 떠나고 제갈근의 아들 제갈각(諸葛恪)이 정무를 담당하고 있었다.

태화 원년(251년) 8월 초하룻날, 갑자기 폭풍이 불어와서 바다와 장강의 파도가 높이 일어 평지에 넘친 물의 깊이가 8척이나 되었다. 대대로 천자의 능에 심은 소나무와 떡갈나무도 바람에 모조리 부러져서 건업의 남문 밖까지 날아올 지경이었다.

이때 손권은 너무 놀랐기 때문에 병을 얻어 점점 심해지더니 이듬해 4월, 제갈각과 여대를 머리맡에 불러 뒷일을 부탁하고 숨을 거두었다. 재위 24년, 71세 때였다.

제갈각의 죽음

이어서 손양이 즉위하고 대흥(大興) 원년으로 고쳤다.

손권이 죽었다는 소식을 전해 들은 낙양의 사마사는 오를 정벌하기 위해 군사를 동원했다. 세 장군에게 각각 10만의 군사를 이끌고 세 방면으로 떠나게 하고 동생 사마소를 대도독으로 하여 전군을 지휘하게 했다. 사마소는 먼저 오의 요해인 동흥(東興)을 공격하려고 했다.

오의 제갈각은 정봉에게 3천의 수군을 이끌고 장강의 수로를 통해 동흥으로 가게 하고, 자신은 대군을 이끌고 뒤를 따랐다. 정봉이 30척의 군선에 각각 병사 100명씩을 태우고 수로를 거쳐 전진해 오자 위의 군사는 마침 동흥성을 공략하기 위해 부교를 놓고 진을 치고 있다가 정봉의 군사가 3천밖에 되지 않는 것을 알고 방심하여 준비를 게을리했다.

정봉은 전군에게 칼을 들게 하고, 자신이 앞장서서 배에서 강기슭으로 뛰어내려 위의 진지로 쳐들어갔다. 갑자기 습격을 당한 위의 진지가 흩어지자 정봉의 군사는 칼을 휘둘러 때마침 펑펑 쏟아지는 눈발 속에서 적을 닥치는 대로 베어 쓰러뜨렸다.

사마소는 패하여 북쪽으로 도망쳤다. 이에 제갈각은 지금이야말로 중원에 진출할 가장 좋은 기회라고 생각하고 촉의 강유에게,

"군사를 일으켜 위를 치기 바랍니다. 일이 성공을 거두면 천하를 분배합시다."

라는 내용의 서신을 전하는 한편 20만의 대군을 동원했다. 제갈각은 곧장 위의 요새인 신성까지 쳐들어가 사방에서 성을 포위했다. 이 성을 지키는 장수 장특(張特)은 성문을 굳게 닫고 싸우려 하지 않았다. 그래서 제갈각이 3개월 이상이나 공격했으나 성은 좀처럼 함락되지 않았다.

겨우 성의 동북쪽 한 귀퉁이를 무너뜨렸을 때 성 안의 장특은 하나의 계략을 세워, 앞으로 며칠만 여유를 준다면 항복하겠다고 제의했다. 제갈각이 그 말을 곧이듣고 성의 공격을 늦추는 동안에 적은 무너진 성벽을 다시 쌓았다. 완병계(緩兵計)였다.

제갈각이 화가 나서 성을 공격하자 성에서 화살이 날아와 제갈각의 이마에 꽂혔다. 말에서 곤두박질하여 땅바닥에 굴러 떨어진 그를 장수들이 부축하여 진지로 돌아왔으나 상처가 심해 병사들은 싸울 의욕을 잃었다.

게다가 더위가 심해 많은 군사들이 병사(病死)했다. 상처가 약간 나은 제갈각이 진지를 돌아보니 병사들의 얼굴이 누렇게 부어 있었다. 그리고 위에 항복하는 자들도 적지 않았으므로 할 수 없이 군사를 이끌고 오로 돌아왔다.

제갈각은 패전의 책임을 지는 것이 두려워 선수를 써서 관원이나 장수들을 심문하여 죄가 있는 자는 변두리로 쫓아내고 죄가 무거운 자는 목을 벴다. 근위병의 장수도 쫓아내고 자기의 심복을 앉히려고 했다.

근위병의 장수 손준(孫峻)은 손견의 동생 손정(孫靜)의 증손이었다. 손권이 살아 있을 때 사랑을 받았으나, 제갈각이 그의 권력을 빼앗으려고 하는 것을 알고 매우 화가 나서

손준은 술자리에서 밀계를 펴다. ≪繡像全圖三國演義≫에서

천자 손양을 만나 제갈각을 제거하도록 건의했다. 손양은 이
에 동의했다.

손양은 궁중에서 잔치를 베풀고 제갈각을 불렀다. 제갈각
은 불길한 예감이 들었으나 거절할 수 없어 잔치에 참석했
다. 술잔을 몇 번 돌리고 나서 손준이 갑자기 칼을 빼들고 큰
소리로 외쳤다.

"천자의 뜻에 따라 역신(逆臣)의 목을 벤다."

제갈각이 깜짝 놀라 술잔을 내던지고 칼을 뽑으려고 했으
나 이미 그의 목은 날아간 뒤였다.

이윽고 그의 가족도 모두 거리에 끌어내어 목을 벴다. 오
의 대흥 2년(253년) 10월의 일이었다.

오의 태자 손양은 손준을 승상 대장군 부춘후(富春侯)로

봉하고 모든 군사를 통솔하게 했다. 그 후로 권력은 모두 손
준의 손으로 넘어갔다.

54. 폐위된 위의 천자

서질의 패배

촉의 연희(延熙) 16년(253년) 가을, 장군 강유는 성도에서 제갈각과 함께 위를 치자는 편지를 받고 다시 20만의 대군을 동원했다.

"전에는 옹주를 공격하여 실패했는데 이번에는 어디를 공격해야 하겠소?"

하고 강유가 묻자 참모인 하후패가 대답했다.

"농상의 여러 고을 중에서 군량이 가장 풍부한 곳은 남안입니다. 그곳을 빼앗으면 좋은 발판이 될 것입니다. 전에 실패한 것은 강군이 늦게 왔기 때문입니다. 이번에는 농우에서 강군과 합류하여 석영(石營)으로 나가도록 한 다음 동정(董亭)에서 남안을 치는 것이 좋을 줄 압니다."

강유는 옳은 말이라고 기뻐하고 곧 강왕(羌王)에게 선물을 보내 도움을 청하니, 강왕은 즉시 5만의 군사를 동원하여 남안으로 보냈다.

위의 사마사는 서질(徐質)을 선봉으로 내세우고 사마소를

한나라 장수의 기묘한 계책으로 사마소는 곤경에 빠지다. ≪繡像全圖三國演義≫에서

대도독으로 임명하여 이를 맞아 싸우게 했다. 서질은 무용이 뛰어나서 촉의 장수들은 그를 당해내지 못했다.

강유는 하나의 계략을 생각해내어 철롱산(鐵籠山) 기슭에서 목우 유마를 사용하여 군량을 운반하게 했다.

사마소의 명령을 받은 서질은 5천의 기병을 이끌고 이를 습격하여 촉의 군사를 몰아내고 군량을 빼앗았다. 그런데 수레가 쌓여 앞길이 가로막혀 있었다. 그래서 병사를 시켜 이것을 치우게 하는데 갑자기 좌우에서 불길이 치솟았다. 급히 뒤로 물러가려고 하니, 산골짜기에 쌓아 올린 수레가 불이 붙어 활활 타올랐다.

불연기를 헤치고 빠져 나가려고 했을 때 석화시가 울리더니 좌우에서 군사가 쳐들어왔다. 서질은 혼자 결사적으로 빠져 나왔으나 지칠 대로 지쳐 있었다.

그때 앞에서 한 떼의 군사가 쳐들어왔다. 강유였다. 서질이 놀랄 틈도 없이 강유는 단칼에 말을 찔러 서질이 말과 함께 쓰러지자 이번에는 병사들이 달려들어 그를 찔러 죽였다.

서질의 부하는 모두 하후패에게 사로잡히고 말았다. 하후패는 위의 군사에게서 투구와 갑옷을 빼앗아 자기 편 병사에게 입히고 위의 깃발을 들고 샛길로 적의 본진으로 향하게 했다.

이것을 본 위의 군사들은 서질이 돌아오는 줄 알고 성문을 열어주었으므로 촉의 군사는 모두 안으로 쳐들어갔다.

사마소는 당황하여 말을 몰아 도망치려고 했으나 사방이 포위되어 있었다. 할 수 없이 군사를 이끌고 칠롱산으로 도망쳤다.

이 산에는 좁은 길 하나 밖에 없고 사방이 낭떠러지로 되어 있었다. 산꼭대기에 샘이 하나 있을 뿐으로 6천 명의 군사가 마시기에는 물이 절대 부족했다. 그래서 사람도 말도 곧 목이 말라 쩔쩔맸다. 그런데 이상하게도 사마소가 하늘을 우러러 기도하니 샘물이 줄기차게 솟아올라 사람과 말은 죽음을 면할 수 있었다.

진태의 거짓 항복

한편 진태는 군사 5천을 이끌고 강왕의 진지에 가서 항복하겠다고 말했다. 곽회가 교만하여 자기를 죽이려고 하기 때문이라고 하면서 곽회의 진중 형편을 구석구석까지 잘 알고 있는 자기 말에 따라 오늘 밤에 즉시 쳐들어가면 반드시 승리한다는 것이었다.

강왕이 이 말을 곧이듣고 부하 장수에게 진태와 함께 밤에 쳐들어가게 하였지만, 곽회의 진지에 마련한 함정에 빠져 많은 병사가 죽고 살아 남은 자는 모두 항복했다.

곽회는 항복한 강병을 앞세우고 위의 장병을 그 속에 섞어 철롱산으로 향하였다. 사마소를 산꼭대기로 쫓아버리고 산기슭을 포위한 강유는 강병이 도착하자 기꺼이 진중에 맞아들였다. 그러자 강병 속에 섞여 있던 위의 장병들이 일제히 덤벼들었다. 강유는 깜짝 놀라 말을 타고 도망쳤다. 그는 당황하여 허리에 차고 있던 화살을 모두 땅바닥에 떨어뜨리고 말았다. 곽회가 말을 몰아 활을 들고 뒤쫓았다. 강유는 활을 쏘는 소리만 냈다. 그럴 때마다 곽회는 몸을 움츠렸으나 화살이 날아오지 않으므로 곧 눈치를 채고 이번에는 자기가 활을 쏘았다.

강유는 몸을 피해 날아온 화살을 주워 다가오는 곽회를 겨냥하여 힘껏 쏘았다. 그러자 그 화살이 곽회의 미간에 명중했다. 강유는 곽회가 말에서 굴러 떨어지자 목을 베려는데 위의 군사가 뒤쫓아왔으므로 손쓸 여유도 없이 곽회의 창만 빼앗아 도망쳐버렸다.

위의 병사들은 곽회를 도와 본진으로 돌아가 급히 화살을 빼고 약을 발랐으나 상처가 깊고 출혈이 많아 곽회는 그대로 숨을 거두었다.

사마소는 철롱산에서 내려와 적을 뒤쫓았으나 도중에 낙

위주는 피로 조서를 써 장즙에게 내리다. ≪新鐫全像通俗演義≫ 三國志傳卷之十九

양으로 돌아갔다.

강유는 이 싸움에서 많은 군사를 잃었으며 살아 남은 군사를 모아 한중까지 후퇴했다. 그러나 서질을 사로잡고 곽회를 쏘아 죽여 위의 군사를 크게 무찔렀으므로 승부는 피장파장이었다.

폐위된 조방

사마소는 낙양으로 돌아오자 형 사마사와 함께 조정의 전권을 완전히 장악했다. 신하들은 아무도 입을 열지 못했고 천자 조방조차 벌벌 떨었다.

어느 날 사마사가 칼을 찬 채 어전(御殿)에 나타나자 조방은 얼른 옥좌에서 일어나 그를 맞아들였다. 사마사가 웃으면서 말했다.

"천자가 신하를 마중하는 예의가 어디 있습니까? 폐하, 침착하십시오."

이때 신하들이 정무를 보고하러 왔는데, 사마사 자신이 모든 일을 도맡아 처리하고 천자에게는 한마디 보고도 하지 않았다. 이윽고 사마사는 물러갈 때 천자를 무시하고 정원 앞에서 수레에 올라 수천 명의 기병을 거느리고 나갔다.

조방이 어전에 들어가 돌아보니 따르는 자는 불과 세 명뿐이었다. 그들은 하후현(夏侯玄)과 이풍(李豊), 장즙(張楫)으로 장즙은 장 황후의 아버지였다.

조방은 측근을 물러가게 하고 세 사람을 밀실에 불러 눈물을 흘리면서 말했다.

"사마사는 짐을 완전 무시하고 있소. 조만간 그에게 이 나라를 빼앗기고 말 것 같구려."

세 사람은 모두 울면서 말했다.

"신들은 마음과 힘을 합쳐 역적을 무찌르겠습니다."

조방은 손가락을 깨물어 선혈로 밀서(密書)를 옷소매에 써서 비밀을 누설하지 말라고 당부하고 장즙에게 주었다.

세 사람은 어전에서 물러나 동화문(東華門)까지 갔을 때 사마사가 무장한 수백 명의 병사를 이끌고 다가왔다. 사마사가 물었다.

"천자와 밀실에 모여 울면서 무엇을 했나?"

"우리는 아무것도 모릅니다."

"세 사람 다 눈두덩이 빨갛지 않나. 내가 모를 줄 알았는가?"

사마사가 세 사람의 몸을 뒤지니 장즙의 호주머니에서 혈서를 쓴 어의(御衣)가 나왔다. 거기에는 '사마 형제는 권력을 잡고 나라를 빼앗으려고 한다. 관원과 군사들은 충성을 다하여 역적을 무찌르라' 라고 씌어 있었다.

사마사는 화가 치밀어 세 사람을 사형에 처하기 위해 거리로 끌고 갔다. 세 사람은 도중에 큰소리로 사마 형제에게 욕설을 퍼부었다. 거리에 나갔을 때에 세 사람은 곤장에 맞아 이가 모조리 부러졌으나 계속 알아들을 수 없는 말로 뭐라고 욕을 하면서 죽어갔다.

사마사는 궁중에 가서 조방에게 그 혈서를 내보이고 바닥에 내동댕이치면서,

"이걸 누가 썼습니까?"

하고 물었다. 조방은 벌벌 떨면서,

"억지로 강요해서 쓴 것이오. 짐의 본심이 아니오."

하고 대답했다.

"죄를 남에게 뒤집어씌우는 자에게 어떤 형벌을 내리는 것이 좋겠습니까?"

조방은 무릎을 꿇고 빌었다.

"짐이 잘못했소. 용서하오!"

"폐하, 어서 일어나시오. 조정의 거론이 있기 전에 당신을 폐위할 수는 없습니다."

사마사는 이렇게 말하고 장 황후를 가리키면서,

"이 여자는 장즙의 딸이니 살려둘 수 없소."

하고 말했다. 조방이 소리내어 울면서 사마사에게 매달려 황후를 살려 달라고 애원했으나, 사마사는 장 황후를 동화문

군신들은 제위에 오르는 조모를 영접하다. ≪新鍥全像通俗演義≫ 三國志傳卷
之十九

밖에 끌어내어 명주 끈으로 목을 졸라 죽여버렸다.

이튿날 사마사는 조정의 백관을 모아놓고 천자는 색(色)
에 빠져 소인의 고자질에 귀를 기울이고 정치에 무능하므로
새로운 천자를 세워 천하를 안정시켜야 한다고 말했다. 백관
중에는 이의를 제기하는 사람이 하나도 없었다. 그리하여 사
마사는 황태후에게 가서 후계자를 의논하니,

"고귀향공(高貴鄕公) 조모(曹髦)는 문제(文帝)의 손자로
덕이 있는 분입니다."
라고 말했다. 사마사는 곧 조모를 불러오게 하는 한편, 조방
은 사마사의 말대로 제위를 물려주고 제(齊)나라로 돌아갔
으나, 궁 밖까지 나가 전송한 신하는 몇 사람밖에 되지 않았
다.

사마사는 조모를 궁중에 맞아들여 새로운 천자로 추대하
고 가평 6년(254년)을 정원(正元) 원년으로 고쳤다. 천자는
대장군 사마사에게 황금 도끼를 하사하고 어전에서 천자를

문앙은 단기로 용맹한 병사들을 물리치다. ≪繡像全圖三國演義≫에서

빌 때 이름을 대지 않아도 되며 칼을 찬 채 전상(殿上)에 오
르는 것도 허용했다.

실패한 의거

이듬해 정원 2년 1월, 회남의 군사를 통솔하는 진동장군
관구검(毌丘儉)과 양주 자사 문흠(文欽)이 사마사의 횡포에
격분하여 군사를 이끌고 의거(義擧)를 일으켰다. 먼저 관구

검은 본거지인 수춘성에 회남의 장병을 모아 6만의 군사를 이끌고 항성(項城)에 진을 치고, 문흠은 2만의 군사를 이끌고 유격대로 나섰다.

이때 사마사는 왼쪽 눈에 혹이 생겨 진통이 멎지 않았으므로 잘라내어 약을 바르고 치료하고 있었으나, 회남에서 기병(起兵)을 일으켰다는 소식을 전해 듣고 다른 사람을 보내고는 마음이 놓이지 않아 병을 무릅쓰고 몸소 나서기로 했다.

사마사의 군사는 견고한 요새인 남돈(南頓)을 빼앗고 군사를 세 방면으로 나눠서 본인은 악가성(樂嘉城)으로 향하여 그곳에 진을 쳤다. 연주의 등애가 합세하기 위해 오기로 되어 있었으나 그때까지 도착하지 않고 있었다.

사마사는 눈 아래 혹이 다시 찢어져 통증이 심하여 막사에 누워서 수백 명의 병사에게 엄중한 경계를 명하였다. 그런데 그날 밤 진지의 북쪽에서 적이 갑자기 쳐들어왔다. 앞장선 장수가 굉장히 용맹스럽다는 것이었다.

대경 실색한 사마사는 화가 치밀어 혹이 찢어지고 피가 쏟아져 통증을 참을 수 없었다. 그러나 병사들의 사기를 떨어뜨릴까봐 이를 악물고 참았다.

쳐들어온 장수는 문흠의 아들 문앙(文鴦)으로 나이는 18세였다. 문앙은 쏜살같이 쳐들어와 진지를 종횡으로 짓밟다가 빗발치는 화살의 공세를 받아 쫓겨갔다가는 다시 쳐들어와 밤새 공방전이 벌어졌다.

새벽녘에 북쪽에서 한 떼의 군사가 달려왔다. 등애였다. 문앙도 등애는 당해내지 못해 남쪽으로 도망치자 사마사의 장수들이 뒤쫓았다. 따라잡을 듯하게 되면 문앙이 말 머리를

사마소의 군사는 낙수가에 둔치다. ≪新鋟全像通俗演義≫ 三國志傳卷之十九

돌려 그들에게 덤벼들어 칼부림을 하여 몇 사람을 사살하고 도망쳤다. 사마사의 장수들은 몇 차례나 뒤쫓아갔다가 쫓겨 나곤 했다.

문흠은 악가성의 남쪽에서 공격하기로 되어 있었으나, 도중에 길을 잃어 간신히 악가성에 와보니 사마사의 군사가 우세했다. 그래서 군사를 이끌고 수춘으로 철수했으나 수춘에는 이미 제갈탄(諸葛誕)의 군사가 도착해 있었다. 할 수 없이 동오(東吳)의 손준을 의지하여 도망쳤다.

관구검은 항성을 지키고 있었으나 수춘성과 악가성이 모두 적에게 함락되고 이제 3면으로 적이 이곳에 쳐들어온다는 정보가 들어왔다. 그래서 성 안의 군사가 일제히 뛰쳐나갔다. 관구검은 즉시 적에게 포위되었으나 10여 명의 기병을 이끌고 겨우 도망쳤다. 그러나 신현(愼縣)까지 가서 현의 태수의 영접을 받고 술에 취해 잠들었다가 목졸려 죽었다. 이리하여 회남은 평정되었다. 사마사는 제갈탄을 정동대장

군에 임명하여 회남의 군사를 지휘하게 하고 대군을 이끌고
허창으로 돌아왔다.

강유와 등애의 대결

사마사는 눈의 통증이 점점 심해갔다. 매일 밤 이풍 · 장
즙 · 하후현이 그의 머리맡을 떠나지 않았다. 사마사는 이제
얼마 살지 못할 것을 깨닫고 낙양에서 동생 사마소를 불러들
였다. 사마소가 머리맡에서 눈물을 흘리자,
　"내 어깨에 짊어진 무거운 책임을 이제 네게 넘겨줘야겠
다. 네가 내 뒤를 이으면 중대한 일은 남에게 맡기지 마라.
자칫하면 일족을 망치게 된다."
하고 유언을 남기고 인장(印章)을 넘겨주고 눈물을 흘렸다.
사마소가 뭔가 물어보려고 했을 때 사마사는 외마디 소리를
지르며 눈알이 불쑥 튀어나오더니 숨이 끊겼다. 정원 2년 2
월 어느 날이었다.
　그리하여 사마소가 대장군 · 녹상서사(錄尙書事)에 임명
되어 그 후로 나라 안팎의 모든 일이 그의 손에 의해 좌우되
었다.
　사마사가 죽었다는 소식이 촉에 알려지자 강유는 이 기회
를 이용해 위를 치려고 했다. 장익은 나라의 재정과 백성의
한탄을 생각하여 원정에 반대했으나, 강유는 제갈공명의 유
지를 받들어 중원을 회복하는 데 지금이 가장 좋은 기회라고
말했다. 하후패도 이에 동의했으므로 장익은 그렇다면 즉시

군사를 이끌고 기습을 하는 것이 좋겠다고 말했다.

강유는 5만의 군사를 이끌고 출발하여 조수의 서쪽 기슭에 배수진을 쳤다.

위에서는 왕경(王經)과 진태가 맞서 싸웠으나 강기슭까지 적을 쫓아가자, 배수진을 치고 있던 강유의 군사가 필사적으로 반격하여 위의 병사들은 수없이 조수에 빠져 익사하고 말았다.

위의 왕경은 불과 100여 명의 기병을 이끌고 간신히 빠져나와 적도성(狄道城)으로 도망쳤다. 강유는 적도성으로 뒤쫓아가서 그들을 공략했다. 그러나 성벽이 대단히 견고하여 사방에서 공격해 들어가도 좀처럼 함락시킬 수가 없었다.

며칠이 지난 저녁때 강유가 골똘히 작전을 생각하고 있는데 양쪽에서 적이 쳐들어왔다. 하나는 정서장군 진태의 군사이고 하나는 연주 자사 등애였다.

강유는 장익에게 성을 공격하게 하고 하후패에게는 진태와 맞서 싸우게 한 다음, 자기는 등애와 싸우기 위해 군사를 이끌고 떠났다. 5리쯤 가니 갑자기 동남쪽에서 석화시 소리가 들리더니 뿔피리 소리와 북소리가 일제히 울려 퍼져 천지를 뒤흔들고 하늘 높이 봉화가 치솟았다.

"등애의 계략에 걸렸구나?"

하고 강유는 깜짝 놀라 하후패·장익에게 적도성을 버리고 후퇴하라고 명령하고, 자기는 대열의 끝을 지키면서 철수하는데 뒤에서는 여전히 북과 뿔피리 소리가 들려왔다. 검각까지 후퇴했을 때 비로소 20개 남짓한 봉화와 북, 뿔피리 소리가 적의 계략이었음을 알게 되었으나 이미 때는 늦었다. 그

등애는 촉병이 다시 나타날 이유를 논하다. ≪新鋟全像通俗演義≫ 三國志傳 卷之十九

리하여 강유는 군사를 이끌고 종제(鍾堤)에 진을 쳤다.

적도성에서는 왕경이 진태와 등애를 성으로 맞아들여 포위를 뚫은 것에 감사하여 잔치를 베풀었다. 등애는 공로에 의해 안서장군(安西將軍)이 되어 진태와 함께 옹주·양주를 지키게 되었다.

진태는 등애에게 술을 권하면서,

"강유는 밤새 도망쳐 갔으니 다시는 나타나지 않을 거요." 하고 말하니 등애가 이를 부정했다.

"그렇지 않소. 강유는 반드시 다시 쳐들어올 것이오. 그 이유는 이러하오. 촉의 군사는 물러갔지만 원기가 왕성하고, 우리 군사는 조수에서 패하여 기력이 빠져 있소. 이것이 첫째 이유요. 촉의 군사는 공명으로부터 훈련을 받은 정병(精兵)이고, 우리 군사는 장수가 자주 바뀌고 병사의 훈련이 충분치 않소. 이것이 둘째 이유요. 촉의 군사는 수로로 왔지만 우리 군사는 육로로 왔으므로 더 피로한 상태에 있소. 이것이 셋째 이유요. 적도·농서·남안·기산의 네 곳은 모두 수비하기에 유리하므로 촉의 군사가 동쪽으로 가는 체하다가 서쪽을 치고 남쪽으로 향하는 체하다가 북쪽을 공격하면 우리 군사는 사방에 군사를 나눠서 지켜야 하니, 촉의 군사는 한 덩어리가 되어 한 군데서 쳐들어오게 되어 있는 반면에 우리 군사는 4분의 1의 힘으로 그것을 막아야 하는 것이 넷째 이유요. 만일 촉의 군사가 남안·농서로 진출하면 강인(羌人)의 곡식을 취하여 군량으로 쓸 수 있고, 기산으로 진출하면 보리를 먹을 수 있소. 이것이 반드시 쳐들어오는 다섯째 이유요."

"그 만큼 내다볼 수 있다면 촉의 군사는 걱정할 것 없네."

진태는 감탄하여 그 후부터 등애를 존경하여 친구로 지내게 되었다.

한편 강유는 종제에서 술자리를 베풀고 여러 장수들과 위를 공략할 의논을 하고 있는데,

"조수의 싸움에서 위를 무찔렀으니 여기서 자중하는 것이 어떨까요?"

하고 말하는 자가 있었다.

"그렇지 않소. 우리가 위를 공격하면 반드시 이길 수 있는 다섯 가지 이유가 있소. 적은 조수에서 패하여 싸울 기력을 잃었소. 우리 군사는 물러나기는 했지만 손실을 보지 않았으므로 지금 쳐들어가면 반드시 이길 수 있소. 이것이 첫째 이유요. 우리 군사는 배로 왔으므로 피로하지 않으나, 적은 걸어서 왔으므로 지쳐 있으니 이것이 둘째 이유요. 우리 군사

는 오랫동안 훈련을 쌓은 정병이고, 적은 어중이떠중이를 모은 오합지졸(烏合之卒)이니 이것이 셋째 이유요. 우리 군사는 기산에 진출하면 보리가 익을 무렵이라 군량이 충분하오. 이것이 넷째 이유요. 적은 여기저기를 수비하여 병력이 분산되어 있지만, 우리 군사는 한 군데로 집중할 수 있으니 이것이 다섯째 이유요. 지금 위를 치지 않으면 이런 기회는 다시 오지 않을 거요."

"그렇지만 등애는 나이가 어려도 계략이 뛰어납니다."
하고 하후패가 말했으나 강유는 큰소리로 말했다.

"내가 어찌 그를 두려워하겠는가! 자네들은 적의 사기를 돋우어주고 아군의 사기를 꺾는 일은 하지 말아야 하오. 내 마음은 이미 정해졌소. 먼저 농서를 빼앗도록 합시다."

강유의 패배

이리하여 촉의 군사는 종제에서 기산으로 쳐들어갔으나, 위의 군사는 이미 아홉 군데에 진을 치고 있었다.

강유는 소문대로 뛰어난 등애의 전법에 감탄했다. 그리고 기산 앞쪽 골짜기에 군사의 일부를 포진하여 날마다 척후병을 보내어 적을 감시하게 하고, 자신은 대군을 이끌고 몰래 동정으로 빠져 남안을 공략하려고 했다.

등애는 이러한 움직임을 재빨리 알아차리고 남안 근처의 무성산으로 앞질러 가서 다시 상규로 통하는 길목인 단곡(段谷)이라는 골짜기에 복병을 숨겨놓았다.

강유가 무성산에 접어들자 갑자기 산 위에서 석화시 소리가 들리더니 일제히 함성이 일어나고 뿔피리와 북 소리에 따라 깃발이 죽 늘어섰다. 한복판에 펄럭이는 노란 깃발에는 '등애'라고 큰 글자가 씌어 있었다.

촉의 군사들이 놀라 갈팡질팡하는데 산 위에서 정병이 쳐내려와 칼과 창을 휘둘렀다. 촉의 선봉은 크게 패하고 강유가 중군을 이끌고 달려왔을 때에는, 위의 정병은 이미 산으로 물러가 있었다. 그래서 강유는 산기슭에서 등애에게 도전했으나 산 위에서는 아무도 나타나지 않았다.

날이 저물었으므로 돌아가려고 하는데 산 위에서 뿔피리와 북 소리가 일제히 울려 퍼졌다. 그러나 쳐내려올 기미는 보이지 않았다. 산으로 쳐올라가려고 하자 커다란 돌멩이와 장대가 마구 굴러 떨어졌다.

밤중까지 버티다가 촉의 군사들이 돌아가려고 할 때 산 위에서 또다시 뿔피리와 북 소리가 들렸다. 강유는 산기슭에 진을 치기로 하고 병사들에게 돌멩이와 나무를 치우게 하고 있는데 갑자기 위의 군사가 일제히 쳐내려왔다. 촉의 군사들은 기습을 당해 허둥지둥 도망쳤다.

강유는 할 수 없이 남안으로 향하는 것을 보류하고 무성산에서 상규로 가기로 했다. 도중은 산의 경사가 심하여 길이 험했다. 길 안내자에게 물으니 '단곡(段谷)'이라는 곳이라고 했다.

"기분 나쁜 이름이군. 단곡(段谷)이라면 단곡(斷谷)이란 뜻으로 골짜기가 막힌다는 것을 의미하는데 어찌하면 좋겠는가?"

진태는 등애의 공을 상주하다. ≪新鍥全像通俗演義≫ 三國志傳卷之四十九

이렇게 말하고 있을 때 적의 복병이 불쑥 나타났다. 위의 장수 사찬(師纂)과 등충이 양쪽에서 군사를 이끌고 쳐들어 왔다. 당황하여 도망치니 등애의 군사가 덤벼들었다.

촉의 군사는 크게 패했으나 다행히 하후패가 달려와 위의 군사를 쫓아냈으므로 강유는 간신히 목숨을 건지게 되었다.

기산의 진지도 이미 진태에게 점령되었다. 강유는 산 속의 샛길을 따라 도망쳤다. 등애가 뒤쫓아오고 진태가 길을 가로 막아 강유는 앞뒤로 포위되었으나, 부하 장수의 도움으로 강유는 겨우 빠져 나와 한중까지 돌아갈 수 있었다.

강유는 패전의 책임을 지기로 했다. 그는 제갈공명이 가정(街亭)의 패전에 책임을 진 전례에 따라 자기의 직위를 후장군으로 낮추고 대장군의 직무를 대행하기로 했다.

한편 위의 등애는 공로에 의해 직위가 주어지고 아들 등충(鄧忠)도 정후(亭侯)로 봉해졌다.

55. 제갈탄과 사마소

제갈탄의 위기

위의 천자 조모는 정원 3년(256년)을 감로(甘露) 원년으로 고쳤다.

사마소는 군사를 통솔하는 대도독이 된 후로 언제나 투구와 갑옷으로 무장한 맹장 3천 명을 거느리고, 모든 국정은 천자에게 알리지도 아니하고 재상부(宰相府)에서 결재하면서 제위를 빼앗을 야심을 품고 있었다.

심복인 가충(賈充)은 죽은 건위장군(建威將軍) 가규(賈逵)의 아들로 문관의 최고 자리에 있었는데 사마소에게 진언했다.

"지금 장군께서는 천하의 대권을 손에 넣고 계시지만 많은 사람들 중에는 아직도 불평이 많이 있을 것입니다. 은밀히 조사해보는 것이 어떻겠습니까?"

사마소도 같은 생각을 하고 있었으므로 가충은 먼저 회남에 가서 진동장군 제갈탄을 만났다.

제갈탄은 제갈공명의 일족으로 공명이 촉의 재상이었기

제갈탄은 의로써 사마소를 치다. ≪繡像全圖三國演義≫에서

때문에 높이 등용되지 못했으나, 공명이 죽은 후에는 중요한 직책을 두루 거치고 고평후(高平侯)로 책봉되어 회남·회북의 군사를 통솔하고 있었다.

가충은 그의 속을 떠보았다.

"요사이 낙양의 현자들은 모두, 천자는 연약하여 군주의 그릇이 못 되고 사마 대장군은 3대에 걸쳐 나라일을 맡아 그 공덕이 하늘을 찌르니 위의 천자는 그 자리를 넘겨줘야 마땅하다고 말하는데 장군은 어떻게 생각하십니까?"

제갈탄은 버럭 화를 내면서,

"그대는 대대로 위의 녹(祿)을 먹고 있으면서 지금 무슨 말을 하고 있는 게요?"

하고 반문했다.

"나는 다만 사람들의 소문을 말했을 뿐입니다."

"만일 조정에 무슨 일이 일어나게 되면 나는 목숨을 걸고 나라의 은혜를 갚을 생각이오."

가충은 이것을 사마소에게 자세히 보고했다. 화가 난 사마소는 양주의 자사 악침(樂綝)에게 밀서로 연락하는 한편, 제갈탄에게는 사공(司空)으로 임명하겠으니 상경하라는 기별을 했다.

제갈탄은 사마소의 계략을 눈치채고 즉시 양주에 달려가서 악침을 찔러 죽이고, 양회(兩淮)의 군사 10만과 양주에서 항복한 병사 4만을 이끌고 사마소를 타도하기 위해 궐기하고, 오에 도와줄 것을 요청했다.

이 무렵에 오에서는 승상 손준이 이미 병으로 죽고 사촌 동생인 손침(孫綝)이 정권을 장악하고 있었으나, 그는 성격이 난폭해 잇따라 실권자를 죽이고 정권을 한 손에 잡고 있어 총명한 오의 천자 손양도 애를 먹고 있었다. 그러나 손침은 제갈탄의 요구에 응하여 위를 토벌하기 위해 군사 7만을 동원했다.

사마소는 제갈탄이 모반한 소식을 듣고 매우 화가 나서, 손수 토벌하러 나서려고 했으나 가충의 의견에 따라 태후와 천자에게 친히 토벌에 나설 것을 요청했다.

조모는 마음이 내키지 않았으나 사마소의 위세가 두려워 거절하지 못했다. 사마소는 조서를 발표하고 낙양·장안의 군사 26만을 동원하여 회남으로 쳐내려갔다.

위의 선봉은 오의 선봉과 싸워 우선 이를 무찔렀다. 제갈탄은 오의 군사를 좌우로 거느리고 위의 병사를 맞아 싸웠

손침은 크게 노해 주이를 참하다. 《新鋟全像通俗演義》 三國志傳卷之十九

다. 그런데 도우러 온 오의 군사들이 욕심에 눈이 어두운 나머지 위의 종회(鍾會)의 계략에 걸려 그들이 팽개치고 도망친 우마(牛馬)나 노획품을 손에 넣기에 정신 없는 사이에 위의 군사는 이들을 포위했다. 제갈탄은 패잔병을 이끌고 간신히 수춘성으로 도망쳤다.

사마소는 사방에서 이를 포위하고 맹렬히 공격했으나 종회의 의견에 따라 한쪽 포위를 풀었다. 그 틈에 오의 장수 우전(于詮)이 1만의 군사를 이끌고 제갈탄을 돕기 위해 성으로 돌아왔다.

한편 오의 손침은 성 밖에서 위의 군사를 무찌르기 위해 5천의 군사를 파견했으나 사마소에게 크게 패하였다. 손침은 화가 나서 도망쳐 온 장수의 목을 베고 자기는 건업으로 철수했다.

오의 장수들은 손침에게 죽음을 당하기보다는 위에 항복하는 것이 낫다고 생각하여 잇따라 항복하기 시작했다.

사마소의 승리

　제갈탄은 성 안에서 몹시 초조해 하였다. 군량도 점점 떨어져갔다. 두 사람의 참모는 차라리 성 안의 오와 회남의 군사를 이끌고 나가 싸워 판가름을 내는 것이 어떻겠느냐고 진언했다. 그러자 제갈탄은 화가 나서,

　"나는 성을 굳게 지키려고 하는데 너희들은 나가 싸워 결판을 내자고 하다니, 나에게 거역할 셈인가? 다시 그따위 소리를 하면 목을 벨 테다."

하고 호통을 쳤다. 두 참모는 제갈탄에게 겁을 먹고 그날 밤에 성벽을 넘어 위에 항복했다.

　회하(淮河)는 해마다 강물이 넘쳤다. 제갈탄은 강물이 넘쳐서 위의 군사가 쌓은 흙벽이 무너져 내릴 무렵에 일제히 공격하려고 했다. 그런데 그 해에는 가을과 겨울 내내 비가 별로 오지 않아 회하는 물이 조금도 불지 않았다.

　그 동안에 성 안에는 군량이 부족하여 병사들은 굶어서 쓰러지기 시작했다. 오의 장수 문흠은 그것을 보고 군사들이 적은 식량으로 연명할 수 있도록 북국(北國)의 군사를 성 밖으로 내보내라고 제갈탄에게 건의했다.

　제갈탄은 자기 군사를 성 밖으로 내보내라고 말하는 것은 자기를 죽이기 위해서라고 화를 내며 문흠을 죽여버렸다.

　문흠의 아들 문앙 · 문호(文虎)는 아버지가 죽음을 당하자 칼을 빼들고 그 자리에서 수십 명을 죽이고 성벽을 뛰어넘어 위에 항복해버렸다.

문앙은 전에 위의 군사와 싸운 용사로 사마소의 미움을 받고 있었으나 종회가 이 두 사람을 도와주는 것이 좋겠다고 건의하자 사마소는 두 사람을 용서하고 벼슬까지 주었다.

이 말을 전해 듣고 성 안의 군사들은 모두 항복할 생각을 하게 되었다.

사마소는 전군에 명령을 내려 사방에서 쳐들어갔다. 북문의 장수가 성문을 열고 위의 군사를 맞아들였다. 제갈탄은 부하 수백 명을 이끌고 성에서 나왔으나 위의 장수에게 찔려 죽고 부하들은 모두 사로잡혔다.

오의 장수 우전은 혼자 남아서 분전했다.

"빨리 항복해라!"

하고 위의 장수가 외치자 우전은 몹시 화가 나서,

"제갈탄을 도와주라는 명령을 받고 달려왔는데 구출해내지도 못하고 항복하다니 안 될 일이다."

하고 투구를 땅바닥에 내동댕이치고,

"사나이가 이 세상에 태어나 싸움터에서 죽게 되는 것은 행복한 일이다."

하고 큰소리로 외치고 나서 창을 휘두르면서 30여 차례 싸운 끝에 사람과 말이 모두 지쳐 죽고 말았다.

사마소는 수춘성으로 들어가 제갈탄의 일족과 부하를 모두 잡아 죽였다. 오의 군사는 거의 다 항복했으나 종회의 의견에 따라 모두 본군으로 돌려보내어 너그러운 면을 보였다. 이리하여 회남은 평정되었다.

우전은 수춘성을 구하려다 절의를 지켜 죽다. ≪繡像全圖三國演義≫에서

강유와 등충의 싸움

촉의 연희 20년(257년), 강유는 회남의 제갈탄이 오의 도움을 받아 사마소를 토벌하기 위해 군사를 일으키고, 사마소가 20만의 군사를 이끌고 회남으로 갔다는 소식을 전해 듣고 크게 기뻐하여 천자에게 상주하여 위를 토벌하려고 했다.

그런데 이 무렵에 천자 유선은 주색(酒色)에 빠지고 내시 황호(黃皓)를 신임하여 나라일을 돌보지 않았으며, 문관 중에는 전쟁을 일으키는 것을 싫어하는 자가 적지 않았다.

그러나 강유는 그것을 유생(儒生)의 안이한 생각이라고

하여 귀담아 듣지 않고 즉시 출전하여, 낙곡(駱谷)에서 심령을 넘어 장성(長城)을 향해 진격했다.

장성을 지키고 있던 장수 사마망(司馬望)은 사마소의 사촌 형이었다. 성 안에는 군량은 많지만 인마가 적었으므로, 촉의 군사가 쳐들어온다는 말을 듣고 성 밖에서 맞서 싸웠으나 강유의 선봉에게 패하여 성으로 도망쳐 들어갔다.

강유는 불화살을 쏘아 성 안의 초가집을 불사르고, 다시 마른 장작을 성벽 주위에 쌓아 올려 한꺼번에 불을 질렀다. 불길은 하늘을 찔러 성은 금세 함락될 것 같았다.

이때 갑자기 등 뒤에서 함성이 들려왔다. 위의 군사가 북을 치면서 깃발을 들고 쳐들어왔다. 그 중에서 나이가 20세 가량 되어 보이는 장수가 창을 끼고 말을 몰고 나타나,

"등 장군을 알고 있느냐?"

하고 큰소리로 외쳤다. 강유는 이자가 등애인 줄 알고 창을 들고 말을 몰고 나섰다.

두 사람은 3, 40차례나 싸웠으나 승부가 나지 않았다. 젊은 장수의 창 솜씨가 뛰어나 강유는 말 머리를 돌려 산길로 도망쳤다. 뒤쫓아오는 적의 장수에게 다시 활을 쏘았으나 적의 장수는 잽싸게 엎드려 화살을 피했다.

강유가 뒤돌아보니 그 장수는 어느새 뒤쫓아와서 창을 내질렀다. 강유는 놈을 피해 옆구리를 스쳐 지나간 창을 빼앗았다. 그러자 적의 장수는 재빨리 자기 진지로 도망쳤다.

"억울하구나!"

강유가 말을 몰아 뒤쫓아 적의 진지까지 갔을 때 한 장수가 칼을 들고 뛰쳐나와,

강유와 등충은 크게 싸우다. 《新鋟全像通俗演義》 三國志傳卷之十九

"강유, 네 이놈, 어딜 가느냐? 등애가 여기 있다."
하고 외쳤다. 강유는 깜짝 놀랐다. 방금 싸운 것은 등애의 아들 등충이었던 것이다. 강유는 더 싸우려고 했으나 말이 지쳐 있었으므로,

"나는 오늘 처음 당신들 부자를 알게 되었소. 내일 다시 승부를 겨룹시다."
하고 말했다. 등애도 같은 생각이었으므로 서로 군사를 이끌고 돌아갔다가 다음날 승부를 가리기로 약속했다.

이튿날 강유는 새벽부터 진을 치고 적을 기다리고 있었으나 등애의 진지는 조용하기만 하고 사람이라고는 그림자도 보이지 않았다. 강유는 저녁때 본진으로 돌아왔다.

이튿날 약속을 어긴 것을 책하고 다시 도전장을 내니 등애는,

"몸이 좋지 않아 약속을 어겼지만 내일은 틀림없이 승부를 가리겠다."

하고 말했다. 이튿날 강유가 다시 군사를 이끌고 나섰으나 등애는 여전히 꼼짝도 하지 않았다. 그러기를 5, 6차례에 이르렀다.

"아마도 관중의 군사가 도착하는 것을 기다려 세 방면에서 우리 군을 공격할 모양이다. 오의 손침에게 사자를 보내 위를 치게 하자."

강유가 이렇게 말하고 있는데 사마소가 제갈탄을 죽이고, 오의 군사가 모두 항복했다는 보고가 날아들었다. 강유는 깜짝 놀라,

"위의 토벌은 이번에도 그림의 떡이 되고 말았구나. 일단 군사를 철수시켜야겠다."

강유는 적이 뒤쫓아오지 못하도록 반격할 준비를 빈틈없이 갖추고 후퇴했다. 등애는 적의 계략에 빠질까봐 뒤쫓아가지 않았다.

손침의 최후

한편 오의 장수 손침은 위에 항복한 병사들의 가족을 붙잡아 모두 죽여버렸다.

손양은 총명하기는 했지만 정치에는 힘이 모자랐다. 손침은 손양의 명령을 무시하는 일이 많았다. 그리하여 측근들과 공모하여 몰래 손침을 제거할 방법을 의논했다. 그런데 이것이 새어 손침의 귀에 들어갔다.

손침은 즉시 군사를 이끌고 궁전을 에워쌌다. 문무백관들

을 모아놓고 천자를 패위시킬 것을 선언하고 어전에 가서 손양의 옥새를 빼앗아,

"그대를 당장 죽이고 싶지만 선제의 얼굴을 보아 회계왕(會稽王)으로 삼는다."

하고 회계로 쫓아버렸다.

손침은 손권의 여섯째 아들 낭야왕 손휴(孫休)를 새로 천자로 맞아 연호를 영안(永安) 원년(258년)으로 고쳤다. 손침 일가의 권세는 더욱 강대해졌다.

그 해 12월, 손침이 천자에게 쇠고기와 술을 바쳤는데 손휴는 그것을 받지 않았다. 그러자 손침은 화가 나서,

"내가 그를 천자에 즉위시켰는데 내 술을 받지 않겠다니, 대체 나를 뭘로 알고 있는 거야? 머지 않아 따끔한 맛을 보여주겠다."

하고 벼르고 있었다. 손휴는 이 말을 전해 듣고 불안하기 짝이 없었다.

이윽고 손침이 무창에서 군사를 모아 창고의 무기를 손질한다는 정보가 들어왔다. 반기를 들 심산인지 알 수 없었다. 손휴는 노장 정봉을 불러 대책을 의논했다. 이윽고 궁중에서 열리는 큰 잔치에 손침이 초대되었다.

전날 밤에는 심한 폭풍이 불고 이날 아침에는 손침이 까닭없이 갑자기 쓰러진 일이 있었다. 아내가 불길한 예감이 들어 잔치에 나가지 말라고 말렸으나 손침은 듣지 않고 참석하였다.

수레가 닿자 손휴는 급히 옥좌에서 내려 마중을 나가 손침에게 상좌(上座)를 양보했다. 술잔이 몇 번 돌았을 때 사람

손침은 손량을 폐위시키고 손휴를 천자로 세우다. ≪新鋟全像通俗演義≫ 三
國志傳卷之十九

들이,

"불이야!"

하고 외치기 시작했다. 손침이 자리에서 일어나자 손휴가 말
리며,

"승상, 가만히 계십시오. 밖에는 병사들이 많이 있습니다.
걱정하실 것 없습니다."

하고 말을 마치기도 전에 좌장군 장포가 칼을 차고 무사 30
여 명을 거느리고 전상에 뛰어올라,

"역적 손침을 묶어라!"

하고 외쳤다.

손침은 곧 그 자리에서 붙잡혀 결박당했다. 그는 목숨만
살려 달라고 애걸했으나 장포는 그를 뜰로 끌고 나가 목을
베어버리고 그 일족까지 모조리 죽여버렸다. 또한 그의 사촌
형이며 전에 재상을 지냈던 손준의 무덤까지 없애버렸다.

정봉은 이 공로에 의해 승진되었다.

정봉은 손침을 참할 계책을 정하다. ≪繡像全圖三國演義≫에서

손휴는 촉의 성도에 사신을 보내 사마소가 만일 위의 제위를 빼앗게 되면 오와 촉은 연합하여 쳐들어가자고 전했다.

강유는 이 소식을 듣고 기뻐하면서 다시 위를 토벌하러 나서려고 했다.

56. 강유와 등애

장사권지의 진법

촉의 경요(景耀) 원년(258년) 겨울, 대장군 강유는 20만 대군을 이끌고 위를 치기 위해 나섰다. 그는 하후패의 작전에 따라 전에 공명이 여섯 번 진을 쳤던 기산으로 가서 골짜기 어귀에 진을 쳤다.

이때 위의 등애도 농우의 군사를 모아 기산에 진을 쳤다. 그는 촉의 군사가 쳐들어왔다는 정보를 듣고 언덕 위에 올라가 바라보면서,

"내가 예상했던 대로군."

하고 기뻐했다. 그는 미리 근처의 자리를 살펴보고 촉의 군사가 진을 칠 만한 장소를 보아두었다가 기산의 진지에서 그곳까지 땅굴을 파놓고 기다리고 있었던 것이다.

강유는 골짜기 어귀에 세 군데 진을 쳤는데 왼쪽 진지에까지 위의 땅굴이 통해 있었다.

그날 밤 왼쪽 진지가 갑자기 소란스러웠다. 땅굴을 거쳐 온 적군이 진지의 안쪽에서, 땅위로 쳐들어온 군사가 진지의

바깥 쪽에서, 안팎으로 일제히 공격했으므로 촉의 왼쪽 진지
는 순식간에 무너져버렸다.

강유는 본진 앞에 버티고 서서,

"함부로 움직이는 놈은 목을 벨 테다. 적을 보면 사정없이
쏘아 죽여라!"

하고 오른쪽 진지에 함부로 움직이지 말라고 명령했다.

위의 군사는 10여 차례나 쳐들어왔으나 그때마다 빗발치
는 화살에 쫓겨갔으며 날이 밝기까지 번번이 헛탕을 쳤다.
등애는 강유가 공명의 병법을 익혀 야습에 당황하지 않는데
감탄하고 한숨을 내쉬었다.

강유는 자기가 지리에 밝지 못하기 때문이라고 말하고 부
하를 탓하지 않고, 등애에게 내일 승부를 내자고 도전장을
보냈다.

이튿날 양군은 기산 앞에서 마주 섰다.

강유는 공명의 팔진법에 의해 천지풍운(天地風雲) 조사용
호(鳥蛇龍虎)의 진을 쳤다. 등애도 마찬가지로 팔진법으로
진을 쳐서 전후 좌우가 같은 형태였다. 강유는 창을 들고 말
을 몰아 큰소리로,

"네놈은 내 흉내를 내는데 그 포진을 바꿀 수 있겠느냐?"
하고 외쳤다.

등애가 웃으면서,

"그렇고말고."

하고 변진법을 써서 병사에게 깃발을 좌우로 흔들자 64개의
문이 만들어졌다.

"제법이구나. 그럼 나의 팔진을 에워싸보아라."

"그렇게 하지."

양군은 대열을 정돈하고 전진했다. 등애는 중군(中軍)에서 지휘했다. 양군이 충돌해도 진지는 조금도 흩어지지 않았다.

이때 강유가 중군에서 깃발을 흔들었다. 그러자 즉시 '장사권지(長蛇卷地)의 진'으로 바뀌었다. 등애를 가운데 에워싸고 사방에서 함성이 일어났다.

등애는 이 포진을 알지 못했으므로 매우 놀랐다. 촉의 군사는 점점 가까이 다가왔다. 등애는 장수들과 함께 벗어나려고 했지만 어쩔 도리가 없었다.

"등애, 빨리 항복하라."

하고 촉의 병사들이 일제히 외쳤다.

등애가 강유의 계략에 걸려 위기에 처해 있을 때 서북쪽에서 한 떼의 군사가 나타나 등애를 구출했다. 사마망이었다.

그는 젊었을 때 공명의 친구인 최주평(崔州平)·석광원(石廣元)과 사귀어 이 진법을 알고 있었던 것이다.

등애는 하나의 계략을 생각해내고 이튿날 다시 진법을 겨루기 위해 강유에게 도전장을 보냈다.

철수하는 강유

이튿날 강유와 사마망이 각각 군사를 이끌고 기산 앞으로 나갔다. 먼저 사마망이 팔진을 포진하자 강유가 그것을 변화시켜 보라고 했다. 사마망이 81가지 변화가 있다고 말하

강유는 복병을 시켜 등애를 곤궁에 빠뜨리다. ≪新鋟全像通俗演義≫ 三國志
傳卷之十九

고 몇 가지 변화를 시켜보였다. 그러자 강유는 웃으면서 말
했다.

"나의 진법은 주천(周天)의 수에 맞춰서 365가지의 변화
가 있다. 네놈은 우물 안의 개구리나 마찬가지다."

사마망은 화가 나서 크게 외쳤다.

"내 눈으로 보기 전에는 믿을 수 없다!"

"등애를 내보내라. 그의 눈앞에서 본을 보이겠다."

"등 장군은 생각이 따로 있다. 너같은 놈과 진법을 다투기
를 원치 않는다."

강유는 껄껄 웃고 나서 말했다.

"어떤 생각이 있다는 게냐? 네놈과 내가 이곳에서 포진을
겨루는 사이에 기산의 뒤통수를 치는 것이 고작이 아니냐!"

속을 빤히 들여다보고 있으므로 사마망은 깜짝 놀라 한꺼
번에 쳐들어가려고 하는데 강유가 깃발을 흔들었다. 그러자
좌우의 군사가 일제히 공격하여 위의 군사를 닥치는 대로 무

찔렀다.

한편 등애도 몰래 기산의 뒤쪽을 돌아갈 때 촉의 복병에게 기습을 당해 크게 패하여 간신히 위수의 남쪽 진지까지 도망쳐 갔다. 그때 마침 사마망도 돌아왔으므로 대책을 의논했다.

촉의 천자 유선이 그 무렵에 내시 황호를 총애하고 있는 것을 기화로 등애는 성도에 사자를 보내 황호에게 금은 보화를 보내는 한편, 강유가 천자를 원망하여 곧 위에 항복할 것이라는 유언을 퍼뜨렸다.

이윽고 성도 사람들 사이에 이 소문이 퍼지자 황호는 유선에게 즉시 강유를 불러들이라고 상주했다.

강유는 날마다 등애에게 도전했으나 적이 굳게 진지를 지키고 꼼짝도 하지 않았다. 이상하게 생각하고 있는데 군사를 철수하고 돌아오라는 칙명이 도착했다.

"장군이 밖에 나와 있을 때에는 비록 천자의 칙명이라도 받아들이지 않는 경우도 있습니다. 지금은 움직일 때가 아닙니다."

하는 의견도 있고,

"촉의 백성들은 해마다 싸우러 나가야 하는 것을 원망하고 있습니다. 승리를 거듭한 이때에, 일단 군사를 철수하여 민심을 안정시킨 후에 다시 출전하는 것이 좋을 줄 압니다."

하고 말하는 자도 있었다.

강유는 할 수 없이 군사를 철수하기로 하였다. 그 질서 정연하게 철수하는 모습을 본 등애는,

"그는 공명의 병법을 잘 알고 있군."

하고 감탄하며 뒤쫓던 것을 그만두었다.

강유는 성도에 돌아와 유선을 뵙고 등애의 이간책에 걸렸다고 말했으나 유선은 시무룩한 얼굴을 하고 아무 대답도 하지 않았다.

천자를 죽인 사마소

이것을 듣고 낙양에 있는 사마소는 기뻐하여 가충을 불러,

"촉을 치려고 하는데 어떻게 생각하는가?"

"아직 때가 이릅니다. 지금 천자는 장군을 의심하고 있습니다. 만일 성도를 비우고 떠나시면 반드시 난동이 일어날 것입니다."

하고 가충은 다음과 같은 말을 들려주었다.

지난해에 두 마리의 누런 용(龍)이 영릉(寧陵)의 우물에서 발견되었다. 여러 신하들은 길한 징조라고 기뻐했으나 천자는 기뻐하지 않았다는 것이었다.

"용은 군주의 상징이오. 그것이 위로 하늘에 있지 않고 아래로 논에 있지도 않고 우물 속에 있으니, 이것은 필시 옥에 갇힐 징조요."

하고 '잠룡(潛龍)의 시'를 지었는데 그 중에 '용은 우물 밑에 웅크리고 미꾸라지가 그 앞에서 춤추나니' 라는 구절이 있었다. 이것은 분명히 장군을 가리킨 것이었다.

사마소는 이 말을 듣고 몹시 화가 나서,

"그도 조방의 꼴이 되고 싶은가 보구나! 빨리 처치하지 않

으면 이쪽이 당할 것이다."

"저도 빠를수록 좋다고 생각합니다."

위의 감로 5년(260년) 4월의 일이었다. 사마소가 칼을 차고 어전에 올라가니 조모는 옥좌에서 일어나 그를 맞았다. 신하들은 대장군의 공로나 인덕으로 보아 마땅히 진공(쯥公)으로 올라야 한다고 말했다. 조모가 머리를 숙인 채 가만 있자 사마소는 큰소리로,

"우리 부자와 형제 세 사람은 위를 위해 큰 공을 세웠소. 진공이 되는 것이 어찌하여 마땅치 않다는 거요?"
하고 말했다.

"아닙니다. 마땅치 않다고는 말하지 않았습니다."

"그럼 '잠룡의 시'에 나를 미꾸라지라고 부른 건 무엇 때문이오?"

조모는 대답하지 못했다. 사마소는 쓴웃음을 짓고 어전에서 물러났다. 신하들은 저마다 겁을 먹었다.

조모는 후궁에 돌아와 왕침(王沈)·왕경(王經)·왕업(王業) 세 신하를 불러 눈물을 흘리면서 말했다.

"짐에 대한 사마소의 모독은 경들이 다 아는 바요. 가만히 앉아 폐위의 수치를 당할 수는 없소. 나를 도와 그를 처단해주지 않겠소?"

왕경이 말했다.

"그것은 안 됩니다. 대권(大權)이 사마씨에게 돌아간 지 오래 되었으며, 신하들은 사리를 판단해보지도 않고 역적에게 아첨하는 자가 많습니다. 그리고 폐하를 수호하려는 자가 적어 어명을 받을 사람도 없습니다. 폐하께서 참지 않으시면

화가 클 것입니다. 일은 서서히 추진해야 하며 서둘러서는
안 될 줄 압니다."

"이런 수모를 더 이상 어찌 참겠는가? 짐의 마음은 이미
정해졌소. 죽어도 두려울 것이 없소."

조모는 이렇게 말하고 안으로 들어가 태후에게 자기의 심
정을 말했다.

왕침과 왕업은 왕경에게 말했다.

"일이 다급하오. 우리 일족이 멸망을 당하느니 차라리 사
마 공에게 호소하여 죽음을 면하는 것이 좋겠소."

왕경은 화가 나서,

"군주가 약하면 신하가 수치를 당하고 군주가 수치를 당
하면 신하가 죽게 되오. 두 마음을 품을 순 없소."

왕침과 왕업은 왕경을 버리고 사마소에게 고하러 갔다.

이윽고 조모는 호위병에게 명하여 군사 100여 명을 모아
이끌고 북을 치면서 궁전문을 나섰다. 왕경이 수레 앞에 엎
드려 소수의 군사로 사마소를 치려고 하면 개죽음을 면할 수
없다고 말렸으나 조모는,

"일이 이렇게 된 이상 말리지 마오."
하고 용문(龍門)을 향해 쳐들어갔다.

그러자 저쪽에서 가충이 왼쪽에 성쉬(成倅), 오른쪽에 성
제(成濟)를 거느리고 투구와 갑옷을 걸친 수천 명의 군사를
이끌고 함성을 지르면서 뛰어왔다. 조모는 칼을 빼들고,

"나는 천자다. 너희들은 궁중에 난입하여 군주를 죽이려
는 게냐?"
하고 호령을 했다. 병사들은 멈춰 섰다. 가충은 성제에게,

"사마공이 그대를 길러온 것은 바로 오늘을 위해서요."
하고 말했다. 성제는 창을 다시 잡고,

"죽일까요, 사로잡을까요?"

"사마공의 명령이다. 죽여라!"

성제는 창을 휘두르면서 수레 앞에 버티고 섰다.

"이 무례한 놈아!"
하는 말을 채 끝내기도 전에 조모는 성제의 창에 가슴이 찔려 수레에서 굴러 떨어졌다. 성제는 다시 창으로 등을 찔러 마침내 조모는 숨을 거두었다.

호위병들이 창을 휘두르면서 덤벼들었으나 그들 역시 성제에게 찔려 죽었다. 왕경은 조금 늦게 달려와,

"이 역적놈아, 천자를 죽이다니, 하늘이 무섭지 않느냐!"
하고 호통을 쳤으나, 가충은 그를 사로잡아 사마소에게 바쳤다. 사마소는 궁전으로 달려 와서 조모가 죽은 것을 보고 일부러 놀란 체하고 머리를 천자의 수레에 부딪치며 울었다.

이윽고 사마소는 천자의 시체를 관에 넣고 군신들을 불러 모았다. 그리고 진태를 불러 뒷처리에 대해 물었더니, 진태는 가충의 목을 베어 천하에 사죄해야 할 것이라고 대답했다. 사마소는 성제야말로 대역 무도한 놈이라 하여 그 일족을 모조리 죽이라고 명령했다.

성제는 큰소리로 사마소를 원망하며,

"나는 죄가 없다. 가충이 네놈의 명령이라고 말했다."
하고 아우성을 쳤으나 사마소는 먼저 그의 혀를 뽑아버리게 했다.

성제는 죽을 때까지 계속해서 외쳐댔다. 동생인 성쉬도 함

조모는 수레를 몰고 나아가다 남월에서 죽다. 《繡像全圖三國演義》에서

께 거리로 끌려가 목이 달아났으며 일족이 모두 죽음을 당했다. 그리고 왕경 일족도 역시 죽음을 당했다.

　가충 등은 사마소에게 위의 제위를 물려받아 천자가 되기를 권했으나, 사마소는 주(周)의 문왕이나 위의 조조의 예를 들어 자기는 즉위할 마음이 없다고 말했다.

　가충 등은 사마소가 아들 사마염(司馬炎)을 염두에 두고 하는 말이라고 알아차리고 그 이상 권유하지 않았다.

　그 해 6월 사마소는 상도향공(常道鄕公) 조황(曹璜)을 천자로 추대하고 경원(景元) 원년으로 연호를 고쳤다. 조황은 즉위하여 이름을 조환(曹奐)으로 고쳤다. 조환은 사마소를 승상 진공(晉公)으로 봉했다.

왕관의 계략

촉의 강유는 사마소가 조모를 죽이고 조환을 천자로 세운 것을 알자 위를 정벌할 명분이 생긴 것을 기뻐하여, 오에 사자를 보내 위를 칠 군사를 일으킬 것을 촉구하는 동시에 15만의 대군을 이끌고 세 방면으로 갈라서서 기산으로 떠났다.

이때 위의 등애는 기산의 진지에서 병마를 훈련시키고 있었는데 부하인 왕관(王瓘)이 하나의 계략을 꾸며내어, 5천의 기병을 이끌고 사곡으로 달려가 강유에게 항복한다고 말했다.

왕관은 자신이 사마소에게 죽음을 당한 왕경의 조카라고 속여 숙부의 원수를 갚고 싶다고 말했다.

강유는 기꺼이 받아들여 그에게 군량의 운반을 부탁했다. 물론 그는 왕관의 간계를 알고 있었다. 사마소가 왕경의 일족을 몰살하지 않을 리가 없는데 조카가 살아 있다는 것은 수상한 일이라고 생각되었기 때문이다.

왕관이 샛길로 군량을 운반하면 등애가 가세하러 온다고 내통한 것을 알아차린 강유는 선수를 쳐서 등애를 산기슭으로 유인했다.

등애가 정병 5만을 이끌고 산기슭에 와서 멀리 바라보니 군량을 실은 많은 수레가 다가왔다. 그러나 앞쪽 산골짜기에 복병이 숨어 있을 우려가 있으므로 등애는 신중히 기다리고 있었다.

이윽고 왕관이 군량을 운반해 와서 적의 군사가 추격해 온다고 알려왔다. 그래서 급히 군사를 이끌고 달려가는데 산기슭에서 돌연 함성이 일어났다.

등애는 왕관이 그곳에서 적과 싸우고 있는 것으로 알고 산을 돌아서려고 했을 때 갑자기 숲속에서 복병이 나타나더니 불길이 치솟았다. 그것을 신호로 촉의 군사가 좌우에서 일제히 쳐들어와 위의 군사를 닥치는 대로 찔렀다.

"등애를 사로잡는 자에게는 천금을 상으로 주고 만호(萬戶)를 다스리는 현령으로 삼을 것이다."

하고 외치는 소리가 들려왔다. 등애는 당황하여 말을 버리고 병사들 속에 끼여들어 산을 넘어 도망쳤다.

강유는 말을 탄 장수들만 사로잡았지, 등애가 제 발로 도망치리라고는 미처 생각지 못했다.

왕관은 계략이 탄로난 것을 알고 허둥대고 있는데 벌써 촉의 군사가 사방에서 포위하고 들어왔다. 그는 부하에게 명하여 군량 수레에 불을 지르게 하고 필사적으로 도망쳤으나 본국으로 향하지 않고 오히려 한중으로 가면서, 추격을 막기 위해 절벽과 절벽 사이에 걸쳐놓은 다리를 불살라버렸다.

강유가 샛길로 그를 추격하자 왕관은 흑룡강에 몸을 던져 자살하고 말았다. 강유는 적을 무찔렀으나 많은 군량을 잃고 한중으로 철수했다.

모함을 받는 강유

촉의 경요 5년(262년) 10월, 강유는 불탄 다리를 다시 복

강유는 왕관의 밀서를 찾아 내다. ≪新鑴全像通俗演義≫ 三國志傳卷之十九

구하여 군량과 무기를 정비하고 한중의 강기슭에 배를 준비하고 나서 천자에게 출전을 아뢰었다. 이에 반대하는 신하들이 많았으나 강유는,

"옛날 승상께서 여섯 차례나 기산에 진을 친 것은 나라를 위해서였소. 내가 여덟 번째 위를 치러 나서는 것은 나 개인을 위해서가 아니오. 이번에는 먼저 조양을 공략할 생각이오. 거역하는 자는 목을 벨 것이오."

하고 스스로 30만 대군을 이끌고 조양으로 향하였다. 이것을 알게 된 등애는 사마망과 의논하여 계략을 세웠다.

강유는 하후패를 선봉으로 내세워 조양을 공격했다. 하후패가 조양에 접근해 보니, 성벽에는 깃발 하나 없고 사방에 문이 열려 있었다. 하후패는 계략이 아닌가 하고 의심했으나 성을 돌아보니 뒷편에서 백성들이 늙은이나 어린애를 데리고 도망치고 있었다.

"역시 성은 비어 있군."

하고 군사를 이끌고 쳐들어가려고 했을 때, 갑자기 석화시 소리와 함께 뿔피리와 북 소리가 일제히 울려 퍼지고 깃발이 나부끼더니 성 위에서 줄사다리가 내려왔다.

"계략에 넘어갔군."

하고 당황한 하후패가 돌아서려고 했을 때 성 위에서 커다란 돌멩이가 무수히 굴러 떨어져 하후패는 100명의 부하와 함께 성 밑에서 죽고 말았다. 이윽고 원군을 이끌고 달려온 강유는 하후패의 죽음을 슬퍼했다.

그날 밤 후하의 작은 성에 숨어 있던 등애가 강유의 진지로 쳐들어오고 사마망도 성에서 나와 합세했으므로 강유의 군사는 크게 패하여 20리 남짓 물러섰다.

강유는 그래도 끝까지 버티어 날마다 등애와 싸움을 계속하는 한편, 군사를 나눠서 기산을 습격하게 했다. 등애 쪽에서도 야습을 하는 체하고 기산의 진지로 가세하러 갔으나, 이것을 알아차린 강유는 스스로 기산에 군사를 몰고 가서 등애의 진지를 사방에서 포위했다.

이 무렵에 유선은 성도에서 내시 황호의 감언에 현혹되어 주색에 빠져 정치를 게을리했기 때문에 어진 신하는 점점 조정에서 멀어지고 소인배가 세도를 부리게 되었다.

그 무렵에 우장군 염우(閻宇)라는 자가 황호에게 아부하여, 강유는 여러 차례의 싸움에서 별다른 공로도 세우지 못하고 있으니 자기와 교체시켜주도록 유선에게 말해 달라고 부탁했다. 유선은 이 말을 듣고 강유를 불러들였다.

강유는 기산에서 등애의 진지를 공격하고 있었는데 뜻밖에도 후주로부터 3도(三道)로 나와 철수하라는 명령을 받고, 어명을 어길 수 없어 대군을 이끌고 돌아왔다. 등애는 하

후주는 참언을 믿고 회군하라는 조서를 내리다. ≪繡像全圖三國演義≫에서

룻밤 사이에 촉의 진지가 텅 비어 있다는 보고를 받고 계략이 있는 줄 알고 뒤쫓아오지 않았다.

57. 촉의 멸망

아홉 번째 출병

강유는 한중까지 철수하자 군사를 일단 그곳에 머물게 하고 자기는 성도로 갔다.

자기를 불러들인 이유를 비서랑(秘書郎)인 극정(郤正)에게서 들은 강유는 화가 머리끝까지 치밀어 그놈의 내시를 죽여버리겠다고 별렀으나 극정이 겨우 말렸다.

이튿날 유선을 만나 황호를 제거하도록 진언했으나 유선은 내시 하나쯤 용서해주라고 말하고, 황호도 나타나 눈물을 흘리면서 사죄했으므로 강유는 간신히 참고 물러났다.

"장군에게 반드시 화가 미칠 것입니다. 장군에게 화가 미치는 날이면 틀림없이 이 나라는 망합니다."

"선생, 이 나라를 보존하여 백성을 잘 살게 하는 방법을 가르쳐주시오."

하고 강유가 극정에게 물으니,

"농서의 답중(沓中)이라는 곳에 주둔하는 것이 좋을 줄 압니다. 답중은 땅이 기름진 곳입니다. 첫째, 보리가 익으면 군량이 됩니다. 둘째, 이곳에서는 농서의 여러 고을을 손에 넣을 수 있습니다. 셋째, 위에서 한중을 넘볼 수 없게 됩니다. 장군이 밖에서 군사의 지휘권을 행사하므로 남이 간섭을 못합니다. 이것이야말로 나라를 보전하여 백성을 잘 살게 하는 길입니다."

강유는 매우 기뻐하며 이튿날 천자 유선에게 상주하여 답중에 주둔하는 허락을 받고 한중에 돌아와 장수들을 모아놓고 말했다.

"나는 지금까지 여덟 번 출전했으나 언제나 군량이 부족하여 성공을 거두지 못했소. 그래서 이번에는 8만의 군사를 답중에 주둔시키고, 보리 농사를 지으면서 천천히 위를 치려고 하오. 여러분도 오랫동안 싸움터에서 고생했으니 일단 군량을 모아 가지고 철수하여 한중을 지켜야겠소. 위의 군사가 쳐들어온다고 하더라도 그들은 산을 넘어 먼 길을 와서 이미 지쳐 있으므로 싸움이 벌어지면 일단 뒤로 물러설 거요. 그때 출격하면 반드시 이길 수 있소."

그리하여 호제(胡濟)에게 한수성을, 왕함(王含)에게 악성을, 장빈(蔣斌)에게 한성을, 장서(蔣舒)와 부첨(傅僉)에게 양안관을 지키게 한 다음 자신은 군사 8만을 이끌고 답중에 진을 치고 보리를 심어 장기전에 대비했다.

다가오는 위기

한편 위에서는 진공 사마소가 촉을 공략할 작전을 세우고 있었다. 지금까지 몇 번이나 강유에게 공격을 받아왔으나 위에서 먼저 공격하는 것은 회남을 평정한 후로 6년 만에 처음 있는 일이었다.

사마소는 등애와 종회 두 사람을 등용하여 등애를 정서장군으로, 종회를 진서장군으로 임명했다.

등애에게는 농우의 군사 10만여 명을 이끌게 하고, 강유를 답중에 묶어두어 동방을 돌아볼 틈을 주지 않도록 명령하고 한편 종회에게는 관중의 정병 2, 30만을 이끌게 하여 낙곡의 샛길에서 한중을 습격하라고 명령했다.

종회는 진서장군으로 임명되자 각처에 커다란 배를 만들게 하고 장수를 해안 지방에 파견하여 배를 모으게 했다. 사마소가 이상하게 여겨 종회를 불러 물었다.

"장군은 육로로 서촉을 칠 계획인데 무엇 때문에 배를 만드는가?"

종회가 대답했다.

"촉은 우리 대군이 출전한다는 것을 알게 되면 반드시 오에게 도움을 청할 것입니다. 그러므로 먼저 오를 칠 준비를 하고 있는 것을 보이면 오는 함부로 움직이지 못할 것입니다. 1년 이내에 촉을 치고, 그때쯤이면 배가 다 완성됩니다. 그때 오를 치면 모든 일이 순조롭게 될 것입니다."

위의 경원 4년(263년) 7월 초사흗날 종회는 출전했다.

그는 호장군(虎將軍) 허저의 아들 허의(許儀)를 선봉으로 내세우고 3천 명의 군사를 세 방면으로 나눠서 중군은 사곡, 좌군은 낙곡, 우군은 자오곡을 지나서 진격하게 했다.

모두 험한 산이지만 길을 닦고 개천에 다리를 놓는가 하면 파괴된 길과 다리를 수리하여 진군하는 데 지장이 없게 하라고 엄하게 명령했다.

허의가 명령을 받고 먼저 떠난 후에 종회는 10만 대군을 이끌고 밤낮을 가리지 않고 한중으로 향하였다.

한편 농서에 있던 등애는 촉을 치라는 어명을 받고 농우의 군사를 모아 각각 만 5천의 군사를 답중에 있는 강유를 전후좌우에서 공격하도록 명령하고, 자신은 3만의 군사를 이끌고 뒤쪽에서 출발했다.

위의 군사가 출전했다는 소식을 들은 강유는 급히 성도의 천자 유선에게 상주문을 올리고, 양안관과 음평교에 군사를 보내 지키게 했다. 이 두 곳은 가장 중요한 장소로 이곳을 잃으면 한중은 지킬 수 없게 되며, 오에 도움을 청할 것과 자기는 적을 막기 위해 답중에서 출전한다는 것을 알렸다.

그때 유선은 경요 5년(263년)을 염흥(炎興) 원년으로 고치고, 날마다 내시 황호와 함께 궁중에서 술과 노래와 춤으로 소일하고 있다가 강유의 상주문을 보고 황호와 의논했다.

황호는 강유가 공을 세우려는 욕심에서 상주문을 보낸 것이니 걱정할 것 없으며 무당을 불러 길흉을 점쳐보는 것이 좋겠다고 말했다.

그리하여 무당을 궁중에 불러 재단(祭壇)을 준비하여 유선 스스로 향을 피우고 기도하였다. 그러자 무당은 갑자기 머리를 풀어 헤치고 맨발로 수십 번 제단 주위를 빙빙 돌더니,

"폐하는 태평 세월을 즐기십시오. 몇 해 후엔 위나라도 폐하의 소유가 됩니다. 걱정하실 일은 하나도 없습니다."

허의는 군사를 거느리고 산길을 만들다. ≪新鋟全像通俗演義≫ 三國志傳卷之
二十

하고 까무라쳐 땅바닥에 쓰러졌다가 반 시간 후에 겨우 정신
을 되찾았다.

유선은 이 말을 믿고 그 후에도 날마다 술에 취해 살았다.
강유는 몇 번이나 정세가 위급하다고 보고했으나 황호가 그
상주문을 가로채버렸다.

남정·양안관의 점령

한편 종회의 대군은 한중을 향해 떠나고 선봉인 허의는 공
을 세우기 위해 남정관(南鄭關)까지 왔다.

"이 관문을 지나면 한중 땅에 들어서게 된다. 관문을 지키
는 군사가 얼마 안 되니 단숨에 쳐부숴야 한다."
하고 종회는 말했다.

관문을 지키는 촉의 장수는 벌써 위의 군사가 쳐들어오는

것을 알고 관문 앞의 나무 다리 좌우에 복병을 숨겨두고, 공명이 전해준 십연발(十連發)의 석궁을 준비해두었다.

허의의 군사가 쳐들어왔을 때 박자목 소리가 나더니 화살이 비오듯 날아왔다. 당황하여 뒤로 물러갔을 때에는 이미 수십 명이 화살에 맞아 쓰러져 있었다.

종회는 100여 명의 기병을 이끌고 달려왔으나 석궁의 일제 사격을 받고 말 머리를 돌려 도망쳤다. 그러자 관문의 장수가 500명의 기병을 이끌고 뒤쫓아왔다.

종회는 말을 몰아 다리를 건너가다가 말의 다리가 삐어 앞발이 꺾여버렸다. 당황하여 말에서 뛰어내려 도망치는 것을 적의 장수가 쫓아와서 창으로 찌르려는 순간, 위의 병사가 쏜 화살에 맞아 그 장수는 말에서 굴러 떨어졌다.

위기를 모면한 종회는 곧 대군에게 돌격을 명령했다. 관문에 있던 병사들은 아군이 관문 앞에 있으므로 활을 쏠 수 없어 종회가 군사를 이끌고 쳐들어가자 관문을 빼앗기고 말았다.

이리하여 남정관은 점령되었다. 그러나 종회는 허의를 불러 미리 길을 닦고 다리를 놓아 진군에 지장이 없도록 하라고 명령했는데도 다리를 제대로 수리하지 않았기 때문에 자칫 잘못했으면 목숨을 잃을 뻔했으니, 명령을 어긴 죄로 그의 목을 베라고 부하에게 명령했다. 장수들이 그의 아버지 허저의 공로를 생각하여 용서해줄 것을 탄원했으나 종회는 군법을 소홀히하면 기강이 서지 않는다고 허의의 목을 베게 했다. 이것을 보자 장수들은 저마다 벌벌 떨었다.

그때 촉의 장수 왕함은 낙성을, 장빈은 한성을 지키고 있

었으나 위의 군사가 강한 것을 보자 성문을 닫아 걸고 굳게 지켰다. 종회는,

"군사는 신속하게 움직여야 한다. 조금이라도 지체하면 안 된다."

하고 낙성과 한성의 포위는 부하 장수에게 맡기고 자신은 대군을 이끌고 양안관으로 향하였다.

관문을 지키는 촉의 장수 부첨은 부장 장서와 함께 대책을 의논했다. 장서는 수비를 단단히 하는 것이 좋겠다고 말하고, 부첨은 모두 나가 싸울 수밖에 없다고 주장하였다.

그렇게 어물어물하는 동안에 위의 대군이 쳐들어와 종회가 항복하라고 외쳤다. 부첨은 화가 나서 3천 명의 기병을 이끌고 뛰쳐나가 싸웠다.

위의 군사가 도망치자 부첨이 뒤쫓고, 위의 군사가 되돌아서서 맞서 싸우자 부첨이 관문으로 물러가려고 했다. 그때 관문 위에서 어느새 위의 깃발이 나부끼고 있었다. 장서가 항복했던 것이다.

부첨은 화가 치밀어,

"비겁한 놈 같으니, 무슨 낯으로 천자를 뵈려하느냐?"

하고 욕설을 퍼부으면서 위의 군사에게 덤벼들어 결사적으로 싸우고 나서 하늘을 우러러,

"촉의 신하로 태어난 이상 죽어도 촉의 귀신이 될 테다."

하고 외치고 다시 말을 몰아 쳐들어갔다. 몸에는 화살이 꽂혀 갑옷이 피로 물들고 말도 쓰러지자 부첨은 스스로 목을 쳐서 죽었다.

정군산과 공명의 혼

이리하여 종회는 양안관을 점령했으나 그날 밤 서남쪽에서 갑자기 함성이 일어났다. 당황하여 살펴보았으나 아무런 움직임도 눈에 띄지 않았다. 위의 군사는 하룻밤을 뜬 눈으로 보냈다.

이튿날 밤이 깊자 서남쪽에서 또다시 함성이 일어났다. 종회는 이상하게 생각하여 날이 밝은 후에 정찰병을 보냈더니 10리 근방에 사람이라고는 그림자도 보이지 않았다고 했다.

종회는 더욱 이상하여 스스로 수백 명의 무장 기병을 이끌고 서남쪽을 돌아보러 나섰다. 무심히 어느 산에 이르니 산에는 짙은 안개가 자욱했다. 산 이름을 안내인에게 물으니 옛날 하후연이 전사한 정군산(定軍山)이라고 말했다.

종회는 기분이 언짢아 말 머리를 돌렸다. 그때 갑자기 광풍이 불어닥치더니 뒤에서 수천 명의 기병이 바람을 타고 쳐들어왔다. 종회는 깜짝 놀라 군사를 이끌고 말을 몰아 도망쳤으나 장수들 중에는 말에서 굴러 떨어지는 자들이 수두룩했다.

그러나 양안관까지 도망쳐서 점검해보니 한 사람도 죽지 않았고, 다만 얼굴에 가벼운 상처를 입고 투구를 잃었을 뿐이었다. 검은 구름 속에서 기병대가 쳐들어온 것처럼 보였으나, 접근해도 사람을 해치지 않은 것으로 보아 그것은 회오리바람에 지나지 않는다는 것을 알게 되었다.

항복한 촉의 장서에게 물어보니 정군산에는 제갈공명의

무덤이 있다고 했다. 종회는 그 때문이라고 생각하여 이튿날 제물을 가지고 공명의 무덤에 가서 제사를 지냈다. 제사를 마치자 이상한 바람이 물러가고 검은 구름이 흩어지더니 얼마 후에 맑게 개었다.

이날 밤에 종회가 진중에서 꾸벅꾸벅 졸고 있는데 윤건을 쓰고 깃털 부채를 들고 학 날개 옷을 입은 제갈공명이 나타나, 오늘 아침 제사를 지내줘서 고맙다고 말하고 서촉의 백성은 죄가 없으니 함부로 죽이지 말라고 하고 사라졌다.

퍼뜩 눈을 뜨니 꿈이었다. 그러나 종회는 '보국안민(保國安民)'이라고 쓴 흰 기를 만들게 하여 함부로 백성을 죽이지 말라고 공표했으므로 한중의 백성들은 모두 성에서 나와 그를 환영했다.

등애와 종회의 불화

강유는 답중에서 위의 대군을 기다리고 있었으나, 잇따라 쳐들어오는 위의 장수들과 싸우다가 도망치고 또 싸우다가 도망치는 동안에 등애의 군사와 부딪치게 되었다.

양군이 서로 난투전을 벌이고 강유는 등애와 10여 차례 남짓 싸웠으나 승부가 나지 않았다. 이때 철수하라는 징과 북소리가 울려 물러나자 감송(甘松)의 진지가 불타버렸다는 보고가 날아들었다.

강유는 군사를 이끌고 감송으로 달려가다가 적의 장수와 정면으로 마주쳤다. 산길로 도망치는 적장을 뒤쫓아가니 낭

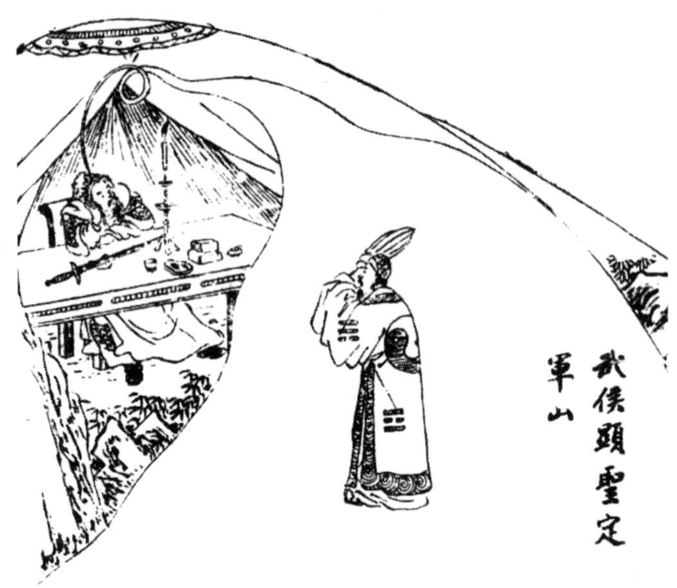

제갈공명은 정군산에서 현성하다. ≪繡像全圖三國演義≫에서

떠러지 위에서 커다란 돌멩이와 나무를 마구 던졌다. 할 수 없이 되돌아오니 촉의 군사는 등애에게 크게 패하고 포위되어 있었다.

간신히 포위를 뚫고 원군을 기다리고 있는데 양안관과 낙성·한성까지 모두 위에 점령되었다는 보고가 날아들었다.

그러나 강유는 전후 좌우에서 쳐들어오는 위의 군사와 싸우고 있는데,

"옹주의 자사 제갈서(諸葛緒)가 귀로를 막고 있습니다."

하고 보고가 들어왔다. 제갈서는 음평의 다리 아래 진을 치고 있었던 것이다. 강유는 공함곡에서 옹주로 쳐들어가는 체하여 제갈서가 허겁지겁 옹주로 향하는 동안에 음평의 다리

를 지나갔다.

이곳에서 도우러 달려온 촉의 군사와 합세하여 일단 검각으로 물러나 한중을 되찾을 작전을 세우기로 했다.

검각까지 물러갔을 때 제갈서가 뒤따라왔다. 강유는 5천의 기병을 이끌고 쏜살같이 위의 진지로 쳐들어가 닥치는 대로 무찌르자 제갈서는 크게 패하여 도망쳤다.

검각에서 25리 떨어진 곳에 진을 치고 있는 종회에게 제갈서가 패전을 사죄하러 왔다. 종회는 화를 내며 말했다.

"나는 너에게 음평의 다리를 지키고 강유의 퇴로를 가로막으라고 일렀는데 어찌하여 놓쳤느냐? 그리고 이번에도 군사를 마음대로 움직여 또 패하고 돌아왔단 말이냐?"

제갈서가 여러 가지로 변명을 했으나 종회는 받아들이지 않고 목을 베겠다고 말했다.

그런데 제갈서는 등애의 밑에 있는 장수라서,

"그를 죽이면 등애와 사이가 나빠집니다."

하고 감군(監軍)인 위관(衛瓘)이 말렸으나 종회는 우겼다.

"나는 천자의 어명을 받들어 진공의 명령으로 촉을 정벌해왔다. 비록 등애라 하더라도 죄를 범하면 목을 벨 수밖에 없다."

그러나 장수들이 모두 말렸으므로 제갈서를 죄인 호송용 수레에 태워 낙양으로 보내 진공의 처분에 맡기기로 했다.

등애는 이 사실을 전해 듣고 화를 냈으나 아들 등충이,

"아버지가 만일 그와 사이가 나빠지면 나라의 큰일을 그르치게 됩니다. 참으십시오."

하고 말하기에 마음을 돌렸다. 그러나 좀처럼 화가 가라앉지

않았으므로 10여 명의 기병을 데리고 종회를 찾아갔다. 종회는 본진 안팎에 수백 명의 병사를 배치하여 삼엄한 경계를 펴고 그를 맞아들였다. 등애는 마음이 언짢았으나 시치미를 떼고 말했다.

"장군은 한중을 손에 넣었소. 조정으로서는 참으로 다행한 일이오. 다음 작전을 빨리 세워 검각을 공략하는 것이 좋겠소."

"장군께 좋은 방책이라도 있습니까?"

"아니, 별로……."

등애는 어물어물했으나 종회가 자꾸 물었으므로 의견을 말했다.

"한 부대의 군사를 이끌고 음평의 샛길로 해서 한중의 덕양정(德陽亭)으로 나와 성도를 기습하면 강유는 검각의 군사를 이끌고 구원하러 달려올 것입니다. 장군이 그 틈을 타서 검각을 공격하면 반드시 승리할 수 있을 것입니다."

종회는 매우 좋은 작전이라고 겉으로는 기뻐했으나 등애가 돌아간 후에 부하 장수들에게,

"등애는 바보요. 음평의 샛길은 모두 험한 산을 끼고 있소. 만일 촉의 군사 1천여 명이 요해를 지키고 퇴로를 막으면 등애의 군사는 모두 굶어 죽고 말 것이오. 나는 큰길로 행군하겠소. 촉은 얼마든지 무찌를 수 있소."

하고 긴 사닥다리와 석화시의 대를 만들고 검각을 공격했다.

종회와 등애는 진공에 관해 논하다. ≪新鋟全像通俗演義≫ 三國志傳卷之二十

마천령을 넘다

등애가 본진으로 돌아오자 사찬(師纂)과 등충이 기다리고 있다가,

"종회 장군과의 이야기는 어떻게 되었습니까?"
하고 물었다.

"내가 진심으로 충고해줬는데도 그는 나를 무시했소. 그는 한중을 손에 넣어 홀로 큰 공을 세운 것으로 생각하고 있지만 만일 내가 답중에서 강유의 진격을 저지하지 않았더라면 성공하지 못했을 것이오. 내가 만일 성도를 점령한다면 그것은 한중을 차지한 것보다 더 큰 공로가 될 것이오."
하고 그날 밤으로 음평의 샛길을 지나 검각에서 700리 떨어진 곳에 진을 치고 장수들을 모아놓고 말했다.

"나는 적의 포위를 뚫고 성도를 점령하여 여러분과 함께 큰 공로를 세우고 싶소. 여러분은 나를 따라 싸우겠소?"

장수들은 한결같이 대답했다.

"장군의 명령이라면 목숨을 걸고 싸우겠습니다."

등애는 먼저 아들 등충에게 5천의 정병을 내주고 갑옷을 걸치지 말고 각자 도끼나 끌만 갖게 하여 험한 곳이 있거든 산을 뚫고 깎아서 길을 내고 다리를 만들어 대열이 지나가는 데 불편이 없게 하라고 했다.

그 후 등애는 손수 3만의 군사를 이끌고 떠났다. 100리 남짓 가서 3천의 군사를 남기고 진을 치고 다시 100리쯤 가서 3천의 군사를 남겨 진을 치게 했다.

10월에 음평을 떠난 후 험한 골짜기와 절벽 사이를 20일 남짓 동안 700여 리를 진군했으나 사람이라고는 그림자도 볼 수 없었다. 도중에 수십 개의 진지를 만들었으므로 이제 남은 기병은 2천 명밖에 되지 않았다.

앞길에 또 하나의 산봉우리가 나타났다. 마천령(靡天嶺)이라고 했다. 말이 더 이상 나아가지 못했으므로 등애는 걸어서 봉우리를 향해 올라갔다.

그때 등충과 길을 헤쳐온 젊은 병사들이 모두 울상이 되었다. 까닭을 물으니, 이 산봉우리의 서쪽은 낭떠러지가 하늘을 찌를 듯이 가파라서 도저히 길을 뚫을 수 없다는 것이었다. 그래서 지금까지의 고생이 헛수고가 되었기 때문이었다.

등애가 말했다.

"우리 군사는 이곳까지 벌써 700여 리나 왔다. 여기를 지나면 강유(江油)에 도착한다. 이제 와서 되돌아갈 수는 없다."

그는 이렇게 말하고 나서 병사들을 격려했다.

"호랑이 굴에 들어가지 않으면 호랑이를 잡을 수 없다. 나는 여러분과 함께 이곳까지 왔다. 만일 이 싸움에서 승리하면 부귀를 함께 누릴 수 있을 것이다."

병사들이 한결같이 대답했다.

"장군의 명령에 따르겠습니다."

등애는 담요를 몸에 칭칭 감고 제일 먼저 아래로 굴러 떨어졌다. 이어서 장수들도 털옷을 갖고 있는 자는 그것을 몸에 걸치고 굴러 떨어지고, 털옷을 갖고 있지 않는 자는 밧줄을 허리에 칭칭 감아 그 밧줄을 타고 잇따라 내려왔다.

이리하여 2천의 병사들은 모두 마천령을 넘었다.

면죽을 점령한 등애

강유성은 이제 눈앞에 있었다. 등애는 2천 명을 앞세우고 걸어서 단숨에 성으로 쳐들어갔다. 성을 지키고 있던 장수들은 곧 항복했다.

강유성을 점령한 다음에는 부성(涪城)을 공략할 차례였다. 산을 넘어서 피로하기는 했지만 군사는 신속히 움직여야 했으므로 단숨에 쳐들어가 부성도 금세 함락시켰다.

이 소식이 성도에 전해지자 천자 유선은 황호를 불러 의논했다. 황호는 그것이 헛소문일 것이라고 말했다. 무당을 부르려고 했으나 어디론가 가버려 찾을 수도 없었다.

그런데 끊임없이 위급한 소식이 전해지자 제갈공명의 아들 제갈첨(諸葛瞻)을 내세워 7만의 군사로 위의 병사를 물리치기로 했다. 선봉에 나서겠다고 자청한 것은 제갈첨의 장남 제갈상(諸葛尙)으로 그의 나이 19세였다.

부성을 공략한 등애는 한 권의 지도를 손에 넣었다. 거기에는 부성에서 성도에 이르는 160리의 산천과 도로가 자세히 그려져 있었다. 그것을 보니 부성 앞에 있는 산을 촉의 군사에게 빼앗기면 성도에 쳐들어갈 수 없다는 것을 깨닫고 부성에서 더 이상 지체하지 않고 급히 사찬과 등충을 불러 곧 면죽을 공격하라고 명령했다.

사찬·등충의 두 장수가 군사를 이끌고 면죽까지 와서 곧 촉의 군사와 맞서게 되었다. 잘 살펴보니 촉의 군사는 팔진형(八陣形)을 취하고 북을 세 번 울리더니 수십 명의 장수가 한 대의 사륜차에 에워싸고 나타났다. 수레 위에 단정히 앉아 있는 사람은 관을 쓰고 깃털 부채를 손에 들고 학 날개 옷을 입고 있었으며, 수레 옆의 노란 깃발에는 '한의 승상 제갈 무후(諸葛武侯)'라고 씌어 있었다. 사찬과 등충은 깜짝 놀라 땀을 쭉 흘리면서,

"공명이 아직도 살아 있는가? 이제 끝장이다."
하고 허겁지겁 군사를 철수시키려고 하자 촉의 군사가 몰려와 닥치는 대로 무찔렀다.

등애의 원군이 도착하여 적의 형편을 살피게 했더니 공명의 아들 제갈첨이 대장이고, 첨의 아들 제갈상이 선봉이며, 수레에 타고 있었던 것은 공명의 목각(木刻) 유상(遺像)이라는 것을 알게 되었다.

등애는 사찬·등충에게,

"승패의 갈림길은 이 싸움에 달려 있다. 패하여 돌아가면

등애는 성도의 지도를 보다. ≪新錄全像通俗演義≫ 三國志傳卷之二十

목을 벨 테다."

하고 단호히 말했다. 두 장수는 1만의 군사를 이끌고 싸웠다.

제갈상은 혼자서 말을 타고 창을 휘둘러 두 장수를 쫓아버렸다. 그러자 제갈첨이 군사를 지휘하여 위의 진지로 곧장 쳐들어가 닥치는 대로 찔렀다. 사찬과 등충은 곧 도망쳤으나 두 사람은 부상을 입고 있었으므로 등애는 책임을 추궁하지 않았다.

등애는 제갈첨에게 편지를 보내 항복을 권했다.

제갈첨은 편지를 읽고 나서 화가 나서 편지를 찢어버렸다. 그리고 승패를 가리기 위해 도전했다.

등애는 얼마쯤 도망치다가 복병으로 대적하여 제갈첨이 면죽성으로 철수하자 성을 포위해버렸다. 제갈첨은 성에 틀어박혀 오에 구원을 청했으나 아무리 기다려도 원군이 나타나지 않았다.

드디어 성문을 열고 총공세를 취하자 등애는 또다시 도망치다가 석화시를 신호로 하여 사방에서 포위했다. 촉의 군사는 점점 곤경에 빠졌다. 제갈첨·제갈상 부자는 난투전을 벌이다가 함께 전사했다.

유선의 항복

면죽이 점령되자 위의 군사는 성도로 쳐들어갔다. 성 밖의 백성들은 늙은이를 부축하고 아이들의 손을 이끌면서 도망쳤다. 유선은 안절부절 못하고 신하와 장수들을 모아놓고 의논했다. 성도를 버리고 남쪽으로 피난가야 한다고 주장하는 사람도 있고 오에 의지하는 것이 좋겠다고 주장하는 사람도 있어 의견이 분분하여 마음을 결정하지 못하다가 광록대부(光祿大夫) 초주가 위에 항복할 것을 거듭 권하므로 드디어 항복을 결심했다.

그때 병풍 뒤에서 갑자기 한 사람이 뛰쳐나오더니 큰소리로 초주를 꾸짖었다.

"썩어빠진 유자(儒者) 따위는 나라의 큰일에 입을 다물어라! 성도에는 아직도 몇 만의 군사가 있고 강유의 군사도 검각에 건재하니 반드시 구원하러 달려올 것이다. 성 안팎으로 공격하면 이기지 못할 리가 없다."

유선의 다섯째 아들 북지왕(北地王) 유심(劉諶)이었다. 천자의 아들 중에서 가장 총명하고 용기가 있었다.

"너같은 아이가 하늘의 정한 이치를 어떻게 알겠느냐?"

제갈첨은 면죽에서 전사하다. ≪繡像全圖三國演義≫에서

하고 유선이 책망하자 유심은 땅바닥에 엎드려 흐느껴 울면
서,

"만일 기세가 꺾이고 힘이 부족하여 화가 곧 미친다면 부
자군신(父子君臣)이 성을 등지고 싸우다가 나라를 위해 죽
어야만 선제의 얼굴을 뵐 수 있을 것입니다. 어찌 이 마당에
항복할 수 있겠습니까?"
하고 말했다.

그러나 유선은 그 말을 듣지 않았다. 유심이 큰소리로,

"선제께서는 피땀으로 나라의 기틀을 세웠는데, 이제 그
것을 무참히 버려야 한다면 나는 차라리 죽음으로 수치를 면
하고 싶습니다."

하고 울었다.

유선은 신하에게 명하여 그를 궁전문 밖으로 쫓아내고, 초주에게 명하여 항복문을 작성하게 한 다음 옥새를 내주어 낙성에 있는 등애에게 항복하러 보냈다.

등애에게 전해진 촉의 장부에 의하면 호수 28만, 남녀 94만, 장병 10만 2천, 관원 4만, 국고의 식량 40여만 석, 금은 3천 근 등이었다.

북지왕 유심은 이 말을 듣자 화가 머리끝까지 치밀어 칼을 차고 궁전으로 들어가 아내 최 부인에게 나라가 망하기 전에 죽어 지하에 가서 선제를 뵙고 싶다고 말했다. 아내는 남편의 의(義)에 감동되어 자기부터 먼저 죽겠다고 말하고 기둥에 머리를 부딪쳐 죽었다. 유심은 세 자식을 죽이고 아내의 목을 들고 소열제(昭烈帝)의 사당에 가서 스스로 목숨을 끊었다.

이튿날 위의 군사는 성도에 입성했다. 유선은 태자와 여러 왕들과 신하 60여 명을 거느리고 스스로 양손을 묶고 영구차를 준비한 다음, 북문 밖으로 십리를 걸어 나와 항복했다.

등애는 유선을 부축하여 일으켜 세우고 그 밧줄을 풀고 영구차를 불태운 후 나란히 수레에 올라 입성했다.

성도의 백성들은 이들을 기꺼이 맞아들였다. 등애는 유선을 표기 장군으로 임명하고 문무백관에게는 각각 관직을 주고, 검각의 강유에게는 사자를 보내 항복을 권했다.

황호가 나라를 망쳤다는 말을 듣고 그의 목을 베려고 했으나 황호는 그의 측근에게 뇌물을 보냈기 때문에 간신히 죽음은 면하게 되었다.

유심은 소열묘에서 죽음으로 절개를 지키다. ≪新鐫全像通俗演義≫ 三國志傳 卷之二十

이리하여 촉은 드디어 멸망했다. 염흥 원년(263년) 12월 초하룻날의 일이었다.

58. 사마염의 천하통일

사로잡힌 등애

검각에 있던 강유는 성도가 점령되었으리라고는 꿈에도 생각지 못하고 종회와 싸웠으나 성도에서 사자가 와서 유선의 칙명을 전하고 항복한 것을 알렸다.

강유는 깜짝 놀라 말이 나오지 않았다. 장수들은 저마다 분통이 터져 이를 갈며 머리카락을 곤두세우고 칼을 빼어 들고 후려치면서,

"우리는 결사적으로 싸웠는데 왜 그냥 항복했단 말인가!"

하고 울부짖는 소리가 수십 리 밖까지 들릴 정도였다. 강유는 인심이 아직도 한에 쏠리고 있는 것을 보고 그들을 달랬다.

"걱정하지 마라. 나에게 하나의 계략이 있다. 한의 왕실은 다시 일어날 수 있다."

모두들 그 계략에 대해 물었다. 강유는 장수들에게 은밀히 계략을 들려주었다.

강유는 곧 검각에 항복의 기를 내걸고 종회에게 항복했다.

그리고 나서 종회에게 말했다.

"장군은 회남의 전쟁 이후로 계략에 실패한 적이 없고 사마씨의 흥성은 모두 장군의 힘입니다. 이 강유는 기꺼이 머리를 숙입니다. 만일 장군이 등애라면 나는 한판 승부를 낼지언정 항복은 하지 않았을 것입니다."

이 말을 들은 종회는 기뻐하여 강유와 의형제를 맺고 전과 같이 군사를 지휘하게 했다. 강유는 마음속으로 은근히 기뻐했다.

한편 등애는 촉의 신하와 장수들을 모아 잔치를 베풀고,

"당신네들은 나를 만난 게 다행이오. 다른 장군이었더라면 모두 죽음을 당했을 거요."

하고 사마소에게 편지를 보내 유선을 후히 대접하면 오의 손휴도 결국 그 인덕에 감동을 받을 것이라고 했다. 이 편지를 읽은 사마소는 등애가 촉을 자기 손에 넣으려고 하는 것이 아닐까 하고 더 한층 의심했다. 그는 위관을 보내 등애를 태위(太尉)로 봉하는 동시에 모든 일에 조정의 지시를 받고, 마음대로 행동해서는 안 된다고 전했다.

등애는 취지를 적어 답장을 보냈다.

"대장이 밖에 있을 때는 군주의 명령이라도 따르지 않는 경우가 있다. 나는 칙명을 받고 출전했다. 그러니 일일이 귀찮은 절차를 밟을 필요는 없다."

그 무렵 조정에는 등애가 반란을 일으킬지 모른다는 소문이 자자했으므로 사마소는 더욱 의혹을 품고 있었는데, 등애의 답장을 보고 깜짝 놀라 가충과 의논했다.

가충은 말했다.

"종회에게 높은 직위를 주어 등애를 누르게 하는 것이 어떨까요?"

사마소는 이 의견에 따라 종회를 사도로 봉하고 등애의 모반을 막으라고 지시했다. 그리고 몰래 위관에게 명하여 등애·종회의 양군을 감시하게 했다.

종회는 등애를 누르기 위해 강유와 의논했다. 강유는 한 장의 지도를 꺼내 촉나라 산천의 지세를 일일이 설명하였다.

"옛날 제갈공명은 초막을 나설 때 이 지도를 선제에게 바치고 이 익주의 땅은 평야가 넓고 백성도 많아 부유하므로 패권을 잡을 수 있다고 말했습니다. 그래서 선제는 성도를 수도로 정한 것입니다. 등애가 그곳에 갔으니 모반할 마음이 생기지 않았을 리가 없습니다. 지금 진공이 그를 의심하고 있을 때 그가 반역하려고 한다는 것을 보고하면 진공은 반드시 장군에게 등애의 토벌을 명할 것입니다. 그렇게 되면 단번에 사로잡을 수 있을 것입니다."

종회는 낙양에 사람을 보내 등애가 반역을 꾀하고 있다고 보고했다. 사마소는 매우 화가 나서 종회에게 등애를 체포하도록 명령하는 동시에 자신도 대군을 이끌고 촉으로 향하였다. 등애를 사로잡으려면 종회의 병력만으로도 충분했으나, 사마소가 직접 나선 것은 종회의 반역에 대비하기 위해서였다.

종회는 강유를 불러 등애를 사로잡을 의논을 한 끝에 감군인 위관에게 명하여 성도에 가서 등애 부자를 체포하라고 명령했다. 만일 등애가 위관을 죽이려고 하면 모반이 분명히 드러나므로 그때 군사를 이끌고 가서 무찌르려고 생각한 것

서천에 들어간 종회 · 등애 두 장수는 서로 공을 다투다. 《繡像全圖三國演義》
에서

이다.

　위관은 수십 명의 부하를 거느리고 성도로 향했는데 출발
에 앞서 2, 30통의 격문을 공표했다. 거기에는 등애는 체포
하지만 다른 자는 항복하면 본래의 지위를 주겠으며 항복하
지 않는 자는 삼족을 모두 죽이겠다고 씌어 있었다.

　새벽닭이 울기 시작할 무렵, 격문을 본 등애의 장수들이
잇따라 항복해 왔다. 등애는 잠자리에서 사로잡혀 죄인 호송
용 수레에 태워졌다. 아들 등충도 체포되어 아버지와 함께
낙양으로 갔다.

종회 · 강유의 죽음

강유는 계략을 써서 종회를 설득하다. ≪新鋟全像通俗演義≫ 三國志傳卷之二十

　　종회는 성도에 입성하여 등애의 군사를 부하로 받아들였
으므로 그 위세가 대단히 커졌다.
　　"나는 오늘 비로소 평생의 소원을 이루었다."
하고 종회가 기뻐하자 강유는, 성공을 거두고 이름을 날리게
된 이상 배를 타고 행방을 감추거나 아미산의 신선처럼 숨어
사는 것이 좋겠다고 말했다. 그러자 종회는,
　　"나는 아직 40도 되지 않았소. 이제부터라고 생각하는데
은퇴하다니 말도 안 되오."
　　"그럼 빨리 좋은 방책을 강구해야 할 것입니다."
라고 강유가 말하자 종회는 손뼉을 쳤다.
　　"내 마음을 꿰뚫어 보는군."
　　두 사람은 날마다 모반을 의논하고 있었는데 갑자기 사마
소가 편지를 보내왔다. 혹시 등애를 놓치는 일이 있을까봐
장안까지 군사를 이끌고 왔다는 것이었다. 그 보고를 듣고

종회가 말했다.

"나의 군사는 등애보다 몇 갑절이나 되어 내가 등애를 사로잡을 수 있다는 것은 잘 알고 있을 터인데, 스스로 군사를 이끌고 온 것은 나를 의심하기 때문이오."

강유가 말했다.

"군주가 신하를 의심하면 신하는 으레 죽게 마련입니다. 등애의 경우를 보십시오."

"내 마음은 이미 정해졌소. 일이 성공을 거두면 천하를 내 손에 넣게 되고, 만일 일을 그르쳐 서촉(西蜀)으로 물러가더라도 유비 정도는 되지 않겠소?"

이튿날은 정월 보름날이었다. 종회와 강유 두 사람은 궁중에서 베푼 잔치에 장수들을 초대하여 그들이 술에 거나하게 취했을 때, 종회가 갑자기 술잔을 손에 든 채 울기 시작했다. 장수들이 놀라서 까닭을 물었다.

"곽 태후께서 임종하실 때 나에게 말씀하셨소. 언젠가는 사마소가 군주를 죽이고 위의 천자의 자리를 빼앗을 것이니 나에게 토벌하라는 말씀이었소. 여러분은 연판장(連判狀)에 이름을 적어, 이 일을 함께 이루지 않겠소?"

모두들 깜짝 놀라 서로 얼굴만 쳐다보자 종회가 칼을 빼들고,

"나를 따르지 않는 자는 목을 벨 테다."

하고 말했다. 장수들은 두려워 벌벌 떨면서 할 수 없이 그를 따르기로 했다. 연판장에 이름을 올리자 종회는 부하를 시켜 장수들을 궁중에 가두고 엄중히 감시하게 했다.

강유가 말했다.

“장수들은 못마땅한 얼굴입니다. 한 구덩이에 쓸어 넣어 생매장을 하는 것이 좋겠습니다.”

“나는 이미 궁중에 커다란 구덩이를 파놓고 곤장 수천 개도 장만해뒀소. 나를 따르지 않는 놈은 모두 때려 죽여 한 구덩이에 쓸어 넣고 묻어버릴 거요.”

이 말을 옆에서 듣고 있던 심복 부하가 자기의 이전 상관으로 궁중에 갇혀 있던 장수에게 몰래 이 말을 전했다. 장수는 깜짝 놀라 밖에서 경비하고 있는 자기 아들에게 연락해줄 것을 부탁했다.

이리하여 종회의 흉계가 궁중의 장수들과 밖의 진지에 있는 부장들에게 알려지자, 그들은 정월 18일에 일제히 궁중으로 쳐들어가기로 약속했다. 감군인 위관이 이 계획을 듣더니 기꺼이 호응하여 군사를 동원하기로 했다.

종회는 그 전날 밤에 수천 마리의 뱀에게 물리는 꿈을 꾸었다. 강유에게 이 꿈 이야기를 했더니 그것은 길조라고 위로했다. 종회는 기뻐하여 자기를 따르지 않는 장수들을 모조리 죽이라고 강유에게 일렀다.

강유는 밖으로 나가려다가 갑자기 가슴에 통증이 심해 정신을 잃고 땅바닥에 쓰러졌다. 좌우의 부하들이 부축해 일으켰을 때 궁전 밖에서 왁자지껄한 소리가 들려왔다.

종회가 사람을 시켜 살펴보려고 하는데 갑자기 함성을 지르면서 군사가 쳐들어왔다. 종회는 궁전문을 굳게 닫고 맞서 싸웠으나, 밖에서 불길이 치솟더니 궁전문이 부숴졌다. 종회는 스스로 칼을 휘둘러 수십 명을 죽였으나 곧 화살에 맞아 쓰러졌다. 그러자 장수들이 일제히 덤벼들어 그의 목을 베었다.

강유는 칼을 뽑아 들고 궁전을 좌우로 뛰어다녔으나 다시 가슴이 몹시 아파왔다. 그는 하늘을 우러러,

"나의 계략이 실패했으니 이것도 천명이구나."

하고 스스로 목숨을 끊었다. 그의 나이 59세였다.

등애의 부하는 종회와 강유가 죽은 것을 보고 등애를 감옥에서 빼내기 위해 달려갔다. 위관은 이 말을 듣고,

"등애는 내가 사로잡았다. 지금 만일 그를 살려둔다면 내가 죽게 될 것이다."

하고 자기가 거느리고 있는 군사 500명을 시켜 그 뒤를 쫓게 했다. 등애 부자는 수레에서 구출되어 성도로 돌아오려고 했으나 뒤쫓아온 장수에 의해 단칼에 쓰러졌다.

촉의 군민(軍民)은 큰 소동을 일으켰으나 10일 후에 가충이 와서 소동은 겨우 가라앉았다. 가충은 위관에게 성도를 지키게 하고 유선을 낙양으로 옮겼으나 그의 신하는 불과 몇 사람밖에 되지 않았다.

사마소의 최후

위의 천자 조환은 경원 5년(264년)을 함희(咸熙) 원년이라고 고쳤다.

낙양에 내려온 유선은 안락공(安樂公)으로 봉해져 저택이 제공되었으나 전보다도 더 변변치 못했다. 사마소가 잔치를 베풀어 그를 초대했을 때 먼저 위의 음악이 연주되고 춤이

거짓으로 투항한 강유의 계교는 무산되다. ≪繡像全圖三國演義≫에서

시작되었다. 촉의 옛 신하들은 모두 슬픔에 잠겨 있었지만 유선만은 기쁜 듯했다. 그리고 사마소가 촉나라 사람들에게 명하여 그들의 음악을 연주하게 하자 촉의 옛 신하들은 모두 눈물을 흘렸는데도 유선만은 혼자 싱글벙글 웃고 있었다.

사마소는 가충에게,

"저 모양이니 제갈공명이 살아 있었다고 해도 보필할 수 없었겠군. 강유는 더욱 그렇지."

하고 유선에게 물었다.

"촉이 그립지 않습니까?"

"이곳에서도 얼마든지 즐거우니 촉이 그리울 것 없습니다."

하고 대답했다.

이윽고 유선이 변소에 갈 때 극정이 은밀히 따라와서,

"폐하, 어찌하여 촉이 그립지 않다고 말씀하셨습니까? 다시 물으면 눈물을 흘리면서 대답하십시오. 조상의 산소가 멀리 촉나라에 있으므로 서쪽 하늘을 바라보면서 그립지 않은 날이 없다고 말입니다. 진공은 반드시 폐하를 촉으로 돌려보내줄 것입니다."

유선은 이 말을 명심하고 자리로 돌아왔다. 술잔이 몇 번 돌았을 때 사마소는 또 물었다.

"촉이 그립지 않습니까?"

유선은 극정이 시킨대로 대답하고 눈물을 흘리려고 했으나 눈물이 나오지 않았다. 사마소가 말했다.

"어쩌면 이리도 극정의 말과 똑같소."

유선은 눈을 크게 뜨고 놀란 듯이,

"예, 말씀대로 했습니다."

하고 대답해버렸다.

사마소와 주위 사람들은 일제히 웃음을 터뜨렸다. 사마소는 유선의 고지식한 태도가 마음에 들어 그 후부터는 마음을 놓았다.

조정의 대신들은 사마소를 진왕(晋王)으로 봉해야 한다고 천자 조환에게 상주했다. 조환은 천자라는 명색만 갖고 있을 뿐 아무것도 주장하지 못하고, 정치는 사마소에게 맡기고 있었다. 그러므로 시키는 대로 사마소를 진왕으로 봉하고 아버지 사마의는 선왕(宣王), 형 사마사에게는 경왕(景王)이라는 시호를 내렸다.

사마소에게는 두 아들이 있었다. 형은 사마염(司馬炎)으로 체격이 튼튼하고 머리도 좋았으며 무용도 뛰어나고 베짱이 두둑했다. 동생은 사마유(司馬攸)로 성격이 온순하고 겸

손하며 효성이 지극했다.

사마소는 동생을 더 사랑하고 있었으나 동생을 후계자로 삼는 것은 좋지 않다고 부하들이 간하므로, 장남 사마염을 후계자로 정했다.

대진왕 사마염

그 무렵 양무현(襄武縣)이라는 곳에 하늘로부터 괴상한 인간이 내려왔다는 소문이 퍼졌다. 키가 2장이 넘고 발 길이만도 석 자 두 치에다가 백발에 누런 두건을 쓰고, 누런 옷을 입고 명아주 지팡이를 짚고는,

"너희들에게 알리러 왔다. 왕을 바꾸어라. 그러면 곧 세상은 태평해질 것이다."
하고 외치면서 3일 동안 거리를 돌아다니다가 사라졌다고 했다.

"이것이야말로 전하께 길조입니다."
하고 대신들이 말하므로 사마소는 마음속으로 기뻐서 견딜 수 없었다. 그런데 궁중에서 돌아와 식사를 하려다가 갑자기 중풍에 걸려 말을 못하게 되었다.

이튿날에는 병세가 더 위독해졌다. 대신들은 잇따라 문병을 왔으나 사마소는 말을 하지 못했다. 그는 태자 사마염을 가리키면서 죽었다. 함희 원년 8월 신묘일의 일이었다.

이튿날 사마염이 진왕으로 즉위하고 새로 대신과 장군을 임명하고 아버지에게는 문왕(文王)이라는 시호를 올렸다.

사마소는 죽음에 임해 탁고하다. ≪新鋟全像通俗演義≫ 三國志傳卷之二十

　　장례가 끝나자 사마염은 가충을 불러 위의 조비가 한의 천하를 계승한 절차에 대해 물었다. 가충이 대답했다.

　　"전하는 조비가 한의 제위를 이어받은 전례에 따라 수선대(受禪臺)를 쌓고 제위에 오르시어 이를 천하에 공표하는 것이 좋을 줄 압니다."

　　사마염은 기뻐하여 이튿날 칼을 차고 궁중에 들어가서 위의 천자 조환을 만나 자기에게 제위를 넘기라고 강요했다. 조환은 깜짝 놀라 말을 제대로 하지 못했다. 옆에 있던 황문시랑(黃門侍郎) 장절(張節)이 화를 내면서 말했다.

　　"옛날 위의 무제(조조)께서는 동분 서주하며 정벌하여 고생 끝에 천하를 손에 넣었습니다. 지금 천자에게는 아무 죄도 없는데 어찌하여 제위를 물려줘야 합니까?"

　　사마염은 화가 머리끝까지 치밀어 호통을 쳤다.

　　"이 천하는 본래 한(漢)의 것이오. 조조는 천하를 손에 넣고 제후에게 호령하며 스스로 위왕이 되고 한의 황실을 빼앗왔소. 우리 조상은 3대에 걸쳐 위를 도왔소. 천하를 얻게 된 것은 조씨의 힘이 아니라 실로 사마씨의 힘이었소. 이것을 모르는 자는 하나도 없을 것이오. 내가 오늘 위의 천하를 이어받는 것이 뭐가 나쁘단 말이오?"

"그런 짓을 하면 나라를 빼앗는 역적이 되오."

사마염은 몹시 화가 나서 무사에게 명하여 장절을 어전 아래로 끌어내어 때려 죽이게 했다. 조환은 눈물을 흘리면서 무릎을 꿇었으나 사마염은 일어나 밖으로 나가버렸다.

조환이 말했다.

"큰일났구려. 어찌하면 좋겠는가?"

그러자 가충이 말했다.

"이것은 천명입니다. 하늘의 뜻에 거역해서는 안 됩니다. 한의 헌제의 전례에 따라 수선대를 쌓고 제위를 진왕에게 이양하는 의식을 올려야 합니다."

그리하여 수선대를 쌓게 하고, 그 해 12월 갑자(甲子)일 조환 자신이 옥새를 들고 대위에 서고, 문무백관이 대 아래 나란히 늘어섰다. 사마염이 대위에 오르자 옥새를 넘겨주고 조환은 대에서 내려 관복을 입고 신하의 대열에 섰다.

이리하여 사마염은 위의 제위를 이어받아 황제가 되고, 조환을 진류왕으로 봉하고 금용성(金墉城)에 가서 어명이 없는 한 상경해서는 안 된다고 명하였다.

문무백관은 대 아래서 재배하고 만세를 불렀다. 사마염은 국호를 대진(大晉)이라고 고치고, 연호를 태시(太始) 원년으로 고쳤다. 이어서 대사령을 내리고 사마의는 선제(先帝), 사마사는 경제(景帝), 사마소에게는 문제(文帝)라는 시호를 올렸다.

이리하여 위는 건안 25년(220년)에 한을 이어 45년 동안 야심가들의 정략 속에서 멸망되었다. 모든 의식이 끝나자 사마염은 날마다 조정에서 오를 칠 계략을 꾸미기에 바빴다.

양호와 육항

오의 황제 손휴는 사마염이 위를 빼앗았다는 소식을 듣고 반드시 오에 쳐들어올 것이라고 생각하여 걱정한 나머지 병에 걸려 죽게 되었다.

태자인 손만(孫霯)은 나이가 너무 어렸으므로 오정후인 손호(孫皓)를 영접하여 천자로 추대했다. 손호는 손권의 태자 손화(孫和)의 아들이다.

그는 영안 7년(264년) 7월에 즉위하자 연호를 원흥(元興) 원년으로 고치고 이듬해에는 다시 감로(甘露) 원년으로 고쳤다. 그는 날로 포악해지고 주색에 빠져 간언하는 자가 있으면 목을 베어, 조정의 신하들은 입을 봉하고 간언하는 자가 하나도 없었다. 이듬해 또다시 연호를 보정(寶鼎) 원년으로 고쳤다.

백성이 곤궁함에도 불구하고 손호는 사치를 좋아하여 궁전을 새로 짓기도 했다. 그리고 점쟁이를 불러 나라일에 대해 점을 치게 하니,

'경자년(庚子年)에 천자는 낙양으로 입성하게 된다' 하는 점괘가 나왔으므로, 진(晉)을 치려고 생각하여 부하의 반대

를 무릅쓰고 진동장군 육항(陸抗)에게 명령하여 양강의 입
구에 진을 치게 했다.

한편 낙양에서는 진의 천자 사마염이 참모들과 대책을 논
의하는 자리에서 가충이 말했다.

"오의 손호는 정치를 돌보지 않고 잔악 무도한 일을 많이
한다고 합니다. 양양의 도독 양호(羊祜)에게 육항의 침입을
막게 하고 오나라 안에서 이변이 일어나는 것을 기다렸다가
쳐들어가는 것이 좋을 줄 압니다."

그리하여 양양의 수비를 양호에게 명령했다.

양호는 병사와 백성의 마음을 잘 파악하고 있었다. 그는
순시병을 줄이고 논밭을 경작하게 했으므로, 처음 주둔했을
때에는 백 일분의 군량도 없었는데 그 해 말에는 10년분을
저축할 수 있었다.

양호는 언제나 가벼운 가죽 옷에 폭이 넓은 띠를 띠고 갑
옷을 걸치지도 않은 채 호위병은 10여 명만 두고 있었다.

어느 날 부하 장수가 오의 군사가 방심하고 있으니 한꺼번
에 쳐들어가면 크게 이길 수 있다고 말했다. 양호는 웃으면
서,

"자네들은 육항을 어떻게 보고 있는가. 그는 지모가 뛰어
난 사람이오. 그가 장수로 버티고 있는 이상 이쪽에서 쳐들
어가는 것은 삼가야 하오. 오에 변화가 일어났을 때 쳐들어
가는 거요. 분별 없이 덤볐다가는 패하러 가는 거나 마찬가
지요."

하고 말했으므로 장수들은 이에 따라 오직 국경을 굳게 지키
는 데 힘썼다.

오나라 사람은 나무를 베어다 궁전을 짓다. ≪新鋟全像通俗演義≫ 三國志傳 卷之二十

어느 날 양호는 장수들을 데리고 사냥에 나섰다. 마침 육항도 사냥을 나와 있었다. 양호는 장수들에게 명령했다.

"경계를 넘어서면 안 된다."

장수들은 명령을 지키고 진의 영토 안에서만 사냥을 하였다.

육항은 그것을 보고 한숨을 쉬면서,

"양 장군에게는 군율이 있소. 함부로 쳐들어가면 안 되오."

하고 말했다.

양호는 날이 저물자 본진에 돌아와 사냥한 짐승들을 점검해 보고 오군의 화살을 먼저 맞은 것을 골라 내게 하여 모두 오에 돌려보냈다. 육항은 그 사자에게,

"장군은 술을 마시는가?"

"좋은 술이면 마십니다."

하고 대답하자 손수 만든 술을 양호에게 보냈다. 좌우의 부

하들이 그 이유를 물었더니,

"그가 나에게 덕을 끼쳤으므로 나도 이에 보답하려 하오."
하고 대답했다.

양호가 그 술을 마시려고 하자 부장이 독이 들어 있지 않
을까 하고 걱정했다. 양호는 웃으면서,

"육항은 그런 짓을 할 사람이 아니오. 의심할 것 없소."
하고 술독을 기울여 마셔버렸다.

그 후 서로 사자를 내왕하게 했는데 어느 날 양호가 육항
의 사자에게,

"육 장군은 잘 있는가?"
하고 물으니 병으로 며칠째 자리에 누워 있다고 대답했다.

그래서 양호는 아마도 자기와 비슷한 병일 것이라고 생각
하여 손수 지은 약을 육항에게 보냈다. 사자가 약을 가지고
돌아오자 장수들은 독약이 아닌가 하여 걱정했다. 육항이 말
했다.

"사람에게 독을 먹이는 양호가 아니오. 의심하지 마시오."

그 약을 먹은 이튿날 육항의 병은 거뜬히 나았다. 장수들
이 기뻐하자 그가 이렇게 말했다.

"그는 덕을 세워서 싸우지 않고 우리를 복종시키려는 것
이오. 지금은 경계를 지키는 것이 중요하오. 사소한 이익을
구하면 안 되오."

양호의 죽음

그런데 오의 천자 손호가 보낸 사자가 와서 즉시 쳐들어가라고 독촉했다. 육항은 우선 사자를 돌려보내고 지금은 진을 칠 때가 아니고 나라를 잘 다스리는 것이 중요하며, 무리하게 싸움을 시작해서는 안 된다고 상주했다. 손호는 몹시 화를 내면서,

"짐은 육항이 변두리에서 적과 내통하고 있다는 말을 듣고 있는데 과연 그렇구나."

하고 그의 군사 통수권을 빼앗아 사마(司馬)로 좌천시키고, 좌장군 손기(孫冀)를 후임으로 임명하여 군사를 지휘하게 했다. 신하들은 아무도 손호에게 간언하지 못했다.

손호는 연호를 건형(建衡)이라고 고치고(269년) 3년 후에 다시 연호를 봉황(鳳凰)으로 고쳤으며(272년) 폭정을 일삼고 백성의 고통은 거들떠보지 않았으므로 그를 원망하지 않는 자가 없었다.

승상이나 장군 중에서 정직하게 충고한 자는 모두 목이 날아가 즉위 10년 동안에 죽음을 당한 신하가 40여 명에 이르렀다. 손호는 언제나 무장한 기병 5만을 호위병으로 거느리고 있었으므로 신하들은 두려워 감히 입을 열지 못했다.

한편 양호는 육항이 자리에서 물러나고 손호가 부덕하다는 말을 듣고는 오에 쳐들어갈 때가 되었다고 보고 낙양에 사자를 보내 오를 칠 것을 상주했다.

사마염은 상주문을 읽고 기뻐하여 즉시 군사를 동원하려

고 했으나 가충이 한사코 반대하여 중단되었다. 양호는,

"천하의 일은 뜻대로 되지 않는 것이 예사다."

하고 안타까워했다.

그 후 함녕 4년(278년), 양호는 나이가 많으므로 고향에 돌아가 은거하겠다고 사마염에게 간청했다. 그러자 사마염은 나라를 잘 다스리는 방법에 대해 물었다.

"손호의 폭정은 날로 심하여 지금이라면 싸우지 않고도 이길 것입니다. 만일 손호가 죽고 현군(賢君)이 등장하면 오는 손에 넣을 수 없게 될 것입니다."

사마염은 비로소 깨닫고,

"장군이 군사를 이끌고 쳐들어가주지 않겠소?"

하고 말하자 양호는 이렇게 대답했다.

"신은 이미 나이를 먹어 자주 병들어 자리에 눕게 되므로 이 임무를 감당할 수 없습니다. 폐하, 지용(智勇)이 뛰어난 자를 골라 임명하십시오."

이리하여 양호는 사마염과 작별하고 돌아갔는데, 그 해 11월에 양호는 병이 위독해졌다. 사마염은 친히 그의 집까지 문병을 가 울면서 물었다.

"짐은 오를 정벌하려던 장군의 계획을 가로막았던 것을 후회하고 있소. 장군의 뜻을 이을 자는 누구요?"

양호는 눈물을 흘리면서 우장군 두예(杜預)를 추천하고 숨을 거두었다.

형주의 백성들은 그가 죽었다는 소식을 듣고 모두 소리내어 울었으며, 강남의 국경을 지키던 장병들도 모두 소리내어 울었다.

양양 사람들은 양호가 생전에 현산(峴山)에 자주 올라간 것을 회상하고 산꼭대기에 사당과 비석을 세우고 절기마다 제사를 지냈다. 그 비문을 읽으면 눈물을 흘리지 않는 자가 없어 그 비석을 '타루비(墮淚碑)'라고 불렀다.

양호의 유언에 따라 진의 천자는 두예를 진남대장군 형주 자사로 임명했다. 두예는 노련한 장군이었으며 학문을 좋아했다. 특히 《춘추좌씨전(春秋左氏傳)》을 애독하여 언제나 이 책을 손에서 놓지 않았으므로, 당시의 사람들은 그를 '좌전벽(左傳癖)'이라고 불렀다.

두예는 천자의 명령을 받아 양양에서 백성을 잘 다스리면서 군사를 훈련하여 오나라 정벌에 대비했다.

위기에 선 오

이 무렵에 오는 정봉과 육항이 죽자 오의 천자 손호는 더욱 포악해졌다.

그리하여 진에서는 익주 자사 왕준(王濬)이 오를 칠 것을 상주했다. 그 이유는 첫째로 포악한 손호가 죽고 만일 현명한 군주가 등장하게 되면 오가 강해진다는 것이고, 둘째로 배를 만든 지 7년이 되어 날이 갈수록 낡아간다는 것과, 셋째로는 자신의 나이가 70이라 죽을 날이 가까웠다는 것이었다. 이 세 가지 중에서 하나라도 결함이 있으면 오를 치기가 어렵게 되므로 시기를 놓쳐서는 안 된다고 왕준이 말했다.

왕준의 주장은 양호의 말과 같았으므로 사마염은 오를 치

노장 양호는 두예를 천거하며 기묘한 계책을 바치다. 《繡像全圖三國演義》
에서

기로 결심하였다. 그런데 시중인 왕혼(王渾)은 1년만 더 적이 피로하기를 기다렸다가 정벌하는 것이 좋겠다고 상주했으므로 사마염은 출전을 보류했다.

그때 국경에서 두예의 상주문이 올라왔다. 두예는 역시 지금이야말로 오를 치는 데 가장 좋은 기회이며 1년 후에는 어렵게 된다는 의견이었다.

사마염은 결국 출전을 결심하고 두예를 대도독으로 임명하는 한편 다른 장수들에게도 각각 임무를 맡겨 수륙 양면에서 오를 공략하게 했다.

오의 손호는 깜짝 놀라 대책을 세워 승상 장제(張悌)에게
출전을 명했다. 손호가 걱정스러운 얼굴을 하고 있자 그의
총애를 받고 있는 내시 잠혼(岑昏)이 어찌된 일이냐고 물었
다.

"진의 대군이 쳐들어와 육로는 맞서 싸우게 했지만, 왕준
이 수만의 수병을 이끌고 장강에서 쳐내려오니 걱정이오."
하고 손호는 대답했다.

"계략이 있습니다. 왕준의 배를 가루로 만들겠습니다."
하고 잠혼은 다음과 같이 말을 이었다.

"강남에는 철이 많이 납니다. 그것으로 쇠사슬을 만들게
합니다. 길이는 수백 장, 하나의 무게는 2, 30근인 쇠사슬을
100여 개 만들어 장강의 요소마다 쳐둡니다. 그리고 길이 1
장 남짓한 송곳을 몇만 개 만들어 물 속에 세워둡니다. 진의
배가 바람을 타고 밀려오면 송곳에 찔려 파손될 터이니 장강
을 건널 수 없게 될 것입니다."

손호는 매우 기뻐하여 전국의 대장장이를 모두 장강 기슭
에 불러 밤 새워 쇠사슬과 송곳을 만들게 했다.

이윽고 진의 두예는 군사를 이끌고 강릉으로 출병한 후에
부하 장수에게 명하여 800명의 수군(水軍)을 이끌고 작은
배를 타고 밤에 몰래 장강을 건너가 기슭에 숨어 있게 했다.

이튿날 두예가 대군을 이끌고 수륙으로 쳐들어오자 오의
대군도 수륙으로 맞서 싸웠다. 두예가 오의 수군과 잠시 싸
우다가 후퇴하자 오의 군사는 상륙하여 추격했다.

석화시를 신호로 두예가 반격하니 오의 군사는 크게 패하
여 강을 건너 성까지 도망쳤다. 이때 어제 저녁때부터 숨겨

철공들은 연환삭을 만든다. ≪新鋟全像通俗演義≫ 三國志傳卷之二十

둔 진의 수병 800명이 오의 군사를 뒤쫓아 성에 쳐들어가 불을 질렀다.

"적의 군사들은 장강을 날아서 왔단 말인가!"
하고 놀라고만 있던 오의 장수는 즉시 목이 달아났다.

두예는 이렇게 해서 강릉을 공략했으며, 원주(沅州)·상주(湘州) 일대에서 황주(黃州)에 걸친 각 군의 태수들은 싸우지도 않고 항복했다.

두예는 다시 군사를 몰고 무창으로 쳐들어가 그곳 역시 점령해버렸다. 사기가 크게 오른 두예의 군사들은 파죽지세로 건업을 향해 군사를 몰았다.

왕준은 수군을 이끌고 장강을 내려왔으나 척후병이,

"오의 놈들이 장강에 쇠사슬을 치고 물속에는 송곳을 박아 놓았습니다."
하고 알리자 크게 웃고 나서, 커다란 뗏목 수십 만 개를 만들고 그 위에 짚으로 된 인형에 갑옷을 입혀 세우고 활을 들게 한 다음 상류에서 떠내려가게 하였다.

오의 군사는 이것을 보자 살아 있는 인간인 줄 알고 모두 도망쳤다. 물속의 송곳은 뗏목에 밀려 하류로 흘러갔다.

그리고 뗏목 위에 길이 10장 남짓, 굵기 여남은 아름이나 되는 커다란 관솔을 올려 기름을 부어 쇠사슬에 부딪칠 적마다 불태우니 쇠사슬은 끊겨버렸다. 왕준의 수군은 양쪽으로 갈라져서 진격하여 승리를 거듭하였다.

오의 멸망

오의 승상 장제는 우저(牛渚)에서 진의 군사를 기다리고 있으면서 이곳에서 버티지 못하면 이제 끝장이라고 말하는데, 벌써 진의 군사가 쳐내려왔다. 꺾을 수 없는 기세였다.

"오는 이제 위기에 놓여 있습니다. 진에 항복하는 것이 어떨까요?"
하고 우장군이 말했다.

장제는 눈물을 흘리면서,

"오가 망하는 것은 당연지사요. 지금 만일 군신이 함께 항복하여 한 사람도 죽지 않는다면 이 얼마나 수치스런 일이오!"
하고 쳐들어온 진의 대군과 홀로 싸우다가 전사했다.

왕준과 두예의 군사가 승세를 타고 수륙 양면에서 맹렬한 기세로 진격하자 오의 군사는 멀리서 그들의 깃발만 보고도 항복하는 형편이었다.

장상은 수병을 이끌고 나가 적과 맞서다. ≪新鋟全像通俗演義≫ 三國志傳卷
之二十

손호는 이 말을 듣고 새파랗게 질려,

"어찌하여 싸우지 않나?"

하고 물었다. 부하들이 말했다.

"오늘의 재앙은 모두 잠혼의 죄입니다. 폐하, 그를 죽이면
신들은 성 밖으로 나가 결사적으로 싸우겠습니다."

"일개 내시에 불과한 자가 어찌 나라를 그르칠 수 있단 말
이오?"

부하들은 모두 다,

"폐하께서는 촉의 황호를 모르십니까?"

하고 손호의 명령도 기다리지 않고 일제히 궁중으로 쳐들어
가 잠혼을 죽이고 그 살을 찢어 짐승의 밥이 되게 했다.

한편 왕준이 돛을 달고 삼산(三山) 근처를 지나갈 때 맨
앞쪽의 배가,

"파도가 심하고 바람이 거세어 배가 나가지 않습니다. 바

람이 잦아질 때까지 기다려주십시오.”

하고 말하자 왕준은 크게 화를 내면서 칼을 뽑아 들고 호통을 쳤다.

“나는 지금 눈앞에 보이는 석두성(石頭城)을 손에 넣을 참인데 기다리다니 그게 무슨 말이냐?”

그리하여 북을 치면서 전진했다. 오의 장수 하나가 항복하자 왕준은 그를 길 안내자로 내세워 석두성 밑에 이르러 성문을 열게 했다.

손호는 진의 군사가 성 안에 쳐들어왔다는 말을 듣고 스스로 목숨을 끊으려 했으나 좌우의 신하가,

“폐하, 어찌하여 안락공 유선을 본받지 않으십니까?”

하고 말했으므로 이에 따라 영구차를 준비하고 스스로 몸을 결박지어 문무백관을 이끌고 항복했다.

왕준은 그 밧줄을 풀어주고 영구차를 불살라버린 다음, 왕에 대한 예를 지켜 그를 맞아들였다. 그리하여 오의 4주 83군, 313현, 52만 3천 호, 관원 3만 2천, 병사 23만, 남녀 노소 230만, 군량 280만 석, 배 5천여 척, 후궁의 미녀 5천여 명이 모두 진의 소유가 되었다.

이튿날 두예는 군사를 이끌고 도착하여 오의 군사는 모두 진에 무릎을 꿇었다.

승리의 소식이 낙양에 전해지자 조정에서는 잔치를 베풀고, 진의 천자는 술잔을 들고 눈물을 흘렸다.

“이건 양호의 공로요. 유감스럽게도 그가 이것을 보지 못하고 죽은 것이 안타깝구려.”

왕준은 손호를 낙양으로 데리고 와서 천자를 만나게 했다.

진조가 천하를 통일하다. ≪新鐥全像通俗演義≫ 三國志傳卷之二十

사마염이 자리를 내주면서 말했다.

"짐은 이 자리를 마련하고 그대를 오랫동안 기다려 왔소."

"신도 남방에서 이 자리를 마련하고 폐하를 기다리고 있
었습니다."

라고 손호가 대답했으므로 천자는 크게 웃었다. 사마염은 손
호를 귀명후(歸命侯)로 봉하였다.

이후로 세 나라는 진의 천자 사마염에게로 돌아가 천하가
통일되었다. 천하의 대세는 이렇게 분열과 통합을 되풀이하
였다.

그 후 촉한의 황제 유선은 진의 태시(太始) 7년(271년)에,
위의 황제 조환은 태안 원년(302년), 오의 황제 손호는 태강
4년(283년)에 죽어 각자 패망국의 마지막 황제로서의 파란
많은 생애를 마쳤다.

—하권 끝—

▨ 옮긴이 소개

시인, 번역문학가. 고려대 철학과 졸업.
저서 《문》, 《현대시 10강》, 《한국 현대시 해부》.
역서 《쇼펜하우어 인생론》, 《교황 요한바오로 2세와의 대화》,
　　《미적 차원》, 《마하트마 간디》 외 다수.

삼국지(하)

1984년	7월	30일	초판 1쇄	발행
1993년	3월	10일	초판 8쇄	발행
1993년	8월	10일	2판 1쇄	발행
1999년	1월	10일	2판 3쇄	발행
2002년	3월	15일	3판 1쇄	발행
2006년	2월	20일	3판 2쇄	발행

지은이　나　관　중
옮긴이　최　　현
펴낸이　윤　형　두
펴낸데　범　우　사

출판 등록 1966. 8. 3. 제 406−2003−048호
경기도 파주시 교하읍 문발리 525-2(413-756)
전　　화 (031) 955-6900~4 팩스 (031) 955-6905

＊ 파본은 교환해 드립니다.　　　　교정 · 편집/오유미 · 김지선

ISBN 89-08-03257-6 04820　　(홈페이지) http://www.bumwoosa.co.kr
　　89-08-03202-9 (세트)　　　　(E-mail) bumwoosa@chol.com

문고판/각권 값 2,000원 ➤ 계속 펴냅니다

온 고 지 신 (溫 故 知 新) 으 로   2 1 세 기 를 !

범우사

서울시 마포구 구수동 21-1호 TEL 717-2121, FAX 717-0429
http://www.bumwoosa.co.kr (천리안·하이텔 ID) BUMWOOSA

온고지신(溫故知新)으로 희망찬 21세기를!

현대사회를 보다 새로운 시각으로 종합진단하여
그 처방을 제시해주는

범우사상신서

범우사 서울시 마포구 구수동 21-1호. 전화 717-2121 FAX 717-0429
http://www.bumwoosa.co.kr (천리안 · 하이텔 ID) BUMWOOSA

온고지신(溫故知新)으로 21세기를!

범우고전선

시대를 초월해 인간성 구현의 모범으로 삼을 만한 책을 엄선

▶ 계속 펴냅니다

범우사 서울시 마포구 구수동 21-1호 TEL 717-2121, FAX 717-0429
http://www.bumwoosa.co.kr (천리안·하이텔 ID) BUMWOOSA

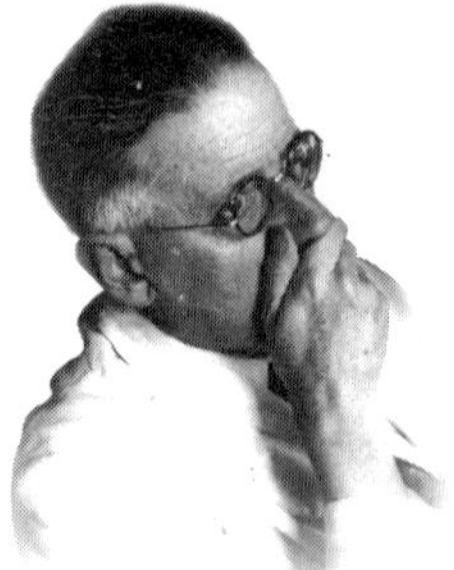

20세기 최고의 모더니스트 제임스 조이스의 정수(精髓)를 맛본다!

제임스 조이스 전집

김종건(고려대 교수) 옮김

한국 제임스 조이스 학회장 김종건 교수(고려대 영문과)가 28년간에 걸쳐 우리 말로 옮긴 제임스 조이스 전집의 결정판이다.
고뇌와 정열이 낳은 이 일곱 권의 책을 통해 우리는 비로소 진정한 모습의 조이스를 만날 수 있다.

전 7권

비평판세계문학선 **9**

더블린 사람들 - ❶

제임스 조이스 지음/김종건 옮김

'의식의 흐름' 이란 수법을 대담하게 소설에 도입, 현대문학에 큰 영향을 미친 제임스 조이스의 단편(短篇) 모음집. 더블린 시민들의 삶의 단편들을 열거함으로써 내재되어 있는 정신적 마비의 양상을 특유의 에피파니 (Epiphany)를 통해 묘사하고 있다.

크라운변형판/448쪽/값 10,000원

율리시즈(전 4권) - ❷ · ❸ · ❹ · ❺

제임스 조이스 지음/김종건 옮김

현대 인간 심리의 백과사전적 총화(總和)로 불리우는 제임스 조이스의 대표작! 가장 행복한 장수(長壽)의 책, 난해한 책, 인간 희극으로 읽으면 읽을수록 위대한 고전 등으로 불리는 조이스 최대의 걸작소설로서 원고지 1만 8,000장으로 옮긴, 한국 최초의 완역본(개역본)이다.

크라운변형판/(1)464쪽(2)464쪽(3)416쪽(4)416쪽/각권 값 10,000원

젊은 예술가의 초상 - ❻

제임스 조이스 지음/김종건 옮김 404쪽

〈젊은 예술가의 초상〉은 스티븐 디덜러스라는 한 젊은 예술가의 성장을 그린 대표적 교양소설이라 할 수 있다.
작가는 의식의 흐름, 에피파니, 신화 구조 등과 같은 새로운 소설 기법을 사용함으로써 주인공의 인생에 대한 도약과 그의 예술세계의 창조를 향한 웅비를 가장 고무적으로 다루고 있다.

크라운변형판/400쪽/값 10,000원

피네간의 경야(抄) · 詩 · 에피파니 - ❼

제임스 조이스 지음/김종건 옮김 339쪽

피네간의 경야(經夜)(抄)
그 아름다운 낭만성과 서정성 및 언어의 율동성으로 세계문학사상 산문시의 극치를 이룬다.

조이스의 시(詩)
〈실내악〉, 〈한푼짜리 시들〉 등은 전원(田園)과 도시의 아름답고 서정에 넘치는 우아한 교향시들이다.

에피파니(Epiphany)
작가가 구상했던, 품위있는 운문에 대한 사실적 산문 대구로 이루어진 일종의 산문시라 할 수 있다.

크라운변형판/352쪽/값 10,000원

범우사 서울시 마포구 구수동 21-1호 TEL 717-2121, FAX 717-0429
http://www.bumwoosa.co.kr (천리안 · 하이텔 ID) BUMWOOSA